Benedikt Gollhardt

DER PAKT

Zwei Frauen. Eine Flucht. Und ein dunkles Geheimnis.

Thriller

PENGUIN VERLAG

Sollte diese Publikation Links auf Webseiten Dritter enthalten, so übernehmen wir für deren Inhalte keine Haftung, da wir uns diese nicht zu eigen machen, sondern lediglich auf deren Stand zum Zeitpunkt der Erstveröffentlichung verweisen.

MIX
Papier | Fördert gute Waldnutzung
FSC® C014496
FSC www.fsc.org

Penguin Random House Verlagsgruppe FSC® N001967

1. Auflage 2023

Neumarkter Straße 28, 81673 München
Redaktion: Kristina Lake-Zapp
Umschlaggestaltung: bürosüd
Covermotiv: Getty Images / Moment
Satz: Buch-Werkstatt GmbH, Bad Aibling
Druck und Bindung: GGP Media GmbH, Pößneck
Printed in Germany
ISBN 978-3-328-10670-8
www.penguin-verlag.de

Für Fili

1

Alle waren ihr auf den Leim gegangen. Niemand hatte das Ungeheuerliche bemerkt, und sie war durchgekommen. Fast. Da war immer noch dieses juckende Gefühl, ein kleiner Rest Unsicherheit, der einfach nicht verschwinden wollte. Es gab keinen Zweifel, *sie* war noch irgendwo da draußen. Was, wenn sie zurückkommen würde? Wenn sie ihr neues Zuhause finden würde? Um abzurechnen.

Caroline hatte vorgesorgt. Das alte Backsteinhaus war ideal, um unterzutauchen, es lag am anderen Ende der Stadt, wo niemand sie kannte und niemand Fragen stellte. Es sollte ihre Trutzburg werden. Und dennoch war die Angst mit umgezogen. Etwas in ihr ahnte, dass sie auch hier nicht sicher sein würde, nicht heute, nicht morgen, nicht bis an ihr Lebensende.

Nach dem Einzug hatte Caroline versucht, sich mit Renovierungen abzulenken, und sie war selbst überrascht gewesen, wie sehr sie darin aufging. Sie hatte ihre Leidenschaft für Baumärkte entdeckt, sich nächtelang durch Tutorials gearbeitet und nach und nach den heruntergekommenen ersten Stock mit neuen Holzdielen, neuen Fußleisten und gestreiften Tapeten in eine gemütliche Wohnung verwandelt. Hilfe hatte sie nicht gewollt, weder vom Vermieter im Erdgeschoss noch von den Kollegen und schon gar nicht von unbezahlbar teuren Handwerkern. Caroline wollte ungestört sein, allein mit ihrem Baby, das während der Bauarbeiten auf einer kleinen Matratze neben der provisorischen Werkbank lag, ihr beim Spachteln, Schrauben und Streichen zuschaute und ab und zu mit seinen wedelnden Armen die Glöckchen erklingen ließ, die über ihm von einem Gestell herabbaumelten.

Als der Sommer gekommen war, nahm sie sich das dunkle Dachgeschoss vor. Sie warf das alte Gerümpel auf den Sperrmüll, schliff die wurmstichigen Holzdielen ab und versiegelte sie mit Leinöl, sie riss die schimmelige Holzvertäfelung von der Dachschräge und nagelte Gipskartonplatten vor die neue Dämmung.

Jetzt, nach mehr als einem halben Jahr Arbeit, legte Caroline die Malerrolle beiseite und beobachtete zufrieden, wie das Licht der Nachmittagssonne durch das weiß gestrichene Dachgeschoss strahlte. Sie drehte die Musik aus dem Kofferradio lauter, nahm ihr Baby von seiner Matratze hoch und tanzte mit ihm durch den Duft der frischen Farbe, bis der Kleine vor lauter Glucksen einen Schluckauf bekam. Die Musik erstarb, es folgten die Nachrichten. Caroline legte ihr Kind zurück und drückte den Deckel auf den Farbeimer. Im Hintergrund hörte sie die Stimme der Nachrichtensprecherin: »Am Mittag kam es im deutsch-belgischen Grenzgebiet zu einer schweren Explosion. Nach noch unbestätigten Berichten ereignete sich die Detonation in einem abgelegenen Bunker aus dem Zweiten Weltkrieg, der einer mutmaßlichen Terrorgruppe als Sprengstoffversteck diente. In dem unwegsamen Waldgebiet findet zurzeit ein Großeinsatz von Polizei und Feuerwehr statt, das Gebiet ist weiträumig abgeriegelt. Die Behörden bitten darum, die umliegenden Landstraßen …«

Die Worte der Sprecherin verschwammen in Carolines Ohren, Bilder schwirrten durch ihren Kopf: Kolonnen mit Mannschaftswagen der Bereitschaftspolizei. Hubschrauber. Hundertschaften, die in schweren Stiefeln durch den Wald stapften, in voller Montur, mit schuss- und stichsicheren Westen, Maschinenpistolen, Hunden. Keiner der Kollegen würde wissen, was ihn erwartete. Jederzeit konnte einer von ihnen zur Zielscheibe werden. Ein Job ohne Gewähr, dachte sich Caroline im Stillen und wickelte die Malerrolle in Frischhaltefolie.

Auch sie hatte auf ihren Streifengängen immer eine Waffe und die Weste getragen. Rund um den Bahnhof gab es genug Durchgeknallte, die urplötzlich auf sie losgehen konnten, mit einem Messer, einer Spritze oder den blanken Fäusten. Sie hatte stets mit dem Schlimmsten rechnen müssen. Aber diese Welt war weit weg. Mit der Geburt des Babys war Caroline eine andere geworden. Sie hatte die Uniform eingemottet, eine achtmonatige Elternzeit angetreten und begonnen, um sich und ihren Sohn einen Kokon zu spinnen. Sie präsentierte ihr Kind nicht auf der Wache, wie es andere stolze Beamtinnen taten, und sie lud nach dem Umzug niemanden zu einer Wohnungseinweihung ein. Stattdessen kochte sie ihr soziales Leben herunter und widmete es einzig ihren ganz privaten Routinen: Am Morgen ließ sie sich von den strampelnden Kinderbeinchen aus dem Bett treiben, sie wechselte Windeln und wärmte das Milchfläschchen auf, während die Kaffeemaschine durchlief und der Toaster glühte. Gegen neun Uhr ging es regelmäßig raus in den Park, immer im großen Bogen um den Spielplatz, wo die Mütter des Viertels zusammengluckten, die sich schon von den Geburtsvorbereitungskursen kannten und ihre Kinder in Herden großzogen. Caroline mied die Frauen, zu viele Fragen, zu viel Neugier. Sie hatte sich und ihr Baby unsichtbar gemacht.

Nun schaltete sie das Radio aus, nahm ihren Sohn in den Arm und ging hinunter in ihre Wohnung im ersten Stock. Während der Arbeiten im Dachgeschoss hatte sie sich mit einer dauerhaften Unordnung arrangiert, es kam ja auch kein Besuch. In der Spüle der offenen Küche stapelte sich das Geschirr, der volle Wäscheständer stand mitten im Zimmer, und die Wickelmatte war zum festen Bestandteil des Esstischs geworden, genau wie die Steppdecke zu dem großen Sofa gehörte, auf dem Rasseln, Beißringe und Plüschtiere lagen. Sie ging wie ferngesteuert zum Laptop, der geschlossen auf dem flachen Couchtisch stand. Sollte sie die Überwachungsbilder jetzt schon kontrollieren? *Es ist noch nicht Abend!*, protestierte eine Stimme in ihrem Kopf. In den ersten Wochen im neuen Haus hatte sie tagsüber fast stündlich die Aufnahmen von der Straße vor dem Haus überprüft, mit flachem Atem und feuchten Händen. Irgendwann hatte sie sich dabei erwischt, dass sie auch nachts, während sie dem Kleinen das Fläschchen gab, auf die Aufnahmen der Überwachungskamera starrte. Am Morgen danach hatte sie sich geschworen, die Bilder nicht öfter als zweimal pro Tag aufzurufen. Die verdammte Angst sollte sie nicht länger beherrschen! Zwei Kontrollen täglich würden reichen, *mussten* reichen, um rechtzeitig gewarnt zu sein. Wenn *sie* vor der Tür stehen würde, um in Carolines Kokon einzudringen und ihn in Stücke zu zerreißen!

Durch die offenen Fenster drang das Rauschen des ununterbrochenen Autostroms, mit dem die Berufstätigen an jedem Werktag aus der Stadt gespült wurden.

Caroline verharrte vor dem zugeklappten Laptop wie ein Alkoholiker vor seiner Hausbar. Erst als das Baby an ihren Haaren zog, löste sie sich aus ihrer Lähmung und ging zum Kühlschrank, um sich mit einem Eis abzulenken.

*

Es war kühl in der kleinen Höhle. Karl hatte wie ein Kamel aus dem Bach gesoffen, aber der Geschmack von Erde und Benzin lag noch immer auf seiner Zunge. Sein linkes Ohr war nur noch ein pochender Stumpf, und auf seinen brennenden Oberarmen klebten die Blumenmuster des versengten Hawaiihemdes wie Abziehbilder.

Die Explosion hatte ihn im hintersten Teil des Bunkers erwischt. Er hatte gehofft, das Feuer im Bombenlager noch löschen zu können, hatte Asche und Ruß eingeatmet, mit einem Tuch in die Flammen geschlagen und seine Hände verbrannt. Aber es war zu spät gewesen. Er war in den Tunnel gehastet, tiefer in den Untergrund. Dann hatte ihn die erste Explosion wie eine Dampfwalze getroffen. Die glühend heiße Druckwelle hatte ihn in den Maschinenraum geschleudert, wo er sich auf dem Zementboden zusammenrollte und seine Ellbogen an den Kopf presste, während die Kaskade der explodierenden Gasflaschenbomben ihn wie Faustschläge im Bauch traf. Als die zwei Meter dicke Betondecke über ihm mit einem gewaltigen Knacken riss, regnete es Erde auf ihn herab, bis er fast vollständig darunter begraben war. *Nach oben! An die Oberfläche!*, hatte es in ihm geschrien, und er hatte sich hinaufgegraben wie ein verschütteter Käfer, der ans Licht gelangen will. An die Luft. Zwischen seinen Zähnen hatte er Sand und Wurzeln gespürt, auf der Zunge den Geschmack von Pilzen und Moder, seine Augen und Ohren waren voller Erde, er wühlte sich durch die Finsternis – bis er endlich spürte, wie seine Hände durch eine nasse Laubschicht ins Freie reichten. Er lebte. Und er rannte los, rannte, so weit er konnte.

Jetzt lauschte Karl den Geräuschen des Waldes, die wie durch Watte in seinen verstopften Gehörgang drangen. Sie waren so vertraut. Der Blutstrom, der sich warm an seinem Hals hinab auf die Schulter ergossen hatte, war zu einer dreckigen Kruste erstarrt. Er schaltete die Grablampe an und sah sich in der kleinen Höhle um. Eine mächtige Eiche hatte sie am Rande des Baches mit ihren Wurzeln geformt. Seine Zuflucht. Gewachsen nur für ihn, dachte Karl, schloss die Augen und atmete tief. Die Moosfäden, die er aus dem Wasser gefischt hatte, klebten kühl auf seiner verbrannten Haut. Erst hatte er im Feuer gestanden, dann hatte er seine rußschwarzen Lungen mit Luft gefüllt, dann im Wasser des Baches gelegen, jetzt war er bei ihr, Mutter Erde. Ihr Atem roch nach verdauten Laubblättern. Er war ein Samen, verborgen im dunklen Untergrund, wo er Kraft tankte, um zu wachsen, um zu überleben. *Um hinauszugehen und abzurechnen.*

Karl öffnete die Augen. Vor der Höhle hatte eine Spinne zwischen den Wurzeln ihr Netz gespannt, in den silbrigen Fäden hingen schwere Wassertropfen. Karl konnte darin sein Gesicht erkennen, eine winzige schwarze Scheibe mit zwei gleißend weißen Augen, hinter denen jetzt ein Gedanke aufflammte: *Wer war es? Wer hatte das Bombenlager im Bunker angezündet?*

Plötzlich schreckte er hoch, sein rechtes Ohr lauschte in den Wald. Hunde! In der Ferne knackten Zweige, Stiefel stapften durch das Laub. Vielleicht ein Dutzend. *Sie sind da. In meinem Wald.* Minuten später erspähte er durch das Spinnennetz die ersten Gestalten oberhalb der Senke, eine löchrige Kette von Männern und Frauen in Kampfanzügen und schusssicheren Westen.

Um ihre Schultern hingen Maschinenpistolen. Manche hielten Hunde an langen Leinen. Die Tiere schnüffelten mit aufgestellten Ruten im Laub.

Sie würden ihn nicht riechen, dachte Karl, der Bach war die Grenze für alle Gerüche. Er sah, wie der Suchtrupp auf einige umgestürzte Bäume traf und seitlich abdrehte. Einer der Polizisten blieb stehen und blickte in Karls Richtung, ein gedrungener Mann mit hellen Haaren, nicht mehr ganz jung. Er kletterte umständlich über die Stämme und kam mit schleppenden Schritten näher, direkt auf die Wurzelhöhle zu. Karl konnte die Nummer auf seiner Uniform lesen. 31421. Er kauerte sich zusammen, ohne einen Atemzug, ohne eine Regung, ein Lauerjäger in seinem Nest. Seine verengten Augen fixierten den Polizisten.

Der Beamte erreichte den Eingang der Wurzelhöhle, ging vor dem Bach in die Knie und schaufelte sich schnaufend Wasser ins Gesicht. Karl sah die verschwitzten Haare, die an den Schläfen des Polizisten klebten, er konnte die Hitze unter dessen Overall spüren, das Gewicht der schusssicheren Weste und der Maschinenpistole. 31421 beugte sich schließlich tief mit dem Kopf hinunter und trank gierig. Nach wenigen Zügen hielt er abrupt inne und schaute auf. In seinem Blick lag die Unruhe eines aufgeschreckten Rehs. Die Hand ging zum Pistolenholster, und sein nasses Gesicht richtete sich direkt auf den Höhleneingang. An seiner Nasenspitze hing ein schwerer Wassertropfen. Ein Sonnenstrahl blitzte darin auf. Langsam dehnte sich der Tropfen nach unten, zog sich weiter in die Länge, löste sich schließlich von der Nase und fiel als schillernde Kugel hinab. Noch bevor sie auf dem Boden zerplatzen konnte, schossen Karls Arme wie die einer Gottesanbeterin aus der Höhle hervor, packten den Polizisten am Hals und zogen ihn ins Dunkel hinein.

Der Schrei erstickte, bevor er die Kehle verließ. Im schwachen

Schein der Grablampe warf sich Karl auf sein Opfer und drückte dessen Kopf in den modrigen Untergrund. Die schmutzigen Hände umklammerten den Hals wie eine fest verschweißte Zwinge. Das Gesicht des Polizisten schwoll an, in seinen aufgerissenen Augen standen Fragezeichen.

Was glaubte der Bulle wohl zu sehen?, überlegte Karl. Einen erdverkrusteten Waldgeist? Ein Fabelwesen aus der Unterwelt? Der Cop hatte recht: Hier unter dem Baumriesen war Karl ein Wesen aus einer anderen Zeit, als Mensch und Tier und Pflanzen noch gleich waren. Aber bald würde er wieder ein Mensch werden, schwor er sich, durch die Kraft der Kräuter und Moose des Waldes. Er würde wieder der kleine Junge sein, der zusammen mit seinem Großvater zwischen riesigen Stämmen umhergestapft war, mit ihm an Sträuchern, Stauden und kleinen Blumen stehen blieb, ihre Blätter zerrieb, unter die Nase hielt und daran leckte. Er hatte sich die Namen der Pflanzen nicht merken können, aber er hatte sich die Form und die Kraft jedes einzelnen Blattes eingeprägt, das die von Tausenden Zigarren vergilbten Hände seines Großvaters behutsam befühlten.

Ein Stöhnen. Der Körper des Polizisten wollte sich aufbäumen, seine Beine strampelten.

Karl drückte fester zu. Seine Stimme war noch rau vom Qualm im Bunker: »Schschsch … gleich ist es vorbei …«

Bald bettelten die Augen des Polizisten nicht mehr, sie begannen, durch ihn hindurchzublicken, und verloren sich langsam in einer unendlichen Ferne, in der Menschen, Tiere, Bäume, Wurzeln, Wasser und Luft keine Rolle mehr spielten.

*

14:32 Uhr – eine Frau mit einem Dackel.

15:02 Uhr – ein junges Pärchen, Arm in Arm.

15:24 Uhr – ein Paketbote.

17:45 Uhr – Regen, der den Bürgersteig Tropfen für Tropfen dunkel einfärbt. Dazwischen Tauben.

Caroline stoppte den Schnelldurchlauf und lehnte sich auf dem Sofa zurück. Die winzige Kamera, die sie am Fensterrahmen verschraubt hatte, war auf den Bürgersteig und die Straße vor dem alten Haus ausgerichtet. Jetzt stand die Uhrzeit in der Kontrollleiste bei 21:07 Uhr. Am Rand der aktuellen Bilder fuhren vereinzelt Autos vorbei, der Berufsverkehr hatte sich gelegt.

Keine Menschen.

Kein Zeichen von *ihr.*

Caroline nahm einen Schluck aus ihrer Bierflasche und wunderte sich. Warum nur spürte sie immer diesen seltsam wohligen Schauer, wenn sie die Welt beobachtete, ohne von anderen bemerkt zu werden? Sie machte das alles nicht zum Spaß, sie musste es tun, aber sie fragte sich, was ihr diese kitzelnde Befriedigung verschaffte. War es das stille Vergnügen, aus der sicheren Burg hinaus in die bedrohliche Welt zu blicken? War sie eine Voyeurin?

Nein, beschloss Caroline kopfschüttelnd, es war die Erleichterung danach, die kurze Pause von der hartnäckigen Gewissheit, dass es keine Sicherheit gab, dass *sie* ihr Schicksal war und blieb. Caroline würde nie mit der Überwachung aufhören. Die kleine Kamera würde bis an ihr Lebensende ihr drittes Auge sein, und es dürfte niemals schlafen.

Der Bürgersteig vor dem Haus war gut beleuchtet und die Eingangstür von allen Seiten einsehbar, darauf hatte sie genau geachtet, als sie die Angebote der Immobilienmakler durchgegangen war. Über Wochen hinweg hatte sie sich Dutzende

Wohnungen angeschaut, die entweder zu teuer oder nicht ausreichend sicher waren. Das alte Backsteingebäude an der Ausfallstraße war schmeichelhaft als »Gründerzeithaus für Handwerker und Visionäre« angepriesen worden, es hatte einen zerfledderten Grundriss, und die Wohnung im ersten Stock und das dazugehörige Dachgeschoss mussten von Grund auf renoviert werden. Aber die Wohnung war spottbillig, und der Vermieter, ein alleinstehender Rentner mit zotteligem Vollbart, der im Erdgeschoss wohnte und ihr gleich anbot, ihn Heiner zu nennen, machte einen aufgeräumten Eindruck. Er stellte nicht viele Fragen, nicht einmal die übliche nach dem Vater des Babys. Er wollte nur keine Katzen im Haus haben, weil die ihm die Singvögel im Garten wegfressen würden.

Caroline hatte sofort unterschrieben und war wenige Tage später mit ihrem Kind eingezogen – ans andere Ende der Stadt, auf die falsche Seite des Flusses, wo Industriehallen, Tankstellen und Discounter-Giganten eine seelenlose Kruste um den Stadtkern bildeten. Kein Geschäft, keine Bar und kein Club lockten hier Besucher an, hier ging man nicht zu Fuß, man fuhr Auto und ließ sich gegenseitig in Ruhe.

Gleich am ersten Tag hatte Caroline die WLAN-taugliche Kamera eingerichtet. Sie wusste, dass sie keinen öffentlichen Raum filmen durfte – wer sollte es besser wissen? –, aber das Gerät war unauffällig und das Viertel keines, in dem Querulanten und Anwälte herumschnüffelten, um Nachbarn anzuschwärzen. Im Gegenteil. In den ersten Nächten, als sie und das Baby nicht in den Schlaf fanden, hatte sie mit dem Kinderwagen die Seitenstraßen erkundet und dabei ähnliche Kameras an privaten Häusern entdeckt. Inzwischen hatte sie ein Auge für Überwachung. Heiner hatte nichts gegen die Kamera, er war ein Mann des letzten Jahrhunderts, scherte sich nicht um digitale

Technik und war froh, in Caroline eine umgängliche Mieterin gefunden zu haben.

Nach dem ersten Kennenlernen dauerte es nicht lange, bis er ihr anbot, als Babysitter für den Kleinen einzuspringen, wenn sie größere Besorgungen im Baumarkt machen musste oder nach einer durchwachten Nacht etwas Schlaf brauchte. Heiner entführte dann ihren Sohn in seine kleine grüne Welt hinter dem Backsteinhaus, wo er ihn die Schnecken im Salat befühlen, mit den Händchen in der Regentonne planschen und an seinem grauen Bart zupfen ließ. Einmal hatte Caroline den alten Mann dabei ertappt, wie er dem Jungen Johannisbeeren in den Mund steckte und über dessen zusammengezogenes Kindergesicht lachte. Kurz wollte sie ihm ihr Baby wegnehmen, doch dann spürte sie, dass Heiner etwas besaß, was sie ihrem Kind nur schwer geben konnte: Gelassenheit.

Der Garten war eine wuchernde Oase, die von der gefräßigen Stadt übersehen worden war. Das Rauschen der Ausfallstraße und des Autobahnzubringers war auch hier stets zu hören, aber es störte Caroline nicht. Im Gegenteil, es versprach ihrer unruhigen Seele, jederzeit fliehen zu können, und zwar gleich auf mehreren Wegen. Für diese Sicherheit nahm sie in Kauf, dass sie bald jeden Tag zehneinhalb Kilometer mit dem Fahrrad zu ihrer Wache in der Innenstadt würde zurücklegen müssen. In den Tagen vor dem Einzug hatte sie die Tour mehrmals abgefahren. Nachdem sie bei Wind und Regen die Rheinbrücke überquert hatte und im Dunkeln fast überfahren worden war, deckte sie sich in einem Outdoor-Laden mit Funktionskleidung ein und ließ ihr Fahrrad mit Reflektoren nachrüsten. Vielleicht wäre es einfacher gewesen, gleich in eine andere Stadt zu ziehen, aber was wäre aus ihren Leuten am Bahnhof geworden, den Junkies, Obdachlosen, Geschäftsleuten und Anwohnern? Sie mochte ihren

Job und konnte sich nicht vorstellen, etwas anderes zu sein als eine Bezirkspolizistin in genau dieser Stadt. Ein Umzug auf die andere Seite des Flusses musste ausreichen, um ihre Spuren zu verwischen.

Jetzt nahm Caroline aus den Augenwinkeln eine Bewegung wahr. Auf dem Monitor ihres Laptops erschien eine Frau mit einer Plastiktüte in der Hand und verschwand gleich wieder. Caroline stoppte die Aufnahme, spulte zurück, vergrößerte sie gerade so weit, dass sie nicht zu unscharf wurde, und starrte konzentriert auf den Bildschirm. *Zu alt.* Langsam klappte sie den Laptop zu, griff tief in die Salatschüssel voller Erdnüsse, pulte gedankenverloren die Schale von den Kernen und starrte kauend ins Leere. Die schon hundertmal gestellten und hundertmal unbeantworteten Fragen kreisten wieder in ihrem Kopf.

Wie sah *sie* jetzt wohl aus? Trug sie die Haare kürzer? Hatte sie zugenommen? War sie clean? Würde sie sich verkleiden, wenn sie käme? Würde sie Verstärkung mitbringen?

Das Klingeln des Handys riss Caroline aus ihren Gedanken. Sie knackte eine Erdnuss und ließ sich Zeit. Es konnte nur ihre Mutter sein. Einen Moment lang spielte sie mit dem Gedanken, einfach nicht dranzugehen, doch dann würde am nächsten Morgen ein entrüsteter Anruf folgen, bei dem sich ein Strom von Selbstmitleid über sie ergießen würde.

Noch eine Nuss.

Das Telefon klingelte weiter.

Sie schaute auf das Display. Eine fremde Nummer.

»Hallo?«

»Guten Abend. Spreche ich mit Caroline Hajuk?«

»Ja.«

»Kriminaldirektor Lippock. Ich weiß, Sie sind in Elternzeit, aber wir brauchen Sie im Präsidium. Noch heute.«

Caroline richtete sich auf. Sie spürte Magensäure in ihrem Hals aufsteigen. In ihrem Bauch machte sich ein Gefühl breit, das sie nur zu gut kannte, aus ihrer Schulzeit, aus dem Studium und den ersten Wochen, nachdem sie ihren Streifendienst begonnen hatte. Jeden Morgen war sie damit aufgestanden und hatte es auch mit Marmeladenbrötchen und Kaffee nicht vertreiben können. Es war das Gefühl, aus einem warmen Bett gerissen und in eine kalte Welt geworfen zu werden, in der sie funktionieren musste, das Gefühl, die Decke wieder über den Kopf ziehen zu wollen und sich eng zusammenzurollen. Vielleicht, erklang es mit vorwurfsvollem Unterton in ihrem Inneren, bist du nie erwachsen geworden. Nicht wie all die anderen …

»Haben Sie von dem Bunker gehört, der heute in der Eifel explodiert ist?«, fragte Lippock am anderen Ende der Leitung. Er wirkte geschäftsmäßig kurz angebunden. Im Hintergrund waren Stimmengewirr und Telefonklingeln zu vernehmen.

»Ja, im Radio …«

»Wir haben eine Fahndungslage. Kommen Sie bitte unverzüglich, Sie finden den Einsatzabschnitt Ermittlungen im dritten Stock.«

»Verstanden. Aber was soll ich …?«

Der Kriminaldirektor hatte schon aufgelegt.

Caroline stand wie betäubt auf und schaute aus dem Küchenfenster. Unter ihr flackerte Licht aus dem Erdgeschossfenster in den abendlichen Garten, Heiner saß vor dem Fernseher. Vielleicht sah er dort die ersten Bilder vom Polizeieinsatz? Gleich würde sie zu ihm hinuntergehen und ihm das Babyfon geben müssen. Er hatte ihr schon mehrmals spontan ausgeholfen, meist wenn sie im Süden der Stadt bei ihrer Mutter vorbeischauen musste, weil die nicht ans Telefon ging. Jedes Mal war Caroline wütend nach Hause zurückgekehrt, da Monika Hajuk weder verletzt noch tot in der Wohnung gelegen, sondern nur das Telefonklingeln nicht gehört hatte – oder nicht hatte hören wollen. Oft hatte Caroline dann noch mit Heiner ein Bier getrunken, denn der Vermieter war das Gegenteil ihrer Mutter: unkompliziert, belastbar und absolut vertrauenswürdig. Und wäre er nicht auch ein besserer Vater als ihr eigener gewesen?

Natürlich wäre er das, dachte Caroline, ging in ihr Schlafzimmer und schaute nach dem schlummernden Baby in seinem neuen Bettchen. Aber wie sollte sie Heiner mit jemandem vergleichen, der unsichtbar gewesen war? Im Grunde war der Vermieter ihr einziger Freund, fiel ihr plötzlich auf. Die alten Jugendfreunde hatte sie nach ihrem Wegzug aus der kleinen Geburtsstadt aus den Augen verloren, und auch die Kollegen und Kolleginnen, mit denen sie gelegentlich ein Feierabendbier trank oder ins Kino ging, waren nicht mehr Teil ihres Lebens. Genauso wenig wie der Mann, mit dem sie anderthalb Jahre zuvor eine Fastbeziehung geführt hatte. Diese fand bei einem Urlaub an der dänischen Küste ein jähes Ende, denn Caroline hatte bald festgestellt, dass sie lieber mit einem Buch auf dem Sofa lag, anstatt bei Sturm und Regen ausgiebige Wanderungen durch die Dünen zu unternehmen. Als der Freund nach der Trennung von Carolines Schwangerschaft erfuhr, hatte er erschrocken angerufen und gefragt, ob das Kind von ihm sei. Sie verneinte und konnte seine Erleichterung spüren genau wie seine Enttäuschung, als sie ihm nicht beantworten wollte, wer dann der Kindsvater war.

Nun stand Caroline wie gelähmt vor ihrem Kleiderschrank. War es wirklich wahr? Hatte gerade ein einziger kurzer Telefonanruf sie in ihr altes Leben zurückgeworfen? In wenigen Minuten würde sie ins Präsidium fahren, ins Herz der Polizei. Sie musste in einen Apparat zurückkehren, der ihr fremd geworden war. Sie musste ihren Kokon verlassen.

Caroline holte den Bügel mit dem großen Plastiksack aus dem Schrank und öffnete den Reißverschluss. Ihre Uniform war faltenfrei. Vielleicht würde der blaue Stoff ihr helfen, sich von einer alleinerziehenden Mutter in eine Polizistin zurückzuverwandeln, zwar rangniedrig, aber ausgestattet mit allen Befugnissen. Es fühlte sich plötzlich unwirklich an: Wenn es erforderlich war, durfte sie andere Menschen kontrollieren, durfte sie festnehmen, sie in Handschellen legen, ihnen Tränengas ins Gesicht sprühen oder eine Pistole auf sie richten. Vielleicht sogar schießen. Sie war eine Autoritätsperson. War das noch sie?

Caroline streifte die blaue Jacke über. Dann hielt sie die Luft an und zog den Bauch ein, aber die Hose, die schon vorher etwas über der Normgröße gewesen war, ließ sich nur mit Mühe zuknöpfen. Sieben Monate waren vergangen, seit sie die Uniform in den Schrank gehängt hatte. Sie hatte sie nicht einen Moment lang vermisst.

*

Wie lange waren sie gerannt? Zwei Stunden? Drei? Jonas blieb einige Meter hinter Anni stehen und stützte keuchend die Hände auf die Knie. Durchatmen, nur eine Minute. Er konnte seine Beine nicht mehr spüren. Sein Kopf pochte, der Dreck juckte unter dem schweißnassen Hoodie, und die Striemen an den Armen und im Gesicht brannten wie Feuer. Die Pistole, die er im Bunker mitgenommen und in die Jackentasche gesteckt hatte, war im Takt seiner Schritte gegen die Rippen geschlagen wie die Trommel einer Galeere. Jeder Atemzug hatte gestochen, aber er war weitergerannt, weg vom Bunker mit dem brennenden Bombenlager, weg von der Gruppe, weg von Ira.

Die Explosion war gewaltig gewesen. Als sie das Donnergrollen gehört hatten, waren sie atemlos stehen geblieben, hatten sich mit bangem Blick umgedreht und dann auf den Boden geworfen. Eine Druckwelle fraß sich durch den Wald zu ihnen heran, verfing sich in ihrem Haar und umschloss sie mit Staub. Wenige Sekunden später regneten kleine Betonbrocken durch das Blätterdach auf sie herab, wie ein letzter Abschiedsgruß aus der Hölle. Anni und er hielten die Arme über den Kopf, schauten sich an und mussten plötzlich lachen. *Es ist vorbei, wir sind frei!* Jonas wollte lostanzen und laut in den Wald hineinschreien, aber schon erklang in der Ferne das anschwellende Wummern von Rotoren.

»Bullen!« Anni zog ihn unter einen umgestürzten Stamm. Im Laub konnten sie die schwankenden Baumkronen sehen, die für einen Moment den Blick auf den Himmel freigaben. Ein Polizeihubschrauber donnerte über sie hinweg. Anni zog Jonas hoch, und sie rannten los, ohne Pause, wie gehetztes Wild. Sie übersprangen umgestürzte Baumstämme und schlugen Zweige weg. Sie krabbelten auf allen vieren Anhöhen hinauf, wateten durch Mulden aus tiefem Laub, sie rutschten auf dem Hosenboden in Täler hinab, rappelten sich auf und rannten weiter. Sie kamen an der Höckerlinie vorbei, die ihnen als Schießplatz gedient hatte, sie ließen den Felsen hinter sich, auf dem sie das große Holzkreuz gesprengt hatten, und die Wildfallen, in denen die toten Füchse lagen.

Jonas' Blick klebte immer fest auf Annis Rücken. Ihre Jacke hatte sie um die Hüfte gebunden, aus ihrem Hosenbund ragte die Pistole, ihr Tanktop war durchgeschwitzt, die Tattoos auf dem Nacken und den Oberarmen glänzten bunt.

Anni kennt den Weg, betete sich Jonas immer wieder vor. Sie weiß, wie wir hier rauskommen. Sie weiß, wo wir hinmüssen.

Die Explosion hatte den riesigen Wald, das stille Reich, das nur den Bäumen, den Tieren, dem Wind und der Gruppe gehört hatte, in einen Hexenkessel verwandelt. Während sie liefen, wurden die Baumkronen über ihnen zweimal von Hubschrauberrotoren durchgeprügelt, und sie mussten dicht an Baumstämme gepresst in Deckung gehen. Als von weit her Hundegebell durchs Unterholz drang, änderten sie ihre Richtung, fanden einen Bach und stapften darin weiter, bis sie nichts mehr hörten. Jonas spürte Bisse in seinem leeren Magen, seine Seite stach, und sein Schädel schien zu platzen, aber er ließ Anni nie weiter als ein paar Schritte vorauslaufen. Er wäre ihr bis in die Hölle gefolgt, aber der waren sie gerade entkommen. Jonas lächelte.

*

Caroline starrte auf die weiße Tür und drehte die Schirmmütze in ihrer Hand. Sie schwitzte, ihr Atem ging schnell, zu schnell, um sich bei einem Kriminaldirektor zum Dienst zu melden. Die Strecke von ihrer Wohnung ins Präsidium war ihr heute länger erschienen. Ganz anders als bei den Probefahrten, die sie in den vorangegangenen Monaten absolviert hatte. Egal, ob ihr an dunklen Wintermorgen auf der Zoobrücke der Regen entgegenpeitschte oder im Sommer der Asphalt flimmerte, sie hatte sich ungeachtet ihrer alten Gewohnheiten diszipliniert auf dem Fahrradsattel abgehärtet.

Heute hatte die Uniform ihren Bauch abgeschnürt, und Caroline ärgerte sich, dass sie sie nicht eingepackt und sich auf der Toilette des Präsidiums umgezogen hatte. Sie lockerte den Gürtel, öffnete den Hosenknopf, den sie gerade erst beim Eintreten in die riesige gläserne Eingangshalle geschlossen hatte, und ließ ihrem Bauch etwas Platz über dem Bund. Durchatmen.

Die Tür öffnete sich, und ein kleiner Mann Mitte vierzig mit grauen Locken und einer Boxernase blickte sie an.

»Frau Hajuk?«

»Ja …« Hastig zog sie die Jacke über den offenen Gürtel und nahm seine ausgestreckte Hand.

»Lippock mein Name, wir haben telefoniert.« Er deutete auf die Uniform. »Die brauchen Sie hier nicht.«

Caroline folgte ihm durch die Tür und meinte, eine Schleuse in eine fremde Welt zu durchschreiten. Die Luft vibrierte wie in einem Bienenstock. Der große Raum war zugestellt mit langen Tischen, auf denen Monitore flimmerten und Telefone klingelten. Vielleicht zwanzig Personen tippten eifrig in die Tastaturen oder sprachen in die Hörer. An der Seitenwand sah Caroline mehrere riesige Whiteboards, daran mit Magneten befestigte Papiere und Notizen. Unter der Decke hingen zwei große Digitaluhren mit roten Ziffern, eine zeigte die aktuelle Zeit an, die andere war eine Stoppuhr. Sie lief seit sechs Stunden und dreiundzwanzig Minuten, so lange dauerte die Fahndung bereits. An der Stirn des Raumes war eine Leinwand heruntergefahren, auf die mehrere Landkarten projiziert waren. Caroline erkannte den Aachener Raum.

»Willkommen in der Ermittlungsgruppe Westwall«, sagte Lippock. »Das ist unsere Einsatzzentrale. Von hier aus koordinieren wir die Großfahndung, rund um die Uhr, in drei Schichten.«

Caroline stand wie angewurzelt an der Tür. Zwei Beamte gingen mit Kaffeebechern in der Hand vorbei und musterten die uniformierte Kollegin grinsend.

»Die Trachtengruppe ist auch da …«

»Klappe, Gehrke.« Lippock schob Caroline durch das Gedränge in einen kleinen mit einer Glasscheibe abgetrennten Raum, offensichtlich reserviert für das Führungspersonal. Sofort war es stiller. Vier Beamte grüßten mit einem kurzen Nicken und wendeten sich dann wieder ihren Rechnern zu.

»Setzen Sie sich.«

Caroline nahm auf einem Drehstuhl Platz und kontrollierte vorsichtig mit einer Hand, ob der offene Hosenbund unter dem Gürtel hervorlugte. Lippock setzte sich neben sie und erweckte mit einem Mausklick einen Rechner aus dem Ruhezustand. Auf dem Monitor erschien das Bild eines alten Hauses mit spitzen Giebeln und Fachwerkelementen. Es stand in einem Wald und sah aus wie nach einem Bombenangriff. Die Fenster waren zerborsten, die Läden zerfetzt und hingen schief in den Angeln. Ein Teil des schiefergedeckten Daches und eine Seite des Hauses waren aufgerissen. Spurensucher in weißen Overalls gingen in den Trümmern umher. Am Bildrand stand ein schwarzer Van, beim genauen Hinsehen erkannte sie einen Leichenwagen.

»Sie haben heute noch keine Nachrichten gehört?«, erkundigte sich der Kriminaldirektor.

»Nur mit einem halben Ohr«, stotterte Caroline. »Ich war beschäftigt … Ich renoviere gerade meine Wohnung, und mein Kind …«

»Schon gut«, unterbrach Lippock. »Heute Nachmittag hat ein SEK eine rechtsextremistische Terrorgruppe in der Nordeifel ausgehoben. Sie hatte in diesem Haus ihren Unterschlupf mit einem riesigen Sprengstofflager, nicht weit entfernt in einem alten Bunker des Westwalls.«

Er bemerkte Carolines fragenden Blick. »Wie alt sind Sie?«

»Einunddreißig.«

»Dann wissen Sie wahrscheinlich nicht, was der Westwall ist.«

Sie schüttelte den Kopf.

»Das war eine gigantische Verteidigungsanlage entlang der Westgrenze von Nazideutschland. Hunderte Kilometer

Panzersperren, Bunker und Tunnel.« Er tippte auf die Maus, und auf dem Monitor erschien ein Foto, auf dem mehrere lange Reihen aus pyramidenartigen Betonhöckern in einem Wald erkennbar waren. »Heute gibt es nur noch wenige Überbleibsel von dem Monstrum. Der alte Bunker mit dem Bombenlager der Gruppe war noch intakt. Kurz vor der Ankunft des SEK ist er in die Luft geflogen, wir kennen noch nicht die genauen Hintergründe. Aber mit der Menge an Sprengstoff hätte man das Präsidium hier in Schutt und Asche legen können.«

Caroline schaute auf den Monitor und sah Bilder von einem rauchenden Krater, aus dem riesige Betonbrocken und verbogene Stahlträger ragten. Rund um den zerstörten Bunker war eine Lichtung aus umgeknickten, qualmenden Bäumen entstanden. Es sah aus wie im Krieg.

Lippock warf Caroline einen Blick zu. »Sie fragen sich sicher, was Sie mit der Sache zu tun haben.«

Caroline nickte.

»Nach unserem jetzigen Kenntnisstand sind drei Personen flüchtig.« Wieder ein Klick mit der Maus, und auf dem Monitor erschienen zwei erkennungsdienstliche Fotos eines gedrungenen Mannes mit geblümtem Hemd, der ausdruckslos in die Kamera starrte.

»Karl Opitz, fünfunddreißig Jahre alt«, erklärte Lippock. »Er hat als Fünfzehnjähriger seine Eltern umgebracht. Dafür bekam er sechs Jahre Jugendhaft. Nach seiner Entlassung wurde er in der rechtsextremen Szene aktiv, arbeitete als Ordner für Rechtsrockbands und verdiente sich als berufsmäßiger Schläger und Bodyguard von Neonazigrößen was nebenbei. Wegen wiederholter Körperverletzung und Waffenbesitz fuhr er noch einmal für vier Jahre ein. Danach war er eine Weile unauffällig. Jetzt steht er im Verdacht, einen Jugendlichen der Gruppe umgebracht und einen Anschlag mit einer selbst gebauten Granate verübt zu haben. In einem Wohnhaus hier in der Stadt.«

»Davon hab ich gehört«, murmelte Caroline.

Lippocks Gesicht schien sich plötzlich noch mehr in Falten zu legen. »Opitz hat heute mutmaßlich einen Beamten unserer Suchtrupps getötet. Wir haben den Kollegen nackt und erdrosselt in einer Erdhöhle gefunden, ungefähr vier Kilometer von dem Bunker entfernt. Im Innern der Höhle lag die Kleidung von Opitz. Er trägt jetzt vermutlich eine Polizeiuniform mitsamt Ausrüstung, P99, MP 5, Pfefferspray, schusssichere Weste, Handfesseln, alles. Wir haben also eine LEBEL, keine Frage.«

»Eine was?«

»Eine lebensbedrohliche Einsatzlage.«

Caroline schwieg, sie hatte dem Beamtendeutsch mit seinem Wirrwarr aus Kürzeln und Bandwurmwörtern nie etwas abgewinnen können.

»Der Kollege hinterlässt seine Frau und zwei kleine Kinder.«

Caroline wusste, was ein Mord an einem Polizisten auslöste. Plötzlich konnte sie die Wut spüren, die an jedem einzelnen Beamten im Raum nagte. Jeder von ihnen würde alles geben, um Opitz zur Strecke zu bringen. Am liebsten persönlich.

Lippock zeigte ein neues Foto auf dem Rechner. Zunächst verstand Caroline nicht, was sie da sah: Auf einem dunkelgrünen Moosteppich lag ein hautfarbenes Ding mit einer blutigen Kante, aus dem einige dicke schwarze Fäden herausragten.

»Nicht weit von dem zerstörten Bunker haben unsere Hunde ein halbes Ohr gefunden«, klärte Lippock sie auf. »Offensichtlich war es schon einmal angenäht. Wir wissen nicht, wie es dahingekommen ist, aber es stammt mutmaßlich von Opitz. Es wurde ihm nach ersten Zeugenaussagen bei dem Granatenanschlag abgeschossen und später wieder angenäht. Die Verletzung wird ihm zu schaffen machen genau wie die Brandwunden, auf die seine versengte Kleidung hinweist. Zusammengefasst: Wir haben einen verwundeten, schwer bewaffneten und völlig unberechenbaren Kriminellen auf der Flucht. Daher der ganze Zauber hier.« Der Kriminaldirektor lehnte sich zurück und nahm einen Schluck aus seinem Kaffeebecher.

»Okay …«, sagte Caroline. »Und welche Rolle spiele ich in dem Zauber?«

Lippock drehte sich mit seinem Stuhl zu ihr. »Wir brauchen Sie als Spezialistin.«

»Mich?« Caroline musste lächeln.

»Das hat mit der Terrorgruppe zu tun. Opitz war ein führendes Mitglied, der Kopf war Ira Tetzel, eine polizeibekannte Rechtsextremistin. Sie wurde kurz vor dem Zugriff verletzt und liegt nun in einem JVA-Krankenhaus. Vor anderthalb Jahren hatte sie einen Bauernhof gekauft und dort obdachlose Jugendliche und junge Erwachsene beherbergt.«

Caroline horchte auf.

»Die Wohngemeinschaft sollte angeblich ein soziales Projekt zur Wiedereingliederung in die Gesellschaft sein, doch es deutet alles darauf hin, dass sie die jungen Leute radikalisieren und für terroristische Anschläge missbrauchen wollte«, fuhr Lippock fort. »Opitz war in dem Projekt Tetzels rechte Hand, ihr Mann für alles: Aufpasser, Bombenbauer und Kettenhund.«

Caroline spürte, wie unter der Uniformjacke eine heiße Welle ihren Rücken hochkroch. »Was sind das für Jugendliche?«

»Nach unseren Informationen bestand die Gruppe zeitweilig aus mindestens neun ehemals obdachlosen Mitgliedern, rekrutiert im ganzen Land.«

»Obdachlose Kids schmeißen keine Bomben«, entgegnete Caroline. »Schon gar nicht für Nazis.«

»Ira Tetzel ist eine charismatische Person, sie wird sich sicher nicht als Rechtsextremistin verkauft haben. Außerdem gibt es Hinweise, dass die Mitglieder der Gruppe gar nicht genau wussten, worauf sie sich da eingelassen hatten.«

Carolines Mund wurde trocken. »Sind die Kids namentlich bekannt?«

Lippock nahm einen Zettel von seinem Schreibtisch und reichte ihn ihr. »Wir haben im Wald vier von ihnen festgenommen. Drei weitere sind durch die Explosion ums Leben gekommen. Zwei sind flüchtig, mutmaßlich bewaffnet. Wir wissen nicht, ob sie zu zweit, alleine oder mit Opitz unterwegs sind.«

Auf dem Papier stand eine kurze Liste. Caroline überflog die Namen, zuerst die der drei Getöteten, hinter die jemand kleine Kreuze gemalt hatte: Nina Jeschek, Mats Dilling, Lynn Radić.

Sie ist nicht dabei ... Carolines Augen wanderten die Namen der festgenommenen Kids entlang: Benjamin Arnold, Kiriaki Basdeki, Lennart Dietsch und Jan Schommer.

»Ich kenne die meisten Kids vom Bahnhof nur mit ihrem Spitznamen«, murmelte sie, dann wanderte ihr Blick eine Zeile tiefer und verschwamm für einen Moment.

Lippock schien es zu bemerken. »Unten stehen die beiden Flüchtigen. Anna Wenzel und Jonas Bauhoff. Kennen Sie die?«

Caroline versuchte, das Zittern in ihrer Stimme zu verbergen. »Einen Jonas habe ich noch nicht getroffen. Eine Anna kenne ich, aber ich weiß nicht ihren Nachnamen.« Ihr Kopf glühte. Hatte Anni ihn ihr einmal genannt? *Erinnere dich! Bitte, lass es eine andere sein!*

»Gibt es Fotos von den beiden?«, fragte sie.

»Wir haben ein paar ältere Observierungsaufnahmen. Sie wurden vor einem halben Jahr vom Verfassungsschutz bei dem Bauernhof der Gruppe im Bergischen Land gemacht.« Lippock klickte eine Datei an. Auf dem Monitor erschienen einige grobkörnige, teilweise unscharfe Fotos. Sie zeigten mehrere Jugendliche in abgetragenen Klamotten, die Kartons und Tüten mit Einkäufen von einem Pritschenwagen luden. Einige lachten. »Unsere Kollegen vermuten, dass ein paar von ihnen zeitweise hier am Hauptbahnhof gelebt haben könnten«, sagte Lippock mit Blick auf die Bilder. »Das war doch Ihr Bezirk, oder?«

Caroline nickte. Ihre Uniform war von den Achseln bis zur Hüfte schweißnass.

Der Kriminaldirektor musterte sie. »Es heißt, Sie wären so was wie eine Straßenkinderflüsterin gewesen.«

»Die Kids lassen sich wenig sagen«, entgegnete Caroline, ohne die Augen vom Monitor zu nehmen. »Aber als Bezirksbeamtin in der Innenstadt lernt man ein paar von ihnen näher kennen.«

Lippock schmunzelte. »Die gute alte Schutzpolizei ...« Als er sah, dass Caroline die Nase rümpfte, schob er eilig nach: »Tut mir leid, war nicht böse gemeint. Ich habe früher selbst Dienst auf der Straße gemacht. Es sollte mehr wie Sie geben. Würde der Stadt guttun. Können Sie welche von den Jugendlichen identifizieren?«

Caroline starrte auf den Monitor. »Zwei, drei Gesichter kenne ich ...« Sie deutete auf einen dicklichen Jugendlichen. »Der hier ist Ben. Er ist aus dem Heim abgehauen und hat sich ein paar Monate am Bahnhof rumgetrieben. Ein lieber Kerl, eigentlich noch ein Kind, viel zu weich für die Platte. Und die hier mit den blauen Haaren, das ist Kiki, die hatte einen Stammplatz am Bahnhof.«

Caroline versuchte, ihre Erleichterung zu verbergen. *Keine Anni. Wahrscheinlich war sie nicht in der Gruppe. Sie ist weit weg, irgendwo angekommen, um nie mehr zurückzukehren.*

»Ich hab noch mehr.« Lippock klickte ein weiteres Observierungsfoto an, auf dem vier Jugendliche auf Plastikstühlen um ein Feuer hockten und rauchten. Er deutete auf einen dünnen Jungen mit ernstem Gesicht. »Das ist Jonas Bauhoff.«

»Kenne ich nicht«, murmelte Caroline abwesend. Ihre Augen saugten sich an dem Bild auf dem Monitor fest und fixierten eine kräftige junge Frau mit bunt tätowierten Oberarmen und einer Zigarette zwischen den Zähnen. Sie hielt einen dicken Ast ins Feuer.

»Und das ist Anna Wenzel«, hörte sie Lippock wie aus weiter Ferne sagen. »Die zweite Flüchtige.«

Caroline spürte, wie ein heißer Stein in ihren Magen rollte. *Anni! Sie ist wieder da!* Die Welt war plötzlich in kaltes Licht getaucht. Ein Gedanke schoss in Carolines Kopf: *Schon wieder.* Der Moment, der alles ändert. So wie damals, als ihr Leben mit einem Klingeln an der Haustür auf den Kopf gestellt wurde. Davor war ihr Dasein ein ruhiger Fluss gewesen, eine nicht enden wollende Abfolge kindlicher Abenteuer und Wunder. Danach Starre, gefrorene Zeit. Es hatte Jahre gedauert, bis es ihr gelungen war, die Zeit wieder aufzutauen und zum Fließen zu bringen. Es hatte zwar keine Wunder mehr gegeben, aber sie hatte es geschafft, sich selbst Stück für Stück wieder zusammenzusetzen wie eine aus tausend Scherben zusammengekittete Porzellanvase. Nun begann das Podest darunter bedrohlich zu schwanken.

Der Kriminaldirektor stand auf: »Haben Sie eine Idee, wo Jonas und Anna stecken könnten?«

Caroline starrte wie in Trance auf das Foto vom Lagerfeuer, ihre Stimme klang tonlos. »Das kann überall sein. Die Kids wissen sehr gut, wie man sich unsichtbar macht.«

»Gibt es einen Ort, wo die beiden untertauchen könnten? Ein Abrisshaus, ein leeres Gebäude, das man in der Szene kennt?«

Caroline schüttelte den Kopf. »Sie haben überall Orte, und sie finden immer neue. Viele kommen eine Weile bei Freunden unter. Wer gar kein Zuhause hat, passt sich an. Sie wissen, wo man Essen auftreibt, wo man einen Schlafplatz findet, wie man an etwas Geld kommt. Einige helfen sich gegenseitig. Ein Junge hat sich selbst mal als Kakerlake bezeichnet.«

»Weil er auf der Straße lebt?«

»Weil er *überlebt.* Er hat gemeint, wenn alles zusammenbricht, wenn es keinen Staat mehr gibt, keine Polizei, keine Ordnung, keinen Strom und kein Wasser, wenn die Menschen nichts mehr zu essen und keine Medizin mehr kaufen können, dann kommt die Stunde der Kakerlaken.«

»Jeder glaubt an seine Zukunft.« Lippocks Stimme klang nicht einmal sarkastisch.

Caroline zwang sich, den Blick vom Monitor abzuwenden. »Was passiert jetzt?«

»Wir müssen herausfinden, ob die drei Flüchtigen zusammen oder getrennt unterwegs sind, wo sie sich verstecken, ob sie alle bewaffnet sind, wen sie kennen, wie ihre Pläne aussehen, kurz: Ich will wissen, wie die beiden Jugendlichen ticken. Und dafür sind Sie da. Dieser Raum wird für die Dauer der Fahndung Ihr neues Zuhause. Es kann sehr schnell vorbei sein, es kann aber auch sehr lange dauern.«

Caroline blickte sich wie hypnotisiert um. Fast meinte sie, die Elektrizität der Rechner zu spüren, doch das Summen in ihrem Kopf kam von keinem Gerät, sondern von einem einzigen, alles verschlingenden Gedanken: Anni. *Ich* soll sie finden! Ausgerechnet ich!

Lippock rief auf dem Monitor noch einmal die Bilder von Karl Opitz auf. Seine Stimme drang aus der Ferne in Carolines betäubten Schädel: »Und vor allem müssen wir diesen Irren schnappen, bevor der mit der MP um sich schießt.«

*

Himmel. Wolken. Ein Horizont! Der Wald, der den ganzen Planeten zu bedecken schien, hatte also doch eine Grenze, dachte Jonas und ließ sich ins Gras fallen. Die Sonne stand tief, und sein Blick schweifte über die ausgedörrten Wiesen. In der Ferne lugte eine Kirchturmspitze hinter einem Hügel hervor wie eine Nadel in einer Landkarte, die anzeigte, dass es dort noch das alte Leben gab, das Jonas in Iras Parallelwelt fast vergessen hätte.

Im Wald hatte die Zeit nie eine Rolle gespielt, erinnerte er sich. Es hing nicht einmal eine Uhr im Haus. Wie viele Monate hatte er bei der Gruppe verbracht? Wann hatte es begonnen? Nur vage kamen die Bilder zurück: die eisklirrende Januarnacht, in der Ira ihn unter einer Bahnunterführung halb tot aus einem Haufen alter Klamotten, Plastiktüten und Essensresten gezogen und zu ihrem Bauernhof gebracht hatte. Kiki, Ben, Lynn und Chris waren schon seit ein paar Wochen dort, sie waren wie er und nahmen ihn freundlich in die Gruppe auf. Jonas hatte sich wie ein Tierheimhund gefühlt, der erst begreifen musste, dass er ein neues Zuhause hatte.

In Iras Bauernhaus teilten sie sich jeweils zu zweit ein Zimmer, die Betten hatten richtige Matratzen, und im Bad gab es eine Dusche mit warmem Wasser. Sie bekamen Frühstück, Mittag- und Abendessen, und sie durften an den Kühlschrank, wenn sie zwischendurch Hunger hatten. Auf dem Hof war es grün und ruhig, er wurde seine Heimat, die erste in seinem Leben, die den Namen verdiente, und die Gruppe war seine erste richtige Familie. Er war runter von der Straße, er war angekommen!

In den nächsten Monaten kümmerte sich Jonas mit Ben und Chris um die beiden Schafe, die Ziege und ein paar Hühner, die anderen pflanzten Gemüse im Garten an. Karl half, das Haus in Schuss zu halten, und besorgte das Holz und Baumaterialien. Abends brannte fast immer ein Feuer, und niemand dachte mehr an die verdammten Pillen, das Meth, das Heroin oder den Alk. Sie alle waren dem Nebel aus Dreck, Lärm und Kälte entronnen.

Dann hatte Chris die Sache mit den Bomben rausgefunden und Jonas heimlich eingeweiht. Plötzlich war alles grau, der Bauernhof war kein Zuhause mehr, er war eine Falle. Chris plante die Flucht, und Jonas schloss sich ihm an. Doch sie hatten nicht mit Karl gerechnet. Er schnappte sie, brachte sie zurück und bestrafte sie. Einige Tage später floh Chris ein zweites Mal, dieses Mal war er alleine, und er schaffte es. Die Gruppe packte ihr ganzes Hab und Gut auf den Unimog und verließ fluchtartig den Hof in eine geheimnisvolle, dunkle Welt. Inmitten eines riesigen Waldes tauchten sie unter und erweckten ein altes, verfallenes Jagdhaus wieder zum Leben. Jonas, der Verräter, erlebte wie in Trance, wie die anderen abends um das Lagerfeuer tanzten, tagsüber auf den Höckern des Westwalls herumturnten und die alten Bunker erforschten. Dann brachte Karl die Pistolen. Sie stopften sich Klopapier in die Ohren, schossen auf Flaschen und Büchsen und feierten jeden Treffer mit Jubelschreien. Das kalte, schwere Metall in den Händen, der betäubende Knall, der Feuerstrahl aus dem Lauf und die explodierenden Flaschen, das alles fühlte sich gut an. Sie waren stark. Einige Tage später holte Karl die Hühner aus dem Stall und scheuchte sie auf die Lichtung. Die anderen feuerten aus sämtlichen Rohren, und die Vögel verwandelten sich in Wolken aus Federn und Blut. Alle lachten, aber abends am Esstisch konnte Jonas die feuchten Augen von Ben sehen. Sie beide hatten den Hühnern Namen gegeben, als sie noch winzige gelbe Flaumbälle gewesen und in ihre Hände gehüpft waren, um die Körner darin aufzupicken. Es hatte gekitzelt.

Einige Tage später bekamen sie Granaten. Sie zogen die Zünder, warfen die kleinen Sprengsätze in den Dachsbau, gingen in Deckung und sahen zu, wie eine Feuerfontäne aus der explodierenden Erde schoss. Karl legte den toten Dachs drei Tage lang in Rotwein ein und servierte ihn der Gruppe als dunklen Braten zum Abendessen. Nur Anni probierte davon, sie hatte vor gar nichts Angst.

Ira erzählte viel am Tisch und am Lagerfeuer. Sie sprach vom System, das sie alle verraten und vergessen hatte, das sich einen Scheiß um sie kümmerte und das Geld lieber an die Parasiten verteilte, die aus der ganzen Welt ins Land einfielen. Von der alten Ordnung sprach sie, als alles an seinem Platz war, als die Menschen noch normal waren und so lebten wie die Gruppe im Wald, alle für einen, einer für alle. »Wir holen uns unser Land zurück«, versprach sie, und ihre grauen Augen strahlten voller Verheißung. Von den Bomben im Bunker erzählte Ira erst ganz zum Schluss, als ein paar von den Kids noch mehr wollten, mehr schießen, mehr Granaten, mehr Spaß. Spätestens da wusste Jonas, dass Chris recht gehabt hatte. Sie waren keine Familie, sie waren Soldaten. Sie sollten das Töten lernen und in den Krieg ziehen.

Was, fragte sich Jonas, als er jetzt über das weite Land schaute, wenn ihm damals die Flucht gelungen wäre? Vielleicht hätte er ein neues Leben begonnen, sich eine Arbeit gesucht, Geld verdient und eine Wohnung gefunden. Auf jeden Fall hätte er Ira und die Gruppe verraten.

Aber die Flucht war gescheitert, und er und Chris waren zum Lagerfeuer geführt worden, wo Karl schon am Hackklotz mit dem Messer gewartet hatte …

Jonas atmete tief durch, schüttelte den Gedanken ab und murmelte fast ungläubig: »Wir sind frei.«

Neben ihm saß Anni im Gras, wischte sich den staubigen

Schweiß von den Armen und klopfte die Tannennadeln aus ihrer Jacke. Sie deutete zur Kirchturmspitze.

»Dahinten ist ein Bahnhof. Wir nehmen den Zug.«

»Wohin?«

»Hilfe holen.«

»Wo? Von wem?« In Jonas stieg plötzlich Unruhe auf.

»Duisburg. Da wohnt eine Tante von mir.«

»Wozu? Wir brauchen niemanden!«

Annis Augen trafen ihn wie ein Messer. »Bist du bescheuert? Ohne Geld? Ohne Handy? Die Bullen sind hinter uns her!«

»Die haben uns gar nicht auf dem Schirm! Wir tauchen ab, irgendwo! Nur du und ich!«

Anni packte Jonas' linke Hand und hielt sie hoch. Vom kleinen Finger war nur noch ein kurzer Stummel mit einer knotigen Narbe übrig.

»Damit? Die Bullen sind überall. Die haben uns so was von auf dem Schirm!«

Jonas zog seine Hand zurück und verbarg sie tief in der Tasche seines Hoodies. Der Stumpf pulsierte. Die Wunde war gerade erst verheilt, obwohl Ira sie schon vor Wochen grob vernäht hatte. Es hatte fast genauso wehgetan wie der Schnitt, und er hatte in den folgenden Tagen fast alle Vorräte an Schmerzmitteln aufgebraucht, die Karl in einer Apotheke geklaut hatte.

»Los, weiter«, sagte Anni und rappelte sich hoch. Jonas zwang seinen müden Körper, aufzustehen und ihr über die Wiese Richtung Kirche zu folgen. In seinem Kopf arbeiteten die dunklen Gedanken weiter. Karl hatte ihn in den Jungen mit den neuneinhalb Fingern verwandelt, und nun konnte alle Welt endlich den sehen, für den er sich immer schon gehalten hatte: einen Aussätzigen. Einen Freak ohne Zuhause.

Vom fernen Kirchturm wehte leises Geläut zu ihnen herüber. Für Jonas hörte es sich an, als würden die Glocken zur Jagd auf sie läuten.

*

»Jeder hier hat seine Aufgabe.« Lippock deutete auf die Beamten an den Rechnern. »Telefonisten, Aktenführer, technischer Leiter, Verbindungsbeamte für Verkehr und für den rechtlichen Kram.« Seine Augen musterten Caroline, als wolle er sich vergewissern, dass sie ihm auch zuhörte. »Ihre Aufgabe ist es, die festgenommenen Jugendlichen zu befragen«, fuhr er fort. »Die Staatsanwaltschaft hat die zügige Vernehmung angeordnet. Ich werde mir Ira Tetzel vorknöpfen, sie ist noch im Krankenhaus und erst in ein, zwei Tagen so weit. Die Jugendlichen kommen morgen Vormittag vor den Untersuchungsrichter. Sie sind heute Nacht noch hier in Gewahrsam.«

Ein Schauer lief über Carolines Rücken. *Die Kids. Hier im Präsidium, nur vier Stock tiefer.* Sie kannte den langen Flur mit seinen sechsundsechzig Stahltüren, hinter denen sich kleine kahle Zellen mit einer Toilette und einem Waschbecken verbargen. Die Schuhe mussten draußen bleiben, die Kids würden in Socken auf den niedrigen Pritschen mit Gummimatratze hocken oder auf und ab tigern. Vielleicht würden sie sich wehtun. Sie hassten die Leere, die ihnen nichts entgegensetzte und nichts anbot, um sie von sich selbst abzulenken. Die einzige Unterbrechung waren die stündlichen Kontrollen, bei denen die Wärter nachsahen, ob die Zelleninsassen noch am Leben waren.

Vielleicht hallte gerade in diesem Moment das wütende Gebrüll anderer Festgenommener durch den Trakt, dachte Caroline.

Sie hatte es oft gehört, wenn sie dort unten randalierende Junkies oder Schläger vom Bahnhof in Handfesseln ablieferte. Einige von ihnen hatten sie unterwegs im Streifenwagen bespuckt und beschimpft, aber sie hatte keine Angst gehabt. Die schusssichere Weste an ihrem Oberkörper war ihr Panzer, auch für die Seele, die Pistole und das Reizgas an ihrem Gürtel gaben ihr zusätzliche Kraft. Zu Hause jedoch, wenn sie alleine im Bett lag, hallten die hässlichen Worte wieder und wieder in ihren Ohren nach, und sie wunderte sich, wie sie es geschafft hatte, den rasenden Männern nicht mit der Faust ins Gesicht zu schlagen. Oder einfach loszuheulen.

Die Kids waren meistens anders. Sieben Monate waren vergangen seit ihrem letzten Rundgang am Bahnhof. Sieben Monate war Caroline in ihre heile Welt abgetaucht. Wie mochte es den Jugendlichen in der Zwischenzeit ergangen sein? Sie waren sicher auch ohne sie ausgekommen, so wie immer. Aber es waren *ihre* Kids. Sie war ihre Bedarfsmutter. In den letzten Monaten hatte sie sie fast vergessen, dachte Caroline jetzt schuldbewusst. Sie hatte ihr eigenes Kind bekommen und keinen Platz mehr für die anderen gehabt. In den ersten Wochen war ihr Baby schwächlich gewesen und seine Katzenschreie so herzzerreißend, dass sie sich Stöpsel in die Ohren stecken musste, um nicht verrückt zu werden. Sie wollte so sehr eine gute Mutter sein, aber oft stand sie mit verweinten Augen vor Heiners Tür, voller Selbstzweifel und überzeugt, das Baby nicht verdient zu haben. Der alte Mann, der nie Kinder gehabt hatte, brachte den Kleinen dann mit freundlichen Ablenkungsmanövern zur Ruhe und Caroline mit Tee und Kuchen wieder ins Lot.

Der Winzling wuchs im Eiltempo heran, wurde ruhiger und überraschte jeden Tag mit etwas Neuem. Caroline dachte an das erste Lächeln zurück, bei dem sie in Tränen ausgebrochen war. Die ersten Laute, als wollte er ihr etwas Wichtiges mitteilen. Seine erste Drehung, bei der er fast aus dem Bett gefallen war. Es gab Tage, da wich sie nicht von seiner Seite und schaute nur zu, wie er Stück für Stück die Welt in sich aufsaugte, wie er seine Hände in das Fell von Heiners altem Kaninchen grub, wie er im Gemüsebeet Erde in seinen Mund schaufelte oder mit großen Augen Carolines Mund musterte, der ihm leise Lieder vorsang. Es waren Nestwochen, in denen sie weder zurück noch nach vorne dachte, Tage der Verzweiflung und Tage des erfüllten Vergessens, nur sie und ihr Kind.

Jetzt, einige Monate und einen Anruf später, musste sie wieder lernen, wer sie vorher gewesen war: eine Bezirksbeamtin, die uniformiert durch die Innenstadt ging, dort nach dem Rechten sah, mit Geschäftsleuten plauderte, illegale Straßenmusiker verscheuchte, Senioren über die Straße half – und nach den Junkies und Obdachlosen schaute, die tagsüber am Bahnhofsvorplatz an der Suppenküche standen und nachts in die Schlupfwinkel in den Tunneln und Torbogen unter den Gleisen verschwanden, manche in Zelten, andere in Schlafsäcken auf Lüftungsschächten oder Nottreppen, wo sonst nur Tauben nisteten. Die Kids tauchten nur selten auf, manche hatten schon Erwachsenengesichter. Von vielen waren weder Identität noch Herkunft bekannt. Das, was die meisten von ihnen hinter sich gelassen hatten, war es kaum wert, Familie genannt zu werden. Niemand suchte sie, niemand sprach sie an, niemand sah sie. Sie waren Geister, die auf der Platte auftauchten und irgendwann wieder im Nirgendwo verschwanden. Eine von ihnen war Anni. Sie hatte zusammen mit drei anderen Jugendlichen ihr Lager unter dem Bahnhof aufgeschlagen, nahe beim Wurststand, wo immer etwas zu essen abfiel und gelegentlich ein Passant eine Münze in den Joghurtbecher warf. Bullen hassten sie alle, aber Caroline hielt den richtigen Abstand zu den Unsichtbaren, begrüßte jedes neue Gesicht und merkte sich all ihre Namen. So kam sie auch mit Anni ins Gespräch.

»Die festgenommenen Jugendlichen sind bockig, die werden es Ihnen nicht leicht machen bei der Vernehmung«, riss Lippock sie aus ihren Gedanken.

»Ich weiß.« Caroline erinnerte sich an die Stunden im Studium, als Vernehmungstechniken auf dem Lehrplan standen. Alle Polizeianwärter hatten davon geträumt, irgendwann einmal in einem verspiegelten Raum einen Straftäter mit einem raffinierten Frage-und-Antwort-Spiel zu einem Geständnis zu zwingen. Die wenigsten bekamen später die Gelegenheit dazu. Und nun sie. Caroline musste innerlich lächeln. *Ausgerechnet ich muss die Kids vernehmen!* Aber war das nicht eine Chance? Vielleicht würde sie von den Festgenommenen erfahren, was Anni in den letzten Monaten getrieben hatte, was sie erzählt hatte. Und noch wichtiger: was sie vorhatte.

»Ich schätze, Sie haben noch nie eine Vernehmung durchgeführt«, sagte der Kriminaldirektor.

»Richtig.«

»Ich habe leider keine Zeit, Sie besser vorzubereiten. Ihre Aufgabe besteht darin, so viel wie möglich aus den Jugendlichen rauszukriegen, was uns auf die Fährte der Flüchtigen führt«, sagte Lippock. »Wo könnten die beiden stecken? Gibt es einen Plan B, gibt es Verstecke? Wir müssen außerdem herausfinden, was sie über Tetzels Pläne wissen, welche Anschläge geplant waren und ob die Gruppe zu einem Netzwerk gehört. Trauen Sie sich das zu?«

Caroline nickte. Niemand bei der Polizei kannte die Kids besser als sie. Sie war keine Freundin, aber man redete mit ihr und respektierte sie. Ihre innere Zerrissenheit konnte sie nie ablegen, wenn sie mit den jungen Obdachlosen zu tun hatte. Sie wusste, dass sie als Beamtin auf der Straße nicht die Augen zumachen durfte, sosehr sie mit den Kids fühlte, aber sie konnte den schmalen Grat zwischen Recht und Gesetz breiter machen. Die Kids brauchten ihre Drogen, sie mussten nicht erklären, woher sie das Geld dafür hatten, solange sie nicht im großen Stil dealten. Niemand musste Caroline von seiner Herkunft erzählen, denn die meisten Geschichten waren zu bitter, als dass man sie einfach ausplauderte. Entdeckte sie neue Obdachlose, schickte sie sie zum Bus mit den Beratern oder zum Café mit der Waschmaschine, der Dusche und dem Postfach. Waren sie krank, brachte sie sie zum Mobilen Medizinischen Dienst, brauchten sie einen Schuss, schickte sie sie zum Spritzraum, mussten sie zu einer Behörde, achtete sie darauf, dass sie den Termin nicht verpassten. Die Kids schienen Caroline zu mögen, gerade so, wie sie einen Bullen mögen konnten. Trotzdem gab es einige, die ihre Hilfe ablehnten, die durch Vernachlässigung oder Gewalt zu verstört waren, um sich noch einmal einem Menschen zuzuwenden. Einigen von ihnen gab Caroline das letzte Geleit auf der Friedhofswiese mit den Urnengräbern. Zwischen dem Bestatter und ein paar Obdachlosen schluckte sie dann ihre Tränen hinunter. Die meisten galten den einsamen Seelen in ihren Gräbern, die übrigen galten ihr selbst.

»Die Festgenommenen kommen morgen in eine Jugendhaftanstalt. Dort können Sie die Vernehmungen durchführen«, sagte Lippock und holte Caroline erneut in die Gegenwart zurück.

»Nicht hier im Präsidium?«

Der Kriminaldirektor schien die Enttäuschung in ihrem Blick zu lesen. »Wenn Sie an einen Verhörraum mit Einwegspiegel denken, dann muss ich Sie enttäuschen. Sie bekommen in der JVA ein ruhiges Zimmer, das reicht vollkommen. Morgen holt

Sie ein Wagen ab.« Er nahm eine Akte von seinem Schreibtisch. »Hier ist ein Dossier über die Gruppe Ira Tetzel. Auf dem obersten Blatt sind die Ermittlungsergebnisse des heutigen Tages zusammengefasst, falls in der Nacht etwas dazukommt, werden Sie informiert. Natürlich streng vertraulich. Möchten Sie, dass morgen ein Kollege bei den Vernehmungen dabei ist?«

»Nein«, kam es etwas zu schnell aus Carolines Mund.

»Gut. Ich rufe jemanden, der Sie nach Hause fährt.«

»Danke, ich bin mit dem Fahrrad.«

Lippock musterte sie. »Werden Sie erwartet?«

»Mein Kind wartet. Warum?«

»Es wird turbulent in den nächsten Tagen.« Er deutete durch die Glasscheibe in den Nebenraum. »Am besten, Sie organisieren sich. Gute Nacht.«

»Gute Nacht, Herr Kriminaldirektor.«

Er lächelte zum ersten Mal, und sein Gesicht warf sich in Falten. »Lippock, bitte. Macht die Sache einfacher.«

*

»Hey, aufwachen!« Anni gab Jonas einen Stoß.

Er schreckte hoch und blickte sich verschlafen um. Es war dunkel geworden. Hinter den Fenstern des Bahnwaggons wanderten riesige von Strahlern beleuchtete Lagerhallen vorbei, der Zug kreuzte eine Autobahn, auf der endlose Schnüre aus roten und weißen Autolichtern entlangglitten. Bald tauchten die ersten Wohnhäuser auf, dreckige Wände im gelben Schein hoher Flutlichtmasten.

Als die beiden eine Stunde zuvor in die Regionalbahn eingestiegen waren, hatte die Sonne gerade den Horizont berührt. Sie waren in den hintersten Waggon gestiegen, um etwas versteckter zu sein, falls Kontrolleure oder Bullen auftauchen sollten. Annis Finger folgte den bunten Linien auf dem Streckenplan an der Decke und gelangte über drei Umsteigepunkte zu ihrem Ziel: Duisburg. Nur wenige Minuten später überquerte der Zug eine Landstraße. Aus der Ferne näherte sich eine Kette aus aufgeregt blinkenden Blaulichtern, und kurz darauf erkannte Jonas einen Konvoi aus mehreren Mannschaftswagen, gefolgt von einem wuchtigen Panzerfahrzeug. Sie fuhren in die entgegengesetzte Richtung.

»Die Bullen machen den Wald zu«, murmelte Anni.

Jonas schaute den Lichtern nach. »Meinst du, die anderen habens rausgeschafft?«

Anni schwieg düster. Draußen in der Dämmerung glitten flache Hügel mit dunklen Waldstücken vorbei. Auf einem Feld holte ein Mähdrescher die verfrühte Ernte ein. Jonas spürte bleierne Müdigkeit in sich aufsteigen. Er setzte sich mit Anni in die hinterste Sitzreihe, schaute auf die vorbeiziehende Landschaft, die langsam zu einem tanzenden Streifenmuster verwischte, und glitt sanft in den Schlaf.

Jetzt bog der Zug auf den Bahnring ein, der sich im Halbkreis um die Kölner Innenstadt legte. Jonas blickte mit halb geöffneten Augen auf die erleuchteten Fenster der Häuser. Er konnte Regale mit Büchern erkennen, warmes Licht, Küchen, in denen Menschen kochten. Der Zug überquerte eine stählerne Brücke, und mit dem dumpfen Grollen breiteten sich Erinnerungen in seinem Kopf aus. Er flog zurück in eine verschwommene, tranceartige Zeit. In einer Nische, genau unter diesen Gleisen, hatte er den letzten Winter verbracht, in einer selbst gebauten Höhle aus Einkaufswagen, Plastikplanen und einem geflochtenen Wäschekorb vom Sperrmüll. Er war seit Tagen voll, so voll wie sein Vater, wenn er ihn mit seinen Boxerhänden erst verdroschen und nachher weinend in den Arm genommen hatte.

Jonas hegte keinen Groll gegen ihn. Er war kein schlechter Mensch gewesen, sie hatten viel miteinander gelacht. Sein Vater hatte ihn mitgenommen zum Flaschensammeln in die Stadt, wo die Plätze voller feiernder Menschen waren. Manchmal durfte er auch mit in die Kneipe, wo er mit den Erwachsenen Skat spielte und die letzten Schlucke aus ihren Biergläsern bekam. Dann war auch der Vater tot, man hatte ihn halb verbrannt auf dem Dach eines Güterzuges gefunden, wo er Kupferdraht klauen wollte und in die Oberleitung geraten war. Jonas war gerannt, bis er nicht mehr konnte. Bloß nicht ins Heim, das hatte ihm sein Vater immer eingebläut, Heim war schlimmer als Knast.

Die ersten Wochen auf der Straße waren gut, es war warm, Jonas lernte lustige Menschen kennen, solche wie er. Sie zeigten ihm Tricks und gute Orte zum Übernachten. Manchmal schlief er in Autos, die nicht abgesperrt waren. Es gab viele davon, und man konnte darin Musik aus dem Radio hören. Dann kam der Winter, und alles wurde anders. Das Donnern der Züge unter dem Gleisbogen hatte Jonas längst nicht mehr gespürt, alles war Kälte, sogar die Zeit schien zäher zu werden, als wollte sie den Frühling niemals erreichen. An der schimmeligen Decke des Bogens hingen Eiszapfen, von denen Wasser in sein Lager tropfte und neben der Isomatte am Boden wieder gefror. In den Fiebernächten konnte er nicht mehr zwischen Traum und Wirklichkeit unterscheiden. Jugendliche hatten Silvesterböller in seinen Schlafsack geworfen und lachend zugeschaut, wie Jonas die Glut mit bloßen Händen löschte. Eines Nachts beugten sich dunkle Gestalten zu ihm herunter und durchwühlten seine Habseligkeiten. Er blieb liegen, es war ihm egal, ob sie alles mitnehmen würden, sie hätten ihn auch abstechen oder abfackeln können.

Niemand würde ihn vermissen, hatte er damals gedacht, er war nur noch ein Stück menschlicher Dreck. Dann stand plötzlich Ira vor ihm, mit Tee und Keksen und Augen, die seltsam lächelten. Er hatte nichts mehr zu verlieren und kletterte wie betäubt in ihren alten VW-Bus. Karl hatte am Steuer gesessen und gegrinst.

»Wir steigen hier aus.« Anni rüttelte an Jonas' Schulter und verscheuchte den Erinnerungsnebel aus seinem Schädel. Aus dem vorderen Teil des Waggons wummerte Musik. Er hatte sich mit Jugendlichen gefüllt, die zum Feiern in die Stadt fuhren. Einige der Mädchen hatten Schminkspiegel, Kajal- und Lippenstifte herausgeholt und bemalten ihre Gesichter. Jungs mit gelglatten Haaren und weiten Hosen alberten mit ihren Handys herum und ließen große Plastikflaschen mit einem gelben Mixgetränk kreisen. Jonas beobachtete, wie eines der Mädchen aufstand und an ihm vorbei zur Tür ging. Sie trug Shorts, ein signalfarbenes Top und weiße Turnschuhe. Auf dem Oberschenkel prangte ein buntes barock verschnörkeltes Kreuz-Tattoo. Ihre Haare waren zu einem Zopf gebunden, an den Ohren baumelten silberne Kreolen, die Lippen glänzten wie Nacktschnecken. Auch Anni schaute dem Mädchen nach, und ihr Blick wurde schmal. Jonas lehnte sich vor, schloss die Augen und atmete die süßliche Woge ein, die im Gang schwebte. Ein Hauch von Parfüm, vielleicht ein Deo, es roch nach Dusche, nach einem Zuhause, nach Sauberkeit und Ordnung, einem Plan. Es roch nach Zukunft.

Plötzlich drängte sich der beißende Geruch von Schweiß und Rauch in den Duft. Jonas schloss eilig den Reißverschluss seines Hoodies, drückte die Arme eng an den Oberkörper und zog die Kapuze tief ins Gesicht. Aus dem Hintergrund drang das Lachen der Jugendlichen zu ihnen herüber, einige sangen laut zur Musik, voller Vorfreude auf die Nacht. Jonas starrte aus dem Fenster. Zwischen den Häusern tauchten Straßen auf, an denen sich Bars, Kneipen und Imbisse aneinanderreihten, überall leuchteten bunte Lichter, die Bürgersteige waren voller Menschen.

Als sie in den Bahnhof einfuhren, standen die Jugendlichen auf und drängten lachend und schubsend Richtung Tür. Anni und Jonas wechselten einen Blick. Gleich würden auch sie aussteigen. Sie würden in den dunklen Katakomben unter den Gleisen verschwinden.

*

Caroline hatte zwei Stunden lang den Lichtkegeln der Autoscheinwerfer zugeschaut, die an der Dachschräge ihres Schlafzimmers entlangwanderten, dann war sie aus dem Bett gesprungen und hatte begonnen aufzuräumen. Vielleicht, dachte sie, während sie Wäsche vom Boden aufklaubte, die Krümel der Erdnussschalen aus den Sofaritzen wischte und das Altglas und die Pfandflaschen in Tüten verstaute, vielleicht gehörte es sich nicht für eine Polizistin, in einer völlig chaotischen Wohnung zu hausen. Und erst recht nicht für eine Kriminalistin, denn das war sie jetzt doch. *Oder?* Nachdenklich versenkte sie das Geschirr, das sich bis zum Rand der Spüle türmte, in einem schaumigen See. Auf dem Abtropfgitter war kaum noch Platz, und als ihr ein Teller aus den Händen glitt und auf dem Boden zerschellte, fuhr sie erschrocken zusammen. Für einen Moment kehrten ihre Gedanken in ihre alte Wohnung zurück: Annis Furiengesicht. Ihre unterlaufenen Augen mit den riesigen Pupillen, die sie voller Verzweiflung anstarrten, untermalt von schrillem Babygeschrei. Das Bücherregal, das wie in Zeitlupe von der Wand kippte und auf den Boden donnerte. Geschirr, das mit lautem Klirren zerbarst. Plötzlich das riesige Küchenmesser, zitternd auf sie gerichtet …

Atme! Caroline hastete mit nassen Händen zum Fenster, riss es auf und sog gierig die frische Nachtluft ein. Die Nachbarhäuser waren dunkel. *Wollte sie nicht nach Spanien?,* ging ihr durch den Kopf. *In die Sonne? Vielleicht schafft sie es.* Ein einsamer Lastwagen rauschte auf der Straße vorbei. Caroline sah seinen Lichtern nach, dann ging sie zum Sofa und klappte den Rechner auf. Auf dem Monitor erschienen die Bilder des nächtlichen Bürgersteiges. Die Bodenplatten, der Gully, der Bordstein mit dem Riss – Caroline war jeder Quadratzentimeter vertraut. Im Schnelldurchlauf ließ sie die Aufzeichnung der letzten beiden Stunden an sich vorüberziehen. Keine Bewegung. Ihr Blick schweifte zur Wohnungstür, die mit doppelten Sicherheitsschlössern versehen war. Heiner konnte im Erdgeschoss jedes Mal hören, wenn Caroline den Schlüssel drehte und die dicken Metallstifte sich mit einem schweren Knirschen in den Türrahmen schoben. Er hatte sie freundlich gefragt, ob sie einen Schatz in ihrer Wohnung versteckt hätte, und sie hatte ihm eine Geschichte von einem Einbruch im Haus ihrer Eltern aufgetischt, der sie als Kind zu Tode erschreckt hatte. Es war Caroline nicht sonderlich schwergefallen, ihn zu überzeugen – sie wusste, wie sich kindlicher Schrecken anfühlte. Sie hatte schon früh gelernt, dass sie auf dünnem Eis stand, das jederzeit brechen und sie in einem dunklen, kalten See aus Angst versinken lassen konnte. Es war schon einmal ohne Vorwarnung unter ihr gebrochen, und es hatte viele Jahre gedauert, bis sie aus der Finsternis hinausgefunden hatte. Das sichere Ufer würde sie wahrscheinlich nie erreichen, wenn es das überhaupt gab. Aber sie hatte sich die dickste Stelle des Eises gesucht und entschieden, diesen Platz zu verteidigen.

Fröstelnd legte sie sich aufs Sofa und rollte sich eng in die dünne Fleecedecke ein, um dort ein wenig Schlaf zu suchen vor den vielleicht wichtigsten Tagen ihres Lebens.

*

Die Seitenscheibe aus Plastik zerbarst schon beim ersten Hieb. Jonas sah zu, wie Anni den Pflasterstein wegwarf, die Fensterverriegelung öffnete und ihre Hände zu einer Räuberleiter zusammenfaltete.

»Steig ein!«, flüsterte sie.

Das Wohnmobil stand einige Hundert Meter hinter dem Bahnhof in einem Torbogen unter den Gleisen. Die Straße entlang der Bahnlinie war dunkel und menschenleer, aus dem Fenster eines dreckigen Altbaus schallten Stimmen und Applaus, an der Zimmerdecke flackerte das Licht eines Fernsehers.

Jonas kletterte durch das Seitenfenster in den Wagen und öffnete Anni die Tür. Vorsichtig schauten sie sich um. Die Schränke waren leer, die bunten Polster der Sitzbank an dem kleinen Tisch waren mit Plastikfolie umhüllt. Der Hahn des Waschbeckens war tot, genau wie die Dusche im winzigen Badezimmer im hinteren Wagenteil. Anni drückte jeden Schalter, den sie finden konnte, doch weder Licht noch Belüftung sprangen an. Sie hatten den Jackpot geknackt: Der Wagen war offensichtlich eingemottet, niemand würde heute Nacht nach ihm schauen. Anni riss die Folie von der Bank, fläzte sich in die Polsterecke und holte ihren flachen Tabakbeutel heraus. Seit Beginn der Flucht waren ihre Zigaretten immer dünner geworden. Jonas schaute unter den Tisch und fand einen Hebel, mit dem man die Platte absenken konnte. Ein Bett! An Jonas' Augenlidern hingen Bleigewichte, er schob Anni zur Seite, klappte den Tisch hinunter, breitete die Polster aus und sank auf den Rücken. Anni streifte mit den Füßen ihre Schuhe ab, zündete die Zigarette an und legte sich neben ihn. Schweigend schauten sie an die Decke. Über ihnen donnerte ein Zug auf der Trasse vorbei, ein seltsam vertrautes Geräusch.

»Bist du sicher, dass deine Tante dichthält?«, fragte Jonas.

»Die war die Einzige in der Familie, die sich um mich gekümmert hat. Wenn die uns besuchen kam, ist sie mit mir auf den Spielplatz und hat mir Pommes gekauft. Wir waren sogar mal im Zoo.«

»Und die hat Geld?«

»Für 'n Anfang wirds reichen.« Anni blies den Rauch in das gelbe Flutlicht, das durch die dünnen Vorhänge des Fensters drang.

Jonas' Magen knurrte. Das trockene Brötchen, das er aus dem Mülleimer des Wurststandes am Bahnhof gezogen und zusammen mit Anni im Gehen hinuntergeschlungen hatte, war längst verdaut.

»Wir bleiben bis morgen Abend hier«, beschloss Anni. »Zu viele Leute tagsüber. Besser, wenn wir im Dunkeln unterwegs sind.«

Jonas nickte. Er wollte einfach nur liegen, am liebsten für den Rest seines Lebens.

»Hast du 'n Führerschein?«, murmelte Anni.

»Nee«, brummte Jonas. Seine Augen fielen zu.

»Ich hatte mal 'nen Freund, der hatte ein Auto. Tiefer gelegt, mit Spoiler hinten. Er hat mich manchmal fahren lassen, auf dem Parkplatz vom Stadion. Den hier krieg ich auch in Gang.«

Jonas hörte das Knistern von Annis Zigarette. Er hatte nie geraucht, auch nicht in der Stammkneipe seines Vaters, wo alle qualmten. Aber er mochte es, wenn andere rauchten. Es schien sie zu beruhigen, und ruhige Menschen machten weniger Ärger.

»Wenn wir Geld haben, kommen wir zurück und fahren mit dem Ding nach Holland«, sagte Anni. Jonas hörte, dass sie grinste. »An irgend 'nen Deich mit Schafen drauf. Und wir essen Matjes und Käse. Mit den anderen Spießern.«

Jonas musste im Halbschlaf lächeln. Ja, sie würden einfach losfahren und rasten und fahren und rasten, wo immer sie wollten. Bis ans Meer. Er sah Palmen, die sich tief über einen Strand beugten. Türkisfarbenes Wasser. Er und Anni. Sie beide brauchten nichts.

»Wir haben 'ne eigene Wohnung!«, flüsterte Anni. Jonas konnte ihren rauchigen Atem riechen. Ein Zug ließ das Wohnmobil erzittern.

»Ja. Nur für uns«, flüsterte er mit geschlossenen Augen.

Es raschelte, und plötzlich fühlte Jonas Annis Hand auf seinem Bauch. Er hielt die Luft an.

»Was 'n krasser Tag«, flüsterte Anni weiter.

Jonas lag starr auf dem Rücken, öffnete vorsichtig die Augen und drehte sich zu ihr. Sie hatte ihr Tanktop ausgezogen. Er hatte sie schon halb nackt gesehen, beim Sonnenbaden auf der Lichtung oder wenn sie mit nassen Haaren aus der Gemeinschaftsdusche gekommen war. Damals war sein Blick immer schnell von ihr abgeglitten, aus Angst, sie könnte ihn wieder grinsend in den Schwitzkasten nehmen und mit ihren Fingerknöcheln seinen Kopf massieren, um ihn danach fest in den Arm zu schließen und zu drücken. Schon als Kind hatte er nicht verstanden, warum auf die Schläge seines Vaters Umarmungen folgten und tags darauf wieder Schläge. Damals hatte er sich gefühlt wie ein Hund, der hilflos den Launen seines Besitzers ausgeliefert war.

Jetzt trennten ihn nur ein paar Zentimeter von Annis nackter Haut. Ihr kräftiger Oberkörper war über und über tätowiert, er erkannte krumme Gesichter mit großen Augen, manche weinten bunte Tränen, andere grinsten mit spitzen Zähnen, eine Schlange wand sich um ihren rechten Oberarm, darüber durchstach ein krummer Dolch ein Herz. Jonas spürte, wie Annis tätowierte Hand an seinem Bauch hinabwanderte. Er rührte sich nicht.

Sie öffnete den Knopf seiner Jeans und lächelte. »Was ist? Sollen wir unsere neue Wohnung einweihen?«

Jonas war wie in Trance, keine Antwort, kein klarer Gedanke wollte sich in seinem leer gefegten Kopf formen. Von Annis Dekolleté sprang ihm ein krakeliger Schriftzug in die Augen: *No regret*. Die Buchstaben waren von hypnotisierenden Mustern und den langen Beinen einer großen Spinne umrahmt.

Annis Hand schlüpfte tief in seine Hose.

Reflexhaft schob er ihren Arm weg und richtete sich auf. »Anni, warte … Ich …«

Sie starrte ihn an.

»Ich … ich kann nicht …«, stammelte Jonas. »Das liegt nicht an dir, aber …«

Annis Faust traf seine Schläfe, sein Kopf schlug gegen die dünne Seitenwand des Wohnmobils.

»Fick dich!« Sie setzte sich auf, zog ihr Tanktop über, zündete den Zigarettenstummel an, den sie beiseitegelegt hatte, und blies Jonas eine Rauchwolke ins Gesicht. »Blödes Arschloch.«

Er hielt sich den Kopf. »Anni … das ist nicht so gemeint, ich …«

»Halt die Fresse!«

Jonas deutete zum Fenster und flüsterte: »Nicht so laut, das Ding hier ist aus Pappe.«

»Hau ab! Los, verpiss dich!« Anni drückte den Stummel an der Wand aus, stieß Jonas mit den Füßen vom Bett und legte sich quer auf die Polster.

Er stand in dem kleinen Raum, öffnete den Mund und schloss

ihn gleich wieder. Was war geschehen? Was hätte er tun sollen? In dem Moment schoss ihm in den Kopf, dass er eigentlich nie gewusst hatte, was er tun sollte, wenn andere ihm nahekamen. Die Küsse der alten Trinkerinnen in der Kneipe, die eindeutigen Angebote auf der Straße, die Zärtlichkeiten in der Gruppe. Jedes Mal hatte er sich gefühlt wie ein Fremder, dazu verdammt, den anderen zuzusehen, wie sie zueinanderfanden, als verfügten sie über einen geheimen Code, der ihm verborgen blieb.

Anni schüttete die letzten trockenen Tabakreste aus ihrem Beutel auf eine Ablage und drehte sich eine neue Zigarette. Ein scheinbar endlos langer Güterzug donnerte über den Torbogen hinweg.

Jonas schaute sich um. Die Windschutzscheibe im Fahrerhaus war mit Pappen abgeklebt. Entweder musste er vorne in einem der Sitze schlafen oder auf dem Boden.

Anni lag quer auf dem Bett, ihre dreckigen Füße hingen über den Rand und wippten nervös. Über ihr stiegen zwei kreisrunde Rauchringe auf, wurden größer, bekamen Dellen und lösten sich auf.

Jonas setzte sich auf den Boden vor der Toilettentür. »Anni, ich weiß auch nicht …«

»Schnauze!«

*

Oliven. Karl stand im Neonlicht eines türkischen Supermarktes, öffnete das Glas und stopfte sich den Mund voll. Seit seiner Zeit im Knast hatte er keine Oliven mehr gegessen. Damals hatte Armani einen Wärter dazu gebracht, ihm einen großen Beutel in die Zelle zu schmuggeln, kein Dope, kein Alkohol, keine Kippen – Oliven. Und er hatte sie mit Karl geteilt, der noch nie etwas Ähnliches gegessen hatte.

Jetzt spuckte Karl die Kerne aus und ging zum Kühlregal, in dessen kaltem Licht die Putzfrau lag. Ihre Augen schauten durch ihn hindurch, das Kopftuch war blutgetränkt, auf dem braunen Fliesenboden darunter hatte sich eine sämige Lache gebildet.

Karl öffnete eine Packung mit Rindswürsten und ärgerte sich. Warum musste die Alte auch gleich nervös werden? Man hätte alles auch so regeln können, aber sie wollte ja unbedingt quieken. Pech für sie.

Der kleine Supermarkt am Straßenrand kam wie gerufen. Mit brennender Kehle und krampfendem Magen war Karl stundenlang durch den Wald gelaufen. Die Uniform hatte wie Schmirgelpapier an seinen offenen Wunden gerieben. Er hatte Umwege genommen, immer wieder innegehalten und war durchs Unterholz gekrochen, um den Suchtrupps nicht in die Hände zu fallen, bis er es endlich zu den Feldern geschafft und in einer Mulde den Einbruch der Nacht abgewartet hatte. Dann war er über die Stoppeln bis zum nächsten Dorf gestapft und hatte vor einem in die Jahre gekommenen Bungalow mit Ziergarten das perfekte Auto gefunden, einen alten Mercedes, der leicht zu knacken und kurzzuschließen war.

Über Schleichwege war er in die Stadt gefahren und hatte in einem Außenbezirk den kleinen Supermarkt entdeckt. Die Tür hatte offen gestanden, und als die Frau mit ihrem Putzwagen aus einem der Gänge kam, hatte sie ihn, den uniformierten Polizisten, überrascht gemustert und erklärt, dass schon geschlossen sei. Er hatte ihr zehn Euro aus dem Portemonnaie des Bullen in die Hand gedrückt, um etwas zu essen zu kaufen, aber sie hatte plötzlich mit riesigen Augen sein abgerissenes Ohr angestarrt und angefangen, schrill zu schreien. Karl hatte nicht lange nachgedacht und mit dem Kolben der Maschinenpistole zugeschlagen.

Er hatte sie nicht töten wollen, dachte er jetzt und biss in eine Rindswurst. Er hatte noch nie eine Frau getötet, außer seiner Mutter, aber die galt nicht, die hatte es verdient. Den Vater hatte er mit der Axt im Bett erwischt, sie hatte sich zitternd hinter ihrem Nachttisch verkrochen und ihn mit ihren traurigen Augen angestarrt. Sie war stumm geblieben, als er zuschlug, genauso stumm wie an den Abenden, wenn der Vater den Gürtel aus der Hose zog und ihn in den Keller schubste. Sie musste seine Schreie, das Weinen und Flehen von unten gehört haben, davon war Karl überzeugt, aber sie hatte immer schön die Schnauze gehalten, wenn sie ihm nachher die Badewanne mit kaltem Wasser einließ, damit er seinen Rücken und Hintern kühlen konnte. Warum sollte seine Mutter also nicht gleich für immer die Schnauze halten? Er bereute nichts.

Jetzt ging Karl zum Putzwagen und kontrollierte den Feudel in dem roten Plastikeimer. Er war trocken, die Alte hatte also noch nicht mit der Arbeit angefangen, in den nächsten ein bis zwei Stunden würde niemand sie vermissen. Er beschloss, die Leiche später in den Müllcontainer zu werfen und die Blutlache wegzuwischen, das würde ihm weitere Zeit verschaffen.

Karl öffnete ein Glas mit sauer eingelegten Peperoni und bekam Lust auf Pizza. Die Kids hatten seine Peperonipizza geliebt, er hatte sie mit Salami und tonnenweise Käse und Knoblauch belegt, die fünf Bleche waren immer bis auf den letzten Krümel weg. Genau wie die beiden Kästen Bier, die Ira ihnen an den Pizzaabenden genehmigte. Im türkischen Supermarkt fand Karl kein Bier, es gab überhaupt keinen Alkohol.

Als er die Rindswurst und die Peperoni aufgegessen hatte, griff er in eine der großen Taschen seiner Cargohose, holte eine

Handvoll Blätter und Halme heraus, steckte sie in den Mund und zerkaute sie zu einem faserigen Brei. Währenddessen zog er die Uniformjacke und das blaue Polizei-T-Shirt aus und schmierte dann die Pflanzenmasse aus seinem Mund sorgfältig auf die verbrannten Oberarme, das Gesicht, den Ohrstummel und den Nacken. Der Brei war kühl und roch grün. In dem dunklen Schaufensterglas vor den heruntergelassenen Rollläden konnte Karl sein Spiegelbild sehen, seine Augen und Zähne leuchteten weiß aus dem Gesicht hervor. *Der Waldgeist.* Er holte Papier aus der Personaltoilette, legte es auf die nassen Kräuterpackungen und zog sich behutsam einen Trainingsblouson mit türkis-lilafarbenem Muster über, den er in einer Nachbarstraße aus einem Altkleidercontainer gefischt hatte. Die Bullenjacke war zu auffällig, die Cargohose behielt er an, niemand würde bemerken, dass sie zu einer Uniform gehörte.

Karl setzte sich neben die tote Frau auf den Fliesenboden, holte sein Handy mit der nicht registrierten Prepaidkarte hervor und schaltete es an. Im Licht der Kühlregale starrte er mit grün verschmiertem Gesicht auf das Display und wischte mit dem Zeigefinger durch die Nachrichtenseiten, die alle von der Polizeiaktion gegen die Terrorgruppe in der Nordeifel berichteten. Noch ließ die Kripo nur wenige Informationen an die Öffentlichkeit, aber es sickerte durch, dass drei Jugendliche tot waren und eine Terroristin festgenommen worden war. *Ira!*

Karl schaltete das Handy aus und sprang auf. Schweiß lief ihm den Rücken hinunter. Er lehnte den Oberkörper ins Kühlregal zwischen die Joghurt- und Margarinebecher und atmete tief durch. In seinem Kopf summte es: Die Bullen haben sie! Sie sitzt in einer Zelle. Allein. Die Systemrichter werden sie in einem Schauprozess vorführen wie eine Hexe! Die Zuschauer werden vor dem Gericht Schlange stehen, so wie damals bei den

Kameraden. Die linken Zecken werden wieder auf die Straße gehen und demonstrieren. Die Gutmenschenpresse wird sich auf Ira stürzen, man wird sie foltern, wenn nötig jahrelang, damit sie alles ausspuckt. Über die Gruppe. Über mich!

Karl öffnete einen Becher Ayran, stürzte ihn hinunter und tigerte vor dem Kühlregal hin und her.

»Ihr kriegt sie nicht zum Reden!«, murmelte er. »Nicht Ira! Nicht in hundert Jahren Knast!«

Wer war er ohne sie?, dachte er plötzlich. Wen hatte er hier draußen? Die Kameraden hatten sich einen Scheiß für ihn interessiert, als er hinter Gittern saß. Keine Sau hatte ihn besucht. Keiner hatte gefragt, wie es danach weitergehen sollte. Nur Ira. Sie hatte ihn mitgenommen zu ihrem Bauernhof. Ihm etwas zu tun gegeben. Die bunte Tapete hatte er von den schimmeligen Wänden gerissen, die Elektroleitungen neu verlegt, die vertrocknete Kuhscheiße aus der Sickergrube geschippt. Sie hatten gemeinsam den Hof zu ihrem Zuhause gemacht, er, sie und die Kids. Ira hatte immer mit angepackt. Sie war die Mutter, der General.

Sie haben sie!, schrie es in Karls Kopf. Für Jahre. Für immer! Seine Gedärme zogen sich zusammen. Er boxte ins Kühlregal und fegte mit beiden Armen hindurch. Joghurtbecher und Milchtüten fielen klatschend zu Boden. Schwer atmend schloss er die Augen. Der rasende Gedankenwirbel in seinem Schädel verlangsamte sich, wurde klarer und formte sich nach und nach zu einer Vision. Es war, als würde sich ein Vorhang heben, hinter dem eine Idee zum Vorschein kam. Ein Plan. Ein Ziel! *Für Ira!*

Karl blickte zu Boden. Sein rechter Fuß stand in der Blutlache. Sie hatte sich vom Kopf der Toten ausgebreitet, mit einer Milchpfütze vereinigt und die Textur von rosa Marmor angenommen.

2

Diesmal Zivil. Caroline hatte sich schon am Vorabend geschworen, die Uniform erst wieder anzuziehen, wenn sie ihre Elternzeit beenden und sich in der Innenstadtwache zur Arbeit zurückmelden würde. Jetzt hingen die Schweißpads, die sie am Morgen mühsam in die gebügelte Bluse geklebt hatte, nasskalt unter ihren Achseln.

Sie öffnete das Fenster. Der große Innenhof der Jugendstrafanstalt war karg, auf einer Rasenfläche standen drei Birken, an den Seiten zwei Stahlbänke. Der Anblick erinnerte Caroline an den Hinterhof der Genossenschaftssiedlung, in der sie ihre ersten Jahre verbracht hatte, bevor sie mit ihren Eltern und ihrem Bruder in das Einfamilienhaus am Stadtrand gezogen war. Es hatten rostige Wäschestangen auf dem Rasen gestanden, die den Kindern der Nachbarschaft als Fußballtore dienten und den Jugendlichen als Bühne für halsbrecherische Turnübungen.

Hier in der Anstalt gab es keine Wäschestangen. Die Kids, die hier einsaßen, konnten sich in einem Fitnessraum abreagieren oder in einem riesigen Käfig hinter dem Haupthaus Fußball spielen. Von außen betrachtet hätte die Anstalt ein beliebiger

Wohnkomplex sein können, wären die Erdgeschossfenster nicht vergittert und der Eingang nicht mit einer bewachten Pforte verstärkt gewesen.

Für die Vernehmungen hatte die Leitung ein Büro bereitgestellt. Man hatte es von allen persönlichen und überflüssigen Gegenständen befreit und einen Raum hinterlassen, der die trübe Atmosphäre einer Gefängniszelle ausstrahlte, als müsste unterstrichen werden, dass es hier um mehr ging als um Ladendiebstahl, Drogen- oder Gewaltdelikte. Es ging um Terrorismus.

Auf dem Schreibtisch befanden sich ein Aufnahmegerät, ein Notizblock und ein Tablett mit Wasserflaschen und mehreren Gläsern. Caroline nahm sich vor, für den nächsten Tag Cola und Süßigkeiten zu besorgen. Ihr Blick ging erwartungsvoll zur Tür. Ihre erste Vernehmung. Die Störrischste sollte die Erste sein, hatte sie überlegt, der Härtetest, um auszuloten, in welcher Stimmung die Kids waren, nachdem sie monatelang in der Gruppe von Ira Tetzel gelebt hatten. Caroline hatte es immer so gemacht, seit sie ihr Leben selbst in die Hand genommen hatte: Erst die Arbeit, dann das Vergnügen, man musste sich das Gute zunächst verdienen, das war ihr selbst auferlegtes Mantra. Oder war es nur die Hoffnung, überlegte sie jetzt, das Schlechte so schnell wie möglich aus dem Leben verbannen zu können?

Die Tür öffnete sich, und ein älterer Mann schaute herein. »Sie ist bereit. Ich bleibe draußen, falls es Probleme gibt.«

»Danke, Sie brauchen nicht zu warten.« Caroline setzte sich aufrecht, atmete aus und räusperte sich. Das Schweißpad unter ihrer Achsel begann sich zu lösen und rutschte hinunter bis auf ihren Hosenbund.

Eine Jugendliche in einem schlabbrigen Sweatshirt und löchriger Hose kam herein. Caroline sah die blauen Haare und flog für einen Moment in der Zeit zurück. Wann hatte sie das Mädchen zum letzten Mal gesehen? Vor zwei Jahren? Kiki war fünfzehn gewesen und hatte in ihrem Lager aus Koffern und Zeltplanen wie ein verlorenes dürres Kind gewirkt, aber sie hatte schon heiser wie die Alten gelacht. Ihre Spezialität war es, die anderen mit kleinen Kunststücken zu unterhalten, sie konnte mit beiden Händen gleichzeitig Zigaretten drehen, zwei aufeinandergestapelte Bierbüchsen auf der Stirn balancieren und jedes Wort, das man ihr vorgab, rückwärts sprechen. Jetzt war ihr Gesicht voller und ernster als damals.

Caroline lächelte. »Hallo, Kiki, setz dich.«

Die junge Frau warf ihr einen kühlen Blick zu und ließ sich auf den Stuhl vor dem Schreibtisch fallen. Caroline wusste auf Anhieb, dass Kiki kein Wort zu viel sagen würde. An ihr würde sie ihre Muskeln für die weiteren Vernehmungen stärken.

»Du hast die Haare immer noch gefärbt. Steht dir gut.«

Keine Antwort.

»Wie gehts dir hier?«

Kiki musterte Caroline spöttisch: »Wo ist deine Uniform?«

Die Polizistin lächelte. »Brauch ich hier nicht. Bekommst du, was du brauchst?«

»'n bisschen Gras wär schön.«

»Sag mir bitte, wenn es Probleme gibt, ich regele das dann für dich. Bist du von den Drogen runter? Also den harten.«

Kiki verdrehte die Augen. Caroline verstand, dass ihr jede Art von Nettigkeit als Anbiederung ausgelegt werden würde. Es war ihr egal.

»Ich nehme an, das ist ein Ja. Gut so, Glückwunsch. Ich muss dich zuerst über deine Rechte aufklären und dir sagen, was dir zur Last gelegt wird. Reine Formsache. Wenn du nichts dagegen hast, nehme ich das Gespräch auf, damit ich es später protokollieren kann. Du bekommst eine Abschrift, die du in Ruhe lesen kannst. Erst wenn du sie unterschreibst, sind deine Aussagen rechtskräftig. Alles andere bleibt hier drin, nur zwischen dir und mir. Hast du das so weit verstanden?«

Kiki nickte missmutig.

»Okay. Du hast das Recht, die Aussage zu verweigern und vor der Aussage einen Anwalt deiner Wahl zu sprechen. Möchtest du das?«

»Wofür 'n Anwalt? Interessiert doch eh keine Sau, was mit mir passiert.«

»Mich schon.« Caroline öffnete die Akte der Staatsanwaltschaft, die ihr Lippock am Vorabend gegeben hatte. »Dir wird zur Last gelegt, Mitglied einer terroristischen Vereinigung gewesen zu sein. Es wurden mehrere Bombenanschläge geplant, mutmaßlich mit dem Ziel eines politischen Umsturzes.« Sie blickte auf. »Starker Tobak.«

Kiki grinste trotzig.

»Du bist damals aus der Stadt rausgezogen. Auf den Bauernhof von Ira Tetzel im Bergischen Land, zusammen mit neun anderen Kids und Karl Opitz, richtig?«

Keine Antwort.

»Vor ungefähr drei Wochen seid ihr von dort in ein altes Forsthaus an der belgischen Grenze umgezogen. In der Nähe befand sich ein Bunker, in dem große Mengen Sprengstoff gelagert wurden, wahrscheinlich von Karl Opitz selbst hergestellt. Wusstest du davon?«

Kiki zuckte wieder mit den Achseln. »Im Bunker haben wir unser Bier gekühlt, ist schweinekalt da drin, auch im Sommer.«

»Weißt du, wieso das Lager in die Luft geflogen ist?«

»Woher soll ich das wissen? War nicht dabei.«

»Du warst in der Nähe.«

»Keine Ahnung, Mann! Vielleicht ist es einfach so hochgegangen. Oder Karl wars selbst. Der war echt mies drauf in letzter Zeit.«

»Wegen dem Ohr?«

»Weiß ich doch nicht.« Kiki verschränkte ihre Arme und starrte auf die Tischplatte.

Caroline musterte sie lange. »Was hat Ira Tetzel mit euch gemacht?«

Kiki fuhr sich mit beiden Händen durch die blauen Haare, ließ sie vor ihr Gesicht fallen und kontrollierte interessiert den Spliss.

»Bomben auf Menschen, Kiki! So seid ihr doch nicht!«

Schweigen. Sekunden wurden zu Minuten. Caroline konnte die Stille gut ertragen, sie mochte es, das Mädchen zu betrachten, dem sie im Winter Tee aus der Thermoskanne gebracht hatte, das am lautesten lachte, wenn anderen ein Unglück zustieß, das Worte fand, die giftiger als Botox waren, und das sich Caroline, als sie in einer Sommernacht am Bahnhof Streife ging, sturzbetrunken in die Arme geworfen und ihr lallend erzählt hatte, was ihm der Vater und der Onkel über Jahre hinweg angetan hatten.

»Ist es das Aufnahmegerät? Ich mach es aus.« Caroline drückte den Schalter auf dem kleinen schwarzen Kasten. »Du kannst alles sagen, Kiki, sie können nichts gegen dich verwenden, was du nicht unterschreibst.«

»Sie?«, platzte es voller Verachtung aus Kiki heraus. »Bist du etwa kein *sie*?!«

Caroline musste lächeln. *1:0 für Kiki.*

»Erwischt. Ich bin Bulle. Aber der beste, den du haben kannst.«

Kiki verschränkte die Arme, das Gesicht hinter dem Haarvorhang verborgen.

»Wenn du jemand anderen willst, kein Problem.« Caroline stand auf und ging zur Tür. »Ich ruf gleich den Kollegen.«

»Warte, Mann.«

Caroline kam zurück und setzte sich wieder. *Ausgleich.*

Kikis Mund war ein Strich. »Wo sind die anderen alle? Ich hab hier drin nur Jan, Ben und Lenni gesehen.«

»Das erzähl ich dir später, okay? Erst mal bist du dran.«

»Und Ira?«

»Ist im Krankenhaus. In zwei, drei Tagen kommt sie in U-Haft.«

Kiki zog die Nase hoch. »Und was soll die Scheiße hier? Ich hab nix gemacht. Ich hab nur mit ein paar Freunden auf ’nem Bauernhof gelebt. Und nachher in ’nem Haus im Wald.«

Caroline nickte. In der gestrigen Nacht hatte sie eine Liste mit Fragen vorbereitet und die wichtigsten ans Ende gestellt. Es ging ums Timing, hatten sie ihr im Studium eingebläut. Würden die entscheidenden Fragen zu früh kommen, wären sie verbrannt. Noch war es nicht so weit. Erst musste sie die Rampe bauen für das, was wirklich wichtig war. Und zwar nicht für die Polizei, sondern für sie selbst.

»Wie war das so auf dem Bauernhof?«

»Wie schon?«

»Was habt ihr den ganzen Tag gemacht? Wie war euer Zusammenleben?«

»Wir haben zusammen abgehangen, im Garten gearbeitet. Gekocht. Was man halt so macht auf dem Land. Ansonsten wars ziemlich öde.«

»Gab es auf dem Hof schon die Bomben?«

Kiki starrte stumm zum Fenster hinaus.

»Und Ira Tetzel, wie war die?«

»Nett.«

»Nett …«

»Hat keine Fragen gestellt.«

»War Karl Opitz auch nett?«

Kiki grinste. »Klar. Wenn er Spaß gemacht hat. Konnte aber auch ein richtiges Arschloch sein, wenn ihm mal was nicht gepasst hat. Da war dann echt Alarm.«

»Was hat ihm denn nicht gepasst?«

»Keine Ahnung. Wenn Clemens wieder die Süßigkeiten weggefressen hat. Oder ins Bett gepisst.«

»Das war alles?«

Kikis Grinsen wurde schmaler. »Abhauen ging auch gar nicht.«

»Was passierte, wenn jemand abhauen wollte?«

Kiki begegnete kurz Carolines Blick, dann rauschte hinter ihren Augen eine Jalousie herunter.

»Was hat Karl dann gemacht?«, hakte Caroline nach.

Wieder Schweigen. Caroline stützte ihren Kopf auf die Hände und blickte Kiki lange an. »Wieso seid ihr in der Gruppe geblieben? Ihr habt doch geahnt, dass da was Schräges läuft.«

»Die haben uns geholfen. Was zum Wohnen gegeben. Arbeit. Alles, was der Scheißstaat nicht macht.«

»Und deshalb wolltet ihr den Scheißstaat zerstören.«

»Fuck it!«, konterte Kiki und ließ sich tiefer in den Stuhl rutschen.

Caroline lehnte sich zurück und malte mit dem Kugelschreiber ein diagonales Zickzackmuster in die Kästchen ihres Notizblockes. Der Zeitpunkt war gekommen. »Eigentlich darf ich es dir gar nicht sagen, aber es spricht sich sowieso bald rum. Anni und Jonas sind auf der Flucht.«

Kiki grinste. »Geil.«

»Hast du eine Ahnung, wohin die wollen?«

»Überall dahin, wo ihr nicht seid, nehm ich an.«

»Sie könnten bei der Explosion im Wald verletzt worden sein und jetzt Hilfe brauchen.«

»Klar. Jonas braucht immer Hilfe, das Weichei.«

»Und Anni?«

»Die kann schon selbst auf sich aufpassen.«

Caroline malte weiter Muster in ihren Block. Die Fragen, die ihr wie glühende Kohlen auf der Seele brannten, sollten beiläufig wirken.

»Warst du mit Anni befreundet?«

Kiki zuckte mit den Achseln. »Keine Ahnung.«

»Ist sie vor oder nach dir zu der Gruppe gekommen?«

»Nach mir. Ist das wichtig?«

»Wie hat sie damals gewirkt?«

»Wie jetzt?«

»Als sie bei euch auf dem Hof angekommen ist, wie war sie drauf? War sie irgendwie krank oder traurig?«

»Anni? Die ist nie krank. Und traurig auch nicht. Höchstens sauer.«

Caroline nickte stumm und malte weiter in den Notizblock, ohne genau hinzuschauen. Das Zickzackmuster verlief sich wie ein Betrunkener. »Hat Anni auf dem Hof irgendwas Spezielles erzählt? Was sie so erlebt hat, bevor sie zu euch gekommen ist?«

»Was denn? Von ihrem Superleben auf Platte?«

»Die Gruppe war ziemlich lange zusammen, da freundet man sich an, erzählt sich seine Erlebnisse. Manchmal auch seine Geheimnisse.«

»Deshalb sinds ja Geheimnisse, damit es Geheimnisse bleiben.«

»Und hattet ihr welche, du und Anni? Du musst mir ja nicht sagen, welche.«

»Anni hat nie was erzählt.«

»Nichts von sich, wo sie herkommt, was sie früher gemacht hat?«

»Mann, was soll die Scheiße mit Anni?«, blaffte Kiki.

Caroline rückte ihren Stuhl zurecht. »Ich will nur verstehen, wie das so funktioniert hat bei euch in der Gruppe. Ihr wart ja praktisch eine Familie.«

»Eben. In Familien wird auch nicht alles durchgequatscht.«

»War Anni mit einem aus der Gruppe zusammen?«

»Mit mir nicht.« Kiki grinste. »Und jetzt sag ich gar nichts mehr, wenn du nicht endlich sagst, wo Lynn und Nina sind.«

»Ich erkundige mich, beim nächsten Mal weiß ich's, versprochen.« Caroline klappte den Notizblock zu. »Wir machen hier erst mal Schluss. Danke, Kiki.«

»Okay.« Kiki trommelte kurz auf den Tisch.

Caroline stand auf, öffnete ihr die Tür und schaute nachdenklich zu, wie die blauen Haare in dem langen Flur verschwanden. Kiki schien tatsächlich ahnungslos zu sein. Vielleicht hatte Anni das Ungeheuerliche ja für sich behalten.

*

Jonas öffnete langsam die Augen. Es roch nach Schweißfüßen. Sein ganzer Körper tat weh. Er kannte den Schmerz noch gut von früher. Wenn man nach einer unruhigen Nacht auf dem nackten Boden aufwachte. Wenn der Magen knurrte und der Mund brannte. Wenn der Abend einem keine Hoffnung für den neuen Tag mitgegeben hatte.

Vorsichtig rappelte er sich auf und schaute sich um. Das Bett war leer. Anni saß auf dem Fahrersitz und zog still an ihrer streichholzdünnen Zigarette.

»Guten Morgen«, versuchte es Jonas.

Keine Antwort.

»Soll ich uns was zu essen suchen?«

Stille. Jonas streifte sich den dreckigen Hoodie über, zog die Kapuze tief ins Gesicht und schlüpfte aus dem Wohnmobil. Eine halbe Stunde später klopfte er von draußen an die Tür, die Arme vollgepackt mit Lebensmitteln: Toastbrot, Orangen, Aufschnitt, Paprika, Milch. Seine Hände und das Gesicht waren sauber. Er hatte in einem Ticketautomaten einen vergessenen Euro gefunden und ihn in eine schnelle Katzenwäsche auf dem Bahnhofsklo investiert.

»Ich bins«, rief er jetzt leise und stieg in das schwankende Wohnmobil. »Da hinten ist ein Supermarkt, die haben gerade Zeug von gestern in ihre Container …« Jonas stockte. Der Camper war verwüstet, die Polster lagen verstreut auf dem Boden, mehrere Schranktüren waren herausgerissen, die Tür zum Bad eingetreten. Der Boden des winzigen Raumes war übersät mit Splittern eines Spiegels, daneben lagen die Duscharmaturen und das zerbrochene Waschbecken aus Plastik.

Auf der Toilette saß Anni mit einem weißen Blechkasten in der Hand, auf dem ein rotes Kreuz klebte. Ein Medikamentenschränkchen. Jonas kniete sich vorsichtig vor sie hin. Ihr Gesicht war verweint.

»Hey …«

Anni löste den Blick nicht von dem Kasten.

»Was ist …?« Jonas berührte vorsichtig ihr Knie.

Aus Annis Augen rollten Tränen und zerplatzten auf dem Blechkasten. »So ein Scheißding hatten wir auch zu Hause …«, sagte sie leise.

»Und?«

»Keine Ahnung, wie alt ich war«, begann Anni zu murmeln. »Sieben oder so. Meine Mutter war am Arsch. Sie hat nur noch im Bett gelegen mit ihren Flaschen. Die hat der Nachbar gebracht, der hat auch gesoffen. Ich hab gekocht, Spiegelei und Kartoffelbrei aus der Tüte, jeden Tag, das war das Einzige, was ich konnte.« Anni lächelte durch die Tränen. »Ich war 'ne richtige Hausfrau. Hab geklaut, damit was im Kühlschrank ist. Und geputzt. Damit alles schön ist, wenn meine Mama wieder aufsteht. Ist sie aber nicht. Da konnte ich betteln und heulen und auf sie draufhauen – sie hat nur gelacht. Und dann wieder gehustet, mit Blut. Und nachts hat sie geschrien, wegen der Schmerzen. Dann musste ich ihr die Tropfen geben, erst sechs, dann zehn, dann zwanzig.« Anni schluchzte leise auf. »Ich war so klein, dass ich auf einen Stuhl steigen musste, um an den Medizinkasten zu kommen!«

Draußen ratterte ein Auto über das Kopfsteinpflaster. Jonas stieß Anni vorsichtig an. »Ich hab was zu essen … richtig gutes Zeug …«

Sie schniefte.

Jonas wischte mit seinem Fingerstummel über ihre nasse Wange und bekam ein schiefes Lächeln zurück.

*

»Warum?«

Lenni starrte durch das vergitterte Fenster in den Innenhof.

Caroline wiederholte ihre Frage: »Warum?«

Der Junge zog die Nase hoch. Sein pickeliges Gesicht zeigte keine Regung, weder Angst noch Wut, nur Gleichgültigkeit. Lenni hatte nie ein Morgen gekannt, erinnerte sie sich, immer nur ein Jetzt. Wo bekomme ich das nächste Essen her? Wo ein bisschen Alkohol oder Pillen? Wo kann ich schlafen heute Nacht? Er besaß nichts und konnte nichts verlieren, er war auf grausame Weise frei.

Caroline gab ihm eine Minute und versuchte, in dem kahlen Raum irgendetwas zu finden, das es wert war, betrachtet zu werden. Sie würde eine Pflanze besorgen, beschloss sie, gleich heute.

»Willst du nicht antworten, oder kannst du nicht?«

Lenni warf ihr einen genervten Blick zu und biss auf einen seiner dreckigen Fingernägel. Sein rechtes Knie wippte rastlos auf und ab. »Warum, warum«, äffte er sie nach. »Warum *was*?«

»Warum Bomben? Warum wolltet ihr töten?«

Lenni hob die Achseln.

»Kiki hat mir gesagt, ihr hättet von den Bomben gewusst, also tu nicht so.« Caroline hatte schon am Vorabend entschieden, bei Lennis Vernehmung einen anderen Ton anzuschlagen. Er dachte, wie viele auf der Straße dachten, vielleicht sogar denken mussten: Weichheit war Schwäche, und Schwäche war unverzeihlich, man musste dem Stärksten folgen, sonst war man verloren. Also musste Caroline dafür sorgen, dass sie die Stärkste im Raum war, egal, wie. »Erinnerst du dich, als wir uns das erste Mal gesehen haben?«, fuhr sie mit fester Stimme fort. »Vor zwei Jahren war das. Du bist vollgedröhnt über den Bahnhofsvorplatz getorkelt, hast Leute mit Bier bespritzt und gegen ein Taxi gepisst.«

Lenni deutete ein Grinsen an und strich sich durch die fettigen Haare.

Caroline musterte ihn ohne eine Regung und musste plötzlich an den Rechtskundeunterricht an der Hochschule für Polizei und öffentlichen Dienst denken. Sie hatte die Stunden gehasst, so wie die meisten Studierenden, aber den Paragrafen 136a der Strafprozessordnung hatte sie sich gemerkt. Er beschrieb erfrischend plastisch das, was Polizisten bei Vernehmungen verboten war: Misshandlung, Ermüdung, körperliche Quälerei, Täuschung oder Hypnose und falsche Drohungen. Jetzt war ihr Premierentag als Vernehmungsbeamtin, und schon fragte sie sich, wie lange sie dem Paragrafen 136a standhalten würde. Sicher, sie würde nicht handgreiflich werden, aber es gab subtilere Methoden, und wer kontrollierte sie schon? Welches der Kids würde auf seine Rechte pochen? Diese Jugendlichen waren überzeugt davon, keinerlei Rechte zu haben. Und sie waren Grobheiten gewohnt. Für sie wäre es wahrscheinlich völlig normal, wenn Caroline sie mit allen Mitteln unter Druck setzte. Bullen waren Schweine, die machten so was. Und zwar ungestraft.

»Du bist strafmündig«, sagte Caroline mit emotionsloser Miene. »Du gehst in den Knast. Und zwar in den für Große. Bis zu sechs Jahre. Nicht so gut für jemanden, der es kaum ein paar Stunden in einem geschlossenen Raum aushält.«

»Die Bomben waren Iras Idee«, platzte es aus Lenni heraus.

»Aber ihr wusstet davon.«

Lenni schaute aus dem Fenster. Sein Knie wippte schnell in der schäbigen Jeanshose. Caroline musterte ihn eine Weile. Er war jetzt auf Temperatur, sie war der Boss.

»Gab es andere Erwachsene?«, wollte sie wissen. »Hattet ihr mal Besuch von draußen?«

Lenni ließ sich Zeit, dann schüttelte er den Kopf.

»Hat Ira mit jemandem telefoniert? Kann doch sein, dass man da was mithört.«

Keine Reaktion.

»Erzähl mir von der Gruppe. Wovon habt ihr gelebt?«

»Ira hatte die Kohle. Haben ja nicht viel gebraucht.«

»Ihr habt Geldautomaten geknackt.«

Lenni grinste. »Warum fragst du, wenn du's schon weißt?«

»Ich will es von dir wissen. Ihr habt mutmaßlich zwei Automaten gesprengt, einen im Sauerland und den anderen in der Eifel. Warst du dabei?«

»Kann mich nicht erinnern.«

»Die Kollegen vom LKA haben im Forsthaus Pläne für einen großen Anschlag gefunden. Was war deine Aufgabe? Solltest du die Bomben dort verstecken?«

Lenni starrte auf sein wippendes Knie.

Carolines Stimme wurde weicher. »Ich kenne euch. Ich weiß, dass ihr keine Monster seid.«

Lenni blickte auf. »Vielleicht doch?« Er tippte mit dem Finger an seinen Kopf und grinste breit. »Kannst leider nicht hier reingucken.«

Für die Dauer einer Sekunde spürte Caroline das Verlangen, Lenni eine Ohrfeige zu verpassen. Aber sie riss sich zusammen. Sie brauchte ihn noch.

»Anni ist auf der Flucht«, sagte sie ruhig. »Hast du eine Idee, wo sie sein könnte?«

»Anni? Keine Ahnung. Überall. Und wenn ich's wüsste, würde ich's nicht sagen.«

Lenni zog die Nase hoch und ignorierte das Taschentuch, das Caroline aus einer Packung zog und ihm hinschob.

»Mit wem war sie am meisten befreundet?«

Lenni grinste. »Mit keinem.«

»Habt ihr nie miteinander gequatscht?«

»Die ist krass irre, die Alte!«, schnaufte er.

»Als sie zu euch gekommen ist, hat sie da was von sich erzählt? Gabs irgendwelche Gerüchte über Anni?«

»Was denn, Mann?« Lenni griff zum Wasserglas. »Gibts hier keine Cola?«

»Nächstes Mal.« Caroline legte den Stift beiseite. Sie wusste, dass Anni sich schon damals von anderen Menschen ferngehalten hatte. Ihr Lager war im hintersten Winkel der Katakomben unter den Gleisen aufgeschlagen gewesen, wohin sich weder

Licht noch Menschen verirrten. Gut möglich, dachte Caroline, dass sie auch in der Gruppe ein stiller Außenseiter gewesen war, zu fremd, um ihr dunkles Geheimnis preiszugeben.

Das Handy brummte in Carolines Hosentasche. Sie schaute auf das Display: ihre Mutter.

»Danke, wir sind fertig für heute«, sagte sie, während das Telefon weiter in ihrer Hand vibrierte.

Lenni sah sie überrascht an, dann schob er den Stuhl geräuschvoll nach hinten und schlurfte aus dem Raum.

Caroline nahm ab und versuchte, ihrer Stimme einen ungeduldigen Ton zu verleihen, nicht zu übertrieben – sie wusste, wie leicht ihre Mutter zu verschrecken war –, aber deutlich genug, um das Gespräch kurz halten zu können, ohne gleich in die übliche Spirale aus vorwurfsvollem Schweigen, Selbstvorwürfen und schließlich Wut zu gelangen.

»Hallo, Moni.«

»Ich hab heute schon dreimal versucht, dich zu erreichen. Warum gehst du nicht dran?«

»Ich hab Stress.«

»Ist was mit dem Baby?«

»Ich habe einen dringenden Einsatz.«

»Bei der Polizei?«

»Ein Notfall.«

»Du bist in Mutterschaft!«

»Ich muss als Spezialistin helfen.« Vielleicht würde ihre Mutter ein bisschen stolz sein und mit einer Nachfrage zeigen, dass sie sich für Carolines Arbeit interessierte oder wenigstens gedanklich daran teilnahm. Bei der feierlichen Vereidigung war sie nicht dabei gewesen, weil sie sich damals für einige Wochen in einer Entzugsklinik aufgehalten hatte, aber auch danach hatte sie nie Interesse gezeigt, ihre Tochter einmal in Uniform zu sehen. Immerhin unterstützte sie sie während der Elternzeit mit ein bisschen Geld.

»Und der Kleine?«, fragte Monika.

»Ist bestens aufgehoben beim Nachbarn.«

»Warum bringst du ihn nicht zu mir?« Ein einfacher Satz, eine einfache Frage, und dennoch musste Caroline alle Kraft aufwenden, um klar zu denken.

»Ich musste spontan weg, da ist es praktischer, wenn ich ihn unten abgebe.«

Abgeben … Ein einfaches Verb. Jetzt hörte es sich an wie ein Verbrechen gegen die Menschlichkeit. Die Spirale würde sich weiterdrehen, die Mutter würde bald fallen lassen, dass alles viel einfacher wäre, wenn die Tochter einen Partner hätte, womit sie auf den Erzeuger zu sprechen käme, den Caroline ihr nie vorgestellt hatte. Überhaupt, warum müsse das Kind ohne Vater aufwachsen? *Ein Junge braucht einen Mann!* und *Du bist immer so spröde!,* waren nur zwei der Sätze, die sich in die Tiefen von Carolines Hirn eingefräst hatten und dort zu Wahrheiten mit ewiger Gültigkeit geworden waren.

»Du, ich muss, wir telefonieren später, ja?«

»Gut«, klang es zwei Grad kühler aus dem Telefon. Caroline legte auf und blickte durch das vergitterte Fenster. Dann warf sie ihr Smartphone auf den Tisch und öffnete die Tür.

In dem kahlen Flur saß Jan auf einer festgeschraubten Metallbank, eingerahmt von zwei Wärtern in grauen Uniformen. In der Strafanstalt hatte man sofort erkannt, dass der junge Mann gewaltbereiter als die anderen war. Als Caroline am Morgen von dem Direktor zu ihrem Vernehmungsbüro geführt worden war, hatte sie darauf bestehen müssen, auch Jan allein zu vernehmen.

Jetzt kam er herein, setzte sich breitbeinig auf seinen Stuhl und musterte die Polizistin mit spöttischem Blick. Jan war ein

Schläger, der Babo auf der Platte und wahrscheinlich Opitz' rechte Hand in der Gruppe. Bei ihm halfen weder Drohungen noch Versprechungen, er war renitent genug, um mit verschränkten Armen ins Grab zu gehen. Dennoch, so hatte Caroline bei ihren Rundgängen um den Bahnhof gelernt, brachen viele der harten Jungs ein, wenn sie auf sich selbst zurückgeworfen wurden, ohne Publikum, ohne Schwächere, ohne Gegendruck.

Sie erklärte Jan das Prozedere, stellte ihm einige persönliche Fragen, einige zu dem Leben in der Gruppe und zu Ira, und schließlich sprach sie auch ihn auf Anni an. Die einzige Reaktion, die sie auf alle Fragen bekam, war Schweigen. Jan war so widerständig wie ein Grabstein aus Granit. Nach dem fünfzehnminütigen Monolog klappte Caroline ihren Block zu. »Du kannst gehen.«

Er stand auf und schlenderte provozierend langsam zur Tür.

»Jan?«

Der Junge drehte sich betont gelangweilt um.

»Du bist kein Mörder.«

Jan hob die Hand, rollte langsam den Stinkefinger aus und ging auf den Flur hinaus, wo ihn zwei Wärter empfingen.

Caroline trat ans Fenster. Die stumme Vernehmung war nicht ganz umsonst gewesen. Jan hatte bei den Fragen nach Anni keine auffälligen Körperreaktionen gezeigt, kein Herumruckeln, kein Zucken, kein Augenverdrehen, kein Ausdruck des Triumphs – nichts, was darauf hindeutete, dass er etwas Bedeutendes verbarg. Nach der dritten Vernehmung wuchs in Caroline die Hoffnung, dass Anni in der Gruppe über die verhängnisvolle Begegnung mit der Polizistin geschwiegen hatte.

*

Die letzten Sonnenstrahlen tauchten den Waggon in warmes Licht. Die Pendler waren in ihre Handys vertieft und hatten kein Auge für die beiden abgerissenen Gestalten auf den hinteren Plätzen. Auf Annis Schoß lag eine zerlesene Zeitung voller roter Fingerabdrücke.

Beim Einsteigen in den Regionalzug hatte sie das Blatt unter einer Sitzbank gefunden, darin immer unruhiger gelesen und dabei ihre abgenagten Fingernägel blutig gekaut. Alle Seiten waren voll von Berichten über die erfolgreiche Polizeiaktion gegen die rechtsextremistische Terrorgruppe, die »Bombenkids vom Westwall«. Fotos zeigten den rauchenden, in sich zusammengefallenen Weltkriegsbunker und die Ruine des Forsthauses.

Jonas hatte Anni über die Schulter geschaut und mit flauem Magen von den drei toten Jugendlichen gelesen, die im Haus von herabstürzenden Trümmern begraben worden waren, nachdem tonnenschwere Betonbrocken des explodierenden Bunkers es getroffen hatte. Die Identität der Opfer sei noch nicht gesichert, so die Zeitung, es handele sich jedoch bei sämtlichen Mitgliedern der Gruppe um ehemalige Obdachlose.

»Fuck …«, murmelte Anni jetzt leise. »Fuck.«

Jonas nahm die Zeitung von ihrem Schoß und blätterte durch die Seiten. Nirgendwo standen die Namen der Opfer.

»Das waren wir«, flüsterte Anni. »Wir haben die gekillt.«

Wen hatte es erwischt?, fragte sich Jonas und hoffte auf Jan und Lenni. Plötzlich erstarrte er. Aus der Zeitung blickte ihm Karl entgegen, sein spöttisches Lächeln auf den Lippen. Neben dem Polizeifoto warnte ein Artikel vor dem flüchtigen Schwerkriminellen, der im Besitz einer Polizeiuniform und mehrerer Waffen sei. Außer ihm seien noch zwei Jugendliche auf der Flucht, mutmaßlich bewaffnet, die Polizei erbitte Hinweise aus der Bevölkerung.

Jonas wandte seinen Blick ab. Natürlich, dachte er. Karl hatte den Teufel als Schutzengel. Nichts konnte ihn kleinkriegen, er war der King. Als ihm ein Ohr abgeschossen wurde, hatte Ira es ihm ohne Betäubung mit dickem Garn wieder angenäht. Auf dem Bauernhof hatte er dem Ziegenbock Stoff um die Hörner gewickelt und sich lachend von ihm rammen lassen. Bei den Schießübungen hatte er sich als Einziger nichts in die Ohren gestopft. Am Lagerfeuer hatten sich die anderen leise erzählt, dass Karl seine Eltern mit einer Axt zerhackt hatte. Die Leichenteile hätte er anschließend im Ehebett wieder zusammengelegt, den Kopf und die Beine des Vaters an den Rumpf der Mutter und umgekehrt. In der Gruppe war er der Spielgefährte, der mit den Kids Tischtennis und Bierpong spielte, der ihnen ihre Lieblingsgerichte kochte und ihnen die Finger abhackte, wenn sie flohen. *Er* hätte es verdient gehabt, von dem Betonbrocken zermatscht zu werden, dachte Jonas, am besten nur die untere Hälfte, damit es lange dauerte. Aber Karl lebte. Und er war sicher schon über alle Berge.

Jonas zerknüllte die Zeitung, stopfte sie unter den Sitz und blickte aus dem Fenster. In der Dämmerung flogen Schrebergärten vorbei, die Rauchsäule eines Grills stieg neben einem Mast mit einer Deutschlandfahne in den Abendhimmel.

Auf einmal spürte Jonas das Blut in seinem Hals pochen. Es war seine Idee gewesen, den Lagerraum mit den Bomben anzuzünden, nicht Annis. Er hatte die kleine Flamme des Feuerzeugs entzündet und an die Benzinspur gehalten. Er war schuld. Er war der Mörder!

Eine Stunde später gingen die beiden durch die Duisburger Bahnhofshalle in Richtung des Hinterausganges, die Hoodies tief über den Gesichtern.

»Wo wohnt deine Tante?«, fragte Jonas.

»Nicht weit von hier.«

Sie huschten mit einigen Reisenden nach draußen in die Dunkelheit. Auf dem Vorplatz saßen ein paar Trinker, Taxis warteten vergeblich auf Gäste. Jonas trottete neben Anni her. Er nahm die breiten Straßen mit ihren schmucklosen Häusern kaum wahr und starrte stattdessen auf den Gehweg.

»Wusstest du Bescheid?«, fragte er leise.

»Wovon?«

»Von den Bomben.«

»Klar.«

»Schon auf dem Bauernhof?«

»Yup.«

»Und warum wusstest du das und ich nicht?«

»Weil ich länger dabei bin?«

Jonas musste nicht groß nachdenken, er kannte den wahren Grund: Ira hatte ihm nie vertraut. Bei den Schießübungen hatte er kein einziges Ziel getroffen, und als Karl ihnen die ersten Granaten in die Hand drückte, hatte er gefragt, wen sie damit bewerfen sollten. Iras Antworten waren wolkig und voller Verheißungen gewesen. Sie würden sich das Land zurückholen, hatte sie geraunt, Gerechtigkeit für alle schaffen. Sie würden für eine Welt kämpfen, in der niemand auf der Straße leben musste. Ob er das nicht auch wolle?

Ja, natürlich, nichts lieber als das!, hatte Jonas damals beteuert. Er wollte Gerechtigkeit, einfach nur dazugehören. Aber es hatte nicht mit dem zusammengepasst, was er spürte, als er die Pistolen und Granaten in den Händen hielt. Und auch nicht zu dem, was er in den Augen von Jan, Lenni und Kiki sah. Es war Lust. Lust zu töten.

Anni bog in eine Straße ab, die von einer niedrigen Backsteinmauer gesäumt war. Dahinter erstreckte sich ein dunkler Park. Sie kamen an einen offenen Eingang und gingen hinein.

Anni bemerkte Jonas' fragenden Blick. »Wir nehmen eine Abkürzung.«

»Wohnt sie alleine?«

»Die hatte nie jemand Festen.«

»Ich hoffe, einer von den Typen hat was zum Anziehen dagelassen«, sagte Jonas und roch an seinem Hoodie.

Der breite Weg führte schnurgerade in den Park hinein. Der Abendhimmel glimmte noch nach, und in den alten Bäumen sangen Hunderte Vögel zur Nacht.

Jonas lief ein Schauer über den Rücken. Für einen Moment fühlte er sich in die Nacht zurückgeworfen, in der er und Chris in der Küche des Bauernhauses heimlich Brot, Käse und Wurst eingepackt und sich dann nach draußen in den Wald geschlichen hatten. Unter dem Blätterdach hatten die Vögel genauso gesungen wie hier. Aber er und Chris hatten keine Zeit gehabt, ihnen zu lauschen. Sie hatten ihre Schritte beschleunigt, vorbei am Generator und dem Bunker, bald waren sie gerannt, gestolpert, gekrochen und gelaufen. Bis Karl plötzlich vor ihnen gestanden hatte. Jonas sah vor seinem inneren Auge das Flackern des Lagerfeuers. Chris und er hatten am Hackklotz gestanden, um sie herum die anderen. Er hatte gefleht, versucht, sich rauszureden, Ben, Lynn und Anni in die Augen geschaut. Sie hatten zu Boden geblickt, nur Jan und Lenni, die hatten gegrinst. Plötzlich war da Karls Affengesicht gewesen, ganz dicht an seinem.

»Jetzt zeig ich dir, was wir mit Verrätern machen.«

Chris war als Erster dran. Jonas hatte nicht hingeschaut, aber er hatte es gehört. Das leise Knirschen des Knochens, das Aufstöhnen von Ben, das unterdrückte Schluchzen von Lynn. Chris war ganz still gewesen, als es passierte, er hatte aufrecht gestanden und sich trotzig die blutende, zitternde Hand gehalten, den Kiefer fest zusammengepresst, das Gesicht bleich wie ein Totenkopf.

Dann war Jonas an die Reihe gekommen. Karls Griff war brutal. Die Hand lag plötzlich auf dem Hackklotz, der glitschig war von Chris' Blut. Die Klinge des Jagdmessers glänzte im Feuerschein.

Hatte er geschrien?, fragte sich Jonas jetzt, während er Anni wie betäubt durch den dunklen Park folgte. Oder war er damals ganz woanders gewesen, gar nicht mehr in sich drin?

Karl hatte die Klinge mit seinem ganzen Körpergewicht hinuntergedrückt. Das Knacken ließ die Welt explodieren, hundert Hornissen stachen zu. Es hatte kaum geblutet. Der kleine Finger lag auf dem Boden. Sonderbar, hatte damals eine fremde Stimme in Jonas gedacht, ich bin jetzt nicht mehr eins. Ich bin hier, und das kleine helle Stück da unten im Dreck, das bin ich auch.

»Hey, trödel nicht!« Anni hatte sich einige Meter vor ihm auf dem dunklen Pfad umgedreht. Jonas schüttelte die Bilder der Schreckensnacht ab und knetete seinen pochenden Fingerstummel. *Es ist vorbei. Du bist frei! Frei!*

Er ging weiter und erkannte am Ende des Pfades den Schattenriss einer Kirche, die wuchtig in den Nachthimmel ragte. Zwischen den dunklen Büschen am Wegrand sah er plötzlich rote Lichter. Sie flackerten auf alten prachtvollen Gräbern. Dazwischen war die Silhouette einer Engelsstatue mit gefalteten Händen zu erkennen. Sie blickte milde auf Jonas herab.

»Das ist ein Friedhof«, murmelte er. Anni antwortete nicht. Ihr Blick ging suchend zu den kleinen Quadern an den Wegkreuzungen, die die Nummern der Grabfelder anzeigten. Schließlich bog sie in einen kleinen Schotterweg ab und ging langsam von Stein zu Stein.

»Was suchst du?«, fragte Jonas.

Anni blieb stehen und blickte auf einen schwarzen Granitblock, auf dem eine eiserne Lampe glimmte. Die Lettern auf dem Stein glänzten golden.

Werner Opitz
1936–2002

Opitz?! Tief in Jonas' Innerem krampfte sich etwas zusammen. Im selben Moment ertönte ein Rascheln, und aus dem Dunkel hinter dem Grabstein trat ein Mann hervor. Er trug eine bunte Trainingsjacke und hatte die Mütze tief in sein grün-braun verschmiertes Gesicht gezogen. Darin leuchteten schrecklich bekannte Augen.

»Hey, ihr beiden«, sagte Karl mit einem breiten Grinsen.

Jonas sackte das Blut in die Beine. Er spürte den Impuls, nach der Pistole in seiner Jacke zu greifen und Karl ohne Vorwarnung eine Kugel in den Bauch zu jagen. Dann sah er die Maschinenpistole in dessen Händen. Jonas wurde schwindelig. Die süße Freiheit, gerade einen Tag alt, war schon wieder verloren.

»Hi«, begrüßte Anni Karl tonlos.

Jonas blickte sie fassungslos an und flüsterte: »Aber deine Tante …?«

»Tut mir leid, Jonas«, sagte Anni leise, ohne ihn anzuschauen.

Karl nahm die Mütze ab und kratzte sich an dem grünlich verschmierten Ohrstummel. »Seid ihr die Einzigen, die es rausgeschafft haben?«

»Glaub ja«, antwortete Anni.

»Schade«, bemerkte Karl. »Hast den Falschen mitgebracht.« Er drehte sich zu Jonas und durchbohrte ihn mit seinem Blick.

Er fühlt es. Er weiß es. Jonas' Gesicht glühte, als stünde er wieder in dem brennenden Lagerraum des Bunkers. Es hatte sich unendlich verboten angefühlt, wie er die kleine Flamme losschickte, wie sie auf der Benzinspur über den Boden zu den Regalen mit den Chemikalien tänzelte, zu den großen Gasflaschen mit den Kabeln und Zündern, zu den Metallkisten mit dem Plastiksprengstoff. Unaufhaltsam, unumkehrbar. Jonas hatte Annis Hand gehalten und sich plötzlich lebendig gefühlt. Noch nie hatte er etwas so Großes getan. Das Grollen des auflodernden Feuers hatte den Raum erfüllt. Anni und er hatten einen kurzen Moment lang stumm in die Hitze gestarrt, dann hatten sie sich die Pistolen geschnappt und waren losgerannt.

Die Pistolen! Jonas' ganzer Körper begann plötzlich zu jucken. Er verschränkte die Arme vor der Brust, um die Beule unter der Jacke vor Karl zu verbergen. Das kantige Metall der Waffe bohrte sich in seine Rippen.

»Im Haus hat es drei von uns erwischt. Weißt du, wen?«, fragte Anni.

»Keine Ahnung.« Karls Augen verengten sich. »Aber irgendjemand ist schuld. Einer hat den Bunker angezündet. Und der wirds bereuen.«

Jonas starrte auf seine Füße. Er konnte Karls Blick auf seiner Schädeldecke spüren. Anni schwieg eisern. Karl strich mit der Hand über den schwarzen Grabstein, beugte sich vor und gab dem Granitblock einen Kuss. »Tschüss, Opa.« Dann nahm er die Lampe und leuchtete zum Hauptweg. »Abmarsch!«

»Wohin gehen wir?«, wollte Anni wissen.

»Geld und Munition holen«, antwortete Karl.

»Wo?«

»Wirste schon sehen.«

Er stapfte los. Jonas setzte sich mit Anni in Bewegung, kniff ihr in den Arm und flüsterte. »Fuck, Anni, was soll das?«

Sie zischte zurück: »Das hier ist unser Notfalltreffpunkt, Jonas. Wir brauchen Karl.«

»Du hast mich die ganze Zeit verarscht!«

»Weil du sonst nicht mitgekommen wärst, du Idiot. Tut mir leid, Mann!«

Jonas' Beine waren bleischwer. Wie hypnotisiert starrte er auf den Schein von Karls Grablampe, die an dessen Hand hin und her pendelte wie das Locklicht eines Tiefseefisches, der in der Dunkelheit auf sein Opfer wartet. Nicht mehr lange, da war sich Jonas sicher, und Karls riesiges Maul würde sich öffnen und ihn verschlingen.

*

Die Nacht war immer noch drückend warm. Als Caroline aus dem Streifenwagen stieg, streckten sich ihr aus dem Rucksack die Blätter einer immergrünen Pflanze entgegen. Heiner hatte sie am Abend in seinem Garten ausgegraben und eingetopft, und Caroline hatte sie gleich zusammen mit ihrem Notizblock und den Akten eingepackt, um sie am nächsten Tag ins Büro der Jugendanstalt mitzunehmen. Dann, kaum war sie ins Bett gestiegen, hatte das Handy geklingelt. Lippock hatte sie ins Präsidium zitiert, unverzüglich, und darauf bestanden, dass sie sich von einem Streifenwagen abholen ließ. Heiner war zum Glück noch wach gewesen und hatte sich ohne Murren dazu bereit erklärt, einen weiteren Abend mit dem Babyfon in Bereitschaft zu bleiben.

Um kurz nach elf waren die jungen Kollegen eingetroffen und hatten Caroline auf der Fahrt ins Präsidium nach Details der Großfahndung ausgefragt. Sie hatte nur einsilbig geantwortet und sich selbst nicht gemocht, aber die Müdigkeit und die Ungewissheit, warum Lippock so unruhig geklungen hatte, vernebelten ihre Sinne.

Als sie jetzt die Einsatzzentrale betrat, war Caroline hellwach. Der Raum schien kleiner geworden zu sein, jeder Tisch, jeder Rechner war besetzt, Stuhllehnen stießen aneinander, noch mehr Beamte quetschten sich zwischen den Bürosesseln hindurch. Telefone klingelten, Stimmen redeten durcheinander, die Gebläse der Geräte verströmten den Geruch von Elektronik und fabrikneuem Kunststoff. An der Stirnseite des Raumes war auf einer Leinwand eine große Straßenkarte des westlichen Ruhrgebietes mit farbigen Markierungen projiziert. Irgendetwas war passiert.

Niemand beachtete die Frau mit der Pflanze im Rucksack. Caroline hielt Ausschau nach Lippock und entdeckte ihn hinter der Glasscheibe seines Büros. Er telefonierte, während er gleichzeitig durch einen Stoß Papiere blätterte. Als er sie entdeckte, gab er ihr ein Zeichen, dass sie kurz warten solle – genug Zeit also, den Kriminaldirektor einmal genauer zu betrachten. Lippock war ein stämmiger Zwerg mit lockigen angegrauten Haaren, und wie alle kleinen Lebewesen war er ungemein agil. Sein gut sitzender Anzug mit offenem Jackett, der lose Schlips und das weiße Hemd, das an seinem vorgewölbten Bauch spannte, ließen ihn wie einen windigen Anwalt aussehen.

War er mit dieser Nase auf die Welt gekommen?, fragte sich Caroline, oder hatte ihr eine Prügelei diese Form beschert? Sie wusste noch nicht, was sie von Lippock halten sollte, aber seine spöttischen Augen deuteten darauf hin, dass er sich nicht viel auf seinen Rang als Kriminaldirektor einzubilden schien.

»Was machen Sie hier?«, fragte plötzlich eine Stimme. Hinter Caroline stand ein spindeldürrer Riese mit einem Klemmbrett in der Hand.

»Ich warte auf Herrn Lippock. Caroline Hajuk mein Name.« Sie reichte ihm die Hand. Er nahm sie, ohne die Miene zu verziehen.

»Sie sind die Sachverständige für die Straßenkinder, ja? Haben Sie die Vernehmungsprotokolle von heute?«

»Nein«, antwortete Caroline knapp. »Wie sollen die aussehen?«

»Die Vordrucke finden Sie im Vorgangsbearbeitungsprogramm. Abgabe bitte zeitnah.«

»Ich versuchs.«

»Fein«, sagte der Riese und ging zum nächsten Tisch, wo er sich mit seinem Brett über die Kollegen beugte und sich Notizen in einem Formular machte.

Lippock kam aus seinem Glaskasten. »Kelber ist unser Aktenführer. Er hält alles fest, was hier geschieht, jedes Telefonat, jeden Hinweis, jede Lageänderung und auch die Ergebnisse der Vernehmungen. Am besten, Sie halten sich fern von ihm.« Er zog Caroline zur Stirnseite des Raumes und deutete auf die große Karte mit den Markierungen. »Wir haben eine neue Entwicklung. In einem türkischen Supermarkt in Duisburg wurde gestern Nacht eine Putzfrau erschlagen. Die Spuren am Tatort wurden heute ausgewertet, sie deuten auf Opitz hin.« Lippock blickte zur Karte. »Vor zwanzig Minuten hat eine Zeugin einen verdächtigen Mann in Begleitung von zwei Jugendlichen gemeldet, mutmaßlich Opitz und die Kids, auch in Duisburg. Sie sind nahe eines Friedhofs in ein weißes Auto gestiegen, Fabrikat und Kennzeichen unbekannt. Wir haben eine Ringfahndung eingeleitet.«

Caroline blickte auf die projizierte Karte, und ihr wurde heiß. Dort, wo die roten Markierungen leuchteten, war sie also. Anni, eingekreist von Dutzenden Streifenwagen und Hunderten hoch motivierten Beamten. *Sie kriegen sie.* Carolines Herz pumpte wild in ihrer Brust.

»Was wollten die da?«, fragte sie leise.

»Sie waren vermutlich auf dem Friedhof, wo Opitz' Großvater begraben liegt. Sein Grab könnte ein Notfalltreffpunkt gewesen sein.« Er blickte zur Uhr unter der Decke. »Wahrscheinlich sind sie noch im Umkreis der Stadt. Wir haben eine Warnung an die Bevölkerung rausgegeben.«

Die Fahndung wurde heiß. Caroline versuchte, sich vorzustellen, wie Anni mit dem schwer bewaffneten Killer in dem weißen Auto saß, zwei völlig unberechenbare Seelen, die jederzeit ihren Impulsen folgten – bereit zu kämpfen, zu schießen, zu töten. Anni würde es nicht aus Freude machen, aber sie war bereit dazu. Lieber tot als unfrei, das hatte sie damals Caroline ins Gesicht gezischt, als sie sie überreden wollte, in ein Wohnheim für Jugendliche zu ziehen. In den beiden Wochen danach war Anni wie verwandelt gewesen. Sie hatte zum ersten Mal vom Leben der anderen kosten dürfen, sie war weich geworden, aber dann, wie aus dem Nichts, hatte sie mit voller Wucht gezeigt, wie unberechenbar sie sein konnte.

So kurz vor dem Ziel, dachte Caroline voller Wehmut und verbannte die Erinnerungen gleich wieder aus ihrem Kopf.

»Ich zeig Ihnen was.« Lippock ging mit Caroline in sein Büro und klickte auf seinem Rechner eine Datei an. »Wir haben einige Überwachungsvideos vom Duisburger Bahnhof ausgewertet. Die beiden Jugendlichen sind am frühen Abend mit dem Zug aus südlicher Richtung angereist.« Auf dem Bildschirm erschienen unscharfe Aufnahmen einer Überwachungskamera: ein Bahnsteig, ein einfahrender Zug, sich öffnende Türen, mehrere aussteigende Personen, darunter zwei Gestalten mit Hoodies. Beide schauten sich um. Lippock drückte die Stopptaste und zoomte in das Bild.

Caroline hätte Anni auch so erkannt, ihr Gang war schwer wie der eines Bauarbeiters, sie schien sich immer noch alle Weiblichkeit austreiben zu wollen, als würde sie einer Frau das Überleben auf der Straße nicht zutrauen. Der Junge an ihrer Seite wirkte schmal, er schien genau zu beobachten, was seine Begleiterin tat. Sie führte, er folgte, dachte Caroline, typisch Anni.

»Haben die anderen in der Vernehmung irgendwas von einem Treffpunkt angedeutet, falls sie auffliegen?«, fragte Lippock. »Gibt es einen Hinweis auf einen Unterschlupf oder Helfer?«

Hinter Carolines Stirn rasten die Gedanken. Selbst wenn, würdest du es ihm verraten? Würdest du ihm helfen, Anni zu schnappen? Sie war Polizistin, sie hatte ihren Eid mit voller Überzeugung geleistet: »Ich schwöre, das Grundgesetz und alle in der Bundesrepublik Deutschland geltenden Gesetze zu wahren und meine Amtspflichten gewissenhaft zu erfüllen, so wahr mir Gott helfe.« Es hatte sich wie im Film angefühlt, damals in der Sportarena zwischen Hunderten anderen Beamten zu stehen und die Mützen in die Luft zu werfen, die dann wie Konfetti herabregneten. Der Bund schien mit einem heiligen Ritus besiegelt. Von diesem Moment an war Caroline Teil einer Familie gewesen, sie hatte ein neues Zuhause.

Und jetzt? Eigentlich hätte es nicht besser laufen können. Sie hatte über Nacht Karriere gemacht, sie war geadelt als Expertin, eine Fahnderin mit der Mission, die meistgesuchten Flüchtlinge des Landes zu finden und die Drei-Personen-Zeitbombe so schnell wie möglich zu entschärfen. Jeder Polizist beneidete sie um ihren Job. Caroline blickte durch die Glasscheibe. Die Beamten der Einsatzzentrale telefonierten und tippten dabei in ihre Tastaturen. Ohne Uniform waren sie grundverschieden – alt und jung, fröhlich und grimmig, hemdsärmelig und förmlich –, aber alle taten sie ihre Pflicht als Polizeibeamte.

Du bist keine Polizistin, du bist eine Verräterin!, schoss es Caroline durch den Kopf. Du hast einen Eid gebrochen!

»Frau Hajuk?« Sie erschrak. Wie lange hatte Lippock sie schon gemustert? Konnte er sehen, welchen verbotenen Gedanken sie nachhing? Caroline schüttelte sich innerlich, um ins Hier und Jetzt zurückzukommen. »Entschuldigung, ich …«

»Haben die Jugendlichen gestern irgendetwas angedeutet von einem Treffpunkt in Duisburg?«

»Nein, kein Hinweis. Ich geh dem aber morgen noch mal nach.«

Der Kriminaldirektor schaltete den Rechner aus und gab Caroline eine schmale Mappe. »Hier sind Ausdrucke von den Überwachungsbildern. Machen Sie Druck: Welche Verabredungen haben sie getroffen? Gibt es ein Versteck? Wie wird kommuniziert? Bekommen sie Hilfe von außen? Was ist der Plan?« Er blickte Caroline fest an. »Haben Sie verstanden?«

Sie nickte tapfer. »Alles klar.«

Er deutete auf die Blätter, die aus ihrem Rucksack ragten. »Haben Sie noch mehr von dem Grünzeug?«

»Jede Menge. Möchten Sie eine haben?«

»Wenn sie sich unter so vielen Menschen wohlfühlt. Ich würde sie gießen.« Ein Lächeln brachte die Furchen in Lippocks Gesicht durcheinander.

»Ich verlass mich auf Sie.« Caroline gab ihm die Pflanze und hörte die innere Stimme, die höhnisch fragte: *Kann er sich auch auf dich verlassen?*

*

Der alte Mercedes fuhr durch ein dunkles Wohngebiet. Karl hatte die Trainingsjacke weit geöffnet, seine riesigen Hände umklammerten das Lenkrad. Jonas saß mit Anni auf der Rückbank und roch den pilzigen Laubgeruch des grünlichen Klopapiers, das auf Karls Nacken und Ohrstummel klebte. Er musste sich alle Mühe geben, nicht zu würgen. Im Rückspiegel, unter dem ein kleines Holzkruzifix baumelte, sah er Karls Augen, die unruhig in jede Seitenstraße blickten, während er den Wagen kreuz und quer durch die schmalen Straßen steuerte. Auf dem Beifahrersitz lag die Maschinenpistole, griffbereit und entsichert. Karl legte seine Hand auf das Metall und schaute in den Rückspiegel.

»Jeder Cop, der uns zu nahe kommt, kriegt eine Kugel, ohne Vorwarnung.«

»Wo fahren wir hin?«, fragte Anni.

»Zu einem Kameraden«, antwortete Karl grinsend.

Jonas' Blick ging zu Anni, die neben ihm mit versteinerter Miene nach vorne starrte.

»Ich kapiers einfach nicht«, hauchte er. »Warum können wir nicht einfach abhauen?«

»Hast du nicht gehört?«, antwortete sie leise. »Er besorgt uns Kohle. Oder willst du auf der Flucht Flaschen sammeln?«

Im Rückspiegel bemerkte Jonas Karls Augen, die ihn für einen Moment eisstarr fixierten. Die Botschaft war klar: Der kleine Finger reichte ihm nicht, für ihn blieb der Junge auf der Rückbank ein Verräter, dem seine wirkliche Strafe noch bevorstand.

Jonas schloss die Augen und ließ seinen Kopf nach hinten sinken. Plötzlich spürte er Annis warme Hand auf der seinen. Ihre Lippen bewegten sich kaum, als sie wisperte: »Du willst doch nach Holland, oder? Wir beide, du und ich.« Sie lächelte ihn an und ließ die Hand auf seiner liegen.

Jonas nickte stumm. Vielleicht hatte sie einen Plan, vielleicht war es doch nicht zu spät.

Karl steuerte den Wagen aus dem Wohnviertel, und sie gelangten in einen Außenbezirk der Stadt. Am Straßenrand tauchten Lagerhallen auf, und sie überholten Lastwagen mit Containern auf der Ladefläche. Als sie unter einer Autobahnbrücke hindurchfuhren, wehte das Geheul von Martinshörnern zu ihnen herüber. Vier Streifenwagen rasten mit eingeschalteten Blaulichtern über sie hinweg.

»Runter!«, blaffte Karl. Anni und Jonas rutschten tief in den Fußraum, das flackernde Licht blitzte in den Wagen. Karl fuhr langsamer und bog kurz darauf in eine kleinere Industriestraße ab. »Planänderung«, sagte er knapp.

Jonas hatte Karl oft beobachtet in den letzten Wochen, wenn sie zum Schießplatz an den Westwallhöckern oder zu dem Felsen unter dem großen Holzkreuz gegangen waren, um mit seinen selbst gebauten Granaten zu üben. Oft war Karl mitten im Gehen stehen geblieben, hatte das Kinn angehoben und die Augen geschlossen, damit er besser Witterung aufnehmen konnte. Manchmal hatte er sich minutenlang mit ausgestreckten Armen und Beinen auf den Waldboden gelegt und mit geschlossenen Augen einfach nur geatmet. Bei einer zweitägigen Wanderung war die Gruppe keuchend und mit gesenkten Köpfen durch knöcheltiefes Laub gestapft, während Karl morsche Rindenstücke und Blätter zwischen den Fingern zerrieb und beschnupperte, als würden sie ihm erzählen, auf welcher Lichtung sie am besten ihre dreckigen Isomatten und muffigen Schlafsäcke ausrollen sollten. Vielleicht war er auch nur auf der Suche nach der Duftspur eines Wildtieres, das ihren Weg gekreuzt hatte. Nicht um ihm aus dem Weg zu gehen, sondern um es aufzustöbern und zu töten. Karl war ein Wolf.

Der Mercedes raste durch das Industriegebiet. Hohe Lichtmasten tauchten die menschenleeren Straßen in ein milchiges Orange. Sie bogen mal links, mal rechts ab und bremsten schließlich vor einer hohen Bahntrasse inmitten eines Brachgeländes.

Dann steuerte Karl den Wagen im Schritttempo über eine unbefestigte Straße an den Gleisen entlang, bis sie nach einigen Hundert Metern anhielten. Im Dunkeln konnte Jonas Feuerschein erkennen, daneben ein paar Hütten aus alten Holzbrettern und Plastikplanen sowie etwa ein Dutzend gewöhnlicher Campingzelte. In der Mitte des Dorfes brannte ein großes Lagerfeuer, um das ein Dutzend Gestalten auf weißen Plastikstühlen saßen. Als die Lichtkegel der Autoscheinwerfer sie trafen, hielten sie sich die Hände vor die Augen und musterten den Wagen misstrauisch. Jonas sah nur Männer, keine Frauen, keine Kinder. Der zertrampelte Grasboden der Siedlung war mit Müll übersät, an einer Seite hatte man Einkaufswagen, Autoreifen, rostige Metallteile und Holzbretter zu einem Haufen aufgeschichtet, vielleicht um sie zu verbrennen, vielleicht um sie als Bauteile für weitere Hütten zu verwenden. Nur wenige Minuten vom Industriegebiet entfernt waren sie auf einem fremden Planeten gelandet, stellte Jonas erstaunt fest, vielleicht auch in einer anderen Zeit. Ob es die Vergangenheit oder die Zukunft war, konnte er nicht sagen.

»Ihr bleibt drin«, befahl Karl knapp und stieg aus.

Jonas und Anni beobachteten, wie er zum Lagerfeuer ging und sich unter die Männer mischte. Ihre Kleidung war abgetragen, die riesigen Markennamen auf den Jogginghosen wirkten wie Hohn.

Jonas blieb wie festgefroren auf der Rückbank sitzen. »Was ist das hier?«

»Keine Ahnung«, murmelte Anni. »Er wird schon wissen, was er tut.«

Nach wenigen Minuten kam Karl mit zwei Männern zurück, öffnete die Beifahrertür und nahm die Maschinenpistole. »Wir bleiben heute Nacht hier.«

Kurz darauf fanden sich Anni und Jonas in einer Hütte aus

Holzpaletten und einem Dach aus Wellblech wieder. Sie hatte Fenster und war größer als die anderen Behausungen. Innen baumelten mehrere LED-Lampen von der Decke, der Boden war mit schmutzigen Teppichen abgedeckt, an deren Rändern lugte nackte Erde hervor. In einer Ecke befand sich ein Holzofen mit Kochstelle, umrahmt von drei alten Sofas voller Decken und Kissen. In der Mitte des Raumes stand ein Plastiktisch mit einer Platte Grillfleisch darauf, außerdem gab es Toastbrot, eine Flasche Wodka, Tetrapacks mit Saft und eine riesige Flasche Cola.

»Ihr pennt hier«, sagte Karl und blickte Jonas fest an. »Wenn ihr aufs Klo müsst: Draußen rechts ist ein Donnerbalken. Und benehmt euch, das ist die Hütte vom Chef!«

»Was sind das für Leute?«, fragte Anni.

»Rumänen, Bulgaren, alle aus dem Osten.«

»Und die Bullen?«

»Die kommen hier nicht rein. Zu viel Stress.« Karl grinste, nahm die Colaflasche, ein paar Stücke Fleisch sowie mehrere Scheiben Toast und verschwand hinter einem bunt gemusterten Tuch, das einen Teil des Raumes abtrennte.

Jonas setzte sich auf eines der löchrigen Sofas und schaute zu, wie sich Anni mit Decken und Kissen auf einer Matratze neben dem Ofen ein Lager baute und sich dann einen Plastikteller mit Essen voll häufte. Es roch nach Hammel. Jonas hörte Karl hinter dem Tuch schmatzen und war sich sicher, dass er nie mehr im Leben etwas essen würde.

3

»Ira hat mir nichts von dem Treffpunkt erzählt, ich schwöre!« Ben versteckte sein Gesicht hinter dem langen Pony.

Caroline lehnte sich in ihrem Stuhl zurück und blickte müde zu der Pflanze, die Heiner ihr am Morgen eingetopft hatte und die jetzt einsam auf dem Aktenschrank stand. Die nächtlichen Stunden in der Einsatzzentrale waren nervenaufreibend gewesen. Die Kollegen in Duisburg hatten die Spur von Karl und den Kids verloren, Lippock war frustriert und hatte Caroline um zwei Uhr nach Hause geschickt. Dort hatte sie, noch vollgepumpt mit Adrenalin, ein leeres Babybett und einen Zettel vorgefunden: Der Kleine hatte geschrien, und Heiner hatte ihn mit nach unten genommen. Kurz hatte sie überlegt, ob sie den Mitbewohner wach klingeln und das Baby zu sich holen sollte, aber dann hatte sie beschlossen, sich zusammenzureißen, und sich stattdessen mit einem großen Becher Joghurt vor den Fernseher gesetzt.

Jetzt rieb sich Caroline das Gesicht, nahm einen großen Schluck Kaffee und blickte Ben fest an. »Warum wussten Anni und Jonas von dem Treffpunkt und du nicht? Offensichtlich habt ihr damit gerechnet, hochgenommen zu werden. Was hattest du dann vor? Wo wärst du hingegangen?«

»Keine Ahnung. Einfach weg. Ira hat mir nie was von ’nem Plan gesagt, ich weiß gar nichts.«

Natürlich. Ben war das Küken der Gruppe, vielleicht hatte Tetzel ihm nicht vertraut. Er war anders, dachte Caroline, und sie mochte ihn. Als der Junge kurz zuvor mit unsicherem Schritt den Raum betreten hatte, die Haare zerzaust, die Augen gesenkt, tapsig wie ein junger Bär, musste sie sich zwingen, ihn nicht erst einmal in den Arm zu nehmen. Er hatte abgenommen. Am Bahnhof war er der Jüngste gewesen, vielleicht fünfzehn, er wollte es nicht sagen, vielleicht konnte er es auch nicht. Ben war aus dem Heim abgehauen und neu auf der Straße, er suchte den Schutz der Stärksten und zahlte mit der üblichen Währung: Unterwerfung. Er gab freiwillig ein paar von den Münzen ab, die ihm Passanten in die umgedrehte Basecap warfen, er teilte großzügig das Essen, das er zugesteckt bekam oder in den Mülleimern der Innenstadt fand, und seine Lippen waren versiegelt, wenn Polizisten seine Beschützer nach Drogen oder Diebesgut filzten. Ben hatte instinktiv die richtige Überlebensstrategie gewählt – und Caroline hatte sich damals auf eigentümliche Weise in ihm wiedererkannt, in einem Teenager, der den Kopf einzog und einfach nur den nächsten Tag überstehen wollte.

Als sie in seinem Alter gewesen war, hatte sie in einem Einfamilienhaus mit Garten und Garage gelebt. Es gab genug zu essen, Zentralheizung, eine Dusche und eine Toilette. Dennoch hatte sie sich wie in einer Eiswüste gefühlt. Dorthin war sie an einem frostigen Abend zwischen Weihnachten und Neujahr katapultiert worden, als ein Polizeibeamter mit seiner Mütze in der Hand vor der Haustür gestanden und um Einlass gebeten hatte. Seinem Gesicht nach wollte er am liebsten im Erdboden versinken, doch nicht er versank, sondern Carolines Familie. Mit den herzzerreißenden Schreien der Mutter, die kurz darauf aus der Küche ins ganze Viertel schallten, und mit dem leisen Geräusch der Arbeitszimmertür, die der Vater hinter sich schloss, um zwei Tage lang nicht wieder aufzutauchen, zerriss Carolines Kindheit. Niemand in diesem Haus fing sie mit ausgebreiteten Armen auf, sie hatte ihren Status als Tochter, um die man sich kümmerte, verloren. Die Familie versank in einem Meer aus Schmerz, und jeder trieb in eine andere Richtung.

Ben starrte auf die Tischplatte, die Hände steckten unter den Oberschenkeln, sein Bauch lugte unter dem T-Shirt hervor. Caroline lächelte.

»Sag mal, gab es irgendjemanden, mit dem ihr zu tun hattet?«, fragte sie. »Gab es Besuch in der Gruppe? Oder habt ihr andere Leute getroffen?«

»Keine Ahnung.«

»Du kannst es mir ruhig sagen, es ist vorbei.«

»Da war nur dieser Typ mit der fetten Karre. Weiß nicht, wie der hieß. Ist in den Wald gekommen. Hat uns blöd angeglotzt, als wären wir Dreck.«

Caroline hatte sich in der schlaflosen Nacht noch einmal durch die Akten der Staatsanwaltschaft gearbeitet, sie wusste, dass Ben wahrscheinlich Henning Badtke meinte, den Verfassungsschützer, der Ira Tetzel einige Jahre zuvor als V-Person geführt hatte und nun mutmaßlich in ihre Attentatspläne verstrickt war. Er saß in Untersuchungshaft und fiel als Fluchthelfer für Karl und die beiden Kids aus.

»Sonst noch jemand?«

Ben schüttelte den Kopf. Caroline musterte ihn stumm. Es war Zeit, die Gangart zu wechseln. Sie war eine Verräterin, aber vielleicht war sie auch eine gute Vernehmungsbeamtin, die diesen Jungen zum Reden bringen würde. Entschlossen öffnete sie eine der kleinen Colaflaschen, die sie unterwegs an einem Kiosk gekauft hatte, und schob sie Ben hin.

»Du weißt, was passiert wäre, wenn ihr die Bomben gelegt hättet?«

Ben nahm die Flasche und klammerte sich stumm daran fest.

»Ihr hättet Dutzende Menschen getötet«, sagte Caroline ernst. »Zerfetzte Körper, Blut, abgerissene Arme, Beine und Köpfe …« Sie ließ die Worte wirken. »Schreie von Menschen unter den Trümmern, von Überlebenden, die ihre toten Kinder und Angehörigen entdecken.«

Ben trank, ohne sie anzuschauen.

»Es hätte massenhaft Verletzte gegeben, die monatelang ins Krankenhaus müssen, die den Rest ihres Lebens im Pflegeheim liegen. Nur wegen euch, wegen dir, Ben. Ein Knopfdruck, der das Leben von Hunderten Menschen in eine Hölle verwandelt.«

Caroline sah, wie der Junge mit jedem ihrer Sätze tiefer in den Stuhl rutschte.

»Ein Bombenanschlag ist nicht nur eine Idee, Ben«, legte sie nach. »Das ist Terror. Das hat nichts mit Gerechtigkeit zu tun.«

Bens Kinn zitterte, seine Augen waren feucht. Caroline ignorierte das Mitleid, das in ihr aufstieg. Sie wollte dem Triumphgefühl nachgeben, das sich in ihr ausbreitete. Sie war im Recht. Sie durfte ihm Angst machen, und sie war gut darin. Pascal, ihr älterer Bruder, wäre stolz auf sie. Er war ein unschlagbarer Angstmacher gewesen. Jahrelang hatte er sie mit Horrorgeschichten gequält, abends vor dem Einschlafen genau wie sonntagmorgens, wenn sie auf dem Küchentisch einen Teller mit Keksen und Schokolade vorfanden, mit dem ihre Mutter sie für ein paar kostbare Schlafstunden bestach. Oder auf den langen Autofahrten in die Ferien, meist zu irgendwelchen Campingplätzen in Bayern, Holland oder Österreich, dort, wo man Deutsch sprach und es nicht so heiß war. Niemand konnte so gut von Mördern, Psychopathen, Blut und Grusel erzählen wie Carolines Bruder. Als sie älter wurde, verstand sie, dass er seine kleine Schwester nur testen wollte, und sie schwor sich, den Test mit Bestnote zu bestehen. Sie verkniff sich, ihre Ohren zuzuhalten oder zu ihren Eltern zu rennen. Im Gegenteil, bald bettelte sie um mehr.

Pascal war vier Jahre älter als sie, sein Alter und das unterschiedliche Geschlecht machten ihn für Caroline zu einem Wesen aus einer weit entfernten Galaxie. Die Geschwister stritten am Tisch und im Bad, sie lästerten übereinander und verpetzten sich, aber Caroline zweifelte nie daran, dass sie sich auf ihren großen Bruder verlassen konnte, dass er sie immer beschützen würde. Er war der Große, er wagte es, sich mit dem Vater anzulegen, anfangs mit trotzigen Widerworten, zum Schluss mit Fäusten. Pascal war ohne Furcht, er holte in der Garage die toten Mäuse aus den Fallen, hielt sie am Schwanz in die Höhe und rannte Caroline hinterher, bis sie sich kreischend im Bad einschloss.

Einmal war eine Maus nur mit einem Fuß in die Falle geraten und zappelte mitleiderregend. Pascal steckte das eingeklemmte Tier mitsamt der Falle in eine Plastiktüte und schlug sie mit voller Wucht gegen die Backsteinwand ihres Hauses. Caroline war geschockt und zugleich voller Bewunderung für ihren Bruder. Er hatte keine Angst vor dem Tod. Später fand Caroline ihre Schildkröte, die in den Sommermonaten frei im Garten herumlaufen durfte, auf dem Rücken zwischen den Stachelbeersträuchern. Etwas Böses mit scharfen Zähnen, vielleicht eine Katze oder eine Ratte, hatte dem Reptil die Beine angefressen. Unter den offenen Panzerschuppen schaute rosa Fleisch hervor, und aus unerklärlichen Gründen floss kein Blut. Das Tier wand sich langsam ohne einen Laut des Schmerzes, und Caroline trug es weinend zu ihrem Bruder. Kurz darauf, die Eltern waren nicht zu Hause, öffnete sich quietschend das Metalltor der Garage, und der Motor des Familienvans brummte auf. Ihr Bruder hatte schon lange zuvor im Regal mit den alten Lackdosen das Versteck für den Zweitschlüssel entdeckt. Nun kniete er sich mit der Schildkröte hinter den Wagen und hielt ihren Kopf vor den vibrierenden Auspuff. Caroline zog Pascals Arm entsetzt zurück, warum wollte er das geschundene Tier noch quälen?

»Es tut ihr nicht weh«, hatte er gesagt, »gleich schläft sie ein, vertrau mir.«

Und tatsächlich, nach einem tränennassen Abschiedskuss auf den kleinen Reptilienkopf, der nicht wie sonst ängstlich zurückzuckte, schaute Caroline zu, wie die Schildkröte in den warmen Abgasen die Augen schloss und ihre verstümmelten Beine langsam erschlafften.

Noch bevor die Eltern nach Hause kamen, begruben die Geschwister das Haustier unter der Kirschlorbeerhecke, wo schon ein Hamster, ein Zebrafink und mehrere kleine Neonfische ihre letzte Ruhe gefunden hatten.

Beim Abendessen erzählten die Geschwister, dass sie die Schildkröte tot gefunden hätten, und tauschten verschwörerische Blicke. Ihre Mutter strich Caroline mitfühlend über die Haare und fragte vorsichtig, ob sie nun vielleicht eine Haustierpause einlegen könnten. Der Vater nickte stumm und kaute wie immer mit eingeklappten Augen an seinem Butterbrot herum. Ihr großer Bruder bastelte in der Nacht aus einem Geodreieck und einem Lineal ein Kreuz, das Caroline am nächsten Tag mit Acrylfarbe bunt bemalte und in das Reptiliengrab steckte. Der Tod hatte die Geschwister einander näher denn je gebracht. Sie wussten noch nicht, dass er sie nur wenige Monate später für immer trennen würde.

»Hattet ihr Haustiere in der Gruppe?«, fragte Caroline jetzt geistesabwesend.

Ben schaute sie an wie einen Geist. »Hä?«

»Nur eine Frage«, sagte Caroline. Sie zwang sich, wieder zu ihrer Strategie zurückzukehren. »Du bist kein Terrorist, Ben. Aber du hast von den Bomben gewusst.«

Seine Stimme kippte: »Die anderen sollten das machen.«

»Du warst dabei. Mitgefangen, mitgehangen.«

»Ich darf noch gar nicht ins Gefängnis.«

»Für Minderjährige gibt es andere Möglichkeiten. Gemütlich wird das nicht.«

Bens Augen füllten sich mit Tränen, seine Stimme wurde fiepsig. »Ich wusste gar nicht, was das alles sollte … Ich hab einfach mitgemacht … Ich …«

Caroline sah, wie der weiche Körper des Jungen zu beben anfing. Tränen rollten aus seinen Augen und hinterließen dunkle Flecke auf dem T-Shirt.

»Ich weiß, Ben. Und du kannst dir einiges ersparen, wenn du uns alles sagst, was du weißt.«

»Tu ich. Versprochen.« Er wischte sich die Nase mit dem Ärmel und griff nach den Keksen, die auf einem Teller vor ihm standen.

»Wie war eigentlich dein Kontakt zu Anni?«

Ben nahm sich mit vollem Mund einen zweiten Keks. »Anni?«

Caroline nickte.

»Ganz okay.«

»Ist dir was aufgefallen an ihr, als sie zu euch in die Gruppe gekommen ist? Sie war ja eine der Letzten, oder?«

Ben spülte den Keks mit Cola hinunter.

»Die hatte am Anfang voll den Flattermann. Ich glaube, die hat sich alles eingeschmissen, was ging.«

Natürlich! Wie konntest du das vergessen!, fauchte eine innere Stimme in Caroline. So hatte sie Anni zum Schluss selbst erlebt, verwandelt in einen aus der Welt gefallenen Junkie.

»Hattet ihr in der Gruppe Drogen?«

»Nee. Wer was geschmissen oder gedrückt hat, war raus. Bier war okay. Kiffen nur manchmal am Wochenende, Karl hat hinter der Scheune Gras angebaut.«

»Und Anni?« Caroline wusste, dass sie auf Opioiden und Heroin gewesen war.

»Hat den Affen geschoben.«

»Ein kalter Entzug …«, murmelte Caroline. »Wie hat sie das geschafft?«

»Ira hat sie eingeschlossen. Von uns durfte keiner an sie ran. Das ging ungefähr zwei Wochen so. Anni hat das ganze Haus zusammengebrüllt, ein paar von uns sind fast durchgedreht. Als es nicht mehr so schlimm war, sollte ich ihr was zu essen bringen. Aber die hat fast nix runterbekommen.«

Ben verschlang den zweiten Keks und krümelte seinen Schoß voll. Carolines Blick wanderte zum Fenster. Die Bilder kamen zurück. Die Krämpfe. Der Durchfall und die Atemnot. Die Angst, dass die Nachbarn etwas hören könnten. Es war die Hölle gewesen. Nach fünf Tagen voller Tränen war endlich Ruhe eingekehrt, fast wie eine Belohnung. In der erschöpften Nestwärme hatte es kein Gestern und kein Morgen gegeben. Bis Anni eines Nachts verschwand …

»Wart ihr befreundet?«

Ben zuckte mit den Achseln. »Anni war da, wenn Jan und Lenni wieder … scheiße drauf waren.«

»Wenn sie dir was tun wollten?«

Ben nickte und nahm sich den nächsten Keks vom Teller.

»Hat dir Anni erzählt, warum sie zur Gruppe gekommen ist?«

»Keine Ahnung.«

»Denk noch mal nach. Warum ist sie weg von der Straße? Da ist vielleicht etwas geschehen.«

Ben horchte auf. »Ja, da war was. Als sie auf Entzug war, hat sie mir mal erzählt, dass sie irgendwas total Schlimmes gemacht hat. Was richtig Krasses.«

»Die Sache mit ihrer Mutter und den Pillen, als sie noch klein war?«

»Nee, ich glaube, das war noch was ganz Frisches. Sie hat gesagt, sie muss abtauchen, damit sie nicht verknackt wird.«

Caroline beugte sich nach vorne und schaute Ben fest an. »Versuch, dich zu erinnern, Ben. Hat sie gesagt, was sie getan hat?«

Ben zuckte mit den Achseln. »Die lag wie 'ne Leiche in ihrem Bett. Das hat total gestunken da. Ich hab kaum verstanden, was die gesagt hat, so leise hat die gesprochen. Vielleicht hat sie auch nur geträumt.«

»Und später? Hat sie später noch mal was darüber gesagt?«

»Nee. Als sie aus dem Zimmer raus war, hat sie mir überhaupt nichts mehr erzählt.«

Ben leerte die Cola und wischte die Kekskrümel von der Tischplatte.

Er war ein guter Junge, dachte Caroline. Wenn Anni ihr Geheimnis nicht mit ihm geteilt hatte, dann mit keinem der Kids.

Im selben Moment schob sich aus den Tiefen ihres Gehirns ein Gedanke wie ein Giftstachel in Carolines Bewusstsein: *Und Ira?* Sie hatte es geschafft, das Vertrauen der Kids zu gewinnen, von Menschen, die nicht mal mehr ihren eigenen Eltern vertrauten. Das war eine Meisterleistung. Diese Frau hatte die

Jugendlichen fast dazu gebracht, einen Massenmord zu begehen. Sie musste eine unglaubliche Macht gehabt haben. Und sie hatte Anni beim kalten Entzug begleitet. Caroline hatte viel mit Junkies zu tun gehabt, und sie hatte sich oft mit den Ärzten des Medizinischen Dienstes unterhalten. Wie auf einer Leinwand konnte sie sehen, was damals auf dem Bauernhof hinter der verschlossenen Tür geschehen sein musste: Ira war mit Anni durch die Hölle gegangen. Sie hatte sie im Arm gehalten, ein zitterndes Bündel. Sie war an ihrer Seite gewesen, als sie sich erbrach, schwitzte und in Krämpfen wand. Niemand war dem Mädchen nähergekommen als Ira. Aber hatte Anni sich ihrer Meisterin vollkommen anvertraut?

»Kann ich gehen?«, fragte eine dünne Stimme wie aus weiter Ferne. Ben schaute Caroline groß an, sie musste sekundenlang durch ihn hindurchgestarrt haben.

»Klar, danke, Ben.«

»Darf ich?« Ben deutete auf eine volle Colaflasche.

»Nimm gleich zwei.« Der Junge bediente sich und verließ den Raum. Caroline stand langsam auf und wischte gedankenverloren über ein Blatt der immergrünen Pflanze.

Ira! Was weiß Ira?

*

Caroline konnte ihn schon aus der Ferne sehen. Lippock lehnte auf dem Parkplatz des Präsidiums an einem Streifenwagen und rauchte eine Zigarette. Jeder andere hätte beim Warten auf sein Handy gestarrt, aber er blickte ruhig zu den nahen Bahngleisen und ließ den Qualm aus seiner Nase quellen. Die quietschenden Fahrradbremsen holten ihn aus seinen Gedanken.

»Hallo.« Caroline nahm ihren Helm ab. Es hatte geregnet, der Fahrtwind hatte ihre nassen Wangen gerötet. »Wie geht es meiner Pflanze?«

»Heute Morgen um halb fünf hat sie noch gelebt«, antwortete Lippock. »Es ist übrigens ein Ficus lyrata.«

»Sagen Sie nicht, Sie haben das heute Nacht recherchiert.«

»Ich hab eine Erkennungs-App.«

»Haben Sie überhaupt geschlafen?«

»Mein Sessel ist bequem.«

Caroline musterte den Kriminaldirektor. Sein Gesicht wirkte noch zerknautschter, die Stirnfalte war wie mit der Axt geschlagen, aber seine Augen blickten wach. Er warf die Kippe weg und ging in Richtung Präsidium. »Dann mal los.«

Sie folgte ihm zu dem gläsernen Eingang. Auf dem Dach des Treppenturmes ragte eine riesige Antenne in den Himmel, und Caroline glaubte einen Moment lang, ihre Wellen zu spüren, die sie zu Tausenden Polizisten ins Land aussandte, damit die wie eine riesige Meute Spürhunde Annis Fährte aufnahmen.

In der Einsatzzentrale hatte die Nachtschicht ihre Arbeit beendet, die Kollegen der Tagschicht waren gerade eingerückt. Der Geruch von Haargel und Deo mischte sich mit dem von Kaffee und Schweiß. Jeder war auf seinen Monitor konzentriert, manche telefonierten. Die Markierungen auf der Karte hatten sich weiter verstreut, stellte Caroline erleichtert fest, es gab scheinbar keine eindeutige Spur. Von der Seite kam Aktenführer Kelber auf sie zu. Er überragte Lippock um anderthalb Köpfe und reichte ihm einige Papiere. »Guten Morgen. Die Protokolle der Nacht.«

»Danke, unterzeichne ich gleich.« Der Kriminaldirektor nahm die Papiere entgegen und winkte Caroline in sein verglastes Büro.

»Frau Hajuk?« Kelber trat ihr in den Weg. »Haben Sie die Vernehmungsprotokolle von gestern?«

Lippock und Caroline wechselten einen Blick.

»Die Kids sind sehr misstrauisch. Ich habe erst einmal nur vorgefühlt, ohne Aufnahmen«, erwiderte sie vage.

»Wir brauchen eine lückenlose Dokumentation für die Staatsanwaltschaft. Im Notfall auch Gedächtnisprotokolle.«

»Okay. Ich bringe sie morgen mit.«

»Und bitte auf jeder Seite unterschreiben lassen. Die Staatsanwaltschaft will keinen Ärger mit Anwälten. Aktenklarheit, Aktenwahrheit!«, mahnte Kelber und zog ab.

Lippock zog Caroline in sein Büro, sein Mund war schmal. »Fehlt noch, dass der die Ergebnisse unserer Klobesuche protokolliert.«

Caroline deutete auf die Landkarten. »Wie ist der Stand?«

»Nichts Neues. Entweder sie sind uns durchgeschlüpft oder noch im näheren Umkreis von Duisburg. Wir fahnden stichprobenartig weiter. Haben Sie etwas aus den Jugendlichen rausbekommen?«

»Scheinbar waren nur einige von ihnen über den Treffpunkt in Duisburg informiert. Es gibt keine Anzeichen, dass es darüber hinaus einen Fluchtplan gab, auch keinen Hinweis auf andere Helfer oder weitere konspirative Orte.«

Caroline legte ihre Regenjacke ab. Es war stickig in der Ermittlungszentrale, der Kunststoffgestank hatte sich verdichtet. »Ist Tetzel vernehmungsfähig?«

»Die Ärzte haben das Okay für eine kurze Befragung gegeben. Ich fahre nachher ins Krankenhaus.«

Caroline versuchte, ihre Mimik unter Kontrolle zu bringen. Sie hatte in den Jahren am Bahnhof gelernt, sich ein Pokerface zuzulegen, und seit den Tagen mit Anni wusste sie umso mehr, wie man täuschte, ablenkte und vertuschte. Aber Lippock war ein anderes Kaliber, sein Job war es, unbelügbar zu sein, und die einzige Waffe, die Caroline hatte, war ihre Position auf der polizeilichen Hierarchieleiter. Sie stand auf der untersten Stufe und musste darauf hoffen, dass der Kriminaldirektor sie schlichtweg unterschätzte.

»Die Kids haben mir ein bisschen von Tetzel erzählt. Sie standen anscheinend in einer engen Abhängigkeit zu ihr«, berichtete sie. »Ich würde ihr auch gerne einige Fragen stellen. Wäre es vielleicht …«

Lippock unterbrach sie kopfschüttelnd. »Tut mir leid. Das ist nicht Ihr Aufgabenbereich.«

»Ich bräuchte nicht lange, nur ein paar Minuten, um abzugleichen, ob die Kids mir die Wahrheit sagen.«

»Schreiben Sie Ihre Fragen auf, ich werde sie Tetzel heute Nachmittag stellen.«

»Und wenn ich eine Nachfrage habe?«

»Dann geben Sie sie mir für den nächsten Durchgang. Die Tetzel ist Chefsache.«

»Müssen das nicht Vernehmungsbeamte machen?«, fragte Caroline.

Lippock stutzte kurz, dann blickte er Caroline fest an. »Respekt. Sie haben die Strafprozessordnung noch im Kopf. Aber ich lasse mir die Tetzel nicht nehmen. Und die Staatsanwaltschaft wird das schlucken.«

»Könnte ich Sie nicht ein einziges Mal begleiten?« Caroline legte den Kopf schief. »Alles gehört zusammen. Es würde mir für die Befragungen sehr helfen, wenn ich mir persönlich ein Bild von ihr machen könnte.«

Lippock musterte Caroline. »Sie sind neugierig.«

»Das ist Teil meiner Arbeit.« Sie musste mit aller Kraft gegen die Stresssignale ihres Körpers ankämpfen: Die Hand wollte zur juckenden Nase greifen, die Augen wollten sich am Deckenventilator festhalten, und die Lunge wollte nicht mehr atmen. Caroline rang sich ein Lächeln ab. »Die Staatsanwaltschaft wird eine Begleitung doch sicher auch schlucken.«

Lippock blätterte durch einen Stapel Papiere auf seinem Schreibtisch.

»Außerdem hören vier Ohren besser als zwei«, setzte Caroline nach. »Ich mach Notizen für das Protokoll.«

Der Kriminaldirektor schaute erschöpft auf. »Na gut.«

Carolines Lächeln wurde breiter. »Danke.«

»Das ist eine große Sache. Sie machen sich unsichtbar, verstanden?«

»Das ist meine Paradedisziplin.« Caroline musste innerlich schmunzeln. Wenigstens das war absolut wahr.

*

Die blaue Plastikplane, die das stinkende Plumpsklo umgab, war einen Spaltbreit geöffnet. Jonas saß mit heruntergelassener Hose auf einem Balken über einem Erdloch und beobachtete, wie die Männer des Lagers schweigend in zwei weiße Lieferwagen stiegen, die sich dann schwankend über den Feldweg entfernten.

In seiner Zeit auf der Straße hatte er viele Osteuropäer gesehen, es wurden immer mehr, von Monat zu Monat. Einige von ihnen schlugen ihre Lager neben ihnen auf und gingen früh am Morgen zum Arbeiterstrich, wo sie eingesammelt wurden, um für ein paar Euro schwarz auf dem Bau oder auf einem Feld zu arbeiten, vielleicht auch auf einer illegalen Mülldeponie, in verdreckten Industrieanlagen oder an irgendwelchen anderen Orten, die zu dunkel und gefährlich waren, als dass dort Menschen ohne Not gearbeitet hätten. Die aus dem Osten nahmen alles, erinnerte sich Jonas. Wer keine Arbeit fand, dem blieb immer noch das Betteln. Auf der Platte mochte kaum jemand die Fremden in ihren abgetragenen Markenklamotten, sie wühlten in denselben Mülltonnen und streckten denselben Touristen ihre leeren Hände entgegen. Sie waren Fressfeinde, und mit ihnen wuchs wieder einmal das Gefühl, von denen da oben, die alle reingelassen hatten, betrogen worden zu sein. Der junge Rumäne, der Jonas und Anni am Morgen heißen Kaffee und eine Schachtel Kekse in die Hütte gebracht hatte, wollte gar nicht in dieses Bild passen. Er hatte sie neugierig angeschaut und in gebrochenem Deutsch gefragt, was sie angestellt hätten. Anni hatte ihn nur angeknurrt, während Jonas geschwiegen hatte, ein Schweigen voller Scham.

Nach dem Frühstück hatte der Junge Jonas zum Plumpsklo begleitet. Ein grob zusammengezimmerter Verschlag mit einem blauen Plastikvorhang diente als Sichtschutz. Nahe der Holzhütte bemerkte Jonas einige rohe Fleischbälle auf dem Boden, und der Rumäne erklärte ihm, dass sie voller Glassplitter seien, um neugierige Hunde vom Lager fernzuhalten.

Jetzt saß Jonas in dem Bretterverschlag, die Klopapierrolle, die ihm der Junge zugesteckt hatte, in der Hand. Plötzlich erschien hinter dem blauen Vorhang eine Silhouette, und einen Wimpernschlag später wurde die Plane zur Seite gerissen. Jonas fuhr zusammen, die Morgensonne stach in seine Augen. Blinzelnd erkannte er Karl in seiner Trainingsjacke. Sein Ohr war frisch verbunden, und die Papierverbände mit der Kräuterpampe waren verschwunden. Ruppig zog Karl den Vorhang hinter sich zu, packte Jonas am Genick und rammte ihm den Lauf einer Pistole in den Mund.

»Du miese kleine Ratte!« Sein Atem roch sauer und nach Kaffee. »Wo hast du die Knarre her?«

Jonas stöhnte, seine Hände griffen nach Karls Handgelenk,

doch ein metallisches Knirschen ließ ihn erstarren. Der Hahn der Pistole. Die kleinste Bewegung konnte ihn auslösen. In Jonas' Gehirn arbeitete es: Hatte er die Waffe nicht am Abend unter dem Polster seines Sofas versteckt? Karl musste in seinen Sachen geschnüffelt haben.

»Red schon, Wichser!«

»Ich … hab sie gefunden«, nuschelte Jonas mit offenem Mund. Der Lauf der Pistole drückte gegen seinen Gaumen.

Karl verzog die Lippen zu einem künstlichen Lächeln. »Klar hast du das. Im Bunker, als du das Feuer gelegt hast!«

Jonas versuchte, den Kopf zu schütteln, doch die Hand in seinem Genick hielt ihn fest wie der Kiefer eines Krokodils.

»Du warst das«, zischte Karl. »Einmal Verräterschwein, immer Verräterschwein. Ira wollte ja nicht auf mich hören, aber ich habs immer gewusst.«

Kurz überlegte Jonas, ob er an Karls Arm ziehen sollte. Der Finger am Abzug würde zucken, ein Schuss würde sich lösen, und er würde sich mit einem Schwall aus Blut und Gehirn mitten in Karls Gesicht verabschieden. Ein letzter Akt der Freiheit.

»Und jetzt gehst du tauchen, Arschloch.«

Karl zog die Pistole aus Jonas' Mund, packte seinen Kopf und drückte ihn zum Erdloch hinunter. Es stank bestialisch.

Jonas würgte und hustete. Seine Fingernägel krallten sich in Karls Arm.

»'tschuldigung?«, fragte eine Stimme von hinten.

Karls Griff löste sich, und Jonas hob den Kopf. Ein alter Mann hatte die Plane beiseitegeschoben und blickte die beiden mit großen Augen an.

Karl überlegte eine lange Sekunde, dann steckte er die Pistole ein und zischte Jonas ins Ohr: »Ich mach dich fertig, du Ratte!« Damit drehte er sich um und verließ den Bretterverschlag.

Jonas setzte sich zurück auf den Balken und krümmte sich zitternd zusammen. Schweiß schoss ihm auf die Stirn, und sein Darm entleerte sich explosionsartig. Der alte Mann stand immer noch da und starrte ihn an wie ein Zootier.

Jonas zog den Plastikvorhang vor ihm zu und griff zitternd zur Klopapierrolle. *Raus hier,* rief es in seinem Kopf, *lauf um dein Leben!*

*

Es roch nach gemangelter Wäsche und Desinfektionsmitteln. Das Fenster des kahlen Raumes war vergittert, ein Schrank, zwei Stühle, ein Beistelltisch, darauf eine Wasserflasche aus Plastik. Keine Blumen. Caroline stand hinter Lippock und betrachtete über dessen Schulter hinweg Ira, die aufgerichtet in ihrem Krankenbett lag. Ihre schmalen Hände ruhten auf der faltenlosen Decke, in ihrer Halsbeuge klebte ein Pflaster. Mit einem matten Lächeln reichte sie dem Kriminaldirektor die Hand.

Als Caroline wenige Minuten zuvor mit Lippock durch die Korridore des Justizvollzugskrankenhauses gegangen war, hatte sie sich gefragt, ob man der Terroristin ihre zerstörerische Seele ansehen würde. Welche Spuren würde das innere Gift in ihrem Gesicht hinterlassen haben?, hatte sie überlegt und war mit jedem Schritt neugieriger auf die Begegnung mit dem leibhaftigen Monster geworden. Vielleicht, so Carolines heimliche Hoffnung, würde sie einen Makel an Ira entdecken, der sie von der restlichen Menschheit abgrenzte, die glaubte, die Kontrolle über Gut und Böse zu haben.

Nun musterte sie die Terroristin in ihrem Krankenbett und entdeckte – nichts. Kein Defekt war in dem blassen Gesicht auszumachen, kein Geschwür, keine irgendwie geartete Deformation zeugte von ihrer Boshaftigkeit. Im Gegenteil: Die dünnen Beine und kleinen Füße, die sich unter der Decke abzeichneten, wirkten kindlich, fast zerbrechlich. Hatte diese makellose, zarte Frau wirklich geplant, Hunderte Menschen ins Verderben zu bomben?

»Das ist meine Assistentin, Frau Hajuk«, stellte Lippock seine Begleitung vor und rückte einen Stuhl an Iras Krankenbett heran.

Caroline setzte sich in die hintere Zimmerecke, nahm ihren Block aus dem Rucksack und überließ dem Kriminaldirektor demonstrativ das Feld. Ira schaute ruhig auf ihre gefalteten Hände und beachtete die Polizistin nicht.

Die Vernehmung begann mit Formalien, Lippock ließ sich von Tetzel die Identität bestätigen und klärte sie über ihre Rechte auf. Währenddessen rief sich Caroline das Dossier der Staatsanwaltschaft in Erinnerung, das sie in der Nacht gelesen hatte. Ira war demnach in einer westfälischen Kleinstadt als Einzelkind eines Lehrerehepaares aufgewachsen und hatte sich schon als Teenager einer rechtsradikalen Gruppe angeschlossen. Der Verfassungsschutz nahm sie einige Jahre später ins Visier und beobachtete sie bei mehreren öffentlichen Auftritten auf Provinzbühnen, bei Demonstrationen und Konzerten.

Wann war sie gekippt?, fragte sich Caroline. Gab es traumatische Erfahrungen? Kränkungen? Oder war sie einfach nur wahnsinnig? Der Bericht lieferte keine Erklärung.

Lippock hatte Caroline auf der Fahrt zum Krankenhaus seine persönliche Theorie verraten: Er glaubte, dass Tetzels Systemhass durch die Entführung ihrer Tochter kurz nach deren Geburt verstärkt wurde. Ihr Partner war damals mit dem Baby untergetaucht, mutmaßlich wegen ihrer Kontakte ins rechtsradikale Milieu. Zwanzig Jahre lang hatte sie nichts von ihrer Tochter, Julia Gerloff, gehört und in dieser Zeit ihr Faible für obdachlose Jugendliche entwickelt, die sie unter dem Vorwand der sozialen Fürsorge für ihre Terrorgruppe rekrutierte. Niemand bei der Kripo ahnte etwas von ihren Bombenplänen, auch nicht, als in ihrer dunklen Umlaufbahn die ersten Menschen starben. Die Ironie des Schicksals: Während Tetzel sich zu einer Terroristin radikalisierte, heuerte ihre Tochter bei der Polizei an und ermöglichte am Ende maßgeblich deren Festnahme.

Caroline malte konzentriert ihre Muster in den Notizblock und spürte plötzlich ein Kribbeln auf der Kopfhaut. Sie blickte auf und sah Lippock, der das Aufnahmegerät aus seiner Tasche kramte. Erst dann bemerkte sie, dass Ira sie aus dem Bett heraus fixierte. Ein sanftes Lächeln.

Wie lange schon?, fragte sich Caroline und spürte, wie die grauen Augen in sie einzudringen und ihr Inneres zu erkunden versuchten. Eine Stimme in ihr schlug Alarm, befahl ihr wegzuschauen, doch ihr Blick blieb auf dem schmalen Gesicht mit dem undeutbaren Lächeln haften. Iras Augen strahlten völliges Verständnis aus, ihr Lächeln verlangte nichts und schien alles zu geben.

Liegt darin das Böse?, überlegte sie. Oder reagierte sie über, weil sie wusste, was diese Frau getan hatte?

Wie muss es Anni mit ihr ergangen sein?, schoss es Caroline plötzlich durch den Kopf. Sie war Tetzel in ihrem schwächsten Moment begegnet, als ihre Welt zusammengebrochen war und billige, dreckige Drogen den Teufel in ihr zum Leben erweckt hatten. Ira war für Anni da gewesen, sie hatte sie aufgefangen.

Caroline fühlte die Gänsehaut auf ihren Oberarmen. *Sie weiß es!*

Lippock schien ihren inneren Aufruhr nicht zu bemerken, er blätterte geschäftsmäßig in der Mappe auf seinen Knien. Mit seiner distanzierten Freundlichkeit hatte er Ira von Anfang an signalisiert, dass sie für ihn keine Eiskönigin, sondern ein Mensch aus Fleisch und Blut war, eine Verdächtige.

Für einen Moment fühlte sich Caroline geborgen bei diesem kleinen Mann mit dem unaufgeräumten Gesicht. Er hatte alles im Griff, er war der Herr des Verfahrens. Sie löste ihren Blick von Ira und malte mit dem Kugelschreiber wieder die Kästchenlinien ihres Notizblockes nach.

Lippock legte das Aufnahmegerät auf den Beistelltisch und beugte sich etwas vor, seine Stimme füllte den Raum mit einer vertrauensvollen Wärme. »Die Aufnahmen dienen uns nur zur besseren Protokollierung, sie sind nicht beweiskräftig.«

»Ich glaube, das wird nicht nötig sein«, sagte Ira lächelnd.

Lippock nahm das Gerät vom Tisch. »Wir müssen nichts aufnehmen. Meine Assistentin macht sich Notizen.«

Ira schwieg lächelnd.

»Sie können anschließend alles lesen. Was Sie nicht unterschreiben, hat juristisch keinen Wert.«

»Ich weiß.«

»Dann lassen Sie uns anfangen.«

»Nein.«

Lippock schaute von seinen Unterlagen auf. »Wir haben Zeit. Brauchen Sie noch etwas?«

»Ich werde keine Fragen beantworten.«

Seine Augenbrauen hoben sich.

»Vielleicht möchten Sie irgendetwas loswerden. Ganz ohne Fragen.«

Ira schüttelte sanft den Kopf.

Der Kriminaldirektor nickte gelassen, er musste solche Situationen schon hundertfach erlebt haben, dachte Caroline, während die Treppchen in ihrem Notizblock wuchsen.

»Werden Sie hier gut versorgt?«, erkundigte sich Lippock.

»Danke.«

»Ich weiß, die Essenszeiten sind absurd, Krankenhaus halt. Aber wenn Sie Musik hören oder ein Buch lesen wollen, kein Problem. Ich lass Ihnen was bringen. Fernseher oder Internet geht leider nicht, das werden Sie verstehen.«

Iras Blick klebte an den Baumkronen, die sich hinter dem Fenster im Wind wiegten. Für einige Sekunden herrschte vollkommene Stille im Raum. Caroline beobachtete aus der Zimmerecke, wie Lippock etwas in sein Notizheft schrieb. Am liebsten hätte sie das Schweigen gebrochen und Ira ihre Frage entgegengeschleudert, so sehr brannte sie auf ihren Lippen: *Was hat Anni dir erzählt?* Doch sie hatte die schreckliche Ahnung, dass sie genauso wenig eine Antwort bekommen würde wie ihr Vorgesetzter.

»Möchten Sie doch einen Anwalt sprechen?«, fragte Lippock nun.

»Nein.«

»Sie können Ihre Meinung jederzeit ändern.«

»Das werde ich nicht.«

Der Kriminaldirektor klopfte langsam mit seinem Stift auf die Mappe. Dann murmelte er, fast zu sich selbst: »Vor ein paar Jahren war ich auch mal am Westwall. Mit meiner Frau.«

Ira schwieg.

»Wir haben diesen Wanderweg gefunden. War ziemlich voll da, Mountainbiker, jede Menge Touristen aus Holland und Belgien, Familien mit Kindern und Hunden. Die sind auf den Bunkern rumgeturnt wie auf einem Abenteuerspielplatz und haben sich ein bisschen gegruselt.«

Keine Reaktion.

»Ich könnte mir vorstellen, dass das so ähnlich für Ihre Jugendlichen war. Ein Abenteuer.«

Ira blickte stumm aus dem Fenster, sie schien ganz woanders zu sein. Der Kriminaldirektor straffte seine Schultern und stand langsam auf: »Ich kann einen Kaffee gebrauchen. Möchten Sie auch einen?«

Ira schüttelte nicht einmal den Kopf.

Kurz darauf standen Lippock und Caroline mit Plastikbechern in der Hand vor dem Eingang des Krankenhauses. Der Kriminaldirektor stürzte seinen schwarzen Kaffee hinunter und schnippte die Asche seiner Zigarette in einen Busch.

»Wird sie noch reden?«, fragte Caroline.

»In zwanzig Jahren beim Staatsschutz hab ich eine Sache gelernt: Alle Terroristen, egal, aus welcher politischen oder religiösen Ecke sie kommen, haben eine Sache gemeinsam: den heiligen Zorn. Der frisst sie von innen auf, wegen dem suchen sie alle eine Bühne, auf der sie ihn rauslassen können. Ich denke, die Tetzel wird irgendwann den Mund aufmachen.«

»Vielleicht ist ihr die Bühne nicht groß genug.«

»Das sind Machtspielchen. Die kommt noch.«

»Und wenn sie es nicht tut?«

Dann sagt sie auch nichts über Anni, beantwortete Caroline still ihre eigene Frage. Eine elektrisierende Erkenntnis.

Lippock blieb stumm, ließ seine halb gerauchte Zigarette in den Becher fallen und ging zum Eingang. Plötzlich klingelte sein Handy. Er nahm das Telefon ans Ohr, horchte und blieb stehen. »Ich komme.«

Der Kriminaldirektor gab Caroline ein Zeichen und ging eilig los Richtung Parkplatz, erstaunlich schnell auf seinen kurzen Beinen.

»Was ist passiert?«, fragte sie atemlos.

»Die Flüchtigen haben einen Kontrollpunkt angegriffen.«

Am Wagen setzte er das mobile Blaulicht aufs Dach, stieg mit Caroline ein und raste los. In ihren Ohren pulsierte das Blut. *Sie haben sie!*

*

Jonas blieb keuchend hinter einer dicken Pappel stehen, stützte die Arme auf die Knie und blickte auf eine breite Straßenkreuzung. Etwa zwanzig Meter entfernt hatte er einen Streifenwagen entdeckt. Davor standen zwei junge Beamte, eine Frau und ein Mann, die sich gerade vom Fahrer eines Lieferwagens die Papiere zeigen ließen und einen Blick in dessen Laderaum warfen.

Jonas wischte sich mit dem Ärmel über das schweißnasse Gesicht. Langsam kam er wieder zu Atem. Er hatte sich auf der Rückseite aus dem Kloverschlag herausgeschlichen und war losgesprintet. Den holprigen Weg am Bahndamm entlang, vorbei an einigen Schrebergärten mit Gemüsebeeten und Bretterhäuschen, weiter zwischen verlassenen Industriebauten mit zerbrochenen Fensterscheiben bis zu einer asphaltierten Straße. Erst dann war er stehen geblieben, hatte sich umgeschaut und ängstlich gewartet, ob Karl mit seinen kräftigen Nilpferdbeinen hinter einer Ecke hervorgeschossen kam. Er tat es nicht. Anschließend war Jonas weitergelaufen, ohne zu wissen, wohin. Er hatte kein Ziel, außer so viele Meter wie möglich zwischen sich und das Hüttendorf zu bringen. Von Anni hatte er sich nicht verabschiedet, er wusste, dass seine Leitkuh ihn niemals allein gehen lassen würde.

Jetzt starrte er auf den Polizeiwagen am Rand der Kreuzung und schmeckte das Salz auf seiner Oberlippe. Seine rechte Hand knetete den Fingerstumpf, das Schandmal, das ihn auf Schritt und Tritt verraten würde. Er war am Ende. Er hatte keine Waffe. Er hatte kein Handy. Er hatte kein Geld. Und er war unendlich müde.

Die Polizisten stiegen gerade in ihren Streifenwagen und lachten über irgendetwas. Jonas konnte erkennen, wie die Beamtin eine Dose aus dem Fußraum kramte, Butterbrote und eine Thermoskanne herausholte und plaudernd und kauend mit ihrem Kollegen den Verkehr beobachtete. Konnte es sein, wunderte sich Jonas plötzlich, dass er die beiden Bullen beneidete? In seinem Brustkorb breitete sich eine tiefe Sehnsucht aus.

Loslassen!

Jonas fühlte sich mit einem Mal wie ein Kind, das ausgerissen war und nach einer Reihe von furchterregenden Abenteuern nach Hause zurückkehren will, um seinen Eltern in die Arme zu fallen. Doch welche Eltern sollten ihn wieder aufnehmen? Er war ein Satellit, der den Funkkontakt verloren hatte und heimatlos durch das All trudelte.

Gib auf!

Im Streifenwagen füllte die Beamtin aus einer Thermoskanne zwei Becher. Jonas meinte, Kaffee zu riechen. Er dachte an die Frühstücke in der Gruppe. Ira hatte ihnen beigebracht, sich jeden Morgen um halb neun vollzählig zu versammeln. Sie hatten das Essen gemeinsam vorbereitet, gemeinsam am Tisch gesessen und gemeinsam aufgeräumt, sie waren Geschwister, eine Familie. Es war zu schön gewesen, um wahr zu sein.

Und jetzt?, fragte sich Jonas. Was hatte er zu verlieren? Alles war besser, als Karl wieder in die Hände zu fallen.

Geh!

Jonas gab sich einen Ruck. Zögernd kam er hinter der Pappel

hervor und ging auf den Streifenwagen zu wie ein Schlafwandler auf eine offene Balkontür. *Zwanzig Meter, und es ist vorbei.*

Die Polizisten saßen in ihrem Wagen, die Türen waren halb geöffnet. Jonas hörte eine metallene Stimme aus dem Funkgerät, sie klang nach Autorität, nach Kontrolle und kühler Ordnung, nach allem, was ihm bislang verhasst war. Nun klang sie nach Sicherheit.

Zehn Meter …

Jonas überlegte, ob er ihnen etwas zurufen sollte. Sollte er die Hände heben?

Fünf Meter …

Im selben Moment stach ein lautes Quietschen in Jonas' Ohren. Ein weißer Lieferwagen schoss mit qualmenden Reifen aus einer Nebenstraße auf die Kreuzung und raste direkt auf den Streifenwagen zu. Jonas blieb wie hypnotisiert stehen. Er sah in Zeitlupe, wie die Polizisten die Köpfe hoben, wie sich der Schrecken auf ihren Gesichtern ausbreitete und sie ihre Hände mit den Kaffeebechern hoben, als könnten sie sich damit vor dem tonnenschweren Geschoss schützen, das ihnen entgegenraste. Es war zu spät. Im spitzen Winkel rammte der Lieferwagen den Streifenwagen, der in einem Regen aus zersplitterndem Glas zur Seite schleuderte. Der Lieferwagen kam mit lautem Quietschen neben Jonas zum Stehen. Im Gummiqualm sprang die Beifahrertür auf, und Anni lehnte sich heraus. »Rein hier!« Sie zog ihn in die Fahrerkabine, quer über ihren Schoß, und knallte die Tür zu.

Jonas sah halb liegend Karl am Steuer, der jetzt auf das Gaspedal trat. Der Lieferwagen setzte sich mit durchdrehenden Reifen schlingernd in Bewegung. Anni verpasste Jonas eine Ohrfeige und schrie: »Bist du völlig bescheuert? Was sollte das denn?«

»Der kleine Wichser wollte uns verpfeifen!«, brüllte Karl und schlug ihm auf den Kopf.

Jonas rappelte sich auf, schaute in den Außenspiegel und sah, wie hinter ihnen der Streifenwagen kleiner wurde. Der Polizist war ausgestiegen, hatte seine Pistole aus dem Halfter gezogen und zielte breitbeinig. Im selben Moment, als Jonas das Mündungsfeuer aufblitzen sah, zersprang die Heckscheibe. Anni schrie auf. Karl duckte sich, riss das Lenkrad herum und steuerte den schaukelnden Wagen über einen Bürgersteig in eine Seitenstraße. Kicherte er etwa? Jonas klammerte sich am Türgriff fest. Er saß in einer Achterbahn, die durch seine dunkelsten Albträume jagte.

*

Lippock lenkte den Wagen zügig durch den dichten Verkehr, auf dem Dach drehte sich das mobile Blaulicht, die Autos vor der Kühlerhaube scherten wie eine Schafherde auseinander. Caroline hielt sich am Türgriff fest und hörte zu, wie der Kriminaldirektor über die Freisprechanlage mit dem Präsidium telefonierte. Die Meldungen überschlugen sich: Wenige Minuten nach dem Angriff auf einen Streifenwagen kreisten im Duisburger Norden Einheiten der Polizei das Zielgebiet großräumig ein, Zufahrtsstraßen wurden gesperrt. Ein Hubschrauber war aufgestiegen. Die Treibjagd auf Karl, Anni und Jonas war eröffnet. Caroline schwitzte. Sie öffnete das Fenster und hielt ihre Nase in den Fahrtwind, als könnte er die bangen Gedanken in ihrem Schädel verwehen.

»Was passiert, wenn die drei gestellt werden?«, fragte sie.

Lippock steuerte den Wagen konzentriert durch den Verkehr. »Wir versuchen zu deeskalieren.«

»Opitz hat eine Maschinenpistole, der wird schießen.«

»Unsere Einheiten sind vorbereitet.«

»Das heißt?«

»Wenn es sein muss, wird zurückgeschossen.«

Carolines inneres Auge produzierte wieder Bilder: Hubschrauber orten den Lieferwagen, der in Schlangenlinien durch den Verkehr rast. Streifenwagen kommen aus allen Richtungen zusammen und blockieren Straßen. Blaulicht. Der Fluchtwagen bremst scharf, wendet, rast in die nächste Falle, schleudert und bleibt stehen. Karl zerschlägt die Seitenscheibe mit dem Kolben der Maschinenpistole. Eine ohrenbetäubende Salve. Kugeln schlagen in die Streifenwagen ein, Polizisten springen in Deckung. Anni und der Junge kauern sich im Fußraum zusammen, pressen ihre Hände auf die Ohren. Heiße Patronenhülsen prasseln auf ihre Köpfe. Beißender Schmauch breitet sich in der Fahrerkabine aus. Karl muss das Magazin wechseln. Hinter den Streifenwagen blitzt Mündungsfeuer auf. Dutzende Projektile durchschlagen das Blech des Fluchtautos, treffen Karl, Blut spritzt über die Polster – sie treffen Anni, und es wäre endlich …
STOPP!

Caroline stöhnte auf und schüttelte den Gedanken eilig ab.

Lippock warf ihr einen Blick zu. »Ist Ihnen schlecht?«

»Geht schon, danke«, antwortete sie kurz angebunden und fühlte eine Welle der Scham über sich hinwegbranden. War sie schon so tief in ihre eigenen Lügen verstrickt, so verkommen, dass sie sich den Tod einer jungen unschuldigen Frau herbeiwünschte? Wie lange würde sie sich noch selbst ertragen? Caroline löste ihre verspannte Kiefermuskulatur und atmete langsam aus.

»Schlaf nicht ein!«, rief Lippock und hupte einen Wagen von der Fahrbahn. Er drückte das Gaspedal durch und blickte

Caroline mit einem spitzbübischen Grinsen an. »Dafür bin ich Polizist geworden.«

Sie rang sich ein Lächeln ab.

*

In der Ferne ragten riesige Kräne mit abgeknickten Hälsen in die Höhe. Karl raste eine schmale Straße an einem Hafenbecken entlang. Immer wieder beugte er sich weit nach vorne und spähte nach oben durch das Blätterdach der Platanen, ein Kaninchen auf der Flucht vor einem Raubvogel. Anni und Jonas rührten sich nicht. Der Lieferwagen überquerte einen Kanal, an dessen Mole bunte Container darauf warteten, in die im Wasser liegenden Lastkähne verladen zu werden. Plötzlich riss Karl das Lenkrad herum und bog in eine kopfsteingepflasterte Straße an der Wasserlinie ein. Unter hohen Bäumen säumten Lastwagen den Weg. Nirgendwo war eine Menschenseele zu sehen. Karl trat auf die Bremse und gab den anderen ein Zeichen.

»Raus!«

Wie betäubt kletterte Jonas mit Anni aus dem Wagen. Er wich ihrem finsteren Blick aus und ging mit sich ins Gericht. Er hatte sie im Stich gelassen, er hatte ihre Reise mit dem Wohnmobil in den Wind geschossen. Um ein Haar hätte er in einem Streifenwagen gesessen und wäre mit den Cops zu einer Wache gefahren. Um was zu tun? Anni ans Messer liefern? Karl hatte recht: Er war ein Verräter.

Gedankenverloren sah Jonas, wie der Lieferwagen langsam auf den Kanal zurollte. Kurz vor der Wasserkante sprang Karl aus der Fahrerkabine, der Van kippte vornüber und verschwand hinter der Mauer. Eine Wasserfontäne und ein tiefes Blubbern waren alles, was der Wagen hinterließ.

Karl stapfte auf Jonas zu, packte ihn grob am Arm und zerrte ihn mit sich. »Mitkommen, du Pimmel!«

Anni folgte den beiden, an den geparkten Lastwagen entlang. In der Ferne wummerten die Rotoren des Polizeihubschraubers. Jonas' Arm wurde taub in Karls Griff, er stolperte mit wie ein Gefangener zur Exekution.

*

Draußen war es schon dunkel, und es hatte begonnen zu regnen. Durch das offene Fenster drang der Geruch von nassem Staub. Carolines Finger strich vorsichtig über die Wange ihres schlafenden Babys. Mit einem kleinen Seufzer tat es einen tiefen Atemzug, nuckelte ein paarmal am Schnuller und sank zurück in die Geborgenheit seines Kinderschlafs. Caroline betrachtete den Kleinen still. Er war rundlich geworden, dachte sie und dankte wie jeden Abend dem Universum, dass er inzwischen wie ein normales Kind schlief, wie ein normales Kind aß und wie ein normales Kind lächelte. Sie dankte, dass er überhaupt lebte. Mehr konnte sie nicht erwarten.

Als Caroline eine halbe Stunde zuvor nach Hause gekommen war, hatte sie das Baby in die Arme genommen und seinen kleinen Körper lange an sich geschmiegt. Fast schien es, als würde das winzige Kind sie mit Energie aufladen, und sie fürchtete schon, dass für den Kleinen nichts mehr übrig blieb. Doch als seine Hände sich in ihre Haare krallten, war sie beruhigt. Sie würde Heiner nie erklären können, was hinter ihrer Angst um den Jungen steckte. Sie würde für immer allein damit bleiben.

Der Vermieter hatte ihr von dem aufregenden Tag der beiden im Garten berichtet. Wie durch Watte hatte sie die Geschichten von Schlammlöchern, Würmern und Elstern gehört, während sie etwas von den aufgewärmten Bratkartoffeln aß, die Heiner ihr vom Abendessen aufgehoben hatte. Die Ereignisse des Tages waren schon durch die Nachrichten gegangen.

»Hast du von Duisburg gehört?«, hatte Heiner gefragt. »Da ist so ein Typ mit einem Maschinengewehr und zwei Jugendlichen unterwegs.«

Caroline hatte mit vollem Mund geantwortet: »Die drei sind spurlos verschwunden. Die Kollegen vermuten, dass sie das Fluchtfahrzeug irgendwo im Duisburger Hafen versenkt haben. Die Taucher suchen noch.«

»Die haben gesagt, dass die von dieser Nazigruppe am Westwall sind, hast du was damit zu tun?«

»Ich kenne ein paar von den Kids.«

»Glaubst du, ihr kriegt sie?«

»Entweder sie liegen ertrunken in einem Hafenbecken, oder sie haben ein Schlupfloch gefunden. Möglich, dass sie von Komplizen eingesammelt wurden. Wir sind noch dran. Das hast du aber nicht von mir.«

»Wem sollte ich das erzählen? Meinen Schnecken?«

Caroline hatte müde gelächelt und Heiner zum Abschied umarmt. »Gute Nacht. Und tausend Dank.«

»Bis morgen.« Es war schon längst unausgesprochene Routine, dass er den Kleinen am nächsten Tag wieder beaufsichtigen würde.

Jetzt ließ sich Caroline aufs Sofa fallen. Ihre Gedanken schweiften zurück ins Präsidium. Die Einsatzzentrale hatte vibriert von Stimmen, Telefonklingeln und dem Rauschen der Rechner. Auf einem großen Monitor waren Luftaufnahmen eines Polizeihubschraubers zu sehen gewesen, der über Hafenanlagen mit riesigen Containerstapeln, Kränen und Frachtschiffen flog. Lippock hatte Caroline angewiesen, sich bereitzuhalten, vielleicht würde man ja Kontakt zu Anni aufnehmen, und dann wäre es sinnvoll, wenn eine bekannte Stimme mit ihr sprechen würde. Irgendwann war er in seinem Aquariumbüro verschwunden. Sie blieb neben der Tür stehen und fühlte sich unnütz. Wenn sie nicht auf den Monitor mit den Luftbildern starrte, verfolgte sie mit, wie Zeugenaussagen notiert, Bilder von Überwachungskameras ausgewertet, auf den riesigen Straßenkarten Markierungen gesetzt und Warnungen an die Bevölkerung herausgegeben wurden. Lippock stand hinter seiner Glasscheibe und telefonierte, während ihm Mitarbeiter Papiere reichten und Fragen stellten. Einmal öffnete er die Tür, nestelte die Zigarettenschachtel aus der Innentasche seines Jacketts und machte ihr ein Zeichen, dass er sofort kommen würde. Doch gleich darauf wurde er wieder hineingerufen. Nach einer Stunde kam er erneut heraus und schickte sie nach Hause. Er war kurz angebunden, die Fahndung war schon wieder ins Stocken geraten.

Draußen vor dem Präsidium war die Luft schwül gewesen, am nördlichen Horizont hatten sich Gewitterwolken aufgetürmt. Bevor Caroline ihr Fahrradschloss öffnete, hielt sie ihr Gesicht in die Abendsonne, als würden die Strahlen sie von der elektrostatischen Aufladung der Einsatzzentrale reinigen können. Auf dem langen Heimweg beobachtete sie den Schatten, der ihr auf dem warmen Asphalt vorauseilte. In Gedanken ging sie in die quirlige Einsatzzentrale zurück. Sie hatte die Fahndung verfolgt wie ein Fußballfan in der gegnerischen Kurve. Und als sich angedeutet hatte, dass die Flüchtigen den Suchtrupps durch die Lappen gegangen waren, hatte ihre heimliche Erleichterung wie ein stinkender, zerrupfter Geier über ihr gekreist.

Jetzt öffnete Caroline eine Flasche Bier und blickte nachdenklich auf die nasse Ausfallstraße. Die Erleichterung war Erschöpfung gewichen. Die Bilder der Webcam brauchte sie heute nicht mehr zu kontrollieren. Anni war woanders, sie hatte andere Probleme, wenn sie überhaupt noch am Leben war. Vielleicht saßen die drei versteckt in einem Container am Hafen, vielleicht hatten sie ein Schlupfloch gefunden, eine Mitfahrgelegenheit in die Freiheit. Opitz war gerissen, vielleicht würde ausgerechnet er dafür sorgen, dass Carolines Welt nicht untergehen würde. Sie trank einen Schluck und spürte einen Stich.

Und Ira? Sie war in der Gleichung immer noch die große Unbekannte.

*

Fauliger Gestank breitete sich in Jonas' Schädel aus. Er stapfte vor Anni durch einen engen eiförmigen Tunnel, seine Schuhe rutschten immer wieder von den glitschigen Wänden ab und tauchten in die trübe Suppe, die knöcheltief am Boden entlangfloss. Vor ihnen huschte der Lichtkegel von Karls Taschenlampe über die gebogenen Backsteinwände und traf hin und wieder auf breite Löcher, aus denen sich braunes Abwasser mit Klopapierresten in den Kanal ergoss. Wie lange waren sie schon gelaufen, seit sie in die Unterwelt hinabgestiegen waren? Eine halbe Stunde, eine volle? In den Katakomben schien selbst die Zeit sich zu verirren. Sie mussten schon mehrere Kilometer zurückgelegt haben, Karl vorne, Anni hinten, Jonas in der Mitte. Sie waren in einem breiten Tunnel durch knietiefe Brühe gewatet, sie hatten Seitenkanäle gekreuzt, waren an Schächten mit rostigen Leitern vorbeigekommen, durch die das Rauschen des Verkehrs von der Oberfläche zu ihnen herabdrang, und folgten jetzt einem kleineren Kanal immer geradeaus. An den Aufgängen hielt Karl sein Handy in die Höhe und kontrollierte ihre Position. Er hatte einen Plan. Jonas spürte, wie ihm die Kälte in die Knochen zog, seine Kleidung war bis zur Unterwäsche klamm. Und auf einmal musste er schmunzeln. War es tatsächlich möglich, noch mehr zu stinken als zuvor?

In einer Nische blieb Karl plötzlich stehen und leuchtete einen Schacht hinauf. Er kletterte die Leiter empor und hob mit Kopf und Armen einen Gullydeckel an. Sonnenlicht drang durch den schmalen Spalt zu ihnen herab und beleuchtete die schwarzschimmeligen Ziegelwände. Jonas kniff die Augen zusammen, er hörte Straßengeräusche und das Schreien spielender Kinder. Auf dem nassen Boden unter der Leiter sah Jonas die Maschinenpistole und stellte sich vor, wie er sie nehmen, Karl eine Salve in den Hintern jagen und seine Leiche in den Abwasserkanal stoßen würde, dahin, wo er hingehörte.

Und Anni?, fragte er sich. Sie hatte noch kein Wort mit ihm gesprochen. Das dumpfe Einrasten des schweren Gullydeckels riss Jonas aus seinen Gedanken. Karl kam die Leiter herabgeklettert, stellte die Taschenlampe umgedreht auf den Ziegelboden und setzte sich.

»Wir warten, bis es dunkel wird.« Er zündete zwei Zigaretten an und gab eine Anni. Blauer Rauch waberte in die kalte Nische. Jonas sog ihn tief ein, hier unten roch er wie ein kostbares Parfüm.

»Kann ich auch eine haben?«, fragte er leise.

Karl blickte Jonas stumm an, dann sprang er auf, packte ihn am Nacken und drückte ihn hinunter zum Rinnsal. »Soll ich dich gleich hier ersäufen, du Spasti?«

Jonas versuchte, seinen Kopf über der Brühe zu halten.

Der Gestank nahm ihm den Atem, dicht vor seinem Gesicht schwamm eine Zahnbürste vorüber.

»Ich habs gewusst! Du wolltest uns verpfeifen! Und du hast den Bunker angezündet! Gibs zu!« Karls Pranke drückte seine Wange an die glitschige Rinne. Jonas' Magen wollte sich umstülpen.

»Komm schon, Drecksau, spül dir den Mund aus!«

Plötzlich ertönte das dumpfe Klatschen einer Faust auf Knochen. Karl schrie auf, sein Griff löste sich. Jonas rappelte sich hoch, krabbelte auf allen vieren davon und presste sich an die kalte Backsteinwand. Er sah, wie Karl auf dem Boden hockte und sich fluchend mit beiden Händen den Kopf hielt.

»Fuck! Du Fickfotze!«

»Hör zu, Mann!«, schrie Anni und rieb sich die tätowierte Faust.

»Halts Maul, Schlampe!«, blaffte Karl.

»Ich sag dir, wie's war!«, zischte sie. »Als der Scheißhubschrauber kam, sind wir in den Bunker rein und haben das Feuer gelegt. Um die Bullen abzulenken, damit ihr abhauen konntet, du und die anderen!«

Karl stutzte. Nach und nach bastelte sein Gehirn die Neuigkeiten zusammen. Dann zeigte er auf Jonas, sein Finger bebte. »Drei von uns sind jetzt tot. Und einer wird dafür sterben.«

Anni hockte sich vor Karl und funkelte ihn an. »Wenn du Jonas killen willst, musst du mich auch killen! Ich schwörs dir!«

Einen endlosen Moment lang starrten sich die beiden an. »Fick dich«, brummte Karl, breitete seine Jacke aus, rollte sich darauf zusammen und löschte die Taschenlampe.

Der Schacht versank in völliger Dunkelheit. Jonas' Atem stockte, alle Muskeln waren gespannt, als plötzlich eine Flamme aufloderte. Anni hielt ihr Feuerzeug hoch, setzte sich zu ihm an die Wand und zündete ihre erloschene Zigarette an. Rauch quoll aus ihrer Nase und umnebelte ihr Gesicht, in ihren Augen glaubte Jonas, wütende Tränen glitzern zu sehen. Er lehnte seine Schulter an ihre. Anni zog sie nicht zurück.

»Danke«, flüsterte er.

»Idiot.«

Jonas schwieg.

»Noch so eine Nummer, und du bist tot«, sagte sie leise und blies eine dünne Rauchsäule aus. »Bullen heißt Knast.« Sie blickte Jonas fest an: »Knast oder Freiheit! Hast du das kapiert?«

Jonas nickte. »Kapiert.«

Anni starrte in den trüben Bach. Im Hintergrund begann Karl, leise zu schnaufen.

»Tut mir leid«, flüsterte Jonas.

Anni zog ihre Schuhe von den Füßen und ließ das Feuerzeug erlöschen. Jonas ertastete ihre Hand, seine Stimme war ein Hauchen. »Lass uns abhauen. Bitte.«

Anni schnippte den Zigarettenstummel in die Dunkelheit. Funken regneten von der Wand herab und erloschen im Abwasser. »Noch nicht.«

4

Ira lächelte. Sie lag aufgerichtet in ihrem Krankenbett und wirkte frischer als am Vortag. Ihre Haut hatte mehr Farbe, ihre Bewegungen waren kraftvoller und ihre Augen wacher. Eines hatte sich nicht verändert: Ira schwieg.

Lippock sah aus, als wäre er der Patient. Seinem Körper fehlte die Spannkraft, und es schien, als würde sein graues Gesicht zerlaufen, wäre da nicht die angespannte Stirnfalte, die es wie eine Klammer zusammenhielt.

Als Caroline vor dem Präsidium mit zwei Bechern Kaffee in Lippocks Wagen gestiegen war, hatte er ihr kurz von der letzten Nacht berichtet. Er war bis in die Morgenstunden in der Einsatzzentrale geblieben und hatte mitverfolgen müssen, wie jeder Versuch der Einsatzkräfte, die Spur zu den Flüchtigen wieder aufzunehmen, ins Leere lief.

Caroline hatte schon in der Früh die neuesten Meldungen gehört und sich vorgenommen, eine besorgte Miene zu machen und den Kriminaldirektor nicht weiter mit Fragen zu dem Fehlschlag zu quälen. Der schimpfte im stockenden Fluss des Berufsverkehrs über die anderen Autofahrer, frustriert wie ein Kind, das sich den Kopf über den Trick eines Zauberkünstlers zerbricht.

Jetzt, im kahlen Krankenzimmer, breitete sich wieder ein Vakuum aus Schweigen aus. Es warf Caroline zu den Abendessen mit ihren Eltern zurück, bei denen sie alle drei in Gedanken bei dem leeren Stuhl neben der Mutter waren. Caroline hatte lustlos auf ihrem Teller herumgestochert und den paradoxen Wunsch verspürt, dass ihr Vater sie zum Essen zwingen würde. Sie hätte losgeschrien, mit dem Geschirr geworfen und den dicken Panzer aufgebrochen, der die Familie wie erstarrte Lava umgab. Aber es war still geblieben.

Ein Geräusch brachte Caroline zurück in das Krankenzimmer. Lippock klopfte mit seinem Kugelschreiber rhythmisch gegen den metallenen Rahmen des Krankenbetts. Schleppender Takt, zwei lang, drei kurz, wie eine Karnevalstrommel im Halbschlaf. Sie fragte sich, ob das seine ganz persönliche Masche war, um die Klienten zu zermürben, oder ob er heute das Schweigen noch weniger ertrug als sie.

Ira strich eine winzige Falte auf ihrer Bettdecke glatt und blickte wieder in die Baumkronen, in denen sich ein Schwarm Krähen versammelt hatte.

Wintervögel, dachte Caroline. Zwar liefen draußen die Menschen in T-Shirts und Sandalen herum, aber die Krähen passten zu der Kälte im Raum.

Mit einem Seufzer lehnte sich Lippock zurück. »Frau Tetzel. Sie sind nicht die Erste, die glaubt, mit Bomben etwas im Land zu verändern.« Seine Stimme war fester als am Vortag, sein Ton weniger versöhnlich. »Aber für einen Terroranschlag Minderjährige zu instrumentalisieren … mit Gehirnwäsche, mit körperlicher und seelischer Misshandlung … das ist eine neue Dimension.«

Ira hob die Augenbrauen. Lag Spott in ihrem Blick, oder schaute sie nur ungläubig?

Lippock machte eine Kunstpause und klopfte mit seinem Kugelschreiber ein letztes Mal gegen den Bettpfosten.

Nachdenklich strich Ira einen imaginären Krümel von ihrer Decke und blickte dann den Kriminaldirektor an. »Seelische Misshandlung. Haben die Kids das so gesagt?«

»Ja«, erwiderte Lippock, und Caroline spürte, wie ihr Gesicht heiß wurde. Sie durchstöberte ihr Gedächtnis, was sie dem Kriminaldirektor von den Vernehmungen erzählt hatte. Hatten die Kids vielleicht mit jemand anderem gesprochen? Oder war der Kriminaldirektor tatsächlich so weit, auf den Paragrafen 136a zu pfeifen, um Ira mit einer Täuschung aus der Reserve zu locken? Tischte er ihr eine Geschichte auf, um sie dort zu packen, wo sie wahrscheinlich am verwundbarsten war, in ihrer Rolle als Ersatzmutter für die Kids, die sie nach dem Verschwinden ihrer Tochter angenommen hatte?

»Die Jugendlichen haben sehr gut verstanden, was Sie mit ihnen gemacht haben«, fuhr Lippock fort. »Leider erst jetzt. Jeder von ihnen wird dafür bezahlen müssen, aber sie bereuen, dass sie Teil Ihrer Gruppe waren.«

Ira blickte von ihrer Decke auf. »Wer sagt das?«

»Hm?« Iras Frage schien Lippock zu überraschen.

»Wer hat mit den Kids gesprochen?«

Der Kriminaldirektor zögerte eine Sekunde. Caroline rutschte auf dem Stuhl nach hinten. Sie hatte das Gefühl, jemand hätte ein Spotlight auf sie gerichtet.

»Eine Kollegin«, antwortete Lippock schließlich.

Ira nickte. Ganz langsam drehte sich ihr Kopf zu Caroline.

Der Blick fuhr Caroline wie ein Blitz in den Bauch, ihre Kopfhaut begann zu kribbeln. Sie sah nur noch zwei Augen, die sie aus dem Bett heraus abtasteten wie die Tentakel eines Oktopus.

Sie spürt es!

»Ich war das«, polterte es aus ihrem Mund, bevor sie einen klaren Gedanken fassen konnte.

Lippocks Kopf schnellte herum, sein Blick schleuderte ihr Fragezeichen entgegen.

Caroline starrte reflexhaft auf ihr Notizheft mit dem Treppenmuster. Sie hörte, wie Lippock zu Ira sagte: »Es spielt keine Rolle, wer mit den Jugendlichen geredet hat. Sie sind sehr kooperativ, allein das zählt.«

Ira beachtete den Kriminaldirektor gar nicht. Stattdessen warf sie Caroline ein Lächeln zu. »Mit wem haben Sie gesprochen?«

Caroline blickte unsicher zu Lippock.

»Entschuldigung, die Kollegin wird Ihnen keine Fragen beantworten«, ging er dazwischen. Seine Stimme klang warnend.

»Geht es den Kids gut?«, fragte Ira unbeirrt weiter.

»Das werden Sie beizeiten erfahren«, antwortete Lippock an Carolines Stelle. »Jetzt haben Sie erst einmal die Möglichkeit, die Dinge so zu schildern, wie Sie sie erlebt haben. Die Richter nennen so etwas Geständnis. Und sie lieben es.«

Ira lächelte Lippock an. »Gut.«

»Sie reden?« Das Gesicht des Einsatzleiters klarte schlagartig auf.

»Ich rede.«

Lippock hob die Hände, als wolle er applaudieren. »Na wunderbar! Möchten Sie vorher etwas zu trinken haben, einen Kaffee?«

»Nein danke.«

Der Kriminaldirektor nickte und beugte sich nach vorne. »Ich bin ganz Ohr. Lassen Sie sich Zeit. Sie können anfangen, wo Sie wollen. Erzählen Sie mir einfach, was sich in den letzten Monaten zugetragen hat.«

»Nein.«

»Ich denke, Sie wollen reden.«

»Will ich auch.«

»Na also.«

Iras schmale Hand deutete in die Zimmerecke. »Mit *ihr*.«

Carolines Kopf schien zu platzen. Sie sah, wie Lippock sich kurz räusperte, ihr einen scharfen Blick zuwarf und dann den Kopf schüttelte. »Nein, nein, nein. So geht das nicht. Die Kollegin ist nicht befugt, Sie zu befragen. Das ist meine Aufgabe.«

Iras Lächeln blieb. »Dann habe ich nichts zu sagen.«

Lippocks Augen fielen einen Moment zu, dann riss er sie wieder auf und drehte sich zu Caroline um. »Würde es Ihnen etwas ausmachen …?«

Wortlos stand sie auf und ging zur Tür. Scham stieg in ihr auf, während ihr innerer Inquisitor das Urteil sprach: Der Kriminaldirektor hatte sie aus purer Gefälligkeit mitgenommen, zur Vernehmung einer bundesweit gesuchten Terroristin! Es war ein Privileg, und sie, die Uniformträgerin, hatte sich eingemischt, als wäre sie eine erfahrene Vernehmungsbeamtin! Keine Frage, sie hatte ihre Chance vertan. Sie hatte versagt wie eine Anfängerin!

In der Tür schaute Caroline sich noch einmal um. Ira lächelte sie aus dem Bett heraus an. Ihr Blick war warm und einladend. Lippock war in seinem Stuhl zusammengesackt und rieb sich mit beiden Händen über das graue Gesicht. Die Müdigkeit, die er tapfer in Schach gehalten hatte, schien ihn zu übermannen. Jetzt hob er den Kopf und blickte Caroline mit geröteten Augen an.

»Wir sehen uns im Präsidium.«

Zehn Minuten später kam Lippock aus Iras Zimmer in den Krankenhausflur und sah Caroline in einem der Schalensitze. Sie hatte auf ihn gewartet.

»Es tut mir leid«, sagte sie, sprang auf und folgte ihm eilig zum Kaffeeautomaten. »Es ist mir einfach so rausgerutscht, ich glaub, sie hat es sowieso gewusst … oder gespürt.«

Lippock steckte wortlos eine Münze in den Automaten und machte Platz für zwei Pfleger, die eine alte Frau in ihrem Patientenbett in den Aufzug schoben. Der Blick des Kriminaldirektors war fest auf den geriffelten Plastikbecher gerichtet, der sich mit dampfender Flüssigkeit füllte.

»Hat sie noch was gesagt?«, fragte Caroline.

»Nein.« Lippock ließ zwei Tütchen Zucker in seinen Kaffee rieseln.

»Wenn die Tetzel unbedingt von mir etwas über die Kids wissen will, kann ich ihr das doch sagen. Hauptsache, sie redet. Und Sie sind ja dabei.«

Der Kriminaldirektor starrte auf ein Plakat, das unter der Überschrift »Hautkrebs erkennen« neun Fotos unterschiedlicher schwarzbrauner Tumortypen zeigte. »Sie will nur Sie. Und zwar allein.«

»Oh«, entfuhr es Caroline. Sie spürte, dass sie rot wurde. »Das tut mir wirklich leid.«

Lippock musterte einen Leberfleck auf seinem Handrücken. »Mein Fehler. Ich hätte Sie nicht mitnehmen dürfen. Die Tetzel erkennt solche Chancen.«

Caroline blickte den Kriminaldirektor fest an. »Nur fürs Protokoll: Die Kids haben mir nichts von seelischen Misshandlungen in der Gruppe erzählt.«

»Aber sie wurden misshandelt.«

»Natürlich. Nur haben sie es nicht gesagt.«

Der Kriminaldirektor schlürfte seinen Kaffee und blickte sie über den Becherrand hinweg an. »Wir haben Regeln. Und wir haben ein Ziel. Der Weg liegt dazwischen.«

»Verstehe. Und wie geht es jetzt weiter?«

Lippock warf seinen halb vollen Becher in den Mülleimer. »Tetzel versucht gerade, den Spieß umzudrehen. Ich gehe jetzt wieder rein und rede ihr das aus. *Sie* werden nicht allein mit ihr reden.«

»Ich warte hier.«

»Es wird lange dauern, rufen Sie sich ein Taxi und fahren Sie nach Hause«, sagte Lippock und marschierte in Richtung Krankenzimmer.

Caroline blieb. Sie tigerte unruhig auf dem Korridor des Krankenhauses hin und her, betrachtete die selbst gemalten Patientenbilder, trank säuerlich schmeckenden Hagebuttentee, setzte sich in einen der unbequemen Schalensitze und kontrollierte verstohlen ein Muttermal an ihrem Fußknöchel. Sie versuchte sogar zu meditieren. Nach einer Stunde lauschte sie vorsichtig an Iras Zimmertür und glaubte, Lippocks leises Kugelschreibertrommeln zu hören, aber keine Stimme. Dann rief ihre Mutter an. Erst als ihr Handy gar nicht mehr aufhörte zu klingeln, nahm Caroline das Gespräch an. Ein großer Fehler, denn Monika spürte mit ihren sensiblen Antennen sofort, dass ihre Tochter nicht zu Hause bei dem Enkel war. Es kostete Caroline Minuten, um sie zu überzeugen, dass der Kleine gut versorgt war, und nein, Heiner sei nicht zu alt, er könne sehr gut mit Babys umgehen, und ja, nächstes Mal werde sie den Jungen der Mutter geben, versprochen.

Kaum hatte sie aufgelegt, kam der Kriminaldirektor aus Iras Zimmer, warf Caroline einen müden Blick zu und ging in Richtung der Aufzüge. Sie folgte ihm zum Parkplatz des Krankenhauses, wo er sich gegen den Wagen lehnte und eine Zigarette anzündete. Sein Blick ging zu einem nahen Acker. Ein Traktor drehte seine Schleifen durch die Stoppeln und zog einen Schwarm Möwen hinter sich her. Nach einer Weile wandte sich Lippock um und musterte Caroline ernst.

»Wie lange arbeiten Sie schon in Ihrem Bezirk?«

»Fünf Jahre.«

»Sie sind noch jung. Sie könnten weiterstudieren und einige Gehaltsstufen höher klettern.«

»Geld interessiert mich nicht sonderlich«, entgegnete Caroline im Brustton der Überzeugung. Sie hatte das Konzept von Konsum nie ganz verstanden und konnte sich nicht vorstellen, wie mehr Besitz ihr Leben bereichern sollte.

»Bei der Kripo gibts spannende Jobs«, beharrte Lippock.

»Noch macht mir mein Job Spaß.«

Lippock zog so fest an seiner Zigarette, dass der glühende Aschestummel abfiel und über sein Jackett kullerte. »Auch gut.«

Sie musterte ihn herausfordernd. »Wollen Sie mich etwa wegloben?«

»Auf keinen Fall!«, sagte Lippock und blickte sie lange an. »Ich glaube nur, dass jemand, der so stur ist, den Master mit links schaffen wird.«

Caroline lächelte. »Was haben Sie jetzt vor mit der Tetzel?«

Der Kriminaldirektor schaute wieder auf den Acker. Der Traktor näherte sich tuckernd dem Parkplatz, die Möwen umflatterten ihn wie einen Fischtrawler, ihr Kreischen klang wie schrilles Gelächter. Was hatten die Viecher hier zu suchen, wunderte sich Caroline, zweihundert Kilometer entfernt vom Meer?

Lippocks Stimme war nachdenklich. »Ira Tetzel hatte ihre Kids kurz davor, Bombenanschläge zu verüben. Sie hat es bis in den Verfassungsschutz geschafft, und sie hat ihren Führungsoffizier, einen hochrangigen Beamten aus dem Sicherheitsapparat, dazu gebracht, sich der rechten Szene anzuschließen. Sie hat sich haufenweise Waffen besorgt, Hunderte Kilo Sprengstoff hergestellt und ist damit jahrelang unter unserem Radar geflogen. Mit anderen Worten: Sie ist ein durchtriebenes, manipulatives Miststück. Ich hätte ahnen müssen, dass sie jede noch so kleine Möglichkeit ausnutzt, die Vernehmung zu torpedieren. Und mir ihren Willen aufzuzwingen!« Er trat den Zigarettenstummel aus und zog seine Autoschlüssel hervor. »Ich nehme mir die Tetzel am Nachmittag noch mal vor. Soll ich Sie irgendwo absetzen?«

»Meinen Sie, sie redet noch?«

»Morgen wird Sie in die JVA verlegt, manchmal weicht der Knast die Täter auf, wenn sie kapieren, dass sie verloren haben.«

»Wie lange könnte das dauern?«

»Bei der Tetzel? Wochen. Monate. Vielleicht wird sie nie reden.« Lippock wischte die Aschespur von seinem Jackett und öffnete die Fahrertür.

»Und wenn ich es einfach mal versuche?«, schlug Caroline unvermittelt vor und erschrak. Hatte sie das tatsächlich gesagt? Schon wieder war ihr Mund schneller als der Kopf gewesen.

Lippock blickte sie über das Autodach hinweg an. Es reichte ihm bis zum Kinn. »Bei meinen ersten Vernehmungen bin ich oft auf die Nase gefallen, aber das hat mich nur angestachelt. Ich habe mit älteren Kollegen gesprochen, mir ihre Techniken abgeschaut, Literatur gelesen und alte Fälle studiert. Glauben Sie mir: Die Tetzel ist verschlagen. Das braucht Erfahrung.«

Caroline nickte und überlegte sich diesmal ihre Worte gut. »Ich weiß ja nicht, wie sie wirklich tickt, wahrscheinlich weiß niemand das. Aber ich glaube, dass die Jugendlichen das Einzige sind, was sie noch interessiert. Sie ist ihre Mutter. Und ich bin auch ein bisschen ihre Mutter, zumindest für ein paar von den Kids.«

Lippock beobachtete, wie der Traktor hinter einem Wäldchen

verschwand. Seine Lider hingen schwer über den Augen. Die Müdigkeit schien nach drei wachen Nächten endlich über die Anspannung zu siegen.

»Ira Tetzel und ich haben etwas gemeinsam. Wir sind zwei Mütter mit denselben Kindern«, sagte Caroline leise. »Vielleicht bin ich ja einen Versuch wert.«

Der Kriminaldirektor leckte seinen Zeigefinger an und wischte damit über einen kleinen Kratzer auf der Kühlerhaube. Dann blickte er Caroline lange in die Augen. Seine Züge waren plötzlich weicher. »Sie sind es wert«, sagte er. »Probieren wir's. Gleich morgen.«

*

Die Dunkelheit duftete nach Aprikosen. Um Jonas herum knarrte und klapperte es, die Plane des Anhängers flatterte lautstark im Fahrtwind, und bei jeder Bodenwelle berührte seine Nasenspitze die über ihm gestapelte Obstkiste. In langen Atemzügen sog er den süßlichen Geruch ein, und nach und nach verschwand der grauenvolle Kloakengestank aus seinen Schleimhäuten. Dann nestelte er mit blinden Fingern zwei Früchte aus einem Schlitz im Kistenstapel, stopfte sich eine in den Mund und reichte die andere Anni, die neben ihm lag wie ein Stock. Sie schüttelte den Kopf und starrte auf das Dach aus Aprikosenkisten über ihrem Gesicht. Ihre Hand umklammerte fest Jonas' Rechte. Jedes Mal wenn der Anhänger schlingerte und quietschte, drückte sie fester zu und grub ihre Fingernägel in seinen Handballen. Er lächelte still.

Hinter Anni lag Karl. Er hatte die Augen geschlossen, die Maschinenpistole auf seinem Bauch hob und senkte sich gleichmäßig. Jonas versuchte, kauend zu verstehen, wie er es geschafft hatte, sie so weit zu bringen. Vermutlich hatte er einen direkten Draht in die Hölle.

Sie hatten noch einen geschlagenen Tag in der Kanalisation verbracht. Karl war zwischendurch aus einem Gully geschlüpft und hatte von irgendwoher eine Flasche Wasser und ein paar Süßigkeiten besorgt. Jonas und Anni hatten derweil mit Turnübungen die Zeit und die Kälte vertrieben. Dann endlich hatte Karl sie zu einem Schacht geführt, wo sie mit klammen Knochen nach oben kletterten. Die Dunkelheit war schon hereingebrochen. Das Wohnviertel war menschenleer gewesen. In den Häusern brannten vereinzelte Lichter, ihre Bewohner hatten zu Abend gegessen und sich vor die Fernseher und Monitore zurückgezogen.

Karl, Jonas und Anni hatten wie Ertrinkende die frische Luft in ihre Lungen gesogen und waren dann gebückt in einen Vorgarten gehuscht, wo sie unter den tief hängenden Zweigen einer Eibe Deckung fanden. Einige Minuten später hatte sich ein Wagen mit einem Anhänger genähert und einige Meter weiter in einer dunklen Hofeinfahrt geparkt. Der Fahrer, ein drahtiger Mittvierziger mit kariertem Hemd, begrüßte sie freundlich, stellte sich als Ansgar vor und schlug die Plane des Anhängers zurück. Er war vollgestellt mit grünen Plastikkisten voller Aprikosen.

»Eigene Ernte«, sagte Ansgar stolz, drückte Jonas und Anni ein paar der Früchte in die Hand und zog die vorderen Kisten aus dem Stapel. Dahinter kam ein flacher Hohlraum zum Vorschein, gerade so groß, dass sich drei Personen auf dem Rücken liegend hineinzwängen konnten.

Als sie in ihren duftenden Sarkophag gekrochen waren, mauerte Ansgar sie mit den Kisten zu und fuhr los.

Jetzt, nachdem der Wagen eine Dreiviertelstunde über die

Straßen geholpert war und Jonas Annis Hand immer noch in seiner festhielt, kamen sie zum Stehen.

Ansgar befreite sie aus ihrem Gefängnis, sie krochen vom Anhänger und blickten auf eine Straße am Rand eines Dorfes. Der Himmel war voller Sterne. Zwei einsame Straßenlaternen beleuchteten einige Backsteinhäuser, hinter denen sich ein klobiger Kirchturm erhob. Auf der anderen Straßenseite erstreckte sich weites Land, Maisfelder glänzten im Mondlicht, und in der Ferne blinkten die roten Positionslichter von Windrädern. Entlang eines kleinen Grabens reihten sich Kopfweiden, hinter denen Jonas leises Schnauben hörte. Es roch nach Pferden.

Ansgar führte die drei zu einem verklinkerten Einfamilienhaus mit einem Vorgarten voller Wildblumen und Kräuter.

Vor der Tür packte Karl Jonas am Nacken und zischte: »Ihr benehmt euch, klar? Schuhe ausziehen und Schnauze halten, wenn ihr nicht gefragt werdet.«

»Lass sie, Karl.« Ansgar öffnete die Haustür und fügte mit einem Grinsen an Jonas und Anni gewandt hinzu: »Ihr braucht erst mal eine Dusche.«

Im Haus deutete er auf eine offene Tür. »Hinten durch den Garten ist unsere Scheune mit der Gästewohnung. Da schlaft ihr beiden. Karl, du bekommst das Büro. Nicole hat euch schon Handtücher und ein paar frische Klamotten bereitgelegt. Wir sehen uns gleich zum Essen.«

Jonas und Anni gingen durch das Wohnzimmer zur Terrassentür und schauten sich um. Der Raum war ausgefüllt von einem großen Tisch, einer samtgrünen Couch und zwei ledernen Clubsesseln. Neben einem riesigen Flachbildfernseher stand ein Regal mit Tonskulpturen von gesichtslosen muskulösen Männern und Frauen. Die Wände waren dicht behängt mit Ölbildern, Stillleben mit Blumen und Bauern bei der Feldarbeit.

Die Kids traten hinaus in den Garten. Zwei Laternen warfen sanftes Licht auf die Rasenfläche, auf der mehrere Obstbäume voller Äpfel und Birnen standen. Dahinter lag ein Gemüsebeet, und Jonas staunte, wie ordentlich es aussah, ganz anders als die von Unkraut zugewucherten Beete auf ihrem Bauernhof. Vor einem kleinen Gewächshaus standen meterhohe schräg gekreuzte Bohnenstangen, darunter wuchsen in akkuraten Reihen Salatköpfe, lila Kohlrabis und Möhren. Aus der hinteren Ecke des Gartens drang helles Lachen herüber. Jonas sah zwei kleine Mädchen, die ausgelassen auf einem beleuchteten Trampolin hüpften und dabei einen kleinen Plastikball hin und her schossen. Ihre Zöpfe wirbelten um ihre Köpfe. Zwischen den Obstbäumen hindurch führte ein geschlängelter Pfad zu einer großen Holzscheune, deren Fenster warm und einladend leuchteten.

Wo waren sie?, fragte sich Jonas und versuchte, seine Gefühle in Einklang zu bringen. Wenige Stunden zuvor hatten sie noch mit dem Monster Karl in der Unterwelt gehaust, jetzt hatte er sie in den Garten Eden geführt.

Anni und Jonas öffneten das Scheunentor und traten in einen riesigen Raum mit offenem Giebel. An den Wänden reihten sich Regale voller Töpferware, Vasen und Büsten, teils lackiert, teils in mattem Rot oder Beige. Neben einer farbverschmierten Staffelei standen unbemalte Leinwände, Kisten voller zerknüllter Farbtuben, Kanister mit Lösungsmitteln und Becher mit Pinseln aller Größen.

»Hey«, sagte eine fröhliche Stimme hinter ihnen.

Jonas und Anni fuhren herum und sahen eine rundliche Frau mit blonden Strähnen und einer tonverschmierten Schürze um den Bauch. Sie lächelte sie an. »Gehört ihr zu Karl?«

Die beiden nickten. Die Frau reichte ihnen den Ellbogen, ihre

Hände waren verschmiert mit nassem Ton. »Hallo. Ich bin die Nicole.«

»Ich muss mal aufs Klo«, sagte Anni.

Die Gastgeberin deutete auf die hintere Giebelwand. »Das Bad ist hinter der linken Tür. Euer Schlafzimmer ist hinter der rechten.«

Anni verschwand.

Nicole musterte Jonas. »Ihr Armen. Wir haben alles im Fernsehen gesehen. Die toten Kinder … eine Schande.«

Er nickte stumm.

Sie führte Jonas zu einem großen Tisch voller Spatel und Schwämmchen, auf dem eine lebensgroße Büste stand, dann tauchte sie ihre Hand in einen Wassereimer und wischte behutsam an der Schläfe des Kopfes entlang.

»Ihr seid sicher müde von der Flucht. Die Bullen waren euch ja ganz schön dicht auf den Fersen. Hast du Hunger?«

Jonas nickte. Die Aprikosen waren schon verdaut, und sein leerer Magen schrie nach mehr.

Nicole lächelte. »Ich mach noch schnell die Arbeit zu Ende, dann komme ich zu euch. Es gibt Gulaschsuppe.«

Sie nahm einen Spatel und zog behutsam die Augenlider der Büste nach. Jonas stutzte, das Gesicht kam ihm bekannt vor.

Nicole deutete auf die beiden Türen an der Stirnwand der Scheune. »Ich hab euch im Gästezimmer das Bett gemacht. Klamotten, Handtücher und Zahnbürsten sind auch da. Im Bad gibt es eine Dusche.«

»Danke«, murmelte Jonas. Er kam sich immer noch vor wie in einem Traum.

Nicole blickte auf die tönerne Büste. »Mein Meisterstück. Erkennst du ihn?«

»Vielleicht …«

»Warte … jetzt.« Nicole nahm einen kleinen Kamm und ritzte feine Rillen in den schmalen Oberlippenbart.

»Ah.« Jonas musterte den Kopf mit dem markanten Scheitel. Hatte der Typ wirklich solche Glupschaugen gehabt? In der Schule hatten sie über ihn gesprochen, aber niemand in der Klasse hatte sich dafür interessiert. Eigentlich hatten sie sich für gar nichts interessiert. Einer seiner Mitschüler hatte vor dem Lehrer den Arm gehoben und war von der Schule geflogen. Chris aus der Gruppe hatte ein riesiges Hakenkreuz auf dem Rücken tätowiert. Er wollte es loswerden, aber das war zu teuer. Am Lagerfeuer hatten sie mit Ira öfter über die alten Nazis geredet. Damals mussten alle in den Krieg, auch die Kinder, und es gab keinen Döner. Dafür hatten sie die Autobahn gebaut, und niemand musste auf der Straße leben.

»Er bekommt einen Ehrenplatz in der Walhalla«, sagte Nicole und hob die Büste vorsichtig in ein Regal. »Wenn die Juden da rausfliegen, haben wir genug Platz für die echten deutschen Köpfe.«

Sie deutete auf ein Dutzend weiterer Tonbüsten, die im Regal zum Trocknen aufgereiht waren. »Wer sich fürs Vaterland verdient macht, wird unsterblich. Da vorne ganz rechts neben Wernher von Braun und Arno Breker, das ist mein Ansgar. Weißt du, was sein Name bedeutet?«

Jonas schüttelte den Kopf.

»Götterspeer.« Sie blickte Jonas mit verschwörerischem Blick an. »Vielleicht mache ich ja mal eine Büste von dir.«

Jonas rang sich ein Lächeln ab. Er musste aufs Klo.

*

Die Bar war klein und dunkel, die Gäste machten einen bunt zusammengewürfelten Eindruck. Zwei verirrte Messebesucher in zu großen Anzügen nippten an ihren Drinks, ein altes Pärchen mit Trinkergesichtern schaute dem Barkeeper bei der Arbeit zu, zwei Studentinnen zeigten sich etwas auf ihren Smartphones. Lippock saß mit Caroline an der Ecke des Tresens, vor ihnen standen zwei braune Longdrinks mit Eis und einer Limettenscheibe.

»Ich kann Cola nicht ausstehen«, erklärte der Kriminaldirektor. »Das hier ist der einzige Ort in der Stadt, wo man Rum mit Chinotto bekommt.«

Caroline nippte an ihrem Glas. »Sie sollten lieber schlafen, statt mit mir zu trinken.«

»Wir feiern Ihr Debüt als Kriminalistin!«

Sie lächelte. »Das ist erst morgen.«

»Die Arbeit beginnt jetzt.«

Die beiden hoben die Gläser und stießen an. Caroline mochte den melancholischen Spott in den Augen des Kriminaldirektors. Sie war seiner Einladung zum Gespräch – oder war es ein Befehl? – gerne gefolgt.

Sobald sie auf dem Hocker an der Theke saß, spürte sie, wie sehr es ihr gefehlt hatte, sich mit interessanten Menschen zu betrinken. In der Studienzeit war sie viel mit anderen Polizeischülern unterwegs gewesen, sie hatte ihre Freiheit genossen, sich oft im Kneipenviertel der Stadt herumgetrieben und einige Affären gehabt. Später, in den ersten Jahren auf der Wache, ging sie mit Kollegen aus, aber mit der Zeit wurde es ihr zu eintönig, über Dienstpläne, Staatsanwälte und andere Vorgesetzte zu schimpfen, daher machte sie es sich zur Gewohnheit, allein ins Kino zu gehen und darauf zu hoffen, dort Menschen kennenzulernen, immerhin hatte man mit dem Film schon ein Thema und vielleicht sogar einen ähnlichen Geschmack. Dann kam das Kind, und Caroline begann ihre Elternzeit. Beim Kinderarzt lernte sie zwei Mütter kennen und traf sich gleich mit ihnen in einer Kneipe. Es war erfrischend, sich von einer Mutter zurück in einen Menschen ohne Attribute zu verwandeln, aber am verkaterten Morgen danach erschrak Caroline über die kumpelhafte Nähe, die das gemeinsame Lästern über Männer und Babys hatte entstehen lassen. Es war gefährlich. Daher hatte sie beschlossen, lieber wieder auf Distanz zu gehen.

»Wie lange sind Sie noch in Elternzeit?«, fragte Lippock jetzt.

»Drei Wochen.«

»Tut mir leid, dass wir Ihnen das versauen.«

»Ich hol das nach.«

»Haben Sie jemanden, der sich um Ihr Kind kümmert?«

»Ein Nachbar. Ich glaube, mein Baby denkt, er wäre seine Mutter. Haben Sie Kinder?«

Lippock wandte den Blick zum Barkeeper. »Nein, hat leider nicht geklappt.«

»Tut mir leid.«

Der Kriminaldirektor spießte mit dem Papierstrohhalm die Limettenscheibe in seinem Drink auf. »Ich habe vorhin mit der Staatsanwältin gesprochen«, sagte er ernst. »Sie ist nicht begeistert, dass eine Bezirksbeamtin die gefährlichste Frau des Landes vernehmen soll.«

»Kann sie das verbieten?«

»Ich bin nicht weisungsgebunden.«

»Aber?«

»Nichts aber. Ich hab ihr gesagt, dass Sie das können.«

»Danke.«

»Das heißt nicht, dass Sie nicht noch lernen müssen. So schnell wie möglich.«

»Verstehe. Die Arbeit beginnt jetzt.«

»Wir müssen nicht bei Adam und Eva anfangen, das bringt sowieso nichts.« Lippock fischte die Limettenscheibe aus seinem Glas, steckte sie sich in den Mund und lutschte daran.

Caroline spürte, wie sich ihre Wangen zusammenzogen.

»Es kommt mehr auf die Intuition an«, nuschelte er. »Und ich finde Ihre Idee sehr gut, die Tetzel mit diesem Mutter-Ding zu kriegen.«

Caroline nickte und schaute zu, wie der Kriminaldirektor die Limettenscheibe aus seinem Mund zog und wieder im halb leeren Glas versenkte.

»Wir sollten uns aber nicht zu viele Hoffnungen machen«, sagte er. »Die Tetzel wird zugeknöpft bleiben. Sie glaubt, sie hätte eine heilige Mission. Wir sind für sie Blinde, die nicht verstehen, was in ihrer paranoiden Welt wirklich vor sich geht.«

»Vielleicht bin ich für sie ja eine Einäugige.«

»Das ist unsere Chance.«

Caroline blickte zu dem Rentnerpaar, das mit spitzen Fingern die letzten Erdnüsse aus der Schale auf der Theke fischte.

»Ich würde vorher gerne zum Westwall fahren und mir das Versteck der Gruppe anschauen«, sagte sie.

»Da ist alles abgesperrt. Das LKA sichert noch Spuren, Sie stehen denen nur auf den Füßen.«

»Es würde mir helfen, wenn ich sehe, wie die Gruppe dort gelebt hat.«

»Vielleicht später. Wir müssen jetzt schnell Hinweise bekommen, ob ein Netzwerk existiert, das die Tetzel unterstützt hat, und ob sie weitere Kontakte in den Sicherheitsapparat hatte.«

Lippock leerte sein Glas und machte dem Barkeeper ein Zeichen nachzuliefern. Dann blickte er Caroline fragend an. »Das Einmaleins in Vernehmungstechnik haben Sie ja im Studium gelernt. Ist Ihnen das noch geläufig?«

Sie nickte. Am Nachmittag hatte sie vergeblich nach ihren alten Unterrichtsmaterialien gesucht und dann die Grundregeln für polizeiliche Vernehmungen im Netz nachgelesen.

Der Barkeeper stellte zwei volle Gläser auf die Theke.

Lippock prostete Caroline zu. »Sie werden in der Praxis lernen müssen. Ich gebe Ihnen nur einen einzigen Rat: Lassen Sie die Tetzel nicht ans Ruder! Verplaudern Sie sich nicht. Lassen Sie sie kommen und geben Sie ihr nur ein paar Häppchen über die Kids, auf keinen Fall etwas über die Flüchtigen und den Stand der Fahndung.«

»Klar.« Caroline nahm sich eine Handvoll Erdnüsse und warf sie sich in den Mund.

»Und noch wichtiger«, fuhr Lippock fort: »Reden Sie so wenig wie möglich über Ihre Gefühle, geben Sie nichts Privates oder Berufliches preis. Je näher man einem Menschen ist, umso leichter lässt man sich belügen. Ira wird Sie mit jedem Wort besser kennenlernen, sie wird Sie auskundschaften, und sie wird ihre Lügengeschichten so auf Sie maßschneidern, dass sie sich natürlich wie Ihre eigene Haut anfühlen.«

Caroline spülte die Erdnüsse mit dem Longdrink herunter. Der Rum prickelte, sie fühlte sich selbstsicher, alles kam ihr plötzlich wie ein Abenteuer vor. »Mit Lügen kenne ich mich aus. Ich höre sie jeden Tag. Von den Besten.«

»Sie klingen wie ein Pokerspieler.«

»Ich treffe Junkies und Obdachlose, die sind begnadet gut im Lügen. Aus reiner Überlebensstrategie.«

»Gut. Das wird Ihnen helfen.«

Lippock prostete Caroline zu, und sie erwischte sich bei einem berauschenden Gedanken: Sie hatte dem Kriminaldirektor etwas voraus! Der alte Hase mochte Jahrzehnte in Verhörzimmern verbracht und Zehntausende große und kleine Lügen enttarnt haben, aber er war immer nur der Ermittler, der Lügendetektor, der Schnüffler. Sie hingegen war selbst eine Lügnerin, und das im großen Stil: Sie hatte ihre Umwelt, ihre Kollegen bei der Polizei, ihre Mutter und Heiner getäuscht. Sie hatte Techniken gelernt, mit denen sie ihre Mitmenschen manipulierte, sie hatte sich Tarnungen übergeworfen und sich unsichtbar gemacht, sie hatte ein Bild von sich entworfen, das sie als das erscheinen ließ, was andere von ihr erwarteten. Sogar Lippock ahnte nichts. Sie war weiß Gott kein böser Mensch, versicherte sich Caroline. Sie hatte es tun müssen. Aber sie war eine großartige Lügnerin. Und sie war bereit, einer anderen perfiden Lügnerin entgegenzutreten.

»Tetzel wird morgen in die JVA verlegt«, sagte Lippock. »Sie ist noch rekonvaleszent und darf nicht zu lange befragt werden. Nutzen Sie Ihre Zeit, aber überdrehen Sie nicht.«

Der Kriminaldirektor griff in sein Jackett und holte einen Briefumschlag heraus. »Das hier ist Ihr Eintrittsticket, die Besuchserlaubnis der Staatsanwältin für die JVA. Sie haben wegen Tetzels Gesundheitszustand nur zweimal eine halbe Stunde pro Tag. Teilen Sie sich Ihre Zeit gut ein.« Er fischte die frische Limettenscheibe mit dem Strohhalm aus seinem Glas und lächelte. »Sie schaffen das.« Dann setzte er ein strenges Gesicht auf. »Und ich will Rapport. Sofort nach jedem Gespräch.«

»Natürlich.«

Lippock steckte die Limette in den Mund und sah genüsslich zu, wie Caroline das Gesicht zusammenzog.

5

Ira war größer, als sie im Krankenbett gewirkt hatte, stellte Caroline fest, als die Terroristin von einem Wärter in den kahlen Besucherraum geführt wurde und sich zu ihr an den kleinen Holztisch setzte. Es war früh am Morgen, und die Sonne schien schräg durch die vergitterten Fenster herein. Von den Fluren hörte man das Schlagen eiserner Türen.

Einige Sekunden saßen sich die beiden Frauen gegenüber. Ein Lächeln. Der Moment streckte sich, und in Caroline stieg das Gefühl auf, als würde sie in einen Trichter gesogen. Sie versuchte, Lippocks warnende Worte zu rekapitulieren, doch ihr Schädel war noch von Rum und Chinotto vernebelt.

»Guten Morgen«, murmelte sie und deutete auf den Getränke- und Süßigkeitenautomaten. »Möchten Sie einen Kaffee? Es gibt auch Kekse.«

Ira schüttelte den Kopf. »Danke.«

Caroline öffnete den Notizblock, der vor ihr auf dem Tisch lag, und sah sich im Raum um. Sechs Holztische mit jeweils zwei oder drei Stühlen waren locker darin verteilt. »Sieht aus wie in einem Klassenzimmer hier.«

Ira schwieg.

»Sind Sie gut untergebracht?«

»Eine Zelle ist eine Zelle.«

Natürlich, dachte Caroline. Ira war kein Hotelgast. Man hatte ihr alle persönlichen Gegenstände abgenommen und ihr stattdessen Bettwäsche, Schuhe, Kleidung, Geschirr und Hygieneartikel gegeben. Ihre Zelle war vermutlich knapp zehn Quadratmeter groß und nur mit einem Schrank, Tisch, Stuhl und Regal ausgestattet. Lesestoff und Fernseher musste sie noch beantragen. Noch schlimmer als im Krankenhaus, das wusste Caroline von den Ex-Knackis auf der Straße, waren die Weck- und Essenszeiten: Aufstehen um 5:45 Uhr, Frühstück um 6:30 Uhr, Mittagessen um 11:30 Uhr, Abendessen ab 15:45 Uhr, Nachtruhe um 21:00 Uhr. Der Höhepunkt jeden Tages war die eine Stunde Freigang im Hof. Den Rest der Zeit tigerten die meisten durch ihre Zellen: vor und zurück, von links nach rechts und im Kreis. Alle versuchten, nicht irre zu werden. Einige Junkies, die vielleicht ein oder zwei Jahre gesessen hatten, berichteten, dass man im Knast auf ein erdrückend monotones Innen zusammenschrumpfte, während das lebendige Draußen mit jedem Tag mehr erlosch. Wie musste es sich erst anfühlen, wenn man wusste, dass man den Rest seines Lebens hinter Gittern verbringen würde?

Caroline scannte Iras Körper ab. Ihr Hals war schlank, unter dem dünnen Pulli zeichneten sich die Schlüsselbeine ab. Unter ihren Augen lagen immer noch Ringe, aber ihr Blick war klar und wach, und ihr Mund schien ununterbrochen kaum merklich zu lächeln.

Was sieht sie?, fragte sich Caroline. *Eine verkaterte Polizistin, die keine Erfahrung in Vernehmungen hat*, antwortete sie sich selbst.

Sie holte das Aufnahmegerät hervor. »Haben Sie etwas

dagegen, wenn ich unser Gespräch mitschneide? Oder ist es Ihnen lieber ohne? Das wäre kein Problem.«

»Lieber ohne.«

»Gut.« Caroline packte das Gerät weg. Sie hatte gehofft, dass Ira so reagieren würde. »Ich mache mir dann Notizen für das Protokoll, Sie sind ja schon vom Kollegen über das Prozedere aufgeklärt worden.«

Ira nickte. »Wie geht es den Kids?«

»Gut. Ich habe nur ein paar von ihnen gesehen, aber denen geht es gut.«

»Gesehen oder gesprochen?«

»Beides.«

»Mit wem genau?«

Caroline blickte auf ihren Notizblock. Das Spiel hatte begonnen, der Small Talk war beendet, bevor er richtig begonnen hatte. Ira kam zur Sache. *Nicht zu viel preisgeben, kein persönliches Wort, keines über die Flucht von Karl, Anni und Jonas, kein Wort über die getöteten Kids!*

»Ich habe mit Kiki, Ben, Lenni und Jan geredet. Natürlich darf ich nichts über den Inhalt der Gespräche sagen, das werden Sie verstehen, aber sie sind wohlauf.«

»Ihr Kollege sagte, die Kids hätten sich über mich beschwert.«

Caroline stand auf und ging zum Kaffeeautomaten. »Ich weiß nicht, bei wem sie diese Aussage gemacht haben. Bei mir nicht.« Sie drehte sich um. »Sie wollen sicher keinen Kaffee?«

»Nein danke.«

Caroline wartete, bis der Becher vollgelaufen war, und setzte sich wieder. Der dampfende Kaffee duftete verheißungsvoll, er würde das Ziehen hinter ihrer Stirn lindern.

»Kiki hat mir von dem Garten und den Tieren erzählt. Ich denke, den Kids hat das Leben auf Ihrem Hof gefallen.«

»Die meisten von ihnen kennen die Natur gar nicht. Sie wissen nicht, dass Minze eine Pflanze und kein Kaugummi ist.«

»Ich fürchte, das könnte auch anderen passieren«, antwortete Caroline.

»Haben Sie Kinder?«

»Eins.«

»Wie alt ist es?«

»Ganz klein. Noch lange nicht in dem Alter der Kids.« Caroline versuchte das kumpelhafte Lächeln einer Mutter, die der Pubertät ihrer Kinder mit wohligem Grausen entgegensieht. Lippock wäre nicht begeistert, dass sie gleich ins Persönliche rutschte, dachte sie. Aber war Vertrauen nicht der Hebel, um an Informationen heranzukommen? Und wie sollte man in einem Gefängnis zwischen einer Polizistin und einer Terroristin mehr Vertrauen schaffen als mit einem Gespräch über die eigenen Kinder?

»Ihre Tochter ist Anfang zwanzig, oder?«

Iras Blick bekam etwas Dringliches. »Haben Sie etwas von Julia gehört?«

Caroline erinnerte sich, was sie in der Akte über die junge Polizistin gelesen hatte. Julia hatte das Versteck der Gruppe ausfindig gemacht und war in das Forsthaus gekommen, um ihre Mutter zur Rede zu stellen. Nach wenigen Tagen eskalierte die Situation, das Bombenlager im Bunker explodierte, Ira schoss versehentlich auf ihre Tochter und wurde selbst von ihr verletzt.

»Ich glaube, sie ist über den Berg«, sagte Caroline.

»Haben Sie mit ihr gesprochen?«

»Nein. Ich weiß leider nur das.«

Ira nickte lächelnd. »Ich würde sie gerne sehen.«

»Das liegt nicht in meiner Hand. Aber ich kann es weiterleiten.«

Ira schaute zum vergitterten Fenster. Der Süßigkeitenautomat brummte leise an der Wand.

»Sie sind alle meine Kinder«, murmelte sie. »Alle.« Jetzt sah sie Caroline an. »Wissen Sie, was für die Kids noch wichtiger ist als ein Garten und ein Dach überm Kopf?«

»Nein.«

»Würde. Sie werden behandelt wie der letzte Dreck. Das System kümmert sich einen Scheiß um sie, deutsche Kinder, hier geboren, Teil dieses Volkes. Sie sind einfach nur Abfall.« Iras Stimme bekam einen bitteren Tonfall.

»Ja, es müsste mehr passieren. Für alle auf der Straße.« Caroline nahm einen Schluck Kaffee. Es hätte der Auftakt für ein langes Lamento über verfehlte und hilflose Sozialpolitik sein können, gepaart mit einer Auseinandersetzung darüber, was ein Volk ist, aber Politik stand auf ihrer Liste der Tabuthemen für die Vernehmung. Sie wollte sich nicht von einer Rechtsextremen in Diskussionen verstricken lassen, die zwangsläufig zu einer Entfremdung führen würden. Sie brauchte persönliche Themen, die das Gemeinsame betonten, sagte sie sich, auch wenn es dem Einsatzleiter nicht gefallen würde. Nur so konnte sie behutsam eine Rampe für die wichtigsten Fragen bauen – die nach Anni.

»Ich versuche, mir vorzustellen, wie Sie den Laden zusammengehalten haben. So viele unterschiedliche Jugendliche auf einem Haufen.«

»Wenn man ein gemeinsames Ziel hat, ist alles möglich.«

»Wie ist es Ihnen gelungen, die Jugendlichen in die Gruppe zu bekommen? Sie haben ihnen doch sicher nicht gesagt, worum es wirklich geht.«

»Die Kids spüren, wenn jemand sie versteht. Die meisten Menschen schauen sie ja nicht mal an.«

Caroline nickte zustimmend. »O ja. Sie sind wie Gespenster.«

Iras Augen schienen auf einmal wie auf Fernlicht geschaltet und bohrten sich in Carolines. »Sie kennen sich aus mit Straßenkids.«

»Ein bisschen.« Ärgerlich auf sich selbst griff Caroline zum Kaffeebecher und überlegte, wie viel sie preisgeben durfte.

»Kennen Sie sie von Ihrer Arbeit bei der Polizei?«

»Ich schaue in viele Ecken, das ist mein Job«, antwortete Caroline. »Dabei bin ich auch einigen obdachlosen Jugendlichen begegnet.« Es war Zeit, das Ruder wieder in die Hand zu nehmen, *sie* sollte die Fragen stellen, nicht umgekehrt. »Wie haben Sie den Hof finanziert?«

»Das Haus hat fast nichts gekostet, zu weit von der Stadt weg und ziemlich runtergekommen. Die Kids haben alles selbst in Schuss gebracht, das Dach dicht gemacht, die Holzöfen wieder in Gang gesetzt, die Elektrik und die Wasserleitungen repariert. Das war *ihr* Haus, nicht meins.«

Caroline nickte und machte sich Notizen. Sie wollte noch nicht auf die dunkle Seite von Iras Projekt zu sprechen kommen. Heute sollte ein guter Tag sein, an dem sich alle wohlfühlten.

»Eine Art Familie, oder?«

Iras Miene verdüsterte sich. »Eine *richtige* Familie. Wir gehören zusammen. Die Gitter und Mauern hier können uns nicht trennen. Und Ihrem Kollegen glaube ich kein Wort. Die Kids haben niemals behauptet, ich würde sie missbrauchen. Das können sie gar nicht!«

Caroline sah, wie sich Iras Brustkorb schnell hob und senkte. Das Herz, das darin pochte, war aufrichtig empört. Da war er also, der heilige Zorn.

»Kommen Sie vom Land?«, lenkte Caroline ab.

»Nein.«

»Man muss sich ja auch ein bisschen auskennen, um so eine Kommune zu organisieren.«

»Ich hatte einen treuen Freund an meiner Seite.«

»Opitz?«

»Ja. Sie haben ihn noch nicht, oder?«

Caroline stutzte. »Was?«

»Ich weiß, dass Karl frei ist.«

Caroline fühlte, wie ihr der Atem stockte. Sie nahm einen Schluck Kaffee und versuchte, Iras herausforderndem Blick standzuhalten. »Woher?«

»Von einem Typ vom Verfassungsschutz. Er hat mich kurz vor Ihnen besucht. Davon wussten Sie nichts?«

»Nein.« Caroline fühlte sich einen kurzen Moment lang gekränkt und machte sich eine Notiz für Lippock. Wenn sie schon alleinige Vernehmungsbeamtin für Ira war, wollte sie wissen, wer sie besuchte.

»Hat er Ihnen noch mehr erzählt von Opitz?«

»Alles.«

»Was heißt ›alles‹?«

»Karl ist mit Anni und Jonas auf der Flucht.«

Anni! Caroline spürte, wie das Blut in ihr Gesicht schoss. Der vertraute Ton, mit dem Ira den Namen erwähnte, ließ sie erschauern, und sie musste sich zwingen, nicht mit dem Ärmel über ihr schweißnasses Gesicht zu wischen.

»Ich kann nichts zur Fahndung sagen.«

»Natürlich nicht.«

Carolines Schläfen pulsierten, ihr Kopf war vernagelt. Alles juckte.

»Die Situation ist sehr gefährlich für die drei.«

»Karl wird die Kids beschützen«, sagte Ira lächelnd.

Caroline musste an Opitz' drakonische Strafen denken, mit

denen er die Kids terrorisiert hatte, die abgeschnittenen Finger und die Prügel mit dem dicken Tau. Die Praktiken waren durch Chris Eisermann, einen Aussteiger der Gruppe, der sich dem Verfassungsschutz anvertraut hatte, genau dokumentiert. Es hatte sich wie der Report aus einem Umerziehungslager gelesen.

»Wie ist das Verhältnis von Opitz zu den beiden?«, fragte Caroline.

»Er ist für sie wie ein älterer Bruder.«

»Er hat Jonas einen Finger abgeschnitten.«

»Karl kann streng sein, aber niemals ungerecht. Junge Menschen brauchen klare Ansagen. Wer uns verraten will, wird bestraft.«

In Carolines Kopf breiteten sich blitzartig Bilder aus. Sie hatte von seinem schrecklichen Doppelmord in den Akten gelesen. Opitz hatte seine Eltern mit einer Axt erschlagen und ihre Leichen auf bizarre Weise im Ehebett drapiert. Die Wohnung hatte er penibel mit den Reinigungsmitteln geputzt, die seine Mutter in riesigen Mengen im Keller gehortet hatte, als hätte sie geahnt, dass ihr eigener Sohn ihrem Leben ein so bestialisches und schmutziges Ende bereiten würde. Den geflochtenen Ledergürtel des Vaters, mit dem Karl zeitlebens verprügelt worden war, hatte er damals bei seiner Festnahme wie eine Trophäe an der Hose getragen.

»Und Anna Wenzel? Wie steht er zu ihr?«, fragte Caroline.

»Anni? Er mag sie sehr. Sie ist eine starke junge Frau. Die Einzige in der Gruppe, die sich traute, ihm Kontra zu geben.«

Caroline sah Iras Lächeln, und in ihrem Kopf wirbelten Fragen durcheinander. War es nur mütterliche Liebe, die darin lag? Oder war es Spott? *Was weiß sie? Was hat Anni ihr erzählt?*

»Es ist Zeit«, erklang eine entfernte Stimme aus dem Hintergrund. Der Wärter war zum Tisch gekommen.

Caroline blickte zur Uhr über dem Automaten, 10:30 Uhr. Die erste halbe Stunde war vergangen, sie kam ihr vor wie eine Ewigkeit.

»Wir unterhalten uns am Nachmittag weiter.«

»Gern.«

Caroline stand auf und streckte Ira die Hand hin. Ihr Händedruck war sanft und warm, ihr Lächeln das einer Freundin. Der Wärter begleitete sie hinaus. Caroline blieb sitzen, sie fühlte sich wie nach einem Boxkampf über zwölf Runden.

*

Jonas schlurfte aus dem Gästezimmer und blickte verschlafen in die Scheune. Die Nacht war unruhig gewesen. Während Anni schnarchend neben ihm gelegen hatte, war er bei jedem Knarren und Knacken der hölzernen Scheune hochgeschreckt, als hätte man ihm einen Stromstoß verpasst. Es war Karl. Er hatte zwar im Haus geschlafen, aber seine Nähe hing wie eine bedrohliche schwarze Wolke im Gästezimmer.

Jetzt war er das Erste, was Jonas an diesem Morgen sah. Karl saß vornübergebeugt an der Drehscheibe, presste seine groben Hände um einen nassen Tonbrocken und ließ mit einem kindlichen Grinsen eine dicke Wurst daraus emporwachsen.

»Ich glaube, das reicht!«, rief Nicole, die im Hintergrund ihre Hände wusch. Karl warf den Klumpen auf einen tonverschmierten Tisch, formte ihn zu einem melonengroßen Ei und begann, daran herumzukneten. Nicole stellte ihm einen Spiegel vor die Nase und musterte ihn lächelnd. »Du hast nicht gerade einen Denkerkopf, aber dein Gesicht ist schön symmetrisch. Fang nicht gleich mit der Nase an, erst müssen die Grundform und die Lage der Augen stimmen. Die sind ziemlich genau in der Mitte vom Gesicht.«

»Guten Morgen!«, schallte eine gut gelaunte Stimme durch die Scheune. Ansgar kam mit nassen zurückgekämmten Haaren und einem gebügelten Hemd herein. Er klopfte Karl auf die Schulter, ging zu einer Kommode neben den Regalen und schob sie beiseite. »Wasch dir die Hände. Ich zeig dir unsere Schatzkammer!«

Im Boden kam eine hölzerne Luke mit einem dicken Eisenring zum Vorschein. Ansgar öffnete sie und stieg Karl voran auf einer Leiter hinab ins Dunkel.

Nicole warf Jonas einen auffordernden Blick zu. »Na los! Geh ruhig runter. Bist doch einer von uns.«

Zögernd tappte Jonas zu der Falltür. Er roch Ansgars herbes Deo und folgte der Duftspur Sprosse um Sprosse hinab in den geheimen Keller. Unter dem Scheunenboden öffnete sich ein riesiges von hohen Regalen durchzogenes Lager. Jonas konnte von oben das ferne Lachen der Mädchen hören, die wieder auf dem Trampolin turnten. Auf Zehenspitzen schlich er in einen der Gänge und schaute in die Regalböden. Sie waren mit unzähligen säuberlich sortierten Haushaltsgegenständen gefüllt: Waschmittel, Putzmittel, Seifen, stapelweise Teller, Tassen und Gläser, Dosen- und Flaschenöffner, eine Kiste mit Besteck, daneben Alufolie, Streichhölzer, Feuerzeuge, Kerzen und Fackeln, Äxte und Jagdmesser in verschiedenen Größen. Im nächsten Gang lagerten Lebensmittel, Büchsenfleisch, Fischdosen, kiloweise Salz und Zucker, Honig in Litergläsern, Energieriegel, eingewecktes Gemüse und Früchte, Schokolade, riesige Säcke voller Reis und Mehl, Tüten mit Haferflocken, Kaffee und Tee.

»Hiermit kommen wir locker ein halbes Jahr durch«, hörte Jonas Ansgar im Nachbargang sagen. »Dazu noch die frischen

Sachen aus dem Garten, nur heimisches Obst und Gemüse in Bioqualität. Das wächst auch im Dürresommer.«

Die Stimme kam näher, und Jonas wich in einen Nachbargang aus.

»Wir arbeiten die Regale immer von hinten ab und füllen vorne neu auf.« Jonas beobachtete durch Dutzende Schnapsflaschen hindurch, wie Ansgar ein silbernes Päckchen aus einem großen Karton nahm und Karl in die Hand drückte. »Hier, Bundeswehr-Einmannpackung ›Tortellini Milano mit Pute‹, offiziell dreieinhalb Jahre haltbar, kann man aber auch nach sechs Jahren noch essen«, sagte er. »Ich hab fünfundsiebzig Stück davon. Nicole kocht besser, aber wenn es so weit ist, werden die da draußen dich für Tortellini erschießen. Im Geräteschuppen hab ich deshalb zwanzig Rollen NATO-Draht und ein paar Hundert Sandsäcke, da wird der Hof in ein paar Stunden zur Festung. Und wenn es doch eng wird, haben wir immer noch unsere Fluchtrucksäcke, da ist alles für ein paar Wochen Outdoor drin plus ein Kilo Silbermünzen.« Ansgar lachte auf. »Was soll ich mit einem Goldbarren, wenn ich einen Sack Kartoffeln kaufen will?«

Jonas sah, wie die beiden in die Ecke des Lagers gingen. »Hier hinten haben wir einen Brunnen gegraben, sieben Meter tief. Wasser ist das Wichtigste.« Er packte Karl freundschaftlich grinsend am Nacken. »Wir wollen doch nicht stinken, wenn wir den ganzen Laden hochgehen lassen. Dann wollen wir bereitstehen!«

In Jonas' Kopf erscholl plötzlich ein Echo vom vorherigen Abend, als sich Anni im Gästezimmer neben ihn auf das Ausklappsofa geworfen, die Bettdecke über den Kopf gezogen und sich nicht mehr gerührt hatte.

Jonas' Kopf hatte vor lauter Fragen geschwirrt. »Wer sind die Typen?«, hatte er wissen wollen.

Keine Antwort. Jonas gab Anni einen leichten Schubs. »Sag schon, du weißt doch was.«

»Leute halt. So wie Ira«, murmelte es ihm unter der Decke entgegen.

»Kapier ich nicht.«

»Leute, die auf den richtigen Moment warten.«

»Moment? Wofür?«

»Für den Aufstand.«

Jonas erinnerte sich, dass Anni ihm im Waldhaus schon einmal erklärt hatte, wozu die Gruppe die Bomben brauchte. Sie wollten das alte System ausschalten, hatte sie umständlich erklärt, um ein besseres Land zu erschaffen, einen Ort, an dem sie alle endlich zu ihrem Recht kommen sollten. Jonas hatte Anni noch weniger geglaubt als sie sich selbst. Und er hatte in jenem Augenblick verstanden, dass er erneut fliehen musste, egal, wie viele Finger es ihn kosten mochte.

Jetzt stand er fröstelnd im Vorratskeller, und ihm wurde klar, dass es mit der Explosion des Bunkers nicht zu Ende war. Die Gruppe war nur eine einzelne Zelle eines körperlosen, gefräßigen Organismus gewesen, der genau wie Ansgars Verlies verborgen im Untergrund existierte und nur darauf wartete, an die Oberfläche zu kriechen und alles aufzufressen, was sich ihm in den Weg stellte.

»Jetzt zeig ich dir mein Schätzchen«, hörte Jonas Ansgar am anderen Ende des Raumes sagen. Er folgte den beiden, vorbei an einem Regal voller Regencapes, Gummistiefel, Pumpen und Walkie-Talkies. Zwischen zwei Kisten mit Medikamenten und stapelweise Landkarten hindurch sah er, wie Ansgar zu einem weißen ofengroßen Kasten ging und an dessen Vorderseite eine Glasscheibe öffnete.

»Das ist mein 3-D-Drucker, der macht Industriequalität. Im

Notfall betreib ich den mit den acht Solarmodulen auf dem Dach.« Er nahm mehrere Kladden aus einem Regal und blätterte darin. »Das Netz ist voll mit Bauplänen: Pistolen, Maschinengewehre, Raketenwerfer – damit druckst du alles.«

»Plastik ist scheiße«, brummte Karl. »Nach ein paar Schuss fliegt dir das um die Ohren.«

»Warts ab«, sagte Ansgar und holte eine weitere Mappe aus dem Regal. Seine Stimme senkte sich: »Nicole will ja nicht, dass ich so viel ausgebe, aber als Nächstes kaufe ich eine CNC-Fräsmaschine für Metallbauteile. Dann wird ein Schuh draus.«

Aus seinem Versteck glaubte Jonas, ein Leuchten in Ansgars Augen zu sehen. »Damit können wir eine kleine Armee ausrüsten.«

»Hast du Munition?«, fragte Karl.

»Wofür?«

»Neun mal neunzehn. Granaten wären auch gut.«

»Momentan ist Ebbe. Die Kameraden wollten an eine Kaserne in Niedersachsen ran. Aber das ist nicht mehr so leicht wie früher.«

»Hast du Geld?«

»Mehr als fünfhundert krieg ich nicht zusammen.«

»Bist du noch ganz dicht!«, blaffte Karl plötzlich. »Ich brauch mindestens fünf Riesen!«

»Vergiss es. Der Drucker hat sechstausend gekostet. Und weißt du, was das hier alles …?«

Jonas sah, wie Karl Ansgar am Kragen packte und gegen ein Regal drückte. Ein Gaskocher fiel scheppernd zu Boden. »Einer für alle, alle für einen! Wir brauchen Kohle, du Arschloch!«

Ansgar keuchte in Karls Klammergriff. »Tut mir leid. Wie gesagt, ich bin pleite, und so eine Familie kostet auch …«

»Scheiß auf die Familie!«, zischte Karl und drückte fester zu.

»Frühstück ist fertig!«, erklang Nicoles Stimme von oben durch die Luke.

Karl stieß Ansgar weg. Der richtete sein Hemd und lächelte bemüht. »Nicole macht fantastische Eggs Benedict. Dafür hab ich sie geheiratet.«

*

»Sie weiß Bescheid??«

»Zumindest weiß sie, dass Opitz mit den beiden Kids auf der Flucht ist«, sagte Caroline.

»Scheiße«, fluchte Lippock und blickte durch die große Glasscheibe seines Büros in die Einsatzzentrale. Von außen drangen kaum Geräusche herein. Die Beamten, die dicht an dicht an den langen Tischen saßen, redeten lautlos in ihre Telefone, der Drucker spuckte lautlos Papiere aus, und aus der vollautomatischen Kaffeemaschine liefen lautlos Getränke in Henkeltassen. Frustration hing in der Luft. Unter der Decke leuchteten die beiden Digitaluhren mit den roten Ziffern. Die Stoppuhr zeigte erbarmungslos die Dauer der Fahndung an: einhundertzweiundvierzig Stunden und sechzehn Minuten. Knapp vier Tage. Die Chancen, die Flüchtigen zu schnappen, sanken mit jeder Minute Richtung null.

»Die Tetzel ist neugierig, wie es für die drei läuft«, sagte Caroline. »Ich könnte das ausnutzen. Informationen gegen Informationen.«

Der Kriminaldirektor ließ sich in seinen Bürostuhl fallen und schüttelte den Kopf. »Wir verhandeln nicht. Bloß kein Wort über die Fahndung zu ihr.«

»Verstehe«, murmelte Caroline. Als sie in die Einsatzzentrale gekommen war, hatte Lippock berichtet, dass im Duisburger Hafen Taucher den leeren Lieferwagen gefunden hatten. Man vermutete, dass die drei Flüchtigen im Labyrinth der Kanalisation verschwunden und durch eines der unzähligen Mauselöcher entkommen waren. Möglicherweise waren sie längst über alle Berge, vielleicht mithilfe von Komplizen. Den Fahndern blieb nichts anderes übrig, als sich an den Ausfallstraßen zu postieren und stichprobenartig Wagen herauszuwinken.

Jetzt blickte der Kriminaldirektor Caroline mit einem müden Lächeln an: »War ein schöner Abend gestern. Ich hoffe, Sie waren trotzdem in Form bei Ihrer ersten Vernehmung.«

»Danke. Es war nicht schlecht. Ira war ziemlich offen.«

»Sie duzen sich?«

»Nein«, antwortete Caroline schnell. »Natürlich nicht.«

»Das muss auch so bleiben. Haben Sie noch was aus ihr herausbekommen?«

»Es war ein erstes Kennenlernen. Unterm Strich hat die Tetzel nichts erzählt, was ich nicht schon von den Kids gehört habe.«

»Das war zu erwarten.« Lippocks Blick schweifte wieder nachdenklich nach draußen. Auf dem nahen Bahndamm rollte ein Regionalzug durch die milchige Mittagshitze in Richtung Innenstadt.

»Mal sehen, was noch kommt«, sagte Caroline in die Stille hinein. »Ich glaube, ich hab einen ganz guten Draht zu ihr.«

Der Kriminaldirektor drehte seinen Kopf. »Haben Sie einen guten Draht zu ihr, oder hat sie einen guten Draht zu Ihnen?«

»Keine Sorge. Ich pass schon auf«, antwortete Caroline, und für einen Moment fühlte sie sich wieder wie das pummelige Schulmädchen, das im Sportunterricht stolz über die Ziellinie des Ascheplatzes gelaufen war, nur um festzustellen, dass es eine Runde zu wenig gedreht hatte. Der Rest der Klasse hatte feixend um sie herumgestanden und musste vom Lehrer zur Ruhe gebracht werden.

»Denken Sie bitte an das Protokoll«, sagte Lippock in ihre Gedanken hinein und deutete durch die Glasscheibe zum Aktenführer, der im Lageraum wie ein Storch zwischen den Schreibtischreihen umherstakste.

»Ich schreibe es heute Abend«, versprach Caroline. »Aber sehr ergiebig wird es nicht.«

»Gar kein Problem«, antwortete Lippock. »Sie geben das Tempo vor. Sie werden schon spüren, wenn die Tetzel bereit ist zu plaudern.«

Caroline nickte und erinnerte sich, dass sie damals auf dem Sportplatz die letzte Runde noch zu Ende gebracht hatte, während die anderen längst auf dem Weg in die Umkleide waren und sich das Maul über die dumme dicke Mitschülerin zerrissen. Caroline scherte sich nicht darum, als sie unter den mitleidigen Augen des Lehrers die Aschebahn entlanglief. Sie wollte es zu Ende bringen – auf ihre Weise.

Genauso würde sie es jetzt auch tun.

*

Jonas biss in ein Marmeladenbrötchen und schielte zu Karl, der sich neben ihm pochierte Eier mit Sauce hollandaise in den Mund stopfte. Nicole schüttete den kleinen Mädchen Cornflakes in die Schüsseln, Anni schlürfte stumm ihren Milchkaffee, und Ansgar sorgte für Nachschub am Toaster.

»Wie lange bleiben die?«, fragte eines der Kinder.

»*Die* sind Karl, Jonas und Anni. Und sie bleiben, solange sie wollen«, antwortete Nicole.

Jonas bemerkte, wie Ansgar seiner Frau einen kurzen Blick zuwarf – er erzählte etwas anderes. Natürlich, sie waren gesuchte Kriminelle, jeder Bulle hielt nach ihnen Ausschau, im Dienst genau wie in der Freizeit. Was, wenn sie von Nachbarn gesehen wurden? Was, wenn die Kinder sich verplapperten?

»Gehen die Mädchen in den Kindergarten?«, fragte Jonas.

»Wir haben hier unsere eigene Kinderkrippe«, antwortete Nicole. »Damit sie keinen Quatsch beigebracht bekommen. Wir sind eine echte Gemeinschaft im Dorf. Alles aufrichtige Landsleute.«

Jonas warf Anni einen Blick zu. Sie wich ihm aus und biss stumm in ihren Marmeladentoast.

»Wir bleiben noch eine Nacht«, sagte Karl und wischte sich Eigelb vom Mund. »Dann ist mehr Ruhe da draußen.«

»Und wohin wollt ihr?«, fragte Nicole.

Karl schwieg und zerteilte mit der Gabel in der Faust sein zweites Ei.

»Die Bullen sind überall«, sagte Ansgar kauend. »Mit deinem Ohr, Jonas' Finger und Annis Tattoos seid ihr so auffällig wie drei Elefanten. Ihr müsst ins Ausland, Portugal oder Balkan.«

Wie angestochen fuhr Karl herum und hielt seinen Zeigefinger dicht vor Ansgars Nase. »Wir verpissen uns nicht wie ein paar Ratten! Das ist unser Land, und hier bleiben wir!«

Die Mädchen starrten erschrocken hinter ihren Cornflakes-Schüsseln hervor. Nicole legte Karl eine Hand auf die Schulter. »Natürlich. Alles gut.« Dann warf sie Ansgar einen warnenden Blick zu.

Karl wischte mit einem Toast über seinen Teller. »Morgen seid ihr uns los.«

»Jonas und ich gehen schon heute«, sagte Anni plötzlich.

Karl blickte sie groß an. Jonas fühlte, wie ihn eine Welle der Erleichterung durchwogte. Er grinste und musste sich zusammenreißen, um Anni nicht gleich um den Hals zu fallen. Sie waren frei! Der Albtraum würde enden, noch heute!

Karl wischte sich den Mund ab, schob den Stuhl nach hinten und stand auf. »Kommt mal mit.«

Jonas' Lächeln erstarb.

Auf der Terrasse fläzte sich Karl in einen Gartenstuhl und zündete sich eine Zigarette an. Jonas blieb an die Tischkante gelehnt stehen, die Arme verschränkt, und beobachtete Anni, die sich auf einen Kinderhüpfball setzte und auf und ab wippte.

»Ihr denkt, ihr wisst Bescheid, oder?«, brummte Karl. »Wie das ist, auf der Flucht zu sein.«

Die Kids schwiegen.

Er blies Jonas den Rauch entgegen. »Einen Scheiß wisst ihr! Auf der Flucht seid ihr keine Menschen mehr. Euer Perso ist nur noch ein Stück Plastik. Es gibt keine Krankenhäuser mehr, keine Ärzte. Nicht mal mehr Freunde. Keine Sau will euch noch.« Er grinste plötzlich. »Aber das ist ja nix Neues für euch.«

Jonas warf Anni einen verstohlenen Blick zu. Sie hatte aufgehört zu wippen und schaute stumm in den Garten.

»Das ist aber noch nicht das Schlimmste«, dozierte Karl weiter. »Egal, was ihr tut, ob ihr schlaft, ob ihr fickt oder kackt, jede Sekunde kann die Tür aufspringen, und ein Haufen Bullen stürmt rein, haut euch in die Fresse, zieht euch einen Sack übern Kopf und nimmt euch mit. Auf der Flucht habt ihr keine ruhige Minute, und am Ende seid ihr nur noch ein zitternder Haufen Scheiße.« Karl nahm eine kleine Plastikpuppe in die Hand, die die Mädchen auf dem Tisch vergessen hatten. »Es gibt nur eine Rettung …«

»Und die wäre?«, fragte Anni.

»Ich.«

Das Wort donnerte in Jonas' Ohren.

»Du?« Anni stand auf und schnappte sich eine Zigarette aus Karls Packung.

»Wir kommen schon klar, oder, Anni?«, fragte Jonas. Es klang flehend.

Sie zündete stumm die Zigarette an, atmete tief ein und setzte sich wieder auf den Hüpfball.

»Ach, ihr kommt klar?« Karl leckte über seine Finger und strich die blonden Locken der Puppe glatt. »Die Bullen haben eure Bilder rausgegeben. Ihr seid wandelnde Schießscheiben. Weißt du, was das heißt, Spast? Ihr könnt nicht mal zurück unter eure Brücke.«

»Und wie kannst du dann helfen?«, fragte Anni und wippte rauchend auf dem Ball.

Karl grinste. »Was ihr braucht, ist Geld. Viel Geld, kapiert? Und ich rede nicht von Kohle für Fressen und Klopapier. Ich meine Kohle, um Leute zu kaufen. Damit sie euch ein Dach überm Kopf geben, damit sie euch verarzten, damit sie euch nicht verraten. Ohne Geld kommt ihr keinen Tag durch.«

Karl zog an seiner Zigarette und sah dem Qualm nach, der durch den Garten waberte. »Und wer kommt an Geld? Hä?« Er starrte sie mit großen Augen an. Die Kids erwiderten den Blick nicht.

»Der Karl!« Er winkte Jonas grinsend mit dem Arm der Puppe zu und fiepste mit verstellter Stimme: »Sei schlau, kleiner Mongo, hör auf den Onkel.«

Anni blickte auf. »Und wo ist das Geld?«

»Ich weiß, wo. Keine Sorge.«

»Willst du einen Automaten knacken?«

Karl schüttelte grinsend den Kopf.

»Und wir teilen die Kohle?«

»Klar.«

»Einfach so?«

»Wenn wir fertig sind.«

»Womit?«

»Plan B.«

Karl zog die Haare der Puppe in die Länge und flocht ihr zwei Zöpfe. Anni schaute ihn aus einer Rauchwolke heraus an. »Was wäre Plan B?«

»Iras Plan. Wir machen weiter, wo wir aufgehört haben.«

»Bomben?«, fragte Anni hustend.

Karl küsste die Puppe und warf sie in hohem Bogen auf das Trampolin. »Erraten. Bomben.«

Jonas konnte sich nicht mehr bewegen, seine Muskeln waren gelähmt, alle Sinne in Alarmbereitschaft: Aus den Augenwinkeln sah er eine Wespe, die über den Tisch krabbelte. In der Ferne hörte er das Brummen eines Mähdreschers. Im Baum flatterte eine Amsel davon und stieß einen zeternden Warnruf aus.

»Die Bullen denken, wir verpissen uns, aber wir bleiben hier, genau vor ihrer Nase«, sagte Karl. »Wir drei, wir führen Iras Werk fort. Und dann kommt ihr auch in die Walhalla.« Ein Blick zu Jonas. »Okay. Für dich gibts vielleicht nur ein Namensschild oder so was.«

»Und wenn wir nicht mitmachen?«, fragte Anni leise.

Karl zerklatschte mit der flachen Hand die Wespe auf dem Tisch. »Fahnenflucht ist nicht. Ira ist 'ne politische Gefangene. Einer für alle, alle für einen.« Er stand auf, ging durch die Terrassentür und steckte noch einmal den Kopf heraus. »Und wenn wir fertig sind, könnt ihr in euren fucking Honeymoon abhauen.«

Jonas starrte Anni an. Sie warf ihre Zigarette in den Garten, ohne seinen Blick zu erwidern. »Halt einfach das Maul, okay?«

*

»Meine Tochter ist auch bei der Polizei.« Iras Stimme klang leise und ruhig.

»Ich weiß.«

»Ich liebe sie, aber ich werde nie verstehen, wie ein junger Mensch sich als Handlanger dieser Diktatur verheizen lassen kann.«

Caroline musste sich auf die Lippe beißen, um nicht zu antworten. Sie holte einen der Schokomuffins aus der Papiertüte, die sie auf dem Weg in einer Supermarktbäckerei gekauft hatte, und hielt ihn Ira hin. »Möchten Sie?«

»Danke, ich esse nichts Süßes. Nur Zimtschnecken.«

»Ich bringe Ihnen morgen eine mit.«

Caroline biss hungrig in den Muffin und ärgerte sich darüber, dass sie Lippocks Einladung, mit ihm in der Kantine zu Mittag zu essen, ausgeschlagen hatte. Sie hatte keine Minute zu spät zur zweiten Vernehmungsrunde kommen wollen.

»Und Ihre Eltern?«, fragte Ira.

»Was ist mit denen?«

»Was sagen die dazu, dass ihre Tochter bei der Polizei ist?«

»Meinen Eltern ist ziemlich egal, was ich mache«, antwortete Caroline kauend.

Ira fuhr mit dem Fingernagel an der Tischkante entlang. »Ich denke, Julia hat sich verirrt. Ich glaube, sie wird bald merken, dass sie nur ein Rädchen im Unterdrückungsgetriebe ist.«

Caroline nahm einen Schluck vom Automatenkaffee. Er

schmeckte nach Chlor. Wortlos öffnete sie die Aktenmappe mit den neuesten Ermittlungsergebnissen, die ihr der Kriminaldirektor beim Abschied in die Hand gedrückt hatte. Sie hatte sie kurz überflogen. Am Morgen hatte die Kripo Iras Tochter im Krankenhaus befragt. Die junge Frau war zum Zeitpunkt der Explosion des Bunkers im Forsthaus gewesen und hatte nun ausgesagt, dass Jonas kurz vor der Detonation in den Wald geflohen war, um die Polizei zu verständigen. Sie nahm an, dass der Junge das Bombenlager angezündet hatte. Vielleicht, dachte Caroline jetzt, war Anni an seiner Seite gewesen, um die perfiden Pläne ihrer Meisterin zu durchkreuzen. Ein Abgang mit einer gewaltigen Detonation würde jedenfalls zu ihr passen.

»Was steckt hinter der Explosion in Ihrem Waffenlager?«, fragte sie, um das Gespräch in Gang zu bringen.

Ira zuckte mit den Schultern.

»Könnten Opitz oder Jonas Bauhoff und Anna Wenzel etwas damit zu tun gehabt haben?«

Ira musterte Caroline einen Moment. »Wie läuft die Fahndung?«

»Läuft, denke ich. Gab es Streit in der Gruppe, vor der Explosion?«, hakte Caroline nach.

Sie spürte, wie sich Iras Blick veränderte. Er wurde widerständig.

»Eine Beamtin wie Sie, warum vernimmt die eigentlich die Kids?«

Caroline schlug die Mappe zu. »Was ist falsch an mir?«

»Warum macht das nicht Ihr Chef?«

»Mein Chef ist kein Ermittler. Die Vernehmungen führen ausgebildete Beamte durch.«

»Aber mich will er vernehmen.«

Caroline zuckte mit den Achseln. »Große Ehre.«

»Und Sie? Sind Sie eine ausgebildete Beamtin?«

»Sehe ich nicht ausgebildet aus?«

»Vielleicht sehen Sie zu nett aus.«

Caroline lächelte und blickte auf die Uhr. Sie hatte nur noch wenige Minuten, es war Zeit, auf den Punkt zu kommen.

»Sie sagen, Sie sind wie eine Mutter für die Kids. Haben Sie mit ihnen geredet, über die Familien oder über Erlebnisse auf der Straße?«

»Natürlich. Bei uns konnte sich jeder alles von der Seele reden.«

»Haben die Kids Ihnen auch Geheimnisse anvertraut?«

»Manche, nicht alle«, sagte Ira.

Carolines Herz schlug schneller. Sollte sie jetzt schon auf Anni zu sprechen kommen?

Ira kam ihr mit einer Frage zuvor: »Wie ist es bei Ihnen?«

»Bei mir?«, fragte Caroline überraschter, als ihr lieb war.

»Kann es sein, dass Sie Kiki schon vor dem Verhör kannten?«

Caroline biss in ihren Muffin und wischte die Krümel von der Tischplatte. »Tut das was zur Sache?«

Ira lächelte undurchsichtig. »Sie wollten wissen, ob die Kids mit mir über ihr Leben gesprochen haben: Als Ben neu bei uns war, hat er mir von einer Polizistin erzählt, die am Bahnhof auf Streife geht. Die hat ihm ihre Handynummer gegeben, damit er sie anruft, wenn er wieder mal verprügelt wird. Sie hat ihm auch eine Jacke und einen Schlafsack besorgt. Ben nannte sie seine ›Bullen-Mama‹.«

Caroline schoss das Blut ins Gesicht. *Du hast noch keine Stunde mit Ira gesprochen,* höhnte eine Stimme in ihrem Kopf, *und schon bist du entschlüsselt worden wie das Kreuzworträtsel einer Apothekenzeitung.*

Nach einem kurzen Moment der völligen Leere gab sich Caroline einen Ruck, lehnte sich über den Tisch nach vorn und schaute Ira fest an: »Ja, das bin ich.«

Ira lächelte zufrieden. »Die Bullen-Mama.«

»Noch eine Mutter. Sie sehen, wir haben etwas gemeinsam«, erwiderte Caroline und merkte, wie ein wohliger Trotz in ihr aufstieg. Sie hatte sich schon als Kind gerne Regeln widersetzt, sie hatte Klavier spielen gelernt, ohne Noten zu lesen, und sie hatte Aufsätze geschrieben, ohne das Geringste über Grammatik zu wissen, sie war ihren Instinkten gefolgt. Warum nicht auch jetzt? Mit Lippocks vorsichtiger Agenda, das spürte Caroline, würde sie Ira nicht beikommen, nicht in eigener Sache. Sie musste ihr etwas liefern, um etwas zu bekommen. Sie musste in den offenen Kampf gehen wie ein Boxer, der nur dann Treffer landen kann, wenn er sich dem Gegner auf Schlagdistanz nähert.

»Ich kenne ein paar der Kids vom Bahnhof«, erklärte Caroline. »Da arbeite ich als Bezirksbeamtin.«

»Sie gehen auf Streife?«

»Zu Fuß und allein.«

»Warum tun Sie das?«

»Warum nicht?«

»Es gibt Schöneres als die Straße.«

»Es ist mein Job.«

»Es ist nicht Ihr Job, obdachlosen Jugendlichen Geld zuzustecken und ein Praktikum beim Supermarkt zu besorgen.«

»Ben hat es nach einem Tag abgebrochen.«

»Und Sie haben ihm trotzdem keinen Ärger gemacht.«

»Die anderen Praktikanten haben rausgefunden, dass Ben auf der Straße lebt, und ihn gemobbt. Mein Gemecker war das Letzte, was er brauchte.«

Ira musterte Caroline. »Sie sind eine gute Mutter.«

»Danke.« Caroline aß den Rest des Muffins. Es war wohltuend, wieder sie selbst zu sein, kein Verstellen, kein Taktieren, kein Was-ist-Wenn. Und war es nicht auch der plötzliche Einklang mit

Ira, der sie auf merkwürdige Weise wieder freier atmen ließ?, dachte sie kauend. Wie lange war es her, dass sie mit jemandem über ihre Arbeit geredet hatte? Wann hatte sie überhaupt irgendwen getroffen, der verstand, was sie auf ihren Rundgängen um den Bahnhof empfand?

»Obdachlose sind wie Geister«, sagte Caroline. »Sie werden behandelt wie Aussätzige. Ich finde, jemand muss sie wenigstens ansehen.«

Ira musterte Caroline. »Sie klingen wütend.«

»Bin ich aber nicht.«

»Doch, das sind Sie. Ich kenne das Gefühl, ich empfinde genauso. Sie und ich, wir können das Unrecht gegen die Kids spüren. Die Einsamkeit und Verlorenheit. Ich kenne das. Und Sie auch.«

»Ich bin nicht einsam.«

»Aber Sie wissen, wie es ist, einsam zu sein.«

»Wie kommen Sie darauf?«

»Die Art, wie Sie mit den Kids umgehen, das würde nicht jeder so machen.«

Caroline war plötzlich unerträglich heiß, das Hemd klebte an ihrem Rücken. *Sie wird Sie auskundschaften!*, hallte Lippocks Stimme durch ihr Inneres.

»Wenn Sie meinen, dass ich an den Kids irgendwas abarbeite, dann muss ich Sie enttäuschen«, antwortete Caroline kühl. »Ich mache das nur, weil es sich so gehört. Und weil es mir Spaß macht.«

Ira nickte. »Natürlich.«

Im selben Moment kam der Wärter zum Tisch und deutete zur Uhr. »Die Gesprächszeit ist beendet.«

Caroline packte ihre Sachen und streckte Ira die Hand entgegen. »Wir sehen uns morgen.«

»Ich freu mich.«

Ira stand auf. Caroline war unfähig, das Lächeln der Terroristin zu erwidern. Noch mehr: Sie kämpfte gegen den Wunsch an, es ihr mit einer Ohrfeige aus dem Gesicht zu schlagen.

*

Es war mondhell in der Scheune. Karl schlich mit der Geduld eines Sibirischen Tigers auf die beiden Türen an der hinteren Stirnseite zu. Die Steinchen vom Betonboden stachen in seine nackten Fußsohlen, aber Karl ignorierte den Schmerz und ging Schritt für Schritt weiter. *Leiser als der Tod*, kam es ihm in den Sinn, und er lächelte in sich hinein. Als er am Gästezimmer angekommen war, lehnte er sich gegen die Wand und atmete langsam aus. Nicht mehr lange, dachte Karl, und Jonas würde herauskommen. Der Henker stand bereit.

Alles war nach Plan gelaufen: Beim Abendessen hatte er dafür gesorgt, dass Jonas nie auf dem Trockenen saß, er hatte ihm ein Bier nach dem anderen in die Hand gedrückt, und am Ende hatte das Weichei fünf Flaschen gesoffen.

Irgendwann waren alle schlafen gegangen. Karl hatte sich in den Keller des Hauses geschlichen, eine Rolle weichen Draht gefunden und eine Schlinge daraus geknotet. Er liebte Drähte, sie waren lautlos und sauber. Nach einer Dusche – niemand sollte ihn riechen – streifte er die Schuhe ab und schlich durch das dunkle Haus in den Garten und über den taunassen Rasen zu dem Fenster auf der Rückseite der Scheune. Annis leises Schnarchen drang nach draußen, sie hatte sich freiwillig volllaufen lassen. Der Plan war auch für sie genau durchdacht: Anni würde erst am nächsten Morgen bemerken, dass ihr Freund weg war.

Sie würde ihn überall suchen, Nicole und Ansgar dazu holen und schließlich an die Tür des Büros klopfen. Karl freute sich schon, als er jetzt in die dunkle Scheune grinste: Er würde verschlafen herauskommen und mit den anderen das Haus und das Gelände absuchen. Er musste nur aufpassen, dass niemand in das kleine Waldstück hinter dem Gartenzaun ging, wo er heute Nacht Jonas' Leiche mit dem Spaten aus dem Gewächshaus verbuddeln würde. *Ich habs gleich gewusst*, hörte sich Karl schon zu den anderen sagen, *der Verräter ist abgehauen! Er ist zu den Bullen hin und verpfeift uns, die Drecksau!* Sie würden ihm alle glauben, denn er hatte recht: Jonas war eine Zeitbombe, er musste weg.

Nun löste Karl seine angespannten Muskeln und begann, ganz langsam mit dem Rücken an der Wand hinunterzurutschen. Das Bier würde bald seine Wirkung zeigen, aber eine kurze Pause in der Hocke war sicher nicht falsch. Karl rutschte tiefer, als plötzlich aus dem Innern seines linken Knies ein knorpeliges Knacken ertönte. Er hielt inne und unterdrückte einen Fluch.

*

Jonas öffnete die Augen. Er hasste seine Träume. Eben hatte er noch, umtost von meterhohen Wellen, in einem Ruderboot gesessen, das mit einem Tau an einem einsamen Poller verknotet war. Die See hatte die Nussschale hin und her geworfen, Wasser war über ihm zusammengeschlagen, als plötzlich das Tau mit einem lauten Knall riss und er aus dem Traum hochgeschreckt war. Jetzt starrte Jonas wie betäubt an die Decke und hörte den Nachhall des Knalls. Irgendetwas daran war seltsam. Er wusste nicht, wie spät es war. Die Magensäure stand ihm bis zum Kehlkopf, sein Kopf drehte sich, und seine bis zum Bersten gefüllte

Blase drückte. Wie viel Liter Bier hatte er getrunken?, fragte er sich und blickte zu Anni, die laut neben ihm schnarchte. Am Abend hatten sie lange mit der Familie am Küchentisch gesessen. Karl war aufgekratzt gewesen, er hatte gelacht, ab und zu Ansgar scherzhaft in den Schwitzkasten genommen, Nicole umarmt und immer wieder neue Bierflaschen aus dem großen Kühlschrank im Keller geholt: *Auf Ira! Auf den Widerstand! Auf das geheime Deutschland!* Jonas hatte getrunken und das Schulterklopfen und Zuprosten bereitwillig über sich ergehen lassen. Ihm war nicht nach Feiern zumute gewesen, er wollte sich nur noch abschießen und vergessen. Anni hatte auch gesoffen, sie war wie zugemauert und hatte Jonas kaum beachtet. Nach einigen Flaschen hatte er sie schließlich angezischt: »Willst du für dieses Arschloch Menschen killen? Lass uns verpissen!«

Sie hatte ihn nur kurz angestarrt und ihm dann den Ellbogen in die Seite gerammt, so heftig, dass ihm jetzt noch die Rippen wehtaten. Nach dem Besäufnis waren Jonas und Anni wortlos durch den Garten in die Scheune getorkelt, hatten sich, ohne die Zähne zu putzen, ins Bett fallen lassen und waren sofort eingeschlafen.

Jetzt starrte Jonas zum Fenster, hinter dem sich die schwarzen Äste des Birnbaums spreizten. Neben ihm leuchtete Annis Schulter weiß im Mondschein. Seine Blase drückte, er musste raus, sofort. Jonas warf die Decke zur Seite, setzte seine Füße auf den kühlen Betonboden und erstarrte. *Der Knall.* Plötzlich wusste er, wonach sich das zerreißende Tau aus dem Traum angehört hatte. Es war das Knacken eines Knies. Hatte er es wirklich nur geträumt? Die Scheune hatte ihre eigenen Geräusche, das wusste er bereits, die Balken des offenen Dachstuhls knarrten im Wind, die Zweige des Birnbaums schabten am Fenster, und aus der Holzverkleidung über dem Bett drang das leise

Nagen irgendeines Wurms. Das Knacken aus dem Traum kam von woanders, wurde Jonas schlagartig bewusst. Er hatte es in den letzten Tagen öfter gehört: Es kam von Karls Knie.

Jonas' Blick ging zur Tür. Es war totenstill. Gänsehaut kroch über seinen Körper, und für einen Moment vergaß er den Druck auf seiner Blase. *Er wartet. Draußen. Auf mich!*

Ein Tropfen rann in Jonas' Unterhose. Mit aller Kraft presste er den Unterleib zusammen und überlegte, ob er die Tür abgeschlossen hatte. Er konnte sich nicht erinnern.

*

Karl lehnte in der Hocke an der Wand und schaute sich um. Aus den Regalen starrten ihn die Büsten mit leeren Augen durch das Zwielicht an. Seine eigene Skulptur sah aus wie ein Neandertaler, dachte er. Nicole hatte ihm versprochen, sie noch einmal zu bearbeiten. Mit vollem Haar und einem Schnurrbart würde er »staatsmännischer« wirken, hatte sie erklärt, damit er neben Otto von Bismarck keine schlechte Figur machte. Das abgeschossene Ohr sollte bleiben – eine Kriegsverletzung war besser als jeder Orden, hatte sie gemeint und ihm mit ihrer kleinen Hand über die Wange gestrichen.

Nicole war die zweitbeste Frau nach Ira, dachte Karl. Er hatte Ansgar, diese Lusche, schon damals um sie beneidet, vor den Jahren im Knast. Nicole war der Boss, erinnerte er sich. Sie hatte mit den Frauen im Dorf den Kindergarten organisiert, sie hatte die Kameraden bei den Treffen in ihrer Küche verwöhnt. Und wenn ein Idiot besoffen rumpöbelte, brauchte sie ihm nur zuzunicken, und er haute ihm eine rein. Als Nicole am Dorfrand ein Rechtsrock-Konzert organisiert hatte, war er der Erste, den sie als Ordner einstellte. Er hatte seinen Job gut gemacht, erinnerte sich Karl zufrieden, er hatte es den linken Zecken, die das Konzert mit ihren Musiktrucks aufmischen wollten, anständig besorgt. Zahn um Zahn, Platzwunde um Platzwunde. Es war eine feine Prügelei. Er hatte mit viel Blut bezahlt – und mit vier Jahren Knast.

Plötzlich durchfuhr Karl eine heiße Welle, er musste den Kiefer fest zusammenpressen, um nicht aufzuspringen und die Tonköpfe aus den Regalen zu fegen. Die anderen hatten ihn verrotten lassen, erinnerte er sich, keins der Kameradenschweine war vorbeigekommen. Ansgar hatte nachher rumgewimmert, er und die anderen hätten abtauchen müssen, wegen der Familie, der Verfassungsschutz habe sie auf dem Schirm. *Bla, bla, bla,* dachte Karl grimmig. Nur eine hatte Eier gehabt, und das war Ira. Sie war jede Woche gekommen und hatte ihm von ihrem Kampf erzählt. Er hatte nicht alles kapiert, aber es war völlig egal, er konnte ihr stundenlang zuhören. Sie war schlau, schlauer als alle anderen.

Karl lächelte seinem Selbstbildnis im Regal entgegen. Heute Nacht war er auch schlau. Sein Plan war genial. Er würde den kleinen Verräter lautlos entsorgen. Ira wäre stolz auf ihn.

Karl blickte zum Mond im Giebelfenster und spürte, wie seine Augen schwer wurden. Er hatte selbst einige Flaschen getrunken, um Jonas bei Laune zu halten, und er war schon dreimal auf dem Klo gewesen. Was hatte dieser kleine Scheißkerl für eine Blase? Oder hatte er etwa ins Bett gepisst? Neben einer Frau? Erbärmlich.

Karl erhob sich in Zeitlupe und presste mit angehaltenem Atem sein Ohr gegen die Tür. Annis Schnarchen war ruhig und gleichmäßig. Seine Hand ging zur Klinke, vorsichtig, als würde sie glühen, dann drückte er sie Millimeter für Millimeter hinunter.

Fünf lautlose Minuten verstrichen, bis Karl die Tür einen Spalt weit geöffnet hatte und seine Nase langsam ins Zimmer stecken konnte, jeder Muskel war gespannt, der Atem so flach, als wäre die Luft ein giftiges Gas. In dem kleinen Raum roch es nach Alkohol und Mensch. Plötzlich begann sein Ohrstumpf zu jucken, an der Wunde hatte sich eine Kruste gebildet, und es kostete ihn alle Kraft, nicht sofort daran herumzupulen. Er biss die Zähne zusammen und lauschte. War da ein Rascheln? Eine Bewegung? *Das Weichei ist so weit! Komm her, hier wartet Erlösung!*

In Zeitlupe versenkte Karl die Hand in seiner Tasche und umfasste den Draht.

*

Jonas' Herz raste. Er gab Anni einen Stoß, doch sie lag da wie im Koma. Ihr Schnarchen erfüllte die Dunkelheit. Sollte er sie wach rütteln? Jonas erinnerte sich an eine Nacht in der Gruppe, als Clemens das ganze Haus mit seinem Geschrei aus dem Schlaf gerissen hatte. Anni war in sein Zimmer gerannt, hatte ihn aus dem Bett gezerrt und so lange auf ihn eingetreten, bis Karl sie zurückgerissen hatte.

Jonas starrte an die Decke. Hatte er sich das Knacken nur eingebildet? Das Geräusch klebte noch in seinen Ohren, er konnte es körperlich spüren. Mit kleinen, schnellen Bewegungen stieß er sein Becken auf und ab, der Druck auf der Blase war schlimm, aber nicht mehr unerträglich. Vielleicht würde er es bis zum Morgen schaffen.

Die Minuten verstrichen. Das Ziehen im Unterleib verwandelte sich in ein Brennen. Annis Nasenwind blies ihm von der Seite ins Gesicht. Plötzlich bemerkte Jonas etwas aus den Augenwinkeln und musste die Lippen zusammenpressen, um nicht laut aufzustöhnen. An der Tür, wo eben noch vollkommenes Dunkel gewesen war, sah er jetzt einen dünnen Spalt, durch den fahles Mondlicht aus der Scheune hereindrang. Er war durchbrochen von einem Schatten gerade so groß wie ein Kopf. Die Tür stand offen! *Er ist es! Er schaut herein!*

Wieder schoss ein warmer Tropfen in Jonas' Unterhose. Er presste den Beckenboden zusammen und gab Anni mit dem Fuß einen Stoß. Keine Reaktion. Beim zweiten Tritt brummte sie auf und drehte sich um. Jonas starrte auf den Spalt mit dem regungslosen Schatten. Sein Becken zitterte, kalter Schweiß brach ihm aus allen Poren, und er verspürte den Drang, einfach loszulassen. *Wenn Karl dich tötet, pisst du dich sowieso ein.*

*

Karl umfasste die Drahtschlinge fest mit beiden Händen und lauschte durch den Türspalt ins Schlafzimmer. Als Anni kurz aufknurrte, zuckte er zurück, doch dann drehte sie sich um und schnarchte weiter. Vielleicht hatte sie schlecht geträumt, dachte Karl und hielt sein rechtes Ohr in den Raum. Seine Hände schwitzten, er griff die Drahtschlinge fester, damit sie ihm nicht durch die Finger rutschte, wenn er sie um Jonas' Hals werfen und zuziehen würde. Der Junge gab keinen Laut von sich, kein Schnarchen, kein Atmen, und Karl dachte für einen kurzen, enttäuschten Moment, er könnte sich totgesoffen haben.

»Was machst du da?«

Karl fuhr herum und sah hinter sich im Dunkel der Scheune eine kleine Gestalt. Sie trug ein weißes Nachthemd, und das Mondlicht leuchtete durch ihr verstrubbeltes Haar. Karl hatte die helle Mädchenstimme sofort erkannt, es war die Jüngere. Als sie ein Baby war, hatte er sie im Arm geschaukelt, später hatte er im Garten mit ihr Pferdchen gespielt oder sie wie ein Balletttänzer in die Höhe gehievt und sich mit ihr gedreht, bis ihm schwindelig wurde.

»Psssch«, zischte Karl, schloss vorsichtig die Tür des Gästezimmers und ging zu dem Mädchen.

»Was machst du da?«, wiederholte sie flüsternd.

»Ich wollte nur schauen, ob die anderen gut schlafen«, sagte er leise und nahm die Kleine auf den Arm.

»Warum hast du keine Schuhe an?«, fragte sie, während Karl sie nach draußen trug.

»Damit ich die Würmer im Boden nicht wecke.«

Das Mädchen griff nach dem Draht in seiner Hand. »Was machst du damit?«

»Daraus bastele ich euch ein Springseil.«

Die Arme des Kindes schlangen sich um seinen Hals.

*

Jonas begriff immer noch nicht ganz, was geschehen war. Als die Mädchenstimme erklungen war, hatte sich der Spalt geschlossen, und durch die Tür war leises Gebrummel von Karl in den Raum gedrungen, das sich schnell entfernte.

Jetzt blieb Jonas mit gekreuzten Beinen liegen, bis nichts mehr zu hören war, schlüpfte aus dem Bett, schlich auf Zehenspitzen zur Tür, drehte den Schlüssel herum und schaltete das Licht an. An der Wand neben dem Schrank entdeckte er eine antike Wärmflasche aus Kupfer, er schnappte sie sich, schraubte sie mit zitternden Händen auf und entleerte sich mit einem Stoßseufzer.

»Sag mal, hakts noch, du Irrer?«

Aus dem Bett heraus starrte ihm Anni mit zusammengekniffenen Augen entgegen. Sollte sie doch tun und denken, was sie wollte, dachte Jonas, während er hingebungsvoll dem metallischen Plätschern in der Wärmflasche zwischen seinen Beinen lauschte.

*

Karl trug das Mädchen durch den mondhellen Garten ins Haus hinein und die Treppe hinauf zum Kinderzimmer. Die ältere Schwester atmete ruhig im Schlaf.

»Mach jetzt die Augen zu«, flüsterte Karl, legte die Kleine ins Bett und strich ihr über den Kopf.

»Bleibst du noch, bis ich eingeschlafen bin?«

»Mach ich.« Karl setzte sich zu ihr auf die Bettkante.

»Du riechst nach Bier.«

»Tut mir leid. Ich putz mir gleich die Zähne.«

Karl schaute zum Fenster. Das Mondlicht schien durch die Vorhänge, auf denen bunte Paradiesvögel in Bäumen saßen. Er war hundemüde. Sein Plan war am Arsch.

»Singst du was für mich?«, fragte das Mädchen.

»Was denn?«

»Meine Mama singt immer ›Drei Chinesen mit dem Kontrabass‹.«

»Kenn ich nicht.«

»Und ›Alle Vögel sind schon da‹?«

»Kenn ich auch nicht.«

Die Kleine seufzte.

Karl dachte nach. Niemand hatte ihm je ein Kinderlied

vorgesungen, nicht mal Opa Werner. Er konnte nur ein Erwachsenenlied singen, sein Lieblingslied. Leise begann er zu brummen.

Mit Kraft und Mut für unser Land! Wir ziehen in den Krieg!
Lass den Adler aus dem Käfig! Sieg! Sieg! Sieg!
Ein reines Land, dein deutsches Land! Wir ziehen in den Krieg!
Lass den Adler aus dem Käfig! Sieg! Sieg! Sieg!

Das Mädchen schaute Karl mit großen Augen an. »Wer hat den Adler eingesperrt?«

»Das waren die linken Zecken.«

»Wer ist das?«

»Das sind ganz böse Menschen.«

»Warum?«

»Die wollen uns vorschreiben, wie wir leben sollen. Die klauen uns das Land. Aber wir holen es uns zurück.«

»Und dann muss der Adler nicht mehr im Käfig sein?«

»Ich hol ihn da raus. Versprochen.«

Karl gab der Kleinen einen Kuss auf die Stirn, zupfte ihre Decke zurecht und wartete. Als ihr Atem gleichmäßig ging und der Mond hinter dem Scheunendach verschwand, fielen seine Augen langsam zu, und er sank neben dem Kind auf die Matratze.

6

»Sieben Stunden Schlaf. Ohne Unterbrechung.« Lippock zog an seiner Zigarette, blinzelte in die Morgensonne und setzte sich auf eine rote Betonkugel, die wie ein verlorener Gymnastikball auf der Kiesfläche lag.

»Ich gerade mal vier«, murmelte Caroline und schaute sich durch ihre große Sonnenbrille um. Im Innenhof des Präsidiums fehlte es an Bänken oder Schatten spendenden Bäumen.

»Ich hasse es, wenn ich ausschlafen kann«, antwortete der Kriminaldirektor. »Das heißt, dass die Fahndung feststeckt.« Er musterte Caroline. »Ist es nicht mehr gut mit der Tetzel gelaufen gestern?«

»Eigentlich ganz okay.«

»Haben Sie das Protokoll?«

»Da gibt es kaum was zu schreiben.«

»Tun Sie es trotzdem, auch wenn es nur drei Zeilen sind. Aber vorher gehen Sie besser zum Augenarzt.«

Carolines Hand wollte reflexhaft das rechte Auge reiben, damit es endlich aufhören würde zu jucken. Am Morgen hatte sie ihr rot geschwollenes Lid im Spiegel betrachtet und gleich im

Internet recherchiert. *Blepharitis* erschien ihr eine plausible Diagnose, daher ersparte sie sich den Gang zum Augenarzt und versuchte vorsichtig, mit warmen Kompressen und sanften Massagen die verstopfte Talgdrüse wieder freizubekommen, so wie es das YouTube-Video erklärte. Genützt hatte es wenig.

Die Entzündung war der Preis für die schreckliche Nacht, dachte Caroline jetzt. Sie hatte stundenlang den an der Decke vorbeihuschenden Autolichtern nachgeschaut und dazwischen immer wieder das Gesicht ihres Bruders gesehen. Pascal hatte einen Stammplatz auf ihrem täglichen Gedankenkarussell, aber so lebendig wie nach dem Gespräch im Besucherraum des Gefängnisses war er schon lange nicht mehr durch ihren Kopf gegeistert. Ira hatte ins Schwarze getroffen, das war Caroline in der Nacht klar geworden. Die Fremde hatte wie eine Chirurgin mit einem Laserskalpell ihren Schwachpunkt freigelegt, sie hatte Licht in den dunkelsten Winkel ihrer Seele geworfen und dort etwas zum Vorschein gebracht, was Caroline all die Jahre hindurch nicht hatte sehen wollen: In dem Winkel saß ein Mädchen, das mit seinen Eltern in einem schönen Haus wohnte, das genug zu essen hatte, genug Kleidung und das dennoch eine Obdachlose war, verlassen und verloren. Und Ira, das war die Lehre der schlaflosen Nacht, hatte erkannt, was die Frau, die aus diesem Mädchen geworden war, antrieb: Sie half anderen Obdachlosen, um sich selbst zu helfen.

»Bei einer Bindehautentzündung müssen Sie aufpassen«, unterbrach Lippock Carolines Gedanken. »Die ist ansteckend.«

»Ist was anderes. Morgen ist es sicher wieder besser«, sagte sie knapp und überlegte, ob das Auge sich nicht entzündet hätte, wenn sie in der Nacht ihren Tränen freien Lauf gelassen hätte, als die Erinnerung an die Tage, die ihre Kindheit beendeten, wieder lebendig geworden waren. Auch jetzt ließen die Bilder sie wieder frösteln, obwohl die Sonne ihr beinahe die Haare versengte.

Pascal hat mich im Stich gelassen, war sechzehn Jahre zuvor Carolines erster Gedanke gewesen, als der Polizist in der Küche gesessen hatte, ein einsames Glas Wasser vor sich auf dem Tisch, die Mutter neben ihm auf dem Stuhl, die Hände wie zum Gebet gefaltet, der Vater im Türrahmen, bevor er stumm verschwand. Sie selbst war voller Wut gewesen, erinnerte sich Caroline jetzt. Warum hatte Pascal sie nicht geweckt? Sie war seine Schwester! Warum hatte er sie nicht um Hilfe gebeten? Wie konnte er ihr das antun? Caroline hatte gewusst, dass mit ihrem Bruder etwas nicht stimmte, er hatte in den Monaten zuvor sein Zimmer kaum noch verlassen und war immer stummer geworden – aber traf das nicht auf alle Jungs zu? Die meisten in ihrer Klasse waren maulfaul und hingen den ganzen Tag vor ihren Spielkonsolen. Pascal hatte nie gespielt. Eigentlich, so war Caroline in der letzten Nacht klar geworden, hatte er nie dazugehört. Die Schule langweilte ihn, er schwänzte den Unterricht, er wurde auf dem Schulhof gehänselt, und statt Hausaufgaben zu machen, beschäftigte er sich damit, Elektrogeräte auseinander- und wieder zusammenzubauen oder nächtelang Science-Fiction-Romane zu lesen. Der Vater ließ ihn stumm seine Enttäuschung spüren, die Mutter strampelte, sie bettelte und drohte, sie sprach bei Lehrern vor und organisierte Nachhilfe, zu der er nicht erschien. Es half nichts. Pascal wurde bissig und riss mit seinen Worten tiefe Wunden. In den letzten Wochen wurde er immer sonderlicher, lag oft stundenlang in seinem dunklen Zimmer oder spazierte spätabends über die Felder am Rand der Neubausiedlung, um danach mit matschverschmierten Schuhen nach Hause zu kommen und in seinem Zimmer zu verschwinden. Die Stille füllte das Haus wie ein Gas, manchmal hatte Caroline das Gefühl, der Druck würde die Wände blähen, bis sie platzten.

An Heiligabend kam es zur Entladung. Die Familie hatte

sich im Wohnzimmer um eine Babypute versammelt, im Baum glimmte eine kühle LED-Lichterkette, und die Mutter versuchte eifrig, mit ihrem Geplapper das Schweigen am Tisch zu übertönen. Der Vater hatte den Blick fest auf den Teller gerichtet, schnitt stoisch Stück für Stück aus der Putenbrust, häufte seinen Teller voll mit Fleisch und ließ die Beilagen links liegen. Er schien vollständig in einer Parallelwelt verloren gegangen zu sein. Caroline erinnerte sich, wie ihre Mutter den Nachtisch brachte und über die Planung des nächsten Osterurlaubes redete, es war so absurd weit weg, und niemand hörte ihr zu. Pascal schob den Stuhl zurück und wollte in sein Zimmer gehen, als der Vater plötzlich aufblickte und verlangte, dass er sitzen blieb, bis alle fertig waren. *Wenigstens das wirst du doch noch schaffen, oder?*

Pascal stand demonstrativ auf, trat hinter seinen Vater und drückte völlig unvermittelt dessen Kopf in den Teller voller roter Grütze mit Vanillepudding. Der Vater sprang auf, baute sich vor Pascal auf und zögerte plötzlich, als bemerkte er erst jetzt, dass sein Sohn, sein kleiner Stammhalter, inzwischen größer war als er selbst. Kein Wort fiel, sogar die Mutter war verstummt. Vom Gesicht des Vaters tropfte rote Grütze, aber er blieb mit hängenden Armen stehen und stieß nur ein Wort hervor: *Versager!*

Eine ewige Sekunde später schubste Pascal den Vater mit beiden Händen von sich, der taumelte wie ein alter Mann rückwärts und fiel auf den alten Perserteppich.

Caroline hatte sofort erkannt, dass nach diesen wenigen Sekunden die Welt, ihre Welt, nicht mehr existierte: Pascal war nicht mehr Sohn, ihr Vater nicht mehr Vater, die Familie nicht mehr Familie, und das Haus war kein Zuhause mehr. Die Mutter hatte die Hände vor den Mund geschlagen und mit aufgerissenen Augen ihren Mann auf dem Teppich angestarrt. Pascal war ohne ein Wort die Treppe hinaufgegangen, hatte seine Zimmertür zugeschlagen und den Schlüssel umgedreht. Der Vater rappelte sich auf, so umständlich und ungelenk, dass die Mutter ihm aufhelfen wollte, doch er stieß ihre Arme weg und verschwand im Bad. Caroline wagte nicht, ihrer Mutter in die Augen zu schauen, die sich nun wie ausgeschaltet auf den Stuhl ihres Mannes setzte und mit streichelnden Bewegungen unsichtbare Krümel von der Tischdecke wischte. Eine ganze Weile später stand sie auf und deckte den Tisch ab. Die Familie sollte nie wieder gemeinsam daran sitzen.

Pascal verbrachte die letzten Tage seines Lebens in völliger Dunkelheit und Stille, vielleicht sogar in Regungslosigkeit. Mehrmals am Tag klopfte Caroline gegen seine Tür, redete durch das dunkle Schlüsselloch, warf vom Garten aus Steinchen gegen sein Fenster, aber er war unsichtbar. Nur die heimlichen Gänge zur Toilette und an den Kühlschrank bezeugten, dass er noch am Leben war. Dann, in der Nacht vor Silvester, wurde Caroline durch lautes Poltern geweckt. Es kam aus Pascals Zimmer und klang wie ein Kampf. Als sie auf den Flur hinauseilte, rannte ihr Bruder an ihr vorbei die Treppe hinunter. Aus seiner Zimmertür trat ihr Vater, er zitterte. Wenige Momente später erklang von draußen das Surren des Garagentors, ein Motor wurde angelassen, und der elterliche Wagen rauschte davon. Im Polizeibericht las Caroline später, dass ihr Bruder auf der von alten Eichen gesäumten Landstraße auf hundertsechzig Stundenkilometer beschleunigt und dann das Lenkrad ruckartig nach rechts gezogen hatte. Pascal war nicht angeschnallt gewesen. Der Glockenton, der ihn zum Anlegen des Gurtes ermahnte, musste ihn in den letzten Sekunden begleitet haben, während er am Steuer die Todesangst und die letzten Reste von Lebenswillen niederkämpfte. Beim Aufprall hob Pascal in die Schwerelosigkeit ab, und der Glockenton erstarb. Der Körper ihres Bruders raste mit der Wucht einer Kanonenkugel über den Airbag hinweg und flog durch eine Wolke aus Glassplittern in die eiskalte Nacht hinaus. Vielleicht sah er unter sich im Schein des explodierenden Wagens noch das abgeerntete Zuckerrübenfeld, bevor er auf die gefrorene Erde aufschlug, sich ein paarmal wie eine schlaffe Gliederpuppe überschlug und schließlich seltsam verknotet liegen blieb.

Die Beerdigung war eine Familienaufstellung. An der Spitze der großen Trauergesellschaft ging Caroline mit der Urne, bei ihr eingehakt die versteinerte Mutter. Der Vater hatte sich zwei Schritte zurückfallen lassen und schritt unbegleitet, grau und roboterhaft vor dem Pulk der Trauernden einher. Darin ein paar Lehrer und Dutzende Mitschüler von Pascal, ihre verweinten Blicke waren voller Vorwürfe. Am Grab versuchten die Familienmitglieder, Caroline und ihre Mutter mit ein paar Worten zu trösten, einige nahmen sie in den Arm und weinten mit ihnen. Dem Vater gaben sie mit einem stummen Nicken oder einigen leise gemurmelten Worten die Hand. Allein zwei seiner Arbeitskollegen, die ohne Einladung gekommen waren, blieben an seiner Seite und starrten die meiste Zeit auf das Urnengrab, vor dem sich die Stofftiere und selbst gebastelten Kränze der Schüler häuften. Auf einen Leichenschmaus hatte man verzichtet, und die Gäste schienen erleichtert, nicht bei Bier, Schnaps und Mettbrötchen über Pascals Selbstmord sprechen zu müssen.

Erst in der Stille, die danach das Haus erfüllte, konnte Caroline den Tod fühlen. Die drei Hinterbliebenen trotteten wie Geister durch den Alltag, flohen am Abend in den Schlaf, um wenige Stunden später mit dem Gedanken an die Katastrophe aufzuwachen, mit dem gleichen Schmerz wie am ersten Tag. *Weg. Für immer.* Caroline übergab sich jeden Morgen, niemand hielt ihr die Stirn, und sie fragte sich manchmal, ob es einen Unterschied machen würde, wenn sie ihrem Bruder folgte. Vielleicht lag es ja in der Familie. Vielleicht würde es ihr unausweichliches Schicksal sein, von dem schwarzen Loch eingesaugt zu werden. Vielleicht würde sie dort Frieden finden. Oder eine Heimat. Ihre Mutter verließ kaum noch das Bett, ihr Vater kaum noch das Büro. Begegnete Caroline einem der beiden, war es, als liefe sie Fremden über den Weg. Man wich sich aus, mied Blicke und ging hinter Türen in Deckung. Caroline funktionierte wie eine Maschine. Sie kaufte ein, bezahlte die Putzfrau und kochte ab und zu einen großen Topf Suppe, aus dem sich jeder zu seiner Zeit bedienen konnte, meist wenn niemand anderes in der Küche war.

Jetzt, im Innenhof des Polizeipräsidiums, folgte Carolines Blick der Rauchwolke, die Lippocks Mund entwich. Sie spürte, wie der Schweiß im geschwollenen Auge unter der Sonnenbrille brannte, und sie fragte sich, wann sie das letzte Mal geweint hatte. Es war im Dienst gewesen, und auch damals hatten ihre Tränen jemand anderem gegolten, einer alten Syrerin, die vor einem Zelt unter der Eisenbahnbrücke gehockt und Caroline mit leeren Augen angestarrt hatte. Sie hatte vor sich hin gemurmelt, es klang weder arabisch noch deutsch, es waren nur Laute. Ihr Gesicht und ihr Oberkörper waren mit roter Lackfarbe bekleckert, die eine Gruppe junger Männer in der Nacht ins Zelt gespritzt hatte. Sie sah aus wie die Überlebende eines Massakers. Vielleicht war sie das schon vorher gewesen.

In der vergangenen Nacht, erinnerte sich Caroline jetzt, hatte sich mit der Erinnerung an Pascal eine unsichtbare Hand um ihre Kehle gelegt. Sie war aus dem Bett gesprungen, hatte ein Glas Wasser hinuntergestürzt und ihr Baby zu sich ins Bett geholt. Der Winzling hatte im Halbschlaf geschnauft und die kleinen

Füße weich gegen Carolines Oberschenkel gestemmt. Der Knoten in ihrem Hals hatte sich langsam gelöst.

»Wissen Sie, was?« Lippock drückte seine Zigarette an einer Lampe aus. »Die Kollegen vom LKA sind fertig mit der Spurensicherung am Westwall. Was halten Sie davon, wenn wir dort hinfahren und uns gemeinsam ein Bild von Tetzels Welt machen, anstatt hier auf ein Wunder zu hoffen?«

»Ich wollte gleich in die Vernehmung.«

Er deutete auf ihr Auge. »Sie sind nicht fit für die Tetzel. Der Wald ist kühl, er wird Ihnen guttun.«

*

Jonas legte sich rückwärts in den Anhänger und schaute zu, wie Ansgar ihn, Anni und Karl mit Bierkästen einmauerte. Nach und nach wurde es dunkler, der schale Gestank der leeren Flaschen vermischte sich mit dem fruchtigen Geruch des Weichspülers, den ihre olivgrünen Sweatshirts und Camouflagehosen ausdünsteten. Jonas versuchte, die Übelkeit, die ihn seit den frühen Morgenstunden quälte, zu ignorieren. Er hatte noch einige Stunden geschlafen, doch sein Schädel schien in Schraubzwingen zu stecken. Als Nicole am Frühstückstisch Rühreier mit Speck auf seinen Teller geschaufelt hatte, wäre er fast aufgesprungen und ins Bad gerannt. Nur Karls grimmiger Blick hatte ihn am Tisch gehalten.

»Du siehst echt scheiße aus«, sagte Anni jetzt von der Seite, als sich Ansgars Wagen mit dem Anhänger in Bewegung setzte. Die Flaschen in den Bierkästen begannen, rhythmisch zu klappern, und Jonas spürte, wie Anni wieder seine Hand fasste. Nach einer Weile begann Karl hinter ihr, laut zu schnarchen.

»Wohin fahren wir?«, flüsterte Jonas.

»Weiß nicht.«

Im grünlichen Halbdunkel konnte er Annis Augen glänzen sehen. »Was ist?«, fragte er leise.

»Nix.«

Anni wendete sich ab, ihr Atem ging flach.

»Hast du Panik?«

Sie schüttelte den Kopf und schwieg eine Weile.

»Was denn?«, hakte er nach.

Sie drehte sich zu Jonas und schaute ihn fest an. »Ich hab dir doch von meiner Mutter erzählt.«

Jonas nickte.

Anni blickte wieder zu den Bierkästen über ihrer Nase. »Ich hab sie gekillt.«

»Was?«

Sie begann, tonlos zu erzählen: »In einer Nacht hat sie mich gefragt, ob ich ihr die Pillen aus dem kleinen Schrank im Bad hole. ›Welche?‹, hab ich gefragt, und sie hat gesagt: ›Alle.‹ Also bin ich auf einen Hocker und hab alle Schachteln eingesammelt. Den ganzen Arm hatte ich voll. Sie hat die Pillen in ihrem Wasserglas zusammengerührt und alles runtergespült. Dann hat sie mich angelächelt und meine Hand genommen, ganz fest. ›Die sind nur zum Einschlafen‹, hat sie noch gesagt, dann war sie weg.«

»Wow.«

»Am nächsten Tag lag sie da wie ein Brett, die Augen und der Mund halb offen. Ich hab sie zugedeckt und einfach weitergemacht, gekocht, geputzt, Essen geklaut. Vielleicht wacht sie ja auf, hab ich gedacht … Nach drei Tagen standen die Bullen in der Tür.«

»Du hast sie nicht gekillt! Du hast ihr nur geglaubt.«

Anni nickte trotzig. »Ich hab sie gekillt, aber die Bitch ist selbst schuld!«

»Genau.«

Anni starrte ins Leere. Plötzlich zitterte ihr Kinn, und Jonas sah im Halbdunkel Tränen aufleuchten. »Ich hab was viel Schlimmeres gemacht …«

Ihre Stimme war nur noch ein Hauchen. »Richtig schlimm!«

Jonas drückte fest ihre Hand. »Was denn?«

Anni biss sich auf die Lippen und blickte ihn fest an. Dann wisperte sie: »Ich hab noch jemand anderen gekillt. Auf Droge.«

Die Plane des Anhängers begann im Fahrtwind zu flattern, die Bierkästen knarrten, draußen dröhnten Lastwagen vorbei. Sie waren auf einer Autobahn. Und für einen Moment stellte sich Jonas vor, dass sie beide allein auf dem Weg nach Holland wären. Ans Meer. Weg von der Vergangenheit. Weg von Karl. Weg von allem.

*

Es tat gut, wieder in die Ferne blicken zu können. Lippock hatte den Wagen aus der Stadt hinaus durch das Umland mit seinen riesigen Feldern, Gewerbegebieten, Hochspannungsleitungen und Windrädern Richtung Westen gesteuert. Jetzt sah Caroline vor sich die ersten waldigen Hügel der Eifel. Der Kriminaldirektor lächelte sie an. Er hatte sein Jackett ausgezogen, zum ersten Mal, seit Caroline ihm begegnet war. Sein hellblaues Hemd war an den Ärmeln hochgekrempelt und hatte Schweißflecken, aber es war ordentlich gebügelt, und sie glaubte, den dezenten Geruch eines altmodischen Deos zu riechen. Es fielen nicht viele Worte, es war, als bräuchten beide ihre ganze Aufmerksamkeit, um die Eindrücke der neuen Umgebung zu verarbeiten.

Vielleicht war es auch Vertrautheit, dachte Caroline und wagte, die Stille mit einer Frage zu durchbrechen, die ihr schon lange auf der Zunge lag.

»Warum hat das bei Ihnen nicht mit Kindern geklappt? Ich meine, da gibt es doch andere Möglichkeiten, Adoption oder ein Pflegekind …«

Lippock blickte in die Landschaft und ließ sich Zeit mit der Antwort. »Meine Frau wollte nicht. Ganz einfach.«

»Aber Sie wollten?«

»Ich komme aus einer großen Familie. Ich mag, wenn es voll und laut ist, aber es sollte nicht sein.«

»Das tut mir leid.«

Lippock schaute Caroline mit einem schmalen Lächeln an. »Dafür sind wir beide verantwortlich. Sie hatte sich eine Praxis für Logopädie aufgebaut, die lief sehr gut. Und ich liebe meinen Job ebenfalls.«

»Ich hatte nie geplant, ein Kind zu haben«, sagte Caroline. »Es war ein Unfall.«

»Und der Vater des Kindes? Leben Sie zusammen?«

»Nein. Es war ein sehr kurzer Unfall. Aber ich bin froh drum.«

Der Kriminaldirektor lenkte den Wagen an einer Gruppe Mountainbiker vorbei. »Vor einigen Jahren hat meine Frau mich verlassen, wegen eines anderen. Die beiden haben jetzt drei Kinder.«

»Shit.«

Er lächelte. »Vielleicht war ich nicht der Richtige.«

»Vielleicht war Ihre Frau nicht die Richtige. Es ist nie zu spät.«

Lippocks Blick blieb an einem schmalen Waldstreifen auf einem Feld hängen. »Sehen Sie die Bäume da? Darunter ist eine Höckerlinie vom Westwall versteckt.«

Caroline folgte seinem Finger und erkannte im Unterholz

mehrere parallele Reihen aus schulterhohen Betonpyramiden. Etwas weiter entfernt lief die Kette der grauen Höcker aus dem Wäldchen heraus und durchschnitt ein Feld wie eine monströse Installation.

»So ging das von Holland bis runter in die Schweiz. Eine riesige Schneise aus Millionen Tonnen Zement und Stahl mitten durch Europa.«

Lippock steuerte den Wagen von der Landstraße auf einen Feldweg, der über offene Wiesen und Weiden in einen dichten Wald hineinführte. Es wurde schlagartig dunkler.

Caroline nahm ihre Sonnenbrille ab und ließ das Fenster herunter. Ihr Blick schweifte minutenlang durch die grün überdachte Welt. Bald bogen sie in einen unbefestigten Forstweg ein, der sie an steilen Hängen und moosbewachsenen Felsen vorbeiführte. Plötzlich stutzte Caroline: Weit entfernt zwischen den Bäumen tauchte ein grauer Fremdkörper auf, und sie erkannte einen Bunker mit Schießscharten. Auf seinem Dach wuchsen Fichten, deren dicke Wurzeln den graugrünen Kubus umschlangen, als wollten sie ihn verschlucken.

Ein Abenteuer. Caroline musste an Lippocks Worte denken. Sie konnte plötzlich die dunkle Anziehungskraft dieses Waldes spüren, in dem ein altes Monstrum schlief, das Ira wie ein Zauberlehrling wieder zum Leben hatte erwecken wollen.

Nach einer langen, holprigen Fahrt durch den Wald verlangsamte Lippock und deutete auf ein rot-weißes Plastikband an einem Ast neben einer unscheinbaren Abbiegung. Die Beamten des Ermittlungsdienstes hatten es dort für ihre tägliche Anreise festgeknotet. Der Kriminaldirektor bog ab und folgte dem Weg, bis sich nach einigen Minuten das Blätterdach öffnete und die Sonne in den Wagen schien.

»Da sind wir«, sagte Lippock und fuhr auf eine große Lichtung mit einer verwilderten Wiese. Caroline blickte sich um und fand sich in der Kulisse eines Schauermärchens wieder. In der Mitte der Lichtung rahmten vier grob behauene Baumstämme eine Feuerstelle ein. Einige Schritte dahinter lag ein großer rostiger Stahlblock im hohen Gras, ein zerbeultes Panzerwrack mit zerrissenen Ketten, wie ein erlegtes Tier auf den Rücken gedreht. Am anderen Ende der Lichtung stand ein herrschaftliches Fachwerkhaus mit einem Treppenturm aus grauem Mauerwerk. Das spitze Schieferdach war völlig zertrümmert, aus dem offenen Dachstuhl ragten zersplitterte Balken, eine Gaube hing windschief an der aufgerissenen Fassade herunter. Das Haus sah aus, als wäre ein betrunkener Riese daran entlanggetorkelt.

»Der Bunker ist explodiert, als das SEK hier eingeflogen ist«, sagte Lippock und parkte den Wagen vor dem überdachten Eingang, der von Zementbrocken, zerbrochenen Holzbalken und Mauertrümmern übersät war. »Das war wie ein Vulkanausbruch. Die Druckwelle hat den Hubschrauber fast umgehauen, die Kollegen hatten Glück, dass nur ein paar kleine Betonsplitter den Rumpf erwischt haben.«

Caroline stieg aus und blickte durch ein klaffendes Loch in der Hauswand in die große Eingangshalle. In der Mitte lag unter einem Wust aus zerfetzten Dielen, zertrümmerten Möbeln und aufgerissenen Matratzen ein riesiger Betonbrocken, aus dem ein rostiges Knäuel aus Stahlträgern ragte, als wären sie aus Gummi.

Lippock trat von hinten dazu. »Das ist ein Teil vom Bunker, über eine Tonne schwer. Ist hundert Meter durch die Luft katapultiert worden und dann wie ein Komet durch das Dach und zwei Stockwerke bis in den Keller gedonnert. Die Kollegen haben mal nachgerechnet: Dafür waren mindestens zweihundert Kilo Sprengstoff nötig.«

Er kletterte durch das Loch in das hallenartige Foyer. Caroline folgte ihm und sah sich um. Von hoch oben fielen Sonnenstrahlen durch ein riesiges Loch in der Decke. An einer Wand führte eine geschwungene, von Trümmern übersäte Holztreppe in den ersten Stock, wo Reste einer Galerie hingen. In der Luft lag dumpfer Modergeruch. So, dachte Caroline, musste das verlassene Haus gerochen haben, bevor Ira und die Kids es aus seinem jahrzehntelangen Schlaf geweckt, die Rankpflanzen herausgerissen, es entrümpelt, geputzt, gestrichen und mit Leben gefüllt hatten. Jetzt trat der alte Geruch wie zuvor aus den Rissen in den Wänden hervor, als wollte er verkünden, dass das Forsthaus wieder dem Wald gehörte.

»Oben sind die Räume von Tetzel und den Jugendlichen, zumindest das, was davon noch übrig ist«, sagte Lippock und ging vorsichtig die Treppe hoch.

Caroline folgte dem Kriminaldirektor. Alles war mit Staub bedeckt, auf dem Boden waren Fußabdrücke eingestempelt von schweren Stiefeln der SEK-Beamten und von mit Schutzüberzügen umhüllten Schuhen des Erkennungsdienstes. Plötzlich erkannte Caroline auf der Treppe weiße Linien, Umrisse zweier unsichtbarer, verkrümmter Gestalten, darunter im Holz große braune Flecken aus getrocknetem Blut. Caroline blickte sich um und entdeckte auf der anderen Seite der Halle, zwischen dem Betonbrocken und einem riesigen Kamin, in dem noch verkohlte Baumstämme lagen, den dritten Umriss. Das Szenario war bühnenhaft unwirklich, und vor Carolines innerem Auge erwachte plötzlich das ganze Drama: Sie hörte das Grollen der unterirdischen Explosion im Bunker, sie spürte, wie das Haus erzitterte, als die Stoßwellen anbrandeten, sie sah die erschrockenen Blicke der Jugendlichen in den Sekunden bis zum Höllendonner, als der riesige Betonblock ins Dach des Hauses einschlug und sich durch die Stockwerke in den Keller grub. Caroline sah Staubwolken, herumfliegende Möbel, zerberstende Wände, Holzsplitter wie Schrapnelle – und mittendrin drei Kids.

Welche Linien gehörten zu wem?, fragte sie sich. War es Lynn, die vor dem Kamin gestorben war? Nina? Oder Mats? Hatten sie noch gelebt in der entsetzlichen Stille danach, als sich der weiße Nebel langsam lichtete? Vielleicht hatten sie durch ihre staubverklebten Augen in die Sonnenstrahlen geblickt, die durch das Loch im Dach wie ein Fingerzeig Gottes auf sie deuteten.

»Frau Hajuk?« Caroline erwachte aus ihrer Trance. Lippock schaute von der zersplitterten Galerie im ersten Stock zu ihr herab.

»Ich gehe einen Moment an die Luft«, sagte sie leise, schritt die Stufen hinab und vermied dabei, auf das Innere der weißen Linien zu treten.

»Lassen Sie sich Zeit!«, rief der Kriminaldirektor ihr nach.

Du bist Polizistin! Caroline stapfte durch tiefes Laub in den Wald hinein und ärgerte sich. Sie hatte in tote Augen gesehen, sie hatte miterlebt, wie sich Junkies vor Schmerzen wanden, sich übergaben und einnässten. Und hier? Ein zerstörtes Haus im Wald, das Echo einer Tragödie, drei tote Schatten – und sie stand vollkommen neben sich!

In Carolines Kopf nahm ein Gedanke Reißaus und huschte vor ihr zwischen den Bäumen umher: War sie durch ihr Kind verweichlicht? Hatte sie sich zu sehr in ihrem Mutterkokon aus Babypuder und Spieluhrmelodien eingerichtet und den Rest der Welt ausgeschlossen?

Sie würde bald auf die Straße zurückfinden müssen. Zurück in den Streifendienst am Bahnhof, zurück in die Wache, zu den Dienstplänen, den Nachtschichten, den Silvestereinsätzen auf den Brücken, den Kollegen im Streifenwagen, zurück zur

Familie, der sie längst entwachsen war. Oder sie würde um Versetzung bitten. Aber wohin?

Caroline blieb stehen. Vor ihr ragten Dutzende graue Höcker aus dem Waldboden. Es waren die gleichen wie auf den Feldern an der Landstraße, nur erschienen sie hier zwischen den Bäumen größer und gespenstischer. Sie ließ die Hand über den bemoosten Beton wandern. *Drachenzähne.* Lippock hatte erzählt, dass die Menschen der Eifel die Panzersperren so nannten, erinnerte sich Caroline und glaubte plötzlich, das Ungeheuer zu spüren, das unter ihr im Waldboden schlief und nur darauf wartete, an die Oberfläche durchzubrechen.

Mitten im Gedanken zuckte Caroline zusammen. Ihr Körper spannte sich an, ihre Hand schnellte blitzartig zur Hüfte, doch sie fand kein Holster. Mit rasendem Herzen starrte sie einen flachen Hügel hinauf. Dort oben, am Fuß einer riesigen Eiche, saß eine hagere Gestalt in einem tarnfarbenen Sweatshirt und blickte sie ängstlich aus einem grün bemalten Gesicht an. Carolines Augen verengten sich, sie glaubte, den Jungen zu kennen, doch nichts wollte in ihrem Kopf einrasten. War er ein Übriggebliebener aus der Gruppe, der sich seit der Explosion im Wald versteckt hielt? Oder war es ein Prepper beim Überlebenstraining? Er hatte die Arme auf den Rücken gelegt. Hielt er eine Waffe verborgen?

»Hallo!«, rief sie, bemüht um den festen Ton, mit dem sie auf Streife jedem klarmachte, dass sie Herrin der Lage war. Während ihr Blick sichernd nach links und rechts wanderte, ging sie langsam auf den Jungen zu, aufrecht, die Schultern gestrafft, in dem alten Polizeigang, den ihr weich gewordener Körper fast vergessen hatte. Der Fremde schaute sich um, sichtlich nervös, die Hände weiter hinter dem Rücken verborgen.

»Weg!«, zischte er plötzlich mit gepresster Stimme.

»Bleib ganz ruhig!«, rief Caroline, verharrte einen Moment und ging dann weiter. Der Junge blickte sich panisch um. Kurz bevor sie ihn erreichte, glaubte sie seine bemalten Züge zu erkennen. *Jonas Bauhoff? Hier? Unmöglich!* Reflexhaft schaute sie sich um. Wo war Anni? Wo Karl Opitz?

»Weg! Hau ab!«, zischte der Junge wieder.

»Keine Bewegung«, befahl Caroline und machte einen Schritt zur Seite. Nun sah sie, dass er mit Handschellen an eine Wurzel gekettet war. Was sollte sie tun? Es war unmöglich, ihn da loszubekommen. Sollte sie zurück zu Lippock rennen? Hatte der Kriminaldirektor überhaupt eine Waffe bei sich? Sollte sie Verstärkung anfordern? Es gab keinen Empfang im Wald, und selbst wenn – ein SEK mit Hubschrauber würde mindestens eine halbe Stunde von der nächsten Großstadt brauchen. *Bleib ruhig!*

»Was machst du hier?«, fragte sie.

Gehetzt wie ein Tier in der Falle blickte er sich immer wieder um. »Verpiss dich! Los, hau ab!«

Caroline folgte seinem panischen Blick. Etwas höher am Hang des Hügels, etwa zwanzig Meter entfernt, ragte zwischen dichten Büschen die Kante eines grauen Kubus heraus. Ein weiterer Bunker.

»Wo ist Anni?«, fragte Caroline leise.

Jonas' Mund öffnete sich stumm, er starrte sie an wie eine Erscheinung. »Woher …?«

»Ich weiß, wer ihr seid. Ich tu euch nichts.«

»Bist du Bulle?«

Sie deutete zum Bunker. »Ist sie da drin? Mit Opitz?«

»Die kommen gleich, du musst abhauen! Bitte!«, drängte Jonas.

Caroline kniete sich vor ihn und senkte die Stimme. »Wie geht es Anni? Ist sie okay?«

Er starrte sie stumm an und schien immer noch zu rätseln, wer sie war.

»Na los, antworte!«

»Sie ist okay«, sagte er leise.

»Was habt ihr vor?«

Jonas starrte in den Wald.

Caroline packte ihn am Kragen. »Wo wollt ihr hin?«

»Keine Ahnung!«

Caroline kramte einen Kugelschreiber aus ihrer Jackentasche, zog Jonas' Sweatshirt über dessen Schulter und schrieb ihre Handynummer auf seinen Oberarm. »Das ist meine Nummer. Ich kann euch helfen, dir und Anni.«

Im selben Moment schallte von oben das Quietschen einer rostigen Tür herüber.

»Sie kommen! Hau ab!«, wisperte Jonas und blickte hektisch zwischen ihr und dem Bunker hin und her.

»Ruf mich an!«, flüsterte Caroline, drückte fest Jonas' Schulter und lief den Hügel hinunter. Hinter einem Betonhöcker warf sie sich auf den Boden und spähte den Hang hinauf. Aus dem Gestrüpp vor dem Bunker tauchte Karl auf, auch sein Gesicht war grün und braun bemalt. Vor seinem Bauch hing eine Maschinenpistole, in der Hand trug er eine karierte Reisetasche. Hinter ihm kam Anni in Tarnmontur zum Vorschein.

Caroline hielt den Atem an. Eine Welle der Zärtlichkeit überkam sie. *Anni! Wie schmal sie geworden ist …*

Dann sah sie zwei Pistolen in ihren Händen und spürte, wie ihr der Atem stockte.

*

What the fuck? Jonas streckte seinen Hals, aber die rätselhafte Fremde war im toten Winkel zwischen den Panzersperren verschwunden. Wer war sie? Woher kannte sie ihn? Woher kannte sie Anni? Die Handschellen schnitten in seine Gelenke.

»Hey, Pissfleck! Hast du uns vermisst?«

Karl kam den Hügel heruntergestapft. Seine Zähne leuchteten weiß aus dem bemalten Gesicht, Hände und Hose waren mit Erde verdreckt, an seinem Arm hing Nicoles prall gefüllte Reisetasche. Anni folgte ihm, auch sie war voller Erde. In den Händen hielt sie zwei Pistolen mit Schalldämpfern. *Warum knallt sie Karl nicht ab?* Jonas' Mund war staubtrocken. Er schaute noch einmal talabwärts zu den Betonhöckern. Von der Fremden war nichts mehr zu sehen. Sollte er den anderen von der Begegnung erzählen? Keine gute Idee. Karl würde durchdrehen, weil er nicht Alarm geschlagen hatte.

Zwei Stunden zuvor hatte Ansgar sie an einem schmalen Waldweg abgesetzt und versprochen, genau vier Stunden zu warten, keine Minute länger. Sie hatten ihre Gesichter mit Tarnfarbe bemalt und waren querfeldein gestapft. Karl navigierte sie durch das Gewirr aus Bäumen und Büschen. Immer wieder hielt er an, lauschte und gab ihnen dann ein Zeichen zum Weitermarschieren. Einmal warf er sich auf den Boden, und sie taten es ihm nach. Eine Minute später sahen sie weit entfernt einen Mountainbiker durch das Unterholz radeln. Jonas war sicher, dass der Fremde nicht überlebt hätte, wenn ihn seine Route dichter an ihnen vorbeigeführt hätte. Nach einer Stunde Fußmarsch erreichten sie den Wasserbunker, einen fensterlosen Betonblock ohne Schießscharten, der von Büschen und Brombeergestrüpp überwuchert war. Die Nische mit dem Eingang war freigeschnitten, an der rostigen Tür hingen ein nagelneues Vorhängeschloss und ein rot-weißes Schild, auf dem »Polizeiabsperrung. Betreten verboten« stand. Karl nahm einen Bolzenschneider aus der Reisetasche, knackte das Schloss und schwenkte die schwere Stahltür auf.

»Und wenn die das Lager gefunden haben?«, fragte Anni.

»Haben die nicht. Ist ein Meter Erde drüber, da kommen nicht mal Hunde dran«, antwortete Karl und packte Jonas am Arm. »Du schiebst Wache.« Ohne ein weiteres Wort schob er ihn zu der Eiche, schubste ihn zu Boden, zog seine Arme nach hinten und kettete ihn an einer abstehenden Baumwurzel fest. »Schön die Augen aufmachen!«

»Was soll das?«, mischte sich Anni ein.

»Sonst geht er uns noch im Wald verloren.«

»Lass mich die Wache machen!«

»Ich kann im Bunker keine Waschlappen gebrauchen.« Karl nahm zwei Klappspaten aus der Reisetasche und warf einen Anni zu. »Ich brauch Arbeiter!«

Jonas zerrte an seinen Handschellen, Karl beugte sich zu ihm herunter. »Wenn hier jemand aufkreuzt, schlägst du Alarm, verstanden?« Dann zog er Anni zum Wasserbunker.

Die Handschellen schnitten in Jonas' Gelenke, und gerade als seine Nase zu jucken begann und er überlegte, das Gesicht an der Baumrinde zu reiben, tauchte unten in der Senke die Fremde auf. Sie bemerkte ihn nicht sofort und strich wie weggetreten mit einer Hand über einen der Höcker.

Vielleicht war sie zum Wandern im Wald, überlegte Jonas jetzt, oder zum Pilzesuchen. Aber woher kannte sie ihn? *Sie ist ein Bulle!*

»Abmarsch, wir sind spät dran!«, sagte Karl, löste die Handschellen und stopfte sie in die Reisetasche. Jonas erblickte darin mehrere Bündel Geldscheine und das mattgraue Metall von Pistolen. Karl warf die Tasche über seine Schulter und marschierte los. Anni trottete hinterher, gefolgt von Jonas. Er zupfte an ihrem Ärmel. »Psst.«

»Was ist los?«, zischte sie.

»Da war eine Frau.«

Anni verlangsamte ihren Schritt. »Was?«

»Sie hat mich angequatscht.«

»Warum hast du uns nicht gerufen?«

»Damit Karl sie abknallt?«

»Was wollte die?«

»Sie kennt uns.«

»What?« Anni blieb stehen und starrte Jonas fassungslos an.

»Hey!«, rief Karl von vorne. »Weiter, marsch, marsch!«

Anni zog Jonas mit und fragte gepresst: »Woher kennt die uns? Was wollte die?«

»Keine Ahnung. Aber die war ganz nett.«

»Fuck, nett! Hat sie gesagt, wie sie heißt?«

Jonas schüttelte den Kopf.

»Wie sah die aus?«

»Keine Ahnung. Normal. Dick.«

»Wie dick?«

»Bisschen dick.«

Anni rammte ihren Ellbogen in Jonas' Seite. »Was sonst, sag schon!«

»Weiß nicht! Dunkle Haare, so glatt bis zu den Schultern. Die wollte wissen, wie's dir geht.«

»Fuck …« Anni stapfte weiter.

»Vielleicht ist die 'n Bulle oder so was.«

Anni blickte nachdenklich in den Wald.

»Ich soll sie anrufen«, flüsterte Jonas.

Anni packte Jonas' Arm. »Du hast ihre Nummer?«

Jonas zögerte. »Lass mich los!«

Sie nahm seine Hände und kontrollierte die Handflächen. »Wo ist die Nummer?«

»Hab ich mir gemerkt.« Er versuchte, sich ihrem Griff zu entwinden.

»Du rufst niemanden an, kapiert?«

»Sie kann uns vielleicht helfen.«

Annis Fingernägel gruben sich tief in Jonas' Arm. »Probier es, und du bist tot! Ich schwörs dir!«

*

»Das war Tetzels Zimmer. Hier hat sie die Attentate ausgeheckt«, murmelte Lippock. Caroline schaute sich um. Sie stand mit dem Kriminaldirektor unter freiem Himmel. Die Decke der kleinen Dachkammer war nur noch ein Gewirr aus zersplitterten Balken. Im Fußboden öffnete sich ein gähnender Krater, den der Bunkerbrocken bei seinem Einschlag hinterlassen hatte. In der unversehrten Zimmerecke stand zwischen zerborstenen Schieferschindeln, Backsteinen und Putzbrocken ein einsamer dreibeiniger Ohrensessel.

»Vielleicht hat sie in dem gesessen und Musik gehört. Auf ihrem Handy war Klassik. Sogar Mendelssohn!« Er schüttelte den Kopf. »Hören Sie Klassik?«

»Ich hör alles, was läuft«, erwiderte Caroline tonlos.

Nachdem sie hinter dem Höcker gewartet hatte, bis Karl und die Kids im Wald verschwunden waren, war sie zum Forsthaus zurückgeeilt und hatte Lippock zwischen zerbrochenen Balken im Zwischengeschoss gefunden.

»Besser jetzt?«, hatte er sie gefragt, während er durch einen Schutthaufen wühlte.

Sie hatte genickt. »Danke, geht wieder.« Danach war sie dem Kriminaldirektor stumm durch das Haus gefolgt.

Jetzt blickte Lippock vom Rand des Loches in die Tiefe.

»Im Keller haben die Kollegen die Reste von Tetzels Schreibtisch gefunden. Darin lagen noch Karten, Lagepläne, Notizen mit Uhrzeiten, Anfahrts- und Fluchtwege, der Anschlag war auf den Punkt vorbereitet. Der Zugriff kam keine Minute zu spät.«

Caroline hörte seine Worte wie durch Gelee. Sie schaute einem Rotkehlchen nach, das auf einer Dachlatte landete, ihr mit schiefem Kopf einen Blick zuwarf und wieder davonflatterte. Mit jeder Sekunde wurde es schwerer, ihre ureigene Pflicht als Polizistin, als Bürgerin, als Mensch zu tun und dem Kriminaldirektor Meldung zu machen. Sie hielt den Schlüssel in der Hand, die festgefahrene Fahndung mit einem einzigen Satz zu einem spektakulären Erfolg zu führen. Sie brauchte nur den Mund zu öffnen, und innerhalb einer halben Stunde würden Polizeihubschrauber über den Baumwipfeln kreisen, während Suchtrupps den Wald durchkämmten und die Gejagten zusammentrieben. Man würde sie feiern, dachte Caroline, sie würde im Blitzlichtgewitter einer Pressekonferenz sitzen, und sie würde für den Rest ihres Lebens vom Westwall berichten müssen, die kleine Bezirksbeamtin, die entscheidend zur Festnahme eines gemeingefährlichen Terroristen beigetragen hat. Ein Märchen!

Doch Carolines Mund schien verklebt. Ihr war schwindelig, und sie wollte sich auf Iras schiefen Ohrensessel setzen, doch der Kriminaldirektor bedeutete ihr mitzukommen und balancierte die wackelige Holztreppe hinunter in den ersten Stock.

»Das Haus hat vierzig Jahre leer gestanden, das war eine komplette Bruchbude«, sagte er und bog ein altes Bleirohr beiseite, das krumm aus der zerborstenen Wand ragte. »Die Gruppe hat in ein paar Wochen das Dach und die Wasserleitungen geflickt und Strom über einen Generator ins Haus gelegt. Eine Wahnsinnsarbeit.«

Die beiden kamen durch einen Flur mit drei Türen.

»Wollen Sie noch die Räume der Jugendlichen sehen?« Ohne eine Antwort abzuwarten, löste Lippock eines der Siegel und öffnete mit der Geste eines Zirkusdirektors die Tür.

Caroline ging langsam in den Raum, der nicht komfortabler eingerichtet war als eine Zelle. An den Seiten standen zwei einfache schmale Stahlbetten, auf denen noch die zerknüllten Bettdecken lagen. Daneben befanden sich ein einfacher Schrank und zwei Stühle, kein Schreibtisch, keine Regale, keine Bücher. Über den Betten hatten die Kids mit Farbstiften die Wände bemalt, große Augen, bunte Vögel, Pflanzen, Sterne und wilde Muster. Caroline nahm sich vor, Kiki bei der nächsten Vernehmung zu fragen, wessen Zimmer es gewesen war. *Vielleicht Annis?*

Lippock stand im Türrahmen und musterte sie: »Möchten Sie nach Hause fahren?«

Carolines Schläfen pochten, dahinter kämpften die widerstreitenden Stimmen.

Sags ihm endlich!

Ich kann nicht!

Es ist deine Pflicht!

Und mein Leben?

Dein falsches Leben!

Ich hab kein anderes!

Caroline schloss kurz die Augen. Und wenn sie es täte? Wie lange würde es dauern, bis das Kartenhaus in sich zusammenfiele? Anni würde reden. Man würde sie beide gegenüberstellen. Es würde öffentlich werden, selbst wenn sie noch so sehr um Nachsicht bettelte. Sie würde unehrenhaft aus dem Polizeidienst ausscheiden, und die Presse, die sie eben noch als strahlende

Heldin gefeiert hätte, würde sie genüsslich zertrampeln. *Nein.* In den tiefsten Tiefen ihres Gehirns, wo nicht mehr argumentiert wurde, wo etwas Unbekanntes das Sagen hatte, war schon eine Entscheidung gefallen: Lieber würde sie sich den Mund zunähen, als Lippock auch nur ein Wort von ihrer Begegnung am Wasserbunker zu erzählen.

»Ja, gerne«, antwortete sie leise. »Ich glaube, ich habe genug gesehen.«

»Natürlich«, antwortete Lippock und ging in den Flur.

Caroline sah ein Comicheft auf dem Boden liegen. Sie steckte es ein. Ben hatte immer Comics gelesen, er würde sich freuen.

*

Sie wars! Caroline! Anni starrte auf den Boden. Sie achtete nicht mehr auf Jonas, der neben ihr hertrottete, und nicht mehr auf Karl, der mit steten Schritten vorausging, dann wieder unvermittelt stehen blieb und mit seinem rechten Ohr in den Wald lauschte. Wie betäubt stapfte Anni weiter und hatte nur einen Gedanken: die Bullen-Mama! Was hatte sie hier verloren?! Wie hatte sie sie gefunden?

Sie will uns helfen!, klangen Jonas' Worte nach. Anni schnaufte. *Na klar!* Sie hatte es bei ihm auf die weiche Tour versucht und hoffte jetzt, dass er sie anrief, damit sie alle in den Knast bringen konnte. *Mich als Erste! Sie hat es nicht vergessen, sie will mich drankriegen! Aber das kann sie vergessen. Eher lass ich mich erschießen!*

*

Kaum hatte Lippocks Wagen den Wald verlassen und war auf die Landstraße eingebogen, brummte Carolines Handy mehrfach auf. Den ganzen holprigen Weg lang hatten sie beide nicht gesprochen, der Kriminaldirektor war damit beschäftigt, auf dem schmalen Forstweg die Schlaglöcher zu umfahren, während Caroline verstohlen in den Wald blickte in ständiger Furcht, die drei Flüchtigen zwischen den Bäumen umherhuschen zu sehen.

Jetzt kramte sie ihr Handy aus der Hosentasche und erschrak: Heiner hatte in der letzten Stunde achtmal versucht, sie zu erreichen! Sofort rief sie zurück, doch er ging nicht ans Telefon. Auf seiner Festnetznummer sprang der Anrufbeantworter an.

»Alles in Ordnung?«, fragte Lippock.

»Mein Babysitter meldet sich nicht.« Caroline überlegte, den Kriminaldirektor zu bitten, einen Streifenwagen bei Heiner vorbeizuschicken, doch sie verkniff sich den Wunsch.

»Vielleicht ist er mit dem Kind unterwegs, spazieren oder auf dem Spielplatz«, sagte Lippock mit der Ruhe eines Kinderlosen. Caroline wusste, dass das äußerst unwahrscheinlich war – Heiner verließ nie mit dem Kind das Haus. Und er war noch nie *nicht* erreichbar gewesen. Zigfach hatte sie ihn in den vorangegangenen Tagen angerufen und nachgehorcht, wie es mit ihrem Baby lief, bis er ihr freundlich zu verstehen gegeben hatte, dass sie sich einen anderen suchen müsse, wenn sie ihm nicht traue. Von sich aus angerufen hatte er nie.

Die Fahrt ging über Hügel voller Windräder hinab ins Rheintal, und sie schien nicht enden zu wollen. Caroline drückte alle fünf Minuten die Wiederwahltaste, wobei sie versuchte, das Handy unauffällig hinter ihrem Bein vor Lippock zu verbergen. Der Kriminaldirektor tat so, als würde er es nicht bemerken, doch als sie die Autobahn erreicht hatten, drückte er aufs Gas und blieb auf der linken Spur. Als sie den Stadtrand erreichten, klingelte Carolines Handy.

»Heiner! Was ist passiert?«, fragte sie bang.

»Nichts. Fast nichts. Dem Baby gehts gut«, antwortete er ruhig.

Caroline atmete auf. »Wo seid ihr?«

»Im Krankenhaus.« Seine Stimme klang gelöst. »Ich bin die Treppe runtergefallen, als ich bei dir Windeln holen wollte.«

»Wo ist der Kleine jetzt?«

»Bei mir. Die ganze Ambulanz ist verknallt.«

Caroline lächelte erleichtert und reckte für Lippock den Daumen in die Höhe, dann fragte sie: »Und du? Was hast du?«

»Offener Trümmerbruch am Ellbogen. Muss operiert werden.«

Caroline verzog das Gesicht und fluchte leise. »In welchem Krankenhaus seid ihr?«

»Vinzenz. Die haben mir ein Schmerzmittel gegeben, ich glaub, da ist was drin, ich krieg das Grinsen nicht mehr aus dem Gesicht.«

»Ich komme gleich zu euch.«

Caroline verabschiedete sich und ließ den Kopf nach hinten sinken. Die Welt war plötzlich verzaubert, das Autobahnkreuz, das sie gerade durchfuhren, kam ihr vor wie ein riesiges Kirmeskarussell, und die Strommasten, die über den Feldern in den Himmel ragten, waren Wunderwerke, alles war so schön wie seit ihrer Kindheit nicht mehr.

Lippock ging vom Gas, fädelte sich auf der rechten Spur ein und tippte das neue Ziel ins Navi. »In zwanzig Minuten sind wir da.«

Caroline nickte und schluckte ihre Tränen hinunter. »Danke.«

Bald darauf eilte Caroline die Treppen des Krankenhauses hinauf und fand den Kinderwagen mit dem friedlich schlafenden Baby auf dem Flur vor der Station für orthopädische Chirurgie. Keuchend überlegte sie, ob sie ihr Kind wecken und an sich drücken sollte, doch dann erinnerte eine Stationsschwester sie daran, dass der eigentliche Patient auf Zimmer dreihundertzwölf lag.

Heiner trug einen blauen Krankenkittel und begrüßte sie mit einem seligen Lächeln, ein Arm war eingegipst, am anderen hing ein Tropf mit Antibiotikalösung.

»Die Tomaten brauchen heute noch Wasser, aber spritz nicht auf die Blätter«, nuschelte er, und Caroline nickte lächelnd. Sie war mit den Gedanken schon ganz woanders: Wer sollte nun auf ihren Sohn aufpassen? Die Stationsschwester hatte ihr erklärt, dass Heiner am Folgetag operiert werde und danach mindestens eine Woche im Krankenhaus bleiben müsse. Caroline kannte die Antwort auf ihre Frage, aber sie war nicht bereit, sie zu akzeptieren: ihre Mutter.

Die Gründe, die sie seit sieben Monaten konsequent davon abhielten, ihr Baby in Monika Hajuks Obhut zu geben, hatten sich nicht geändert: Ihre Mutter würde dem Jungen nicht guttun, sie würde ihn nicht eine Sekunde in Ruhe lassen, sie würde ihn mästen, ihn vielleicht sogar aus Langeweile aus dem Mittagsschlaf wecken und am Ende in ein nervöses Kind verwandeln. Umgekehrt würde das Kind Monika nicht guttun, es würde sie selbst in eine Art Baby verwandeln, das bei jedem Bringen und Holen nach Aufmerksamkeit und Belohnung gierte, tagtäglich anrief, nach mehr verlangte, jammerte und Caroline obendrein – ganz die Mutter, die sie nie gewesen war – über Erziehungsfragen belehrte. Und nicht zuletzt: Würde Caroline ihrer Mutter den Kleinen überlassen, würde sie ihren Schwur brechen, diese Frau um jeden Preis auf Distanz zu halten.

Nein. Nein! NEIN!

Eine halbe Stunde später saß sie mit ihrem Kind in einem Taxi auf dem Weg nach Hause, und während sie die aufgeheizte Stadt an sich vorbeiziehen sah, krochen die Erinnerungen der letzten Stunden zurück in ihr Bewusstsein. War das wirklich alles geschehen heute? Der Besuch in dem unheimlichen Märchenwald kam ihr vor wie ein Fiebertraum, das zerstörte Forsthaus wie eine Horrorfantasie. Unzählige Fragen jagten durch ihren Kopf: Was hatten die drei Flüchtigen am Westwall verloren? Was im Wasserbunker? Was hatte sie selbst bezwecken wollen, als sie Jonas ihre Telefonnummer gab? Wollte sie zu einer aktiven Fluchthelferin werden?

Es war kein Traum gewesen, sagte sich Caroline, alles war wahr, so wahr wie die Tannennadel, die sie jetzt aus dem Saum ihres Baumwollpullis zupfte. Sie öffnete das Autofenster und pumpte ihre Lungen voll Sauerstoff. Im Rückspiegel sah sie den Blick des Fahrers und fragte sich, welchen Eindruck sie auf ihn machte mit ihrem geschwollenen Auge, der glänzenden Stirn und dem gehetzten Blick. *Eine Irre.*

Noch war alles in Ordnung. Die drei waren entwischt. Vielleicht waren sie auf dem Weg nach Belgien gewesen, die Grenze verlief durch den Wald, vielleicht würden sie weiter Richtung Rotterdam fliehen, zum Hafen mit seinen menschenverlassenen Docks, den Containern und den gigantischen Geisterschiffen, auf denen sie unerkannt nach Übersee gelangen konnten. Weg! Für immer weg! *Alles wird gut.*

Carolines Magen krampfte sich plötzlich zusammen. Die große Unbekannte in der schicksalhaften Gleichung kam mit Wucht zurück in ihr Bewusstsein. *Ira!*

Als Lippock Caroline eine Stunde zuvor vor dem Krankenhaus abgesetzt und sie ihm versichert hatte, dass sie allein klarkomme, hatte er ihr angeboten, für zwei Tage mit den Vernehmungen zu pausieren.

Nein, war ihre Antwort gewesen, sie wusste zu genau, dass sie so schnell wie möglich Klarheit brauchte. Lippock hatte seine Erleichterung über ihre Weigerung verborgen und sie noch einmal daran erinnert, dass er jederzeit erreichbar sei, wenn sie Hilfe brauche.

Er würde ihr nicht helfen können, dachte Caroline jetzt, als das Taxi vor ihrem Haus zum Stehen kam. Sie musste ganz alleine herausfinden, ob Ira über Anni Bescheid wusste. Ohne diese Gewissheit gab es keinen Frieden. Gleich würde sie in das leere Haus zurückkehren, ihren mit Steinen gefüllten Magen mit Erdnüssen und Bier, zu viel Bier, betäuben und anschließend viel zu spät ins Bett gehen. Darin läge schon ihr Baby, dessen leises Schnaufen und Strampeln die Geister aus dem Wald, die sich an sie klammerten wie Parasiten der Unterwelt, vertreiben würden. Hoffentlich.

*

Achtzehn Stockwerke, zweihundertvierundsiebzig Stufen, und sie waren noch lange nicht oben. Jonas versuchte, bei jedem Schritt wie ein Bergsteiger zu atmen, tief und ruhig. Obwohl er im Wald an einem Bach die Tarnfarbe von seinem Gesicht gewaschen hatte, rann ihm jetzt grüner Schweiß den Hals hinab und färbte die Gurte des Wasserkanisters auf seinem Rücken. Stufe für Stufe folgte er Anni, Karl und Ansgar hinauf in ihre neue Heimat. Die anderen schleppten wie Sherpas große Rucksäcke mit Fertignahrung, Gaskartuschen, Werkzeug und Klopapier auf dem Rücken. Karl und Ansgar trugen zusätzlich ein mobiles Solarmodul und drei zusammengefaltete Pritschen. Das Hochhaus unweit der Autobahn war nie fertig gebaut worden, und zurück geblieben war ein dreckiges fünfundzwanzigstöckiges Betonskelett wie aus einer menschenverlassenen Welt.

Auf der Fahrt vom Wald hatte Ansgar erzählt, dass er schon vor Jahren die nachlässige Umgitterung der Ruine aufgeschnitten hatte und seitdem dort heimlich Überlebensseminare für seine Kameraden abhielt. Ein Anschluss im Keller des Hochhauses führte noch Wasser – die perfekte Voraussetzung, um diesen unwirtlichen Ort bewohnen zu können. Man müsse das Wasser nur hochschleppen und filtern, hatte Ansgar berichtet, und Karl hatte Jonas einen kalten Blick zugeworfen. »Du hast einen Job.«

Jetzt schnitten die Gurte des Zwanzig-Liter-Kanisters in Jonas' Schultern, während er sich schwer atmend ins nächste Stockwerk hinaufkämpfte. Die letzten Strahlen der untergehenden Sonne schienen durch die leeren Etagen. An den Wänden hatte das Regenwasser schwarze Rinnsale hinterlassen, aus Rissen und Spalten im Boden wuchsen Moos und kleine Gräser, in den hohlen Fensternischen saßen Tauben. Sie flatterten auf, als Karl sie laut mit »Hallo, Frischfleisch!« begrüßte.

Nach sechs weiteren Treppenabsätzen erreichten sie das letzte Stockwerk, legten ihr Gepäck ab und stiegen über einen schmalen Aufgang auf das riesige Flachdach.

Der Ausblick war atemberaubend, und für einen Augenblick vergaß Jonas seine Müdigkeit. Von einer nahen Hügelkette wehte ein sanfter Wind herab und verfing sich in seinem nass geschwitzten T-Shirt. Die Sonne war gerade untergegangen, der dämmrige Himmel leuchtete rosa und türkis. In der Ebene funkelten Tausende Lichter einer riesigen Raffinerie. Fern im Norden war die leuchtende Silhouette der Stadt zu erkennen: Hochhäuser, der Fernsehturm, Kirchen und die beiden Spitzen des

Doms. Ein Flugzeug schwebte mit blinkenden Positionslichtern in die Ebene.

Anni hatte sich hingehockt und sah still in die Ferne. Jonas setzte sich neben sie. Hier oben waren sie wie Vögel, frei, abgelöst von der Welt, sogar von der ihren.

Ansgar deutete zur Stadt: »Eine Freundin von Nicole ist bei den Cops. Sie hat erzählt, dass Ira vom Krankenhaus in den Knast verlegt wurde. Dahinten ist sie.«

Jonas sah, wie Karl die Augen verengte, und stellte sich vor, wie die Flutlichter von hohen Masten die stacheldrahtbewehrten Mauern und die Wachtürme anstrahlten, wie sie einen Gitterschatten auf den Linoleumboden der kleinen Zelle malten, in der Ira auf ihrem schmalen Bett lag und an die Decke starrte. Dort war sie, viele Kilometer entfernt und doch ganz nah. Sie war eingesperrt, aber sie war nicht besiegt. Nicht, solange Karl frei war, dachte Jonas. Ihr Diener konnte sie fühlen, und sie sandte ihre Gedanken und Befehle zu ihm aus wie lautlose Morsezeichen. Jonas wusste um ihre Kraft, er hatte die stummen Botschaften ihrer Blicke im ganzen Körper spüren können. Ihre Liebe war warm, ihre Wut ein Stechen, und ihre Drohungen drückten im Kopf. Sie war eine Hexe.

»Wie lange bleiben wir hier?«, fragte Anni.

»Bis wir bereit sind«, antwortete Karl knapp und ging zurück zum Treppenaufgang.

Kurz darauf bauten sie ihr Lager in der obersten Etage hinter einer Zwischenwand auf, wo sie vor neugierigen Sprayern und Kletterern verborgen sein würden. Ansgar und Karl schlugen mehrere Felshaken in den Beton, um aus Segeltuch Sichtblenden aufzuspannen, die sie vor Wind schützen und verhindern sollten, dass ihr Gasbrenner aus der Ferne entdeckt werden würde. In dem fertigen Unterschlupf stellten sie schließlich die ultraleichten Feldbetten auf und erhitzten vier Tüten »Reispfanne nach Balkanart«. Ansgar schien in dem unwirtlichen Rohbau zu einem anderen Menschen geworden zu sein, seine Augen funkelten, er gab leise, präzise Kommandos, jeder seiner Handgriffe saß.

»Mit der Ausrüstung schafft ihr es mindestens vier Wochen«, erklärte er und zog ein pumpenartiges Gerät aus dem Rucksack. Den daran befestigten Schlauch hielt er in das bräunliche Wasser im Plastikkanister. »Bakterien, Viren, Protozoen – bleibt alles hier drin hängen.« Mit kräftigen Bewegungen drückte er die Pumpe zusammen, hielt einen Alubecher an ein Ventil und ließ glasklares Wasser hineinlaufen. »Damit könnt ihr im Notfall Pisse trinken.«

Karl lachte auf, während Anni und Jonas einen stummen Blick wechselten. Ansgar rieb sich zufrieden die Hände. »Wenn ich nichts von euch höre, komme ich in vier Tagen wieder und bringe euch frisches Essen. Viel Glück, Kameraden!« Zum Abschluss umarmte er alle drei wie Soldaten, die zu einer geheimen Mission in der Wildnis ausgesetzt wurden. Dann verschwand er im Treppenaufgang des Betonskeletts.

Karl und Anni setzten sich an die Kante des Stockwerks, ließen ihre Beine in die Tiefe baumeln und blickten in die Ferne. Jonas saß mit etwas Abstand zum Abgrund hinter ihnen. In der Etage war es dunkel geworden, doch überall um sie herum – auf der Hügelkette, in der Ebene, am Ufer des großen Flusses – funkelten Lichter. Die Raffinerie schien Kilometer breit, in ihrer Mitte leuchtete zwischen Dutzenden Schloten eine riesige orangegelbe Flamme. Auf einer Autobahn davor zogen Scheinwerfer mit leisem Rauschen vorbei.

Hier, auf dem Dach der Welt, schien die Zeit stillzustehen. Doch die Ruhe, die sie umfing, trog, das wusste Jonas genau.

Mit Karl würde es nie Ruhe geben. Als sie zwei Stunden zuvor am Fuß des Hochhauses aus dem Anhänger von Ansgars Wagen gekrochen waren, hatte Karl sich eine Pistole mit Schalldämpfer in den Hosenbund gesteckt und Jonas mit einem einzigen stummen Blick bedeutet, dass er ihn wie einen Hasen abknallen würde, wenn er auf die Idee käme wegzulaufen. Oder hatte er ihm sagen wollen, dass er sowieso vorhatte, ihn zu töten?

Jonas kam näher an die Kante und betrachtete verstohlen seinen Peiniger, der gedankenverloren am Schorf seines Ohrstumpfs herumpolkte, die Nase hochzog, sich nach vorne beugte und einen Rotzklumpen in die Tiefe tropfen ließ. Vorsichtig spähte Jonas ins Dunkel. Das ist es also, dachte er, während er ein Ziehen zwischen den Beinen fühlte. Der einohrige Teufel brauchte nicht einmal eine Kugel zu verschwenden, um ihn loszuwerden.

Bald darauf schob Karl seine Pritsche an die Zwischenwand, legte sich mit der schussbereiten Pistole in seinen Schlafsack und löschte das kleine LED-Licht. Einige Meter entfernt rückte Jonas sein Feldbett dicht an Annis heran, holte aus dem Rucksack mit den Werkzeugen ein Seil und verknotete beide Enden zu Lassoschlingen. Die eine schob er über sein Fußgelenk und zog sie fest, die andere hielt er Anni hin. Sie nickte stumm und schlang sie um ihren Fuß. Dann legten sich beide auf ihre harten Pritschen.

Noch nie hatte sich Jonas Anni so nah gefühlt.

7

Es hatte schon fast etwas Vertrautes: das laute Klacken der stählernen Tür, gefolgt von dem Summen, wenn sie automatisch aufschwang; die Überwachungskameras, die sie aus den Ecken der kleinen Pforte heraus beobachteten; das dicke grünliche Panzerglas, hinter dem der Justizvollzugsbeamte saß und kurz lächelte, wenn er sie, schon fast ein Stammgast, kernig begrüßte; ihr Griff ins Portemonnaie, mit dem sie den Ausweis herausfischte und ihn dann in die schwarze Vertiefung legte – bis dahin war alles Routine.

Jetzt wurde diese Routine jäh unterbrochen, als Caroline dem Beamten erklärte, dass sie das Baby, das vor ihr im Kinderwagen schlief, mit in die Vernehmung nehmen müsse. Es sei ein Notfall, ihr Babysitter sei kurzfristig ausgefallen, und sie könne keinen Ersatz besorgen. Der Mann stutzte einen Moment lang, dann schüttelte er den Kopf.

»Das ist leider nicht gestattet, bei der Vernehmung darf keine unautorisierte Person anwesend sein.«

»Das ist ein Baby. Mein Baby.«

»Sie können es aus Sicherheitsgründen nicht mit in den Besucherraum nehmen.«

»Es wird Frau Tetzel schon nichts antun.«

»Aber wir können nicht gewährleisten, dass Frau Tetzel *ihm* nichts antut.«

»Was soll sie denn machen?«

»Stellen Sie sich vor, sie nimmt das Kind als Geisel.«

»Verstehe. Aber das könnte sie ja auch mit mir machen.«

»Mit dem Kind hat sie mehr Möglichkeiten. Sie können sich nicht vorstellen, wie kreativ unsere Gefangenen sind.«

»Ich kann Abstand halten. Und es gibt ja noch einen Sicherheitsbeamten im Raum. Der wird die Tetzel schon von meinem Kind fernhalten.«

Der Beamte schüttelte den Kopf. »Wir haben unsere Vorschriften.«

Caroline griff zum Telefon und wählte Lippocks Nummer. Der Kriminaldirektor war alles andere als begeistert, aber wieder einmal zeigte er seine Qualitäten, auf die sie insgeheim gehofft hatte: Er hielt sich mit Vorwürfen und Belehrungen zurück, und er suchte nach Lösungen.

Während Caroline mit dem Kinderwagen in einer Sitzecke wartete, telefonierte Lippock mit der Staatsanwaltschaft. Eine halbe Stunde später erschien die Gefängnisdirektorin an der Pforte und hielt Caroline eine Predigt, dass sie die Regeln der JVA zu respektieren habe, aber ausnahmsweise das Kind zur Vernehmung mitnehmen dürfe, auch wenn das eine weitere Sicherheitskraft erfordere.

Caroline bedankte sich artig, schickte Lippock eine Dankesnachricht und schob den Kinderwagen zur Kontrollschleuse, wo sie ihren Tascheninhalt und ihr Handy in ein Schließfach packte. Anschließend legte sie die Trinkflasche, eine Windel und Feuchttücher auf das Fließband des Röntgengerätes und ging durch die Metalldetektorschleuse. Dahinter ließ sie sich abtasten, nahm das

Baby aus dem Kinderwagen und hielt es einer Beamtin hin, die es wie einen Fremdkörper untersuchte.

Kurz darauf schob Caroline, begleitet von einem schwergewichtigen Sicherheitsbeamten, den Kinderwagen durch die kahlen Gefängnisflure. Die Augen des Kleinen folgten neugierig den Neonlichtern an der Decke, während seine Ohren die fremden Geräusche aufzusaugen schienen: die hallenden Schritte, das Schlagen der Türen, das Knirschen der Schlüssel und das Schaben der Riegel. Das Gefängnis war eine Welt aus Metall.

Als Caroline in den Besucherraum für Familien geführt wurde, schaute sie sich überrascht um. Zwischen den hölzernen Tischen und Stühlen stand ein Schaukelpferd, daneben sah sie Kisten mit Bauklötzen, Lego und Kinderbüchern, auf dem Boden lag ein Teppich mit aufgedruckten Straßen. Der Sicherheitsbeamte blieb wie bei den ersten Vernehmungen an der Tür stehen, eine weitere Beamtin saß neben der Durchreiche einer Teeküche und grüßte knapp.

An einem Tisch saß Ira. Caroline reichte ihr die Hand. »Ich musste mein Kind mitbringen, der Babysitter ist ausgefallen.«

Ira streckte den Hals, um in den Kinderwagen zu blicken: »Wie schön. Junge oder Mädchen?«

»Junge. Sieben Monate alt.«

Ira lächelte und setzte sich. »Das ist ein süßes Alter.«

»Zum Glück schläft er viel. Ganz die Mama.«

»Dann habe ich dem Baby zu verdanken, dass wir nicht mehr in diesem schrecklichen Besucherraum sitzen müssen.«

Caroline schob den Kinderwagen zu der Beamtin an der Teeküche, nahm eine Thermoskanne und setzte sich an den Tisch.

»Möchten Sie auch Kaffee?«

Ira deutete auf ihre dampfende Tasse. »Danke, ich trinke nur heißes Wasser.«

Caroline holte Notizblock und Stift aus der Tasche und schenkte sich ein. Ira trank schweigend. Das Zimmer verströmte trotz der vergitterten Fenster eine heimelige Atmosphäre.

»Wie heißt der Kleine?«, fragte Ira.

»Pascal.«

»Pascal … Ein schöner Name.«

»Danke. Ich hoffe, er schläft jetzt ein bisschen.«

Caroline schlug ihren Block auf. Auf das erste Blatt hatte sie die Namen aller Jugendlichen der Gruppe geschrieben.

»Ist er Ihr Einziges?«, fragte Ira.

»Ja. Aber er hält mich schon gut auf Trab. Wie war das bei Ihnen mit so vielen Jugendlichen?«

»Meine Kinder haben gelernt, für sich selbst zu sorgen. Ansonsten sind sie froh, dass sie jemanden haben, der ihnen Ansagen macht.«

Caroline ließ den Finger über die Namensliste wandern. Sie hatte einen Plan.

»Einige der Kids hatten auf der Straße Kontakt mit harten Drogen. Wie haben Sie es damit gehalten?«

»Bei uns gab es das Zeug nicht. Die Kids brauchten es auch nicht mehr, sie hatten ja ein richtiges Leben bei mir.«

»Waren alle davon runter?«

»Natürlich.«

»Ist ja nicht so einfach, davon runterzukommen. Ich könnte mir vorstellen, dass nicht jeder clean in die Gruppe gekommen ist.«

»Ja, wir hatten auch einen Entzug bei uns.«

»Wer war das?«

Caroline schaute auf den Block und hoffte, dass ihre Ohren nicht rot anliefen.

Ira nahm einen Schluck und blickte sie durch den Dampf aus der Tasse an. »Anni.«

Carolines Magen knurrte, ihr Puls raste, sie spürte, wie Iras Augen sie musterten. *Sie weiß es! Weiter!*

»Was hat Anni genommen? Heroin? Pillen?«

»Alles.«

»Das muss ein heftiger Entzug gewesen sein.«

»Ich habe sie zwei Wochen lang eingeschlossen, ihre Stirn gehalten, wenn sie gekotzt hat, ihre Wäsche gewechselt, sie gewaschen und gefüttert. Aber wir haben es geschafft.«

»Das schweißt sicher ganz schön zusammen.«

»Sie ist wie meine Tochter.«

»Hat Anni das auch so gesehen?«

»Natürlich.«

Aus der Zimmerecke ertönte ein leises Schnaufen. Caroline drehte sich um und sah, wie ein kleiner nackter Fuß aus dem Kinderwagen herausschaute.

»Der Kleine langweilt sich«, sagte Ira. »Kann ich ihn mal sehen?«

»Vielleicht schafft er ja noch ein paar Minuten.« Caroline heftete den Blick auf den Kinderwagen. *Kein Rabatz. Bitte nicht jetzt.* Auf ihrer Oberlippe stand der Schweiß. Sie hatte sich weit hinausgewagt, jetzt war der Moment gekommen, das Visier zu öffnen und ins volle Risiko zu gehen.

»Ich kannte auch mal eine Anni. Sie war einige Wochen am Bahnhof, hatte die Arme und Hände voller Tattoos und ziemlich viele Piercings«, sagte sie wie beiläufig.

»Das könnte sie sein. Kannten Sie sie gut?«

»Nein. Aber vielleicht kannte sie ja mich.«

»Die Bullen-Mama, möglich.«

Caroline spürte, wie Iras Augen an ihr klebten, als wollten sie die Gedanken aus ihr heraussaugen. Der Kugelschreiber rutschte in ihren nassen Fingern. *Jetzt.*

»Wussten Sie, dass Anni selbst eine Mama war?«

Ira nahm einen Schluck und lächelte undurchsichtig. »Ja. Warum?«

Sie weiß es! Caroline starrte Ira wie hypnotisiert an, ihr schien, als würde sie von Geräuschen überflutet: In ihren Ohren pulsierte das Blut, von der Durchreiche ertönte das Brabbeln des Babys im Kinderwagen, der Atem des Wachmanns an der Tür pfiff wie der eines Kettenrauchers, aus dem Innenhof schallte das scharfe Gezwitscher der Spatzen herein.

Iras Blicke tasteten ihr Gegenüber ab.

Caroline hoffte inständig, dass ihre verrutschte Mimik nicht preisgab, wie sehr sich ihr Unterleib zusammenkrampfte. »Hat sie davon erzählt?«

»Sie hat es auf der Straße geboren. Im Dreck, ganz alleine. Wie ein Tier.«

Caroline nickte. Ihre Klamotten klebten am Rücken, ihre Hände wollten die juckenden Arme kratzen. Ein Sturm aus Erinnerungen jagte durch ihren Kopf: das alte Zelt, geduckt unter dem dunklen Torbogen der Eisenbahnbrücke. Autolärm aus dem Tunnel. Der Gestank von Pisse und Abgasen. Im Zelt herrschte Chaos. Decken, alte Schlafsäcke, Kartons, Milchtüten, Kekse, ein brennender Gaskocher. Dazwischen Anni, versunken über einem Bündel an ihrer Brust. Ein winziges Beinchen schaute hervor, so dünn und klein, dass Caroline ein verrückter Gedanke in den Kopf schoss: *Ist es eine Puppe? Ist Anni auf Droge und spielt Mutter?* Der winzige Fuß bewegte sich. *Die Puppe lebt, das Baby ist da!*

Caroline griff nach ihrer Kaffeetasse und trank sie aus. Sie musste sich sortieren, unbedingt, aber die Erinnerungen ließen sie nicht los. Es war Spätherbst, als Anni hochschwanger am Bahnhof aufgetaucht war. Sie hatte sich von den anderen Obdachlosen und Junkies ferngehalten, der dicke Bauch, der über ihre dreckige Jogginghose hing, schien ihr lästig zu sein. Caroline hatte sie gefragt, ob sie sie zum medizinischen Dienst bringen solle, wo man sie untersuchen und sich um eine sichere Entbindung kümmern würde. Anni weigerte sich, sie wusste nicht einmal, in welchem Monat sie war. Von da an behielt Caroline sie im Auge, steckte ihr morgens frisches Essen zu und besorgte ihr ein Zelt bei der Obdachlosenhilfe. Anni wollte es unbedingt im dunkelsten Winkel des Bahnhofes aufstellen, im Torbogen direkt über der viel befahrenen Tunnelzufahrt, ein düsteres Loch, laut, schmutzig, verlassen. Selbst die Junkies mieden den Ort. Von da an begann Caroline ihre tägliche Runde bei dem Zelt und schaute nach, wie es dem schwangeren Mädchen ging.

Eine Woche später, an einem eiskalten Novembermorgen, war das Baby plötzlich da. Anni hatte es ohne jede Hilfe zur Welt gebracht. Der Anblick der jungen Mutter mit dem dürren Baby an der Brust rührte Caroline im Innersten. Auf der Isomatte lagen noch blutige verdreckte Tücher und zerknülltes Klopapier, die Plazenta mit der restlichen Nabelschnur hatte Anni in eine Plastiktüte gesteckt. Eingewickelt in eine Decke, wiegte sie sich vorsichtig vor und zurück und summte eine leise Melodie, völlig versunken in den Anblick ihres Kindes. Es gab keinen Autolärm mehr, keinen Gestank, keine Brücke, es gab keine Zeit mehr. Hier, in dem schummrigen Zelt, umgeben von Chaos und Schmutz, glaubte Caroline den ersten Menschen zu sehen. Die erste Frau. Das pure Leben.

Als Anni die Besucherin bemerkte, zischte sie, sie solle sich verpissen, und Caroline fand zurück in ihre Rolle – die Polizistin, die sich kümmert, organisiert und hilft.

Anni war plötzlich wie in Rage. Sie presste das winzige Baby an sich und drohte, mit ihm abzuhauen. Niemanden,

NIEMANDEN werde sie an ihr Kind lassen!, schrie sie. Lieber würde sie mit dem Baby in den Fluss springen.

War das der Moment, fragte sich Caroline jetzt, an dem sie zum ersten Mal falsch abgebogen war? Sie war die Polizistin dieses Bezirks und hatte eine Fürsorgepflicht. Nur was war richtige Fürsorge? Hätte Anni ihre Drohungen wahr gemacht und sich und dem Kind etwas angetan? Ihre Augen hatten so bedrohlich ausgesehen wie die einer Eisbärenmutter.

Es hatte sich richtig angefühlt, als Caroline losging und in der nächsten Drogerie alles zusammenpackte, was sie für das Neugeborene und die Mutter finden konnte: Windeln, Binden, Feuchttücher, Decken, Bodys, Mützchen, Socken und Wickelunterlagen. Sie war mit ihrem Polizeiwagen dicht an den Torbogen herangefahren und hatte erneut versucht, Anni zu überreden, zum medizinischen Dienst zu gehen. Vergeblich.

»Es ist tot.«

Iras Worte drangen wie durch Watte an Carolines Ohr.

Für einen Moment wurde ihr schwindelig. »Was?«

Iras Gesicht war plötzlich schmal. »Annis Baby. Es lebt nicht mehr.«

»Oh. Das … das tut mir leid …«, stotterte Caroline und warf einen Blick über ihre Schulter zur Teeküche, wo die Beamtin den Kinderwagen sanft schaukelte. »Wie ist das geschehen?«, fragte sie heiser.

Ira starrte auf ihre gefalteten Hände. »Ich bin mir nicht sicher. Anni hat nie gern von sich erzählt, sie war immer verschlossen. Aber im Entzug ist alles aus ihr rausgeplatzt, wie eine Explosion. Sie hat geschrien und wie eine Furie um sich geschlagen. Danach hat sie dagelegen wie ein Häufchen Elend, hat geweint und komisches Zeug vor sich hin gemurmelt.«

»Was für Zeug?«, stieß Caroline hervor. Sie konnte kaum atmen.

»Dass es ihr leidtut. Dass sie es nicht tun wollte.«

»Was nicht tun wollte?«

»Das hat sie nie gesagt, aber sie hatte wahnsinnige Angst, dass die Bullen sie dafür drankriegen könnten.«

Carolines entzündetes Auge zuckte, ihr Kopf war vernebelt, sie konnte keinen Gedanken mehr fassen.

»Es war ihr zu viel«, sagte Ira.

»Was?«

»Das Kind.« Sie blickte mit versteinertem Gesicht auf. »Ich glaube, sie hat es getötet.«

Caroline wischte sich die nassen Hände an der Hose ab.

»Warum? Wie?«, krächzte sie.

»Ich hab probiert, Anni zum Reden zu bringen, immer wieder, aber sie hat komplett zugemacht.«

Aus dem Hintergrund erklang Glucksen. Caroline drehte sich um und sah, wie die Beamtin mit dem Baby im Kinderwagen schäkerte.

Ira schüttelte den Kopf. »Anni ist zu vielem fähig, aber nicht dazu. Sie muss auf Droge gewesen sein, anders ist das nicht vorstellbar.«

Caroline wischte mit dem Finger einen Kaffeefleck von der Tischplatte. »Ja, anders ist das nicht vorstellbar«, murmelte sie, und in ihrer Brust hüpfte ihr Herz vor Glück.

*

Anni öffnete die verklebten Augen. Die Sonne war hinter der Raffinerie hervorgekrochen, und mit ihr kamen die Fliegen. Das riesige Tal war erwacht. Hinter dem Fluss landeten Flugzeuge im Minutentakt, die Autobahn rauschte monoton, und die Tauben gurrten rhythmisch in ihren Nestern. Anni zog sich den Schlafsack über den Kopf.

In der Nacht war kühler Wind durch das Betongerippe gestrichen, sie hatte gefröstelt. Jedes Mal wenn sie in den Schlaf gefunden hatte, hatte sie das Zucken der Schlinge um ihr Fußgelenk geweckt. Jonas war unruhig gewesen und hatte sich seufzend und schnaufend im Halbschlaf gewälzt. Erst als Anni den Arm ausgestreckt und ihre Hand auf seinen Rücken gelegt hatte, war er ruhiger geworden. Sie selbst hatte kein Auge mehr zugemacht.

Jetzt spürte sie, wie sich das dunkle Segel neben ihrer Pritsche in der Sonne aufheizte und den Unterschlupf in einen Backofen verwandelte. Sie warf den Schlafsack beiseite und überlegte, ob sie aufstehen sollte, aber draußen wartete nichts, was es wert war. *Gar nichts.*

Ihr Blick fiel auf Jonas, der am anderen Ende der Etage an der Kante saß, in eine trockene Scheibe Toast biss und in die Ferne schaute. *Er* ist es wert, dachte Anni. Seine Wangen waren hohler geworden und seine Haut blasser. Wie lange hält er das noch durch?, fragte sie sich. Die ganze verfickte Scheiße war viel zu viel für ihn. Er wäre damals besser auf der Straße geblieben, als zu Ira zu kommen, egal, wie krank er war. Jonas war anders als die Arschlöcher Jan und Lenni. Die waren Unkraut, er war eine Orchidee oder so was Ähnliches. Noch nie Pillen geschluckt, noch nie gedrückt, noch nie gefickt, nicht mal saufen konnte er richtig. Aber er war schlauer als alle anderen, auch schlauer als sie selbst. Ob er die Bullen-Mama anrufen würde?, dachte Anni plötzlich und schüttelte den Kopf. *Nein. Das traut er sich nicht.*

Ihr kamen die Bilder vom Bunker in den Sinn – war das tatsächlich erst ein paar Tage her? Sie hatte Jonas dort im Bombenlager gefunden, zusammengekauert wie ein Tier unter dem

Tisch, die Arme um die dürren Beine geschlungen, neben ihm die riesigen Gasflaschen mit den Zündern, und plötzlich hatte alles nicht mehr zusammengepasst. Mit einem Mal konnte sie alles sehen, als hätte jemand ein Licht angeknipst irgendwo in ihr drin, und eine Stimme hatte laut gerufen: *Verrückt! Ira hat uns alle komplett irregemacht!* Dann hatten sie das Lager in Brand gesteckt.

Anni musste wieder an die toten Kids denken, Nina, Mats und Lynn. *Tot!*

Schweiß brach ihr aus allen Poren, und sie sprang auf und tigerte mit pochendem Herzen an der Zwischenwand auf und ab. *Wir haben sie nicht gekillt! Das waren Ira und ihre verfickten Bomben! Und er!*

Karl lag tief vergraben auf seiner Pritsche und schnarchte. Er konnte so verdammt friedlich aussehen, dachte Anni und erinnerte sich, wie er mit ihr im Wasserbunker gestanden hatte. Sie hatten abwechselnd geschippt und waren in dem tiefen Erdloch auf eine Stahlkiste gestoßen, die aussah wie ein Kindersarg im offenen Grab. Darin waren vier Pistolen, eine MP, drei selbst gebaute Handgranaten, ein paar Tausend Euro vom letzten Geldautomatenüberfall und fünf Kilo Plastiksprengstoff. Karl hatte an den Geldbündeln gerochen und gegrinst. »Die Hälfte gehört euch, wenn wir fertig sind. Also schön brav sein.«

Vielleicht hat er schon einen Plan, überlegte Anni jetzt. In Karls krankem Schädel war mehr drin, als man dachte. Ira wusste das ganz genau, sie hatte ihn an der Leine gehalten wie ein Hündchen. Anni fiel ein, dass sie Karl einmal beim Schuheputzen beobachtet hatte – er hatte seine Nase tief in Iras Stiefel gesteckt. Der Köter würde für seine Herrin vom Hochhaus springen, er war ihre Marionette.

Wie du! Wie alle!

Es hatte sich wie Freundschaft angefühlt, aber niemand war

in der Gruppe, nur weil Ira nett war. Jeder musste was tun. Jeder musste was nutzen. Wer nichts nutzte, war ein Nichts. Der gehörte weg.

Anni trat an die Kante und blickte zur Hügelkette. Auf einem Feldweg im Tal entdeckte sie eine Spaziergängerin, klein wie ein Spielzeugfigürchen. Die Frau schob einen Kinderwagen, ein Hund rannte um sie herum. Annis leerer Magen krampfte sich zusammen.

Wie alt wäre es jetzt?

Sie hatte lange dagegen angekämpft und es geschafft, die Gedanken irgendwo in ihrem Kopf einzuschließen. Aber hier, außerhalb des Waldes, sprangen die Bilder sie jeden Tag und jede Nacht an, und da war niemand, dem sie davon erzählen durfte. Anni schüttelte den Kopf. Keiner würde noch etwas mit ihr zu tun haben wollen. Keiner.

Du bist zu krass.

Jonas hätte sie es um ein Haar verraten, und auch bei Ira war sie kurz davor gewesen. Oder hatte sie sich etwa verplappert?, überlegte Anni plötzlich und durchforschte ihre Erinnerungen. Sie kamen ihr vor wie ein dunkler verschwommener Traum. Zwei Wochen lang hatte es nur dieses Zimmer gegeben, nur Schmerzen, Kotzen und Heulen. Ira hatte sie wie ein Baby gewaschen, gefüttert und in den Armen gehalten. Sie hatte sogar gesungen.

Langsam ging Anni an der Kante des Stockwerks auf und ab und zerbrach sich den Kopf. Die Erinnerungen waren voller Lücken. Hatte sie Ira in der ganzen elenden Scheiße von dem Baby erzählt? Von der Nacht, als das Wasser aus ihr rausgelaufen war und sie das Gefühl hatte, das Kind wollte sich mit Klauen und Zähnen aus ihrem Bauch herausbeißen? Hatte sie ihr erzählt, wie sie sich ein Tuch in den Mund gesteckt hatte, um nicht laut zu schreien, und wie sie gepresst hatte, bis ihr schwarz vor Augen wurde? Wie sie den kleinen nassen Kopf sah und plötzlich dieser Kaninchenkörper aus ihr rausgeflutscht war? Wie sie den ekligen Rest rauszog, die Nabelschnur mit einem Schnürsenkel abband und dann mit einem dreckigen Küchenmesser durchschnitt, so wie sie es vorher im Netz gelesen hatte? Hatte sie mit Ira über das irre High danach gesprochen, das besser und länger gewesen war als jeder Schuss? Über die unbeschreibliche warme Welle, als das kleine nackte Menschlein in ihren Armen lag und sie mit seinen tiefschwarzen Augen anschaute, als würde es sagen: *Du bist meine Mama. Mein Leben gehört dir.*

Anni schluckte den Kloß in ihrem Hals herunter und erinnerte sich, wie es sie geschüttelt hatte, wie die Tränen aus ihr herausgeflossen und auf das Baby getropft waren. Sie hatte gar nicht mehr aufhören können zu weinen, doch dann hatte sie dem Winzling ihre Brust angeboten, und er hatte so gierig daran gesaugt, dass sie dachte, er würde ihr die Brustwarze abbeißen. Sie hatte das Baby fluchend von sich gestoßen, erschrocken und wütend, aber dann hatte sie gesehen, wie es sich in dem Deckenhaufen wie ein hilfloser Wurm krümmte, die dünnen Ärmchen und Beinchen von sich gestreckt, maunzend wie eine kleine Katze. Vorsichtig hatte sie es wieder aufgenommen, die Zähne fest zusammengebissen und es an sich gedrückt. *Es trinkt aus mir. Es trinkt mich.* In diesem Moment hatte sie verstanden, dass sie die Mutter dieses Wesens war. Der wichtigste Mensch der Welt.

Es ist tot!

Anni stöhnte leise auf. Vor ihr auf dem Boden lag ein kleiner Betonbrocken, der sich aus der rissigen Decke gelöst hatte. Wütend schoss sie ihn über die Kante. Es dauerte Sekunden, bis sie den leisen Aufschlag auf der Asphaltfläche vor der Hochhausruine hörte. Hatte sie Ira von Caroline erzählt? Von der Nacht?

Anni überlegte angestrengt. Alles war unscharf, das Nachdenken bereitete ihr Kopfschmerzen. Ihr Blick verlor sich zwischen den Dörfern an den Hängen der Hügelkette. *Die Bullen-Mama* … Sie hatte jeden Tag vor dem Zelt gestanden mit Tüten voller Kram. Sie hatte genervt, wollte, dass irgendwelche Leute sich um das Kind kümmerten. *Klar!* Anni schnaubte. Damit man ihr, der Junkie-Mutter, am Ende das Baby wegnehmen würde. Zum Glück hatte die Bullette kapiert und sie in Ruhe gelassen. Dann war es plötzlich kalt geworden, von einem Tag auf den anderen, sie hatte sich den Arsch abgefroren, und das Kind bekam Fieber. Es ging nicht mehr, es wäre krepiert und sie mit ihm. Caroline war da gewesen. Und plötzlich war alles wie ein Traum, so schön, so warm, so normal.

Du hast ihn zerstört!

Die Morgensonne stach Anni in die Augen. Mit einem Mal legte sich eine Wolke aus Müdigkeit über sie, und ihre Lider fielen zu. Bilder flimmerten wie ein zerhackter Film in ihrem Inneren auf: ein Stuhl, der gegen einen Schrank fliegt. Eine Blumenvase, die am Boden zerschellt. Ein Regal, das fällt. Überall verstreute Bücher. Schreie. Ihre eigenen? Carolines aufgerissene Augen, die sie flehend ansehen. Das weinende Baby. Plötzlich die Küche. Eine Hand fegt Geschirr vom Tisch. Ein Messer. Das Schreien will nicht aufhören. Es ist so schrill! Es soll aufhören! Caroline, das Baby an sich gedrückt. Und Blut! Alles ist voll Blut!

Du hast dein Baby gekillt!

Anni schlug die Handballen gegen die geschlossenen Augen und presste die Zähne zusammen, um nicht loszubrüllen.

Du!

Sie stöhnte, es gab kein Draußen mehr, nur noch ihre Gedanken, nur noch die Bilder und das Schreien des Babys in ihrem Kopf.

Folge ihm!

Mit einem Mal wurde Anni ruhig. Ihr Atem ging flach. Sie nahm die Hände vom Gesicht und öffnete die Augen. Der Blick war starr auf die Hügel gerichtet.

Mach Schluss hier!

Annis Herz pochte. Ohne in die Tiefe zu sehen, schob sie ein Bein nach vorne, der rechte Fuß streckte sich über die Kante ins Leere.

Es wartet auf dich.

Anni schloss die Augen, die Sonne schien warm auf ihre geschlossenen Lider. Alles war rot.

Geh. Jetzt.

Ein Husten ertönte aus dem Hintergrund. Anni schwankte, sie öffnete die Augen, ihr Blick ging über die Kante in die Tiefe, ihr Magen krallte sich zusammen. Alles drehte sich.

Du hast keine Schuld!

Eine fremde Stimme erklang in Annis Kopf. Sie warf ihren Körper nach hinten und ließ sich zu Boden sacken. Ihre Hände pressten sich auf den rauen Beton und schoben sie rückwärts, weg von der Kante.

Ein paar Schritte entfernt drehte sich Karl auf der Pritsche um und knurrte im Halbschlaf. Anni legte sich auf den Rücken und keuchte wie eine Ertrinkende.

In ihrem Kopf hallte die Stimme nach. *Du hast keine Schuld.*

Anni kannte sie. Noch einmal tastete sie sich in die Erinnerungen hinein, zurück zum Bauernhof. Als sie endlich aus dem Zimmer, dieser verdammten Folterkammer, rausgekommen war, hatten die anderen sie wie einen Zombie angestarrt. Im Badezimmerspiegel hatte ihr ein dürrer Geist gegenübergestanden, und sie hatte versucht, ihren ganzen Selbstekel von sich abzuduschen – es hatte nicht geklappt. In den Tagen danach hatte sie sich auf den Heuboden der Scheune verkrochen, und ihr wurde eines klar: Sie war clean, aber der wirkliche Dreck würde für immer an ihr kleben. Sie war eine Killerin. Sie schwor sich, dass niemand jemals davon erfahren sollte, aber Ira schien es zu ahnen. Sie war scheißfreundlich gewesen nach dem Entzug, sie fragte nichts, und sie war immer in der Nähe. Dann, an einem Abend am Lagerfeuer, hatte Ira den Arm um sie gelegt und ihr etwas zugeflüstert: *Du hast keine Schuld,* waren ihre Worte. *Das warst nicht du, mein Schatz.* Ihre leise Stimme hatte so gutgetan, sie konnte die Steine in ihrem Bauch schmelzen. Iras Gesicht hatte im Schein des Feuers geleuchtet, als sie ihr zugeredet hatte, die Worte waren klar und süß: »Lass es los, es ist vorbei. Die echte Anni ist erst jetzt geboren, hier beginnt dein neues Leben, in deinem neuen Zuhause, mit deiner neuen Familie.«

Fick dich, Ira!, schoss es Anni jetzt durch den Kopf. Sie rappelte sich auf und betrachtete Karl, der sich auf seiner Pritsche wie ein Baby in den Schlafsack eingerollt hatte. Ihr Blick wanderte zur Kante, sie war nur zwei Schritte entfernt. Aus einem Riss im Beton reckten sich ein paar halb vertrocknete Grashalme über den Abgrund. Eine warme Brise trug den schwefligen Geruch der Raffinerie in die Etage. Ein Schwarm Mauersegler jagte mit schrillen Schreien vorbei. Anni malte sich aus, wie sie Karl mitsamt der Pritsche packen und über die Kante in die Tiefe stoßen würde. Ihn einfach wegschmeißen. Es wäre ein Kinderspiel. Aber das Schwein hatte sich abgesichert. Als er am Abend zu ihrem provisorischen Klo am hinteren Ende der Etage gegangen war, hatte sie heimlich in die Reisetasche mit den Waffen und dem Sprengstoff geschaut. Das Geld war weg. Ohne Kohle keine Flucht, da hatte das Schwein recht, dachte Anni und fasste einen Entschluss: Sie mussten Karls Geldversteck finden und abhauen. Sie würde sich hinter das Steuer des Wohnmobils setzen und mit Jonas in ein neues Leben fahren. Sie würde sie beide aus der ganzen Scheiße rausholen. Ein für alle Mal.

Und vielleicht würde ihr der liebe Gott ja ein bisschen verzeihen, dachte sie. *Wenn es ihn gibt.*

*

Das Weinen unterbrach die Stille im Besucherraum. Mit einer Entschuldigung stand Caroline auf und ging zum Kinderwagen. Die Beamtin mit dem schmalen Mund schien erleichtert, dass die Mutter sich um das Baby kümmerte, bevor es richtig losbrüllte. Caroline steckte dem Kleinen vorsichtig den Schnuller in den Mund und strich ihm über die verschwitzten Haare. Er schloss die Augen, und sein Nuckeln wurde langsam ruhiger. Im Hintergrund ertönte ein leises Plätschern, Ira goss sich neues Wasser in die Tasse.

Caroline vermied, sich umzudrehen, ihre Gedanken waren noch ganz bei Anni, sie brauchte ein paar Momente, um gänzlich zu begreifen, was sie gerade gehört hatte. Sie hatte ihr Ziel erreicht, sie wusste nun, was Ira wusste, aber es war anders, als sie erwartet hatte, es war verwirrend und überraschend, und trotzdem erfüllte es sie mit einer tiefen Erleichterung. Caroline lächelte in den Kinderwagen hinein. Die Sorgen der letzten Tage fielen von ihr ab wie Sandsäcke aus einem Heißluftballon. Ira würde ihr nicht mehr gefährlich werden, und solange Anni nicht auftauchte, würde niemand Verdacht schöpfen. Sie durfte ihr Leben behalten! Ein Leben, das ihr plötzlich so schön und kostbar vorkam, dass sie für einen Moment meinte, sie hätte es sich verdient.

»Sie haben ein sehr braves Kind«, sagte Ira von hinten.

Caroline ging zum Tisch zurück. »Das war nicht immer so. Aber Pascal macht sich.«

Sie lächelte. »Wo haben Sie Anni eigentlich kennengelernt?«, fragte sie Ira.

»Am Frankfurter Bahnhof.«

»Sie haben die Kids in mehreren Städten rekrutiert?«

»In ganz Deutschland. Und ich habe sie nicht rekrutiert. Ich habe die gerettet, die keine Freunde mit einer freien Couch zum Übernachten hatten und nicht in irgendwelchen Schlafstellen enden wollten.«

»Und wie haben Sie es geschafft, dass Anni mitkam?«

»Sie war völlig vollgepumpt und aggressiv. Zuerst dachte sie, ich sei ein Bulle, und ist weggelaufen, eigentlich mehr weggetaumelt. Als sie gemerkt hat, dass ich nicht zu eurem Verein gehöre, hat sie sich beruhigt. Sie brauchte unbedingt einen Ort zum Untertauchen.«

»Kein Wunder, nach der Sache mit ihrem Jungen.«

Ira legte den Kopf schief und blickte sie lange an.

Caroline nahm ihren Block und den Stift. Sie spürte plötzlich Tatendrang, endlich konnte sie unbeschwert mit der *richtigen* Vernehmung beginnen. Sie würde Ira so lange bearbeiten, bis sie Lippock Ergebnisse präsentieren könnte.

»Ich habe mich gefragt«, begann sie nun, »warum Sie mit mir alleine reden wollen.«

»Ich will wissen, wie es den Kids so geht.«

»Ist das alles?«

»Was sonst?«, fragte Ira.

»Vielleicht gibt es etwas, was Sie loswerden möchten? Die Karten liegen auf dem Tisch, die Beweislast ist erdrückend. Sie hätten jetzt die Gelegenheit, einiges zu erklären. Wenn nicht für uns, dann für sich selbst.«

»Ich bin niemandem eine Erklärung schuldig, auch nicht mir selbst.«

»Vielleicht wollen Sie irgendwann mal hier rauskommen.«

Ira lächelte. »Das werde ich.«

»Ich glaube, das wird nur passieren, wenn Sie etwas dafür tun.«

»Möglich.«

»Es könnte der Beginn eines neuen Lebens sein.«

»Wir werden hoffentlich bald alle eine neue Zeit erleben.«

Im selben Moment klirrte es im Hintergrund. Caroline fuhr herum, an der Teeküche stand die Beamtin mit einer Kaffeetasse in der Hand, vor ihr auf dem Boden lag der zerborstene Zuckerstreuer. Im Kinderwagen hob sich ein kleiner Arm und ruderte zitternd durch die Luft. Das Baby begann, laut zu weinen.

Die Beamtin schob mit dem Fuß die Scherben und den Zucker zusammen. »Tut mir leid. Ich rufe das Reinigungsteam. Wir müssen dann leider für heute Schluss machen.«

Während die Wärterin über ihr Walkie-Talkie Meldung machte, ging Caroline zum Kinderwagen. Der Kleine hatte den Schnuller ausgespuckt und schrie mit hochrotem Kopf. Sie nahm ihn auf den Arm und wiegte ihn zärtlich hin und her. Aus den Augenwinkeln bemerkte sie, wie Ira sie mit ihrem durchdringenden Blick beobachtete. Instinktiv drehte sich Caroline mit dem Kind von ihr weg. »Tut mir leid«, sagte sie über ihre Schulter. »Wenn er aus dem Tiefschlaf geweckt wird, bekommt er richtig miese Laune.«

»Das macht doch nichts.«

Caroline ging mit dem Baby auf und ab, immer auf Abstand zum Tisch. Das Schreien verwandelte sich in ein Wimmern.

»Die kleine Stupsnase, die hohe Stirn, die großen Augen. Sie sind wie Puppen«, sagte Ira im Hintergrund. »Haben Sie sich auch manchmal gefragt, ob Babys schon richtige Menschen sind?«

»Was sonst?«

»Ich meine, ob sie wirklich unschuldig geboren werden oder ob der Wolf schon in ihnen drinsteckt.«

Caroline schüttelte den Kopf. »Nein, hab ich nicht.«

Iras Ton bekam etwas Forderndes. »Wir sind doch alle Wölfe, oder nicht?«

»Manche mehr, manche weniger.« Caroline drückte dem weinenden Baby den Schnuller in den Mund, doch es spuckte ihn wieder aus. Wütende Tränen liefen seine Wangen herunter.

»Wie alt ist der Kleine noch mal?«

»Sieben Monate.«

Ira musterte Caroline mit einem vieldeutigen Lächeln. »Annis Kind war auch ein Junge. Das hatte ich ganz vergessen zu erwähnen.«

Carolines Gesicht gefror. *Ein Junge* … Ihre eigenen Worte hallten in ihrem Kopf nach. Sie fühlte sich plötzlich splitternackt. Eine unsichtbare Glocke schien sich über sie zu stülpen und mit heißem Wasser zu füllen. Oder war es der Schweiß, der aus jeder Pore ihres Leibes trat? Kein Gramm Sauerstoff wollte mehr in ihre Lunge dringen. Sie wendete sich ab und drückte das wimmernde Baby an sich.

»Es ist Zeit. Tut mir leid«, ließ sich die Beamtin von der Teeküche aus vernehmen.

»Kein Problem. Ich bin schon weg«, presste Caroline hervor und legte Pascal in den Kinderwagen. Ohne Iras Blick zu begegnen, schob sie ihn am Wachmann vorbei aus dem Raum.

Im Gang schnappte sie nach Luft. Das Weinen des Babys hallte von den kahlen Wänden wider.

*

Die Einsatzzentrale war nur noch halb besetzt. Die summende Energie der letzten Tage war aus dem Raum gewichen, er wirkte nicht mehr anders als ein Großraumbüro im Alltagstrott. Eine Handvoll Beamte saß verteilt in den engen Reihen, telefonierte mit potenziellen Hinweisgebern und heftete die Papiere ab, die während der hektischen Phase ungeordnet in den bunten Ablagen verschwunden waren. Die Uhr unter der Decke zeigte mit stiller Anklage, dass die Fahndung nach sechs Tagen, zwei Stunden und achtzehn Minuten immer noch nicht beendet war.

Caroline klopfte an Lippocks Bürotür, wartete einen Moment und trat mit dem Kinderwagen ein. Der Kriminaldirektor stand vor seinem Schreibtisch und blinzelte sie an. Seine Locken waren an einer Schläfe platt gedrückt, ein Hemdzipfel hing ihm aus der Hose. Er musste gerade seinen Minutenschlaf gehalten haben.

»Frau Hajuk«, begrüßte er sie betont wach. »Das nächste Mal bringen Sie das Baby lieber zu mir, bevor Sie es in die JVA schleppen, ja?« Er stopfte das Hemd zurück in den Hosenbund. »Ich musste der Staatsanwältin weismachen, Sie hätten die Tetzel fast so weit.« Er warf einen Blick in den Kinderwagen, wo das Baby jetzt friedlich schlief, die Wimpern noch tränenverklebt. »Niedlich, der Kleine. Hat er sich benommen?«

»Geht so. Er ist erst im Taxi wieder eingeschlafen. Ich wollte …«

Caroline zögerte. Sie war wie ferngesteuert ins Präsidium gefahren und hatte alle Kraft aufwenden müssen, um sich nicht von der Panik überwältigen zu lassen, die Iras Worte in ihr ausgelöst hatte. *Sie weiß es!* Carolines Hemd klebte kalt an ihrem Rücken, und obwohl es draußen dreißig Grad waren, sehnte sie sich nach einem heißen Bad.

»Was haben Sie auf dem Herzen?«, fragte der Kriminaldirektor unvermittelt.

»Ich schaff es nicht.«

»Was?«

»Die Vernehmung. Mir fehlt die Erfahrung.«

Lippock musste sich einen kurzen Moment sammeln.

»Warten Sie! Nicht so schnell«, sagte er dann und musterte sie kritisch. »Was ist passiert?«

»Nichts.«

»Glaub ich nicht.«

»Doch.«

»Sie brauchen keine Erfahrung. Sie haben einen Draht zu ihr, Sie müssen sich nur die nötige Zeit nehmen.«

Caroline schüttelte langsam den Kopf. »Ich komme nicht zu ihr durch.«

Lippock zog eine Akte aus seiner Schreibtischschublade und schlug sie auf. »Die Kollegen haben eine vorläufige Schätzung gemacht, was die Gruppe an Waffen und Sprengstoff gehortet hatte. Außer einem Haufen Schusswaffen und Granaten gehen wir von circa zwei Dutzend Dreiunddreißig-Kilo-Gasflaschen aus, die mit zweihundert Kilogramm ANC gefüllt waren, da kommt man schwer ohne Hintermänner dran. Es muss Eingeweihte geben, Gleichgesinnte, Helfer. Da müssen Sie ansetzen.«

»Ich habs schon in die Richtung probiert, aber sie kommt immer nur mit ihrem Dissidentenquatsch!«

Lippock warf die Akte auf den Tisch. »Dann machen Sie erst mal das, was Sie mir gesagt haben.«

»Was denn?«

»Reden Sie mit ihr von Mutter zu Mutter. Werden Sie persönlich. Aber passen Sie auf!«

Caroline wurde übel. Die Wände des engen Büros schienen näher zu rücken und ihr die Luft zum Atmen zu nehmen. Sie drehte sich zum Kinderwagen, um unauffällig ihren Gürtel zu lockern. Auf dem Fensterbrett entdeckte sie ihre Pflanze. Sie war grüner und voller denn je.

Lippock füllte am Wasserspender einen Becher und reichte ihn Caroline. »Und egal, was Tetzel Ihnen erzählt, schreiben Sie in Gottes Namen Protokolle, von mir aus formlos per Hand. Kelber sitzt mir schon auf dem Schoß.«

Caroline trank gegen ihren Brechreiz an. Was sollte sie berichten? Von der Angst, die sie beim bloßen Gedanken an eine neue Begegnung mit Ira überkam? Von der gläsernen Glocke, die sie im Besucherraum erstickte?

Lippock betrachtete sich im spiegelnden Lageraumfenster und wuschelte durch seine platten Locken. Dann drehte er sich um und blickte sie ruhig an.

»Wenn es Sie wirklich belastet, können wir das Experiment beenden. Wenn Sie einfach nur nicht dran glauben, machen Sie trotzdem weiter, am besten gleich heute Nachmittag. Wir sind unter Druck, und Sie sind unsere einzige Waffe.«

»Ist das ein Befehl?«

»Es ist eine Bitte.«

Caroline schaute nach draußen zum Bahndamm und wünschte sich, in dem Zug zu sitzen, der dort aus der Stadt hinausfuhr.

»Ich denk noch mal drüber nach.«

»Sehr gut.« Lippock blickte in den Kinderwagen, und ein Lächeln umspielte seinen Mund. »Meinen Sie, man kann auch Großvatergefühle haben, wenn man keine Kinder hat?«

Sie schmunzelte matt.

»Wie heißt er eigentlich?«, fragte der Kriminaldirektor, und für einen unheimlichen Moment wusste Caroline keine Antwort.

*

Drei Radfahrer, ein Seniorenpaar mit Skistöcken und ein Jogger mit Hund waren auf dem Feldweg am Fuß der Hochhausruine vorbeigelaufen. Karl stand seit einer halben Stunde im dunklen Erdgeschoss und wartete, die glühende Zigarette in der hohlen Hand verborgen. Warum hatte dieser Vollidiot von Ansgar ihnen nicht ein Versteck organisiert, das den Namen verdiente, mit Strom und fließend Wasser?

Karls Kehle brannte. Er hatte kurz überlegt, im Keller aus dem rostigen Rohr zu trinken, aber die Brühe stank nach fauligen Eiern. Jetzt streifte ihn ein Gedanke: Ob Jonas und Anni etwas ahnten? Die verstohlenen Blicke, das Seil am Fußgelenk – *sie hecken was aus.* Der Hosenscheißer war zu still, er konnte den Tod riechen wie ein Schwein im Schlachthof, dachte Karl und stellte sich vor, wie er den dürren Jungen mit einem kleinen Bodycheck über die Kante befördern würde. Jonas' überraschter Schrei würde in der Tiefe verhallen und nach zwei, drei Sekunden mit einem dumpfen Klatschen, lauter als vermutet, abrupt enden.

Die Luft über den ausgedörrten Feldern flimmerte. In der Ferne wehte eine Staubwolke über die Äcker, ein Auto war auf den Feldweg abgebogen und näherte sich langsam dem Hochhaus. Karl zertrat seine Zigarette, entsicherte die Pistole und verbarg sich hinter einer kahlen Wand. Wenige Momente später hielt der Wagen vor dem Eingang. Ansgar stieg aus und holte eine Metallkiste, groß wie ein Umzugskarton, aus dem Kofferraum.

Karl trat aus dem Schatten. »Na endlich!«

»Der Drucker ist die ganze Nacht gelaufen«, teilte Ansgar ihm lächelnd mit. Er öffnete die Scharniere der Kiste und holte eine Kartusche aus weißem Kunststoff heraus. »Für die hatte ich den Bauplan einer russischen Mörsergranate. Eins zu eins.«

»Keine Zünder?«

»Ganz schwierig momentan.« Ansgar schraubte den Deckel des Gefäßes ab. »Hier passt ein Pfund Sprengstoff rein. Wandstärke ist drei Zentimeter, das entspricht …«

Karls Faust schoss blitzschnell in Ansgars Gesicht. Der taumelte mit rudernden Armen zurück und sackte auf den Asphalt.

»Ich brauche keine Plastikdosen, du Pimmel!«, schrie Karl und trat eine Beule in die Fahrertür des Autos. »Ich brauche Zünder!«

Ansgar rappelte sich mühsam auf die Knie, aus seinen Nasenlöchern tropfte Blut. »Fuck, Karl …«

»Was ist mit den Kameraden? Die haben alles!«

Ansgar japste am Boden: »Die sind abgetaucht.«

Karl presste den Kiefer zusammen. »Abgetaucht?«

»Die wollen nichts aus ihren Lagern hergeben, zu heiß gerade.« Blut tropfte an seinem Kinn herab und sickerte in den karierten Hemdkragen. »Das habt ihr euch selbst zuzuschreiben nach der Nummer mit dem Bunker.«

Karl verpasste Ansgar einen Tritt in den Bauch. »Wofür haben wir uns den Arsch aufgerissen, hä? Wofür sitzt Ira im Knast?«

Ansgar stöhnte auf. »Genau das ist das Problem. Ist doch klar, dass die Kameraden die Hosen voll haben.«

Karl beugte sich hinunter und packte ihn an der Nase. »Glaubst du etwa, Ira quatscht?«

»Nein! Nein, bitte!!«

»Na also!« Karl ließ los.

»Aber vielleicht quatschen deine Kids«, näselte Ansgar.

Karl wischte seine blutverschmierte Hand an dessen Hemd ab. »Kümmer du dich um deinen Scheiß. Ich zieh das hier alleine durch.« Ansgar rappelte sich stöhnend hoch. Karl klopfte ihm auf die Schulter. »Aber vorher gehst du für mich einkaufen, verstanden, Dödel? Ich schick dir eine Liste.« Dann ging er zurück

Richtung Hochhaus und rief über seine Schulter: »Sag den Kameradenschweinen einen schönen Gruß. Ich heb mir ein paar Kugeln für sie auf!«

*

Caroline hatte immer noch das Parfüm ihrer Mutter in der Nase, als sie ihr Handy in den Spind schloss, zum Röntgenscanner ging, ihre Handtasche auf das Band legte und sich von der uniformierten Beamtin abtasten ließ. Eine halbe Stunde zuvor hatte sie das Baby bei Monika abgeliefert. Die gurrenden Laute, die sie von sich gegeben hatte, als sie ihren kleinen Enkel in die Arme schloss, hatten Caroline aus ihren Gedanken an Ira gerissen. Sie war sich sicher gewesen, solch zärtliche Wärme nie von ihrer Mutter bekommen zu haben, weder als Kind noch als Jugendliche. Das Gurren hatte sie angeekelt, doch sie hatte ihren Groll hinuntergeschluckt und Monika eingewiesen, wie sie die Gläschen erhitzen, wie und wann sie die Windeln wechseln sollte und dass sie in Zukunft bitte weniger Parfüm auflegen sollte. Die Mutter hatte ihre Macht genossen, hatte sich für Ratschläge taub gestellt und sie mit stillen Vorwürfen und Andeutungen überhäuft.

Von einer Spinne zur nächsten, ging es Caroline nun durch den Kopf, als sie von einem Beamten zum Besuchsraum der Haftanstalt geführt wurde. Vor der Tür atmete sie tief durch und trat dann mit weichen Knien ein. Ira saß schon an einem der Holztische und erwartete sie mit dem gleichen Lächeln, mit dem sie sie am Vormittag verabschiedet hatte.

»Guten Tag«, grüßte Caroline, um einen geschäftsmäßigen Ton bemüht, setzte sich und packte ihren Notizblock aus. Vielleicht, so hoffte sie seit dem Gespräch mit Lippock, war ihre Panik unbegründet. Vielleicht hatte sie Iras Andeutung am Morgen überbewertet, vielleicht wusste die Terroristin doch nicht genug, um gefährliche Schlüsse zu ziehen.

»Sie haben einen Babysitter gefunden«, stellte Ira fest.

»Ja.« Caroline wich dem Blick aus. Sie kramte ihren Stift hervor und schrieb das aktuelle Datum nebst Uhrzeit auf eine leere Seite. Sie würde ihre Arbeit als Kriminalistin machen und so tun, als sei nichts geschehen.

»Vielleicht möchten Sie mir jetzt ein bisschen etwas über die Entstehung der Gruppe erzählen«, begann sie.

Ira blickte sie stumm an.

»Wann sind Sie das erste Mal auf die obdachlosen Kids aufmerksam geworden?«

Ira schwieg.

Caroline spürte erneut die Wut in ihrem Bauch. »Möchten Sie nicht reden?«

»Doch, das möchte ich.«

»Dann nur zu.«

Ira lächelte. »Ihr Baby ist wirklich süß.«

»Danke.«

»Es hat die Augen seiner Mutter.«

Die Worte klebten in der Luft. Caroline quälte sich ein Lächeln ins Gesicht. »Noch mal danke.«

»Annis Augen.«

Caroline blickte überrascht auf. Sie hatte sich auf der Toilette des Präsidiums für genau diesen Moment vorbereitet und den passenden Gesichtsausdruck vor dem Spiegel geübt. Jetzt erschien er ihr wie eine lächerliche Maskerade. »Ich weiß nicht, wovon Sie sprechen.«

Ira legte den Kopf schief. »Was hat die Bullen-Mama damals mit Anni gemacht?«

»Das, was ich mit allen Obdachlosen mache: Ich habe versucht, ihr zu helfen.«

Iras Lächeln wurde schmaler. »Indem Sie ihr das Kind abgenommen haben?«

Caroline ließ den Kugelschreiber klicken, ihr Blick ging ins Leere. In ihrem Kopf raste ein Sturm. *Es ist raus. Hier. Jetzt.* Hatte sie es sich nicht schon tausendmal vorgestellt? Die Sekunde, in der ihre Kollegen, ihre Mutter, Heiner oder der Kinderarzt ihr auf die Schliche kommen würden? Wie sie sich winden würde, wie sie kritische Fragen mit Dutzenden vorbereiteten Antworten abwehren und darauf hoffen würde, dass ihr feuerrotes Gesicht sie nicht verriet?

Beinahe musste sie lachen. *Demaskiert! Von einer Terroristin im Gefängnis!*

»Arme Anni. All die Schuldgefühle, all die verlorenen Monate …«, sagte Ira.

Plötzlich legte sich in Carolines Innerem ein Schalter um. Der Albdruck der letzten Stunden wich in einem wütenden Schwall aus ihr und machte Platz für klaren, kühlen Trotz. Sie lehnte sich über die Tischplatte und blickte Ira fest an, ihre Stimme war nicht lauter als ein Flüstern. »Ja, es ist Annis Kind. Aber vielleicht wäre es gar nicht mehr am Leben, wenn es bei ihr geblieben wäre.«

»Unterschätzen Sie die Kids nicht, die sind Überlebenskünstler.« Ira musterte Caroline still. Der Wachmann starrte auf die Wanduhr und wippte sanft mit seinem Körper vor und zurück.

»Was wollen Sie?«, fragte Caroline.

»Ich bin neugierig. Warum haben Sie Annis Baby?«

»Weil sie es fast getötet hätte«, antwortete Caroline leise. Sie wusste, dass es für das, was sie getan hatte, keine Entschuldigung gab, aber gab es nicht wenigstens eine Erklärung? War nicht alles aus einer Kette von Entscheidungen entstanden, schweren Entscheidungen, die schnell getroffen werden mussten? Hatte sie nicht gute, menschliche, lautere Gründe für ihr Handeln gehabt? Sie war nicht böse!

Carolines Gedanken flogen zurück zu jenem Tag, der ihrem Leben eine schicksalhafte Wende gegeben hatte. Es war nach der kältesten Nacht des Jahres gewesen, erinnerte sie sich. Der Morgenhimmel war kristallklar, dicht über dem Fluss hingen noch Nebelschwaden, und die Pfützen waren vom Frost erstarrt. Carolines erster Gang galt wie jeden Tag dem Zelt in der dunklen Nische unter dem Torbogen. Sie hatte Windeln, Kaffee und belegte Brötchen dabei. Eine Woche zuvor hatte sie den unseligen Pakt mit Anni geschlossen, niemandem von dem Baby zu erzählen. Sie wollte auf Zeit spielen, hatte gehofft, dass Anni irgendwann zur Vernunft kommen und Hilfe zulassen würde, vielleicht heute, wo es draußen kaum auszuhalten war.

Anni lag mit dem Baby unter einem Berg dreckstarrender Decken, matt und schwitzend. Neben ihr fiepste das Kind, sein Gesicht war grau, sein Blick apathisch.

Caroline wusste, dass Anni früher gespritzt hatte und während der Schwangerschaft auf Methadon umgestiegen war, offensichtlich waren Mutter und Kind auf Entzug. Vorsichtig strich sie Anni über das glühende Gesicht und erklärte ihr mit ruhiger Stimme, dass es jetzt an der Zeit wäre, den medizinischen Dienst zu holen.

Anni wischte die Hand weg, rappelte sich hoch und presste das Kind an sich. »Hau ab!«, schrie sie mit fiebrigen Augen und griff nach ihrem Messer.

Hätte sie sie in diesem Moment einfach überrumpeln und Hilfe holen sollen?, fragte sich Caroline später Tausende Male und kam immer wieder zur selben Antwort: Man hätte Anni, dem Junkie, der zu impulsiver Gewalt neigenden Obdachlosen, daraufhin mit großer Wahrscheinlichkeit das Baby entzogen. Also beschloss sie, weiter auf Zeit zu spielen, und bot Anni an, für eine Weile mit dem Baby zu ihr zu ziehen, um einen kalten Entzug zu machen und den Frost zu überstehen. Vielleicht, so Carolines heimliche Hoffnung damals, würde sich Anni dann bereit erklären, mit ihrem Kind in ein Schutzhaus für obdachlose Mütter zu ziehen. Stundenlang hockte Caroline in dem Zelt, redete auf das Mädchen ein und beschwor es verzweifelt, ihr zu vertrauen. Am Abend, im Schutz der Dunkelheit, konnte sie die beiden endlich mit allen Habseligkeiten in den Polizeiwagen packen.

In ihrer kleinen Wohnung in einer unscheinbaren Sechzigerjahre-Siedlung brachte Caroline die junge Mutter und das Baby im Schlafzimmer unter, ließ Anni die erste Badewanne ihres Lebens ein, gab ihr frische Klamotten und kochte Nudeln. In der Nacht machte niemand ein Auge zu, Anni erbrach sich neben dem wimmernden Kind, und Caroline durchforstete auf dem Bettsofa das Internet nach Informationen zum Entzug. Am Morgen meldete sie sich bei ihrer Dienststelle krank und wich Anni und dem Baby nicht mehr von der Seite. Sie trug Eimer zwischen Bad und Arbeitszimmer hin und her, kochte Tee und Brei, wechselte Windeln, wischte auf, bezog das Bett neu und versuchte, die beiden gequälten Wesen in den Schlaf zu singen. Nach fünf Tagen war es vorbei. Zwar schliefen Anni und ihr Kind immer noch viel zu wenig, aber die Schmerzen, das Zittern, die Übelkeit und das Weinen nahmen ab. Das Schlimmste war geschafft. Vorerst.

Zwei Mütter für Anni, dachte Caroline plötzlich und schüttelte den Kopf. *Eine Terroristin und eine Polizistin.*

Ira legte fragend den Kopf schief. »Was?«

»Anni hatte schon einen Entzug durchgemacht, bevor sie in die Gruppe kam«, erklärte Caroline leise. »Bei mir zu Hause.«

Iras Augen weiteten sich, und für einen Moment glaubte Caroline, darin Eifersucht aufblitzen zu sehen. Sie bemerkte es mit Genugtuung. Ihre Vertrautheit zu Anni war unausgesprochen und körperlos gewesen, erinnerte sie sich, ein stiller Vertrag, den beide respektierten. In den Tagen nach dem Entzug hatte Anni jünger und zerbrechlicher gewirkt und oft schlechte Laune gehabt. Sie antwortete nicht auf Fragen, ließ absichtlich ihre Sachen herumliegen, schloss sich lange im Bad ein und fluchte, wenn das Kind weinte oder wieder nicht einschlief. Caroline selbst gewöhnte sich mit jedem Tag mehr daran, das winzige, federleichte Bündel zu umsorgen. Kinder waren ihr bis dahin fremd gewesen, nie hatte sie sich vorstellen können, was es bedeutete, den Geruch eines Babys zu erkennen und die zarte Haut seiner Hände auf den Wangen zu spüren. In den schlaflosen Nächten hatte sie gelesen, dass Neugeborene auf Entzug besonders viel Körperkontakt brauchten, und sie beschenkte den Kleinen großzügig. Anni akzeptierte die Polizistin als Zweitmutter und bekam im Gegenzug alle Freiheiten, die ihr heimlicher Aufenthalt in der Wohnung zuließ. Manchmal beobachtete Caroline die neue Mitbewohnerin, wie sie neugierig durch ihr Reich streifte, jede Schublade aufzog, in den Büchern aus dem Regal blätterte, sich hemmungslos an den Leckereien im Kühlschrank bediente und die wenigen kosmetischen Produkte im Bad ausprobierte.

Carolines Gedanken kehrten in den Besucherraum zurück. Sie blickte in Iras fragende Augen und genoss die Vorstellung, dass sie selbst Anni genauso nah gewesen war wie die Terroristin, vielleicht sogar noch näher.

»Wieso denkt Anni, dass sie ihr Kind getötet hat?«, fragte Ira ernst.

Carolines Mundwinkel wurden schwer, ihr Blick verlor sich an der kahlen Wand. »Anni hatte nach dem Entzug immer noch die Gier nach Drogen«, erzählte sie leise. »Nach einigen Tagen fühlte sie sich eingesperrt und wollte raus, nur für ein paar Stunden. Ich hatte ein ungutes Gefühl, aber sie war kein kleines Kind mehr, dem man etwas vorschreiben kann. Ich habe auf ihre Kraft gehofft und sie gehen lassen. Das war ein Fehler. Sie kam erst nach zwei Tagen zurück.«

Caroline spürte einen Kloß im Hals. Warum erzählte sie das alles? Weil Ira es sowieso aus ihr herauspressen konnte, wenn sie wollte? Möglich. Aber im Grunde, so wurde ihr jetzt klar, tat sie es für sich selbst. Es war die pure Erleichterung, nach den langen Monaten des Schweigens eine Beichte abzulegen. Vielleicht wäre am Ende sogar eine Art Absolution möglich. Vielleicht würde wenigstens einer sie verstehen, und wenn es eine Terroristin war.

»Anni kam spät in der Nacht. Sie sah schrecklich aus«, erzählte Caroline leise weiter. »Sie hatte sich weggeschossen und war alles auf einmal: aufgekratzt und am Boden zerstört, größenwahnsinnig und voller Selbsthass. Sie war kaum durch die Tür, da fantasierte sie schon, dass sie ihr Kind zu dem Vater bringen und mit ihm zusammenziehen würde, wie eine ganz normale Familie. Sie wollte mir das Baby aus dem Arm nehmen, es hat angefangen zu weinen, und ich habe es festgehalten. Anni schrie rum und drohte mir mit der Faust, dann machte sie wieder Faxen, um den Kleinen zu beruhigen. Sie war wie von Sinnen, ich bin überhaupt nicht zu ihr durchgekommen. Es war der reinste Horrortrip.«

Die Uhr über dem Süßigkeitenautomaten tickte in die Stille.

Caroline sah, wie eine Träne auf ihren Notizblock fiel. Das Datum über dem leeren Blatt verschwamm. Ihr entzündetes Auge brannte. Wann hatte sie das letzte Mal geweint? Damals, in jener dämonischen Nacht, als sie Anni angefleht hatte, sich zu beruhigen, und nur höhnisches Lachen erntete? Als sie zusehen musste, wie Anni das Bücherregal umwarf, während die schrillen Schreie des Babys ihr die Trommelfelle zerrissen? Als die junge Mutter die Blumenvase vom Sideboard wischte und den gläsernen Couchtisch zertrat?

Caroline schnäuzte sich in ein Taschentuch und nickte dem Wachmann zu, der sie von der Tür aus irritiert ansah. *Alles in Ordnung.*

»Ich kenne Anni, wenn sie außer Kontrolle ist«, sagte Ira leise.

Mit gesenkter Stimme fuhr Caroline fort: »Ich bin mit dem Kind in die Küche gelaufen. Anni kam hinterher, bevor ich die Tür abschließen konnte. Ich dachte, jetzt prügelt sie mich tot, und hab das Baby an mich gedrückt. Dann hatte Anni plötzlich ein Fleischmesser in der Hand. Sie fuchtelte damit herum und schrie, sie würde mich abstechen, sollte ich das Baby nicht rausrücken. Plötzlich war da ein höllisches Brennen an meinem Arm, einmal, zweimal. Dazu das Geschrei. Ich dachte, das wars. Und dann sah ich Annis aufgerissene Augen. Sie starrte auf das Baby. Es war voller Blut, der Kopf, die Ärmchen. Es hat gehustet und gekeucht. Anni und ich haben uns angeschaut, voller Panik, dann ist sie aus der Wohnung gerannt, ohne ein Wort. Danach habe ich sie nie wiedergesehen.«

Caroline bemerkte, dass sie das Taschentuch in ihren Händen zerpflückte. Sie hob den Blick. Ira umklammerte ihre Tasse und sah erschrocken aus. Zum ersten Mal. Caroline zog ihr Hemd am Oberarm hoch und deutete auf zwei Narben.

»Sie hat nur mich erwischt. Zwei Mal. In der Notaufnahme habe ich behauptet, ich wäre in den Glastisch gefallen. Polizisten wird viel geglaubt.«

»Und Anni war wieder auf Platte«, murmelte Ira leise.

Caroline nickte stumm. Alle Kraft war aus ihrem Körper gewichen, sie fühlte sich seltsam erleichtert und meinte, auf dem Stuhl zu zerlaufen.

»Ich gehe davon aus, dass Sie dem Jugendamt nicht Bescheid gegeben haben. Sonst hätte man nach Anni gesucht«, sagte Ira leise.

»Ich wollte ihr das Kind nicht wegnehmen«, antwortete Caroline kopfschüttelnd. »Eigentlich wollte ich nie ein Kind.« Wann hatte sie sich entschlossen, den Schritt zu tun?, fragte sie sich nun insgeheim. Nicht in dem Moment, als Anni weggelaufen war und sie das schreiende, blutüberströmte Baby auf die Wickelablage gelegt und seinen kleinen Körper hektisch nach Stichwunden abgesucht hatte. Nicht, als sie sich selbst mit einer Stoffwindel den Arm abgebunden, das Kind wieder hochgenommen und so lange gewiegt hatte, bis es erschöpft eingeschlafen war. Nicht, als sie im Taxi gesessen und gebetet hatte, dass der Kleine zu Hause nicht aufwachte. Die Entscheidung wuchs im Krankenhaus. Als die junge Ärztin Caroline den Venenzugang legte, das Schmerzmittel sie warm durchwogte und der Chirurg sich im grellen Licht einer OP-Lampe über ihren betäubten linken Arm beugte, spürte sie eine überwältigende Sehnsucht nach dem Kind. Eine innere Stimme sprach es kristallklar aus: *Anni ist weggelaufen. Sie schafft es nicht. Sie will es nicht!*

Caroline wollte so schnell wie möglich wieder zu ihm. Zu *ihrem* Kind. Nach ihrer Rückkehr aus dem Krankenhaus hatte sie den Kleinen mit ihrem verbundenen Arm aus der Wiege genommen und neben sich ins Bett gelegt. Lange hatte sie ihn im Dunkel betrachtet und seinem Atmen gelauscht, und die Gewissheit war gewachsen, dass er jetzt *ihr* Baby war. Der Kleine brauchte sie! Er hatte *sie* ausgesucht!

Ira unterbrach die Stille: »Und wie haben Sie es geschafft, das Baby als Ihres auszugeben? So ein Kind fällt ja nicht vom Himmel, das muss Ihren Kollegen und Freunden doch komisch vorgekommen sein.«

Caroline schaute ihr Gegenüber stumm an, noch benommen von den Erinnerungen. Der Wärter an der Tür wippte wieder auf seinen Füßen. Der Süßigkeitenautomat brummte. Vor dem vergitterten Fenster wogte der Staub in den Sonnenstrahlen. Caroline fegte die Taschentuchfetzen auf dem Tisch zusammen und lächelte. Warum sollte sie einer Terroristin erzählen, wie überraschend leicht es gewesen war, ihre Umwelt zu täuschen und zu einer echten Mutter zu werden? Dieser Coup sollte ihr kleines Geheimnis bleiben.

»Es hat funktioniert.«

Ira wartete einen Augenblick und nickte dann. »Verstehe.«

»Ich denke, wir machen Schluss für heute«, sagte Caroline, packte Notizblock und Stift ein und rückte den Stuhl nach hinten. »Bis morgen.«

Sie stand auf, und der Wachmann öffnete die Tür.

»Warten Sie …«, hörte sie plötzlich Ira von hinten sagen.

Caroline drehte sich um und sah ein Lächeln. Und mit einem Mal wusste sie, dass die Erleichterung, sich alles von der Seele geredet zu haben, einen Preis haben würde.

*

Es war noch nicht einmal Mitternacht, und der kleine Ort schien schon im Tiefschlaf zu liegen. Die Fenster der Backsteinhäuser waren dunkel, die Bürgersteige verwaist. Zwei Landstraßen hatten sie gekreuzt, ohne ein einziges Auto zu sehen. Ob heute

Sonntag war?, fragte sich Anni. Sie schaute schon lange nicht mehr auf den Kalender, eigentlich hatte sie es nie getan.

Eine halbe Stunde zuvor war sie mit Karl losmarschiert, über die dunklen, stoppeligen Felder auf die Hügelkette zu, an deren Hängen die Straßenlaternen wie Perlenketten aufgereiht waren. Anni hatte nicht die geringste Ahnung, was Karl vorhatte, und sie verkniff sich nachzufragen. Sie wusste, dass er genüsslich schweigen würde, so wie in der Gruppe, wenn er die Kids zusammengetrommelt hatte und mit ihnen losgezogen war. Er liebte es, wenn andere wie willenlose Entenküken hinter ihm herwatschelten. Er liebte die Macht, und er liebte die Überraschung in den Augen der Gefolgschaft, wenn er ihnen seinen Plan eröffnete. Manchmal waren sie in den Wald gegangen, wo er plötzlich selbst gebaute Granaten aus der Tasche gezogen hatte. Zweimal waren sie nachts in den Bulli gestiegen und hatten erst auf der Fahrt erfahren, dass sie einen Geldautomaten sprengen würden. Karl war eine grinsende Bombe, die immer und überall explodieren konnte.

Jetzt führte er Anni durch den kleinen Ort zu einem Einfamilienhaus, in dem eine Apotheke untergebracht war. Im Schaufenster leuchtete eine Werbetafel für ein Zeckenmittel, der Verkaufsraum dahinter lag im Dunkeln. Karl zog Anni in eine dunkle Querstraße und kletterte mit ihr über einen niedrigen Gartenzaun. Lautlos schlichen sie über den vertrockneten Rasen zur Hinterseite der Apotheke. Karl hatte eine Ikea-Tüte mitgenommen, aus der er nun ein Brecheisen hervorholte. Er verkantete es an dem Flügelrahmen eines der alten Fenster und drückte es dann mit seinem ganzen Gewicht hinunter. Mit einem kurzen Krachen grub sich das Eisen in das Holz, und das Fenster sprang auf. Karl verharrte einen Moment und schaute zu den Nachbarhäusern. Alles blieb ruhig. Dann kletterte er auf die Fensterbank, reichte Anni die Hand und stieg mit ihr in das Hinterzimmer der Apotheke ein.

Das leise Brummen eines Kühlschranks empfing sie.

*

Als Jonas die stählerne Kellertür öffnete, schlug ihm kalte, modrige Luft entgegen. Er versicherte sich gründlich, dass die Tür nicht hinter ihm zufallen konnte, dann stieg er die staubige Treppe hinab. Der Lichtkegel der Taschenlampe wanderte durch den schmalen Gang und huschte über zerbrochene Bierflaschen, leere Konservenbüchsen, Zeltplanen und zerfetzte Kartonreste – Überbleibsel von Nomaden, die lange vor ihnen das Hausgerippe bewohnt hatten. Der Gang führte in einen nackten Heizungskeller, durch dessen niedrige Fenster blasser Efeu hineinrankte. Von den Feldern war Staub hereingeweht und hatte sich in riesigen Spinnweben verfangen, die wie schwere Tücher von der Decke hingen. Am Boden hatte der Staub eine dicke Schicht gebildet, in der Jonas Abdrücke von Turnschuhen und schweren Stiefeln erkannte wie von Astronauten auf der Oberfläche des Mondes.

Fröstelnd ging er weiter, von einem leeren Raum zum nächsten, leuchtete in Ecken, Mauerritzen und Schächte. *Irgendwo muss es sein*, dachte er. Wo sonst, wenn nicht im Keller, sollte Karl das Geld versteckt haben? Er hätte es in der Nähe des Hochhauses verbuddeln können, aber dafür hätte es eine Hacke gebraucht, so hart, wie der ausgedörrte Boden in dem Dürresommer war.

Ein kleiner Gang führte Jonas zu dem Raum mit den Wasserleitungen und dem rostigen Hahn, aus dem Ansgar das brackige Trinkwasser in den Kanister gefüllt hatte. Ein Bündel breiter

Abwasserrohre verschwand in einer Luke im Boden. Jonas legte sich hin und leuchtete in den Hohlraum. Er war leer, doch beim zweiten Hinsehen blieben seine Augen an etwas hängen: Eines der Rohre hatte eine rostige Klappe, die mit einem kleinen Hebel geöffnet werden konnte. Er glänzte im Licht der Taschenlampe, als hätte ihn jemand benutzt. Jonas griff nach dem Hebel, öffnete die Klappe, griff in das Rohr und holte eine Plastiktüte heraus. Darin lagen mehrere eingerollte Geldbündel.

Jonas ballte die Faust. Ihm war, als würde er damit mitten in Karls Gesicht schlagen.

*

Karl leuchtete mit seiner Taschenlampe durch den Hinterraum der Apotheke. Sie standen in einem kleinen Labor. An der Wand hing ein Regal voller brauner Flaschen, Plastikbehälter und Kartons. Auf einer Arbeitsfläche neben der Spüle standen eine Waage und einige Apparaturen.

»Was suchst du?«, flüsterte Anni.

»Pikrinsäure.«

»Was ist das?«

»Erst mal gehen wir einkaufen.«

Karl betrat einen Korridor aus hölzernen Schubladenschränken, zupfte an einer Lade und schaute grinsend zu, wie sie federleicht aufglitt. Sie war voller Medikamente.

»Halt das«, flüsterte er und gab Anni seine Taschenlampe.

Sie leuchtete über seine Schulter und sah zu, wie er in den Schachteln kramte, weitere Schubladen öffnete, einzelne Medikamente herausfischte und in die Ikea-Tüte warf.

»Was soll das?«, fragte sie leise.

Karl nahm ihr die Lampe ab: »Opioide gegen Schmerzen, Amphetamine für Power und Benzos für Spaß.«

Er ging weiter in den Verkaufsraum und füllte die Tüte mit Weingummis, Hustenbonbons, Wärmepflastern, Zahnpasta und Kosmetika. Zurück im Labor, leuchtete er an den Flaschen und Plastikdosen im Regal entlang und las konzentriert jedes der Etiketten. Dann durchwühlte er sämtliche Schubladen und entdeckte schließlich im hintersten Winkel eines Unterstellschrankes ein verschlossenes Glas, das mit einer gelblichen Masse gefüllt war. Vorsichtig stellte er es auf die Spüle.

»Ist es das, was du suchst?«, wollte Anni wissen.

»Sieht nach Pikrinsäure aus.«

Im Schein der Taschenlampe blitzten gelbe Kristalle in dem Glas auf.

»Fuck …«, knurrte Karl.

»Was?«

»Diese Wichser haben das Zeug austrocknen lassen.«

»Na und?«

»Trocken ist das so explosiv wie Nitroglyzerin, eine Bewegung zu viel, und die können unsere Reste von den Wänden kratzen.«

Anni wich einen Schritt zurück. »Stell das weg!«

Karl blickte konzentriert in das gelb glitzernde Glas. »Ohne das Zeug keine Zünder. Ohne Zünder keine Bomben.«

*

Die Kälte des Kellers war vergessen. Jonas wog die fünf Papierbündel in seinen Händen und strahlte. Siebentausend Euro, mehr Geld, als er in seinem ganzen Leben gesehen hatte, genug für viele Monate mit Anni im Camper, genug für ein neues

Leben, ein ganz normales Leben! Es war unwahrscheinlich, dass Karl heute Nacht noch an das Versteck gehen würde, dachte Jonas. Morgen früh würde er aufwachen, die beiden leeren Feldbetten entdecken und fluchend die Treppen hinunterstürmen, voller Vorahnung, dass man ihm seinen wertvollsten Schatz geraubt hatte. Jonas malte sich aus, wie Karl im Keller gegen die Rohre treten, wie er vor dem Hochhaus um sich ballern, die Treppen zurück nach oben sprinten und nach ihnen brüllen würde. Und dann, wenn er die Hälfte der Ausrüstung über die Kante geschmissen hätte, würde Karl endlich kapieren, dass er allein wäre. Ein Wolf ohne Rudel.

Jonas stopfte die Geldbündel in die Taschen seines Hoodies und ging zur Treppe. Plötzlich fuhr er zusammen. Ein Geräusch. Aus einem vergitterten Fensterchen unter der Decke drang das leise Brummen eines Motors in den Keller. Jonas überlegte mit pochendem Herzen: Die anderen waren keine halbe Stunde zuvor zu Fuß losgezogen. Hatten sie einen Wagen geklaut und kamen jetzt schon zurück? War es Ansgar, der ihnen Essensnachschub brachte? Das Brummen erstarb, und Jonas hörte, wie Autotüren zugeschlagen wurden. Drei Mal.

Er eilte zurück in den Kellerraum mit den Wasserleitungen, stopfte die Tüte mit den Geldbündeln ins Abwasserrohr und schlich zum Gang, wo er wieder lauschte. Von weit her schallten Stimmen in den Keller, fremde Stimmen. Als sie leiser wurden, beschleunigte Jonas voll dunkler Ahnung seinen Schritt, trat ins Treppenhaus und hatte kurz darauf Gewissheit: Die Fremden waren im Hochhaus und gingen die Treppen hinauf in die oberen Etagen.

Mit bebenden Händen griff Jonas in seinen Hosenbund, wo die Pistole mit dem Schalldämpfer steckte, die Karl ihm für den Notfall zurückgelassen hatte, und tappte auf Zehenspitzen die

Treppe hoch. In jedem Stockwerk lugte er um die Ecke, die Waffe fest umklammert, bevor er die nächste Etage erklomm. In seinem Kopf überschlugen sich die Gedanken: Sollte er schießen, wenn die Fremden das Lager fanden, so wie Karl es ihm befohlen hatte? Oder sollte er sich einfach das Geld schnappen und in der Dunkelheit verschwinden? Er spürte ein wohliges Ziehen im Bauch, doch sofort meldeten sich Zweifel. *Und Anni mit Karl allein lassen? Nicht schon wieder!*

Jonas verlangsamte seinen Schritt. Die Schnüffler waren höchstens zwei Stockwerke über ihm, den Stimmen nach zwei Männer und eine Frau. Sie klangen jung, sie lachten und alberten. Plötzlich fuhr ein Blitz durch das Treppenhaus. Jonas fluchte innerlich: Die Fremden fotografierten, sie mussten von weither sichtbar sein. Er schlich weiter und rechnete sich aus, dass die Eindringlinge bald die letzte Etage erreicht haben mussten. Das Lager war vom Treppenaufgang aus hinter der Zwischenwand verborgen, vielleicht würden sie es nicht entdecken. Jonas schlich Stufe um Stufe hinter den Stimmen her. Sein Puls raste. Was, wenn sich die Fremden verteilt hatten? Wenn sie auch bewaffnet waren?

In der letzten Etage verharrte er reglos und lauschte. Plötzlich drang von oben ein übermütiger Jubelschrei herab, die drei waren auf dem Dach. Jonas huschte zum Lager und verbarg sich hinter der Zwischenwand, die Pistole fest umklammert. Der Mond tauchte die Betonwände in kaltes Licht. Die Minuten verstrichen. Nach einiger Zeit wanderten die Stimmen wieder ins Treppenhaus, alle drei plapperten aufgeregt durcheinander, erneut zuckten Blitze durch das Betongerippe. Jonas betete, dass die Fremden verschwanden, doch anstatt die Treppen weiter hinabzusteigen, blieben sie in seinem Stockwerk.

Jonas biss sich auf die Lippe. Die Waffe lag schwer in seiner Hand, kaum vorstellbar, dass ein winziger Druck mit dem Finger ausreichte, um ihn zum Henker zu machen. Ein heller Blitz fuhr durch die Etage. Das Mädchen rief: »Hey, guckt mal! Hier hat einer sein Essen vergessen!«

Jonas zuckte zusammen. Anni hatte am Abend ihr Fertigessen mit an die Kante genommen, kaum zehn Meter entfernt. Wahrscheinlich hatte sie die Aluschale dort liegen lassen.

»Das ist frisch!«, rief das Mädchen.

»Vielleicht ist hier noch jemand«, sagte eine andere Stimme.

Die dritte Stimme heulte durch die Etage: »Auuuuuh. Komm raus!«

Die anderen lachten.

Jonas hielt den Atem an, die Pistole zitterte in seiner Hand.

*

Karl nahm das Glas mit den gelben Kristallen mit beiden Händen und stellte es wie ein rohes Ei in das Spülbecken.

»Ey, lass uns irgendwas anderes suchen«, sagte Anni und drückte sich in die Fensternische.

»Gibt nichts anderes«, antwortete Karl und drehte den Wasserhahn auf. »Ich setz jetzt das Glas unter Wasser.«

»Und dann?«

»Wenn die Pikrinsäure nass ist, kann sie nicht mehr explodieren.«

Karl leuchtete in das Becken, das Wasser stieg und umschloss das Glas.

»Dann mach schon«, drängte Anni nervös.

»Hast du Schiss?«

»Mach keinen Scheiß, Mann!«

Karl kratzte seinen verkrusteten Ohrstumpf. »Ich schraub

jetzt den Deckel auf. Wenn Kristalle im Gewinde sind, dann gibt das Reibung und dann …«

Anni stemmte sich rückwärts auf das Fensterbrett. »Scheiße, ich hau ab. Wir treffen uns an der Straße.«

»Ich wusste, dass du Schiss hast.«

»Leck mich!«, zischte Anni.

»Du bleibst hier. Alle oder keiner.«

Karl legte die Hand an den Deckel. Anni erstarrte. Sie kannte seine sadistischen Scherze. Aber diesmal sah sie die Schweißperlen auf seiner Oberlippe. Das war kein Scherz. Karl hatte Angst. Echte Angst.

Er drehte den Hahn zu und drückte das Glas unter Wasser. Dann begann er, mit einer mikroskopisch kleinen Bewegung den Deckel zu drehen. Anni wendete den Kopf ab, kniff die Augen zusammen und betete, dass sich kein winziges Kristall zwischen das Gewinde verirrt hatte. Vom Wasserhahn löste sich ein Tropfen, das Geräusch peitschte wie ein Pistolenschuss durch das Labor. Sekunde um Sekunde verstrich, dann plötzlich ein Schnaufen. Anni öffnete die Augen und sah, wie Karl das Glas aus dem Wasser hob und grinsend mit der Taschenlampe hineinleuchtete. Die Kristalle hatten sich in eine gelbliche Lake verwandelt.

»Aufgeben ist was für Opfer, Anni«, krächzte er, bog den Kopf zu beiden Schultern, dass die Halswirbel knackten, und legte das Glas in die Tüte. »Ab nach Hause!«

*

In der Ferne funkelten die Lichter der Raffinerie. Jonas kauerte hinter der Zwischenwand und wartete. Der Griff der Pistole war schweißnass.

Wieder heulte einer der Fremden auf. Der andere Junge kicherte.

»Und wenn der Typ 'ne Waffe hat?«, hörte Jonas das Mädchen sagen.

»Wer sagt, dass es ein Mann ist?«, rief einer der Begleiter.

Vorsichtig lugte Jonas hinter der Zwischenwand hervor. Im Mondlicht sah er, nur ein paar Schritte entfernt, einen der Jungs breitbeinig über die Kante pinkeln. Der andere öffnete die Hose und tat es ihm nach.

»Idioten!«, rief das Mädchen, schaltete ihr Handylicht an und drehte sich in Jonas' Richtung. Blitzschnell zog er den Kopf zurück und umklammerte die Pistole. Sollte er schießen, wenn sie hinter die Wand kommen würde? In den Kopf? In den Körper? Sie war kaum älter als er! Vielleicht würde ein Warnschuss reichen, um die drei zu verjagen. *Und wenn die Fremden die Bullen rufen?*

Weitere Blitze zuckten durch das Lager. Die Jungs lachten.

»Seid doch mal still! Hier ist was!«, rief das Mädchen gedämpft. Sie war jetzt kaum einen Meter von Jonas entfernt, nur durch die Zwischenwand getrennt. Das Licht ihres Handys streifte an der Seite auf dem Boden entlang.

»Hier liegt ein Kaugummi, der ist noch weich!«

Einer der Jungs johlte laut: »Zeig dich, wir kommen in Frieden!«

Jonas' Blick schweifte Hilfe suchend umher, und plötzlich hatte er eine Idee. Er schlich auf Zehenspitzen an der Wand entlang zum gegenüberliegenden Rand der Etage. Dort legte er sich auf den Boden und schaute in die Tiefe. Vor dem überdachten Eingang des Hochhauses stand der Wagen der Eindringlinge. Jonas zog sein T-Shirt aus, wickelte es mit zitternden Händen um den Lauf der schallgedämpften Pistole und zielte hinunter.

Der Schuss war fast lautlos, das Klirren der zerberstenden Heckscheibe hallte durch das Betonskelett.

Das Lachen der Fremden erstarb schlagartig. Nach einem Moment erschrockener Stille hörte Jonas leises Fluchen und Schritte. Er blickte vorsichtig hinter der Zwischenwand hervor und sah die drei an der Kante knien und aufgeregt flüsternd hinunterschauen. Dann liefen sie zum Treppenaufgang und verschwanden. Sekunden später beobachtete Jonas, wie die Fremden tief unten aus dem Eingang kamen, die zersplitterte Heckscheibe des Wagens inspizierten und schließlich über den Feldweg davonfuhren.

Jonas setzte sich erschöpft an die Betonwand und legte die Pistole zur Seite. Sein Blick schweifte zu den Hügeln mit ihren Lichterketten. Irgendwo dort waren Anni und Karl, was immer sie da taten. Sie konnten jederzeit zurückkommen, es war zu riskant, noch einmal in den Keller zu gehen und das Geld zu holen. Die Freiheit musste warten.

*

Der Mond strahlte ins Gewächshaus und glitzerte im Wasserstrahl. Das Plätschern beruhigte Caroline. Sie schwenkte den Schlauch langsam hin und her, atmete tief den mineralischen Geruch der nassen Erde ein, und für einen Moment vergaß sie die Panik, die sie seit Stunden im Griff hatte. Pascal war schon lange im Bett, und vielleicht, so hoffte sie, würde sie es schaffen, vor dem Morgengrauen ein paar Stunden zu schlafen.

Am Nachmittag war Caroline vom Gefängnis aus wie in Trance zu ihrer Mutter gefahren. Sie hatte kaum zugehört, als Monika von ihren kleinen Triumphen berichtete: dass es dem

Kleinen bestens bei ihr ergangen sei, dass er kein einziges Mal geweint, gut gegessen und artig in die Windel gemacht habe. Caroline hatte sich pflichtschuldig bedankt und versprochen, den Jungen sehr bald wieder vorbeizubringen. Als die Mutter sie gemustert und überraschend aufrichtig gefragt hatte, ob alles in Ordnung sei, hatte Caroline »Jaja« gemurmelt und das Baby ohne weitere Worte eingepackt.

Kaum war sie zu Hause angekommen, hatte ihr Telefon geklingelt. Es war Lippock, er klang munter, entschuldigte sich für die Störung und fragte zögerlich, wie es mit der Vernehmung gelaufen sei.

»Es wird«, erwiderte Caroline wie ferngesteuert. Es hätte kaum schlimmer laufen können.

»Haben Sie Lust, mir in der Bar davon zu erzählen? Sie können auch das Baby mitbringen, ich kenne den Barkeeper, er dreht die Musik leiser.«

»Danke«, lehnte Caroline ab. »Aber ich bin ziemlich geschafft heute.«

Lippock wurde hellhörig. »Sie klingen nicht gut. Wollen Sie irgendwas loswerden?«

»Alles okay, es ist nur … der Kleine schafft mich momentan etwas.«

»Sie sagen mir, wenn es an der Tetzel liegt, oder?«

»Natürlich.«

»Ich wollte Sie mit der Bitte, es noch mal zu versuchen, nicht erpressen. Wenn Sie die Vernehmung doch lieber abbrechen oder eine Pause machen wollen, können Sie das jederzeit tun. Es wird keine Konsequenzen haben. Und ich mache Ihnen keine Vorwürfe, versprochen.«

Der Kriminaldirektor klang so fürsorglich, dass Carolines Gefühle vollends durcheinandergerieten. Um ein Haar wäre sie in

Tränen ausgebrochen. Doch der kalte Gedanke, der sie umklammert hatte, als sie wie ein angeschlagener Boxer aus dem Besuchsraum gewankt war, kam zurück und verwehte alle warmen Gefühle. *Ich bin ihre Gefangene.*

»Vielen Dank«, erwiderte Caroline und nahm sämtliche Kraft zusammen, um ihrer Stimme einen festen Klang zu geben. »Machen Sie sich keine Sorgen, ich will diese Vernehmung so wie Sie. Morgen bin ich wieder fit.«

»Gut«, antwortete Lippock. »Dann machen Sie weiter. Aber wenn ich das Gefühl habe, dass es nicht mehr gut für Sie ist, ziehe ich Sie ab.«

»Das wird nicht nötig sein.« Sie legte schnell auf und schloss die Augen. *Ich bin gefangen. In Iras Netz.*

Wie konnte sie nur so naiv sein!, dachte Caroline jetzt und sah zu, wie an den Scheiben des Gewächshauses die Wassertropfen im Mondlicht hinabrannen. Wie hatte sie nur eine Minute lang glauben können, ihre Beichte in der Haftanstalt würde folgenlos bleiben? Ihre Gedanken wanderten zurück zu dem Moment, als sie den Besuchsraum des Gefängnisses verlassen wollte und Ira ihr zum Abschied mit ihrer dunkelwarmen Stimme einen Giftpfeil in den Rücken geschossen hatte.

»Warten Sie …«

Ira hatte ihr stumm bedeutet zurückzukommen, und Caroline hatte sich wieder an den Tisch gesetzt.

»Ja?«, hatte sie leise gefragt.

»Was für eine Geschichte. Eine Polizistin, die ein Kind gestohlen hat.«

Caroline hatte nicht zu antworten gewagt. Es gab nichts zu leugnen, nichts zu erklären, der einfache Fakt hatte brennend im Raum gestanden.

»Die Leute lieben so was«, hatte Ira weitergeflüstert. »Eine gefallene Gesetzeshüterin nutzt ihre Macht aus und luchst einem wehrlosen Straßenkind das Baby ab. Das ist der perfekte Stoff für die Moralisten da draußen, im Netz tobt die Volksseele – Hass, Häme, Todesdrohungen. Vielleicht sogar ein Prozess. Sie werden keine ruhige Minute mehr haben.«

Caroline hatte Ira betäubt zugeschaut, wie sie eine Kunstpause gemacht und dann unheilschwanger gelächelt hatte: »Aber das Schlimmste wäre nicht die Schande. Das Schlimmste wäre es, das Kind zu verlieren. Der kleine Pascal. Für immer weg.«

Noch nie hatten ihr bloße Worte körperlich so wehgetan, erinnerte sich Caroline jetzt, während vor ihr im Beet das Wasser aus dem Schlauch einen Trichter grub. Wie einbetoniert hatte sie am Tisch des Besucherraums gesessen. Ira hatte ins Schwarze getroffen, das war ihr sofort klar gewesen, aber für einen kurzen Moment hatte sich alles in Caroline gesträubt. *Ich werde einfach leugnen! Das Wort einer Polizistin gegen das einer Terroristin!*

Eine Sekunde später war die innere Gegenwehr in sich zusammengebrochen: Es gab zu viele Beweise, auch ohne Anni. Das LKA hatte massenhaft Kleidung und persönliche Gegenstände der Kids. Falls es zu einer Untersuchung kommen würde, wäre es kein Problem, DNA-Material zu finden und zu beweisen, dass Anni Pascals biologische Mutter war.

»Keine Angst, Caroline, ich verrate Sie nicht«, hatte sie plötzlich Ira wie durch Nebel sagen hören und war innerlich zusammengezuckt. Ihr Vorname, so vertraulich aus dem Mund der Terroristin ausgesprochen, klang hässlich und zugleich wie ein Versprechen. Hatte Ira soeben wirklich angedeutet, sie zu verschonen?

»Sie müssten mir nur ein bisschen entgegenkommen.«

Erpressung. Natürlich, hatte Caroline gedacht und flüsternd erwidert: »Ich habe keine Macht. Ich kriege Sie hier nicht raus, und ich kann Ihnen keine Hafterleichterung verschaffen. Ich kann nicht das Geringste für Sie tun.«

»Sie können.«

»Ich besteche niemanden, wenn Sie das meinen. Das klappt hier nicht.«

»Das ist nicht nötig.«

Iras Augen ließen keinen Zweifel: Sie hatte einen Plan. Caroline klebte in ihrem Netz, sie konnte zappeln, so viel sie wollte, es würde nur noch schlimmer werden.

»Was wollen Sie?«

Ira hatte sich weit über die Tischplatte gebeugt und geflüstert: »Machen Sie einfach genau das, was ich Ihnen sage ...«

Jetzt spritzte ein Schwall Wasser auf Carolines Knöchel und holte sie in die Nachtwärme des Gewächshauses zurück. Sie spürte plötzlich, wie müde sie war, trank einen Schluck aus dem Schlauch, trat in den Hof und legte den Kopf in den Nacken. Der Mond schien an einem sternlosen Himmel.

Wir sitzen jetzt in einem Boot. In Carolines Ohren hallten Iras Abschiedsworte wider, nachdem sie ihr die Bedingungen für ihr Schweigen genannt hatte.

Wir sitzen in einem Boot. Die Worte fühlten sich nach einem geheimen Pakt unter Freundinnen an, nach einer Gemeinschaft unter Gleichen. Aber in diesem Boot waren die Rollen klar verteilt: Ira war der Kapitän, und Caroline musste rudern.

8

Die Morgenluft war aufgeladen. Hinter den Hügeln zogen schwarze Wolken heran und sammelten sich über der Ebene, der auffrischende Wind blähte die Plastikplanen des Lagers. Karl saß an einem Campingtisch, der vollgestellt war mit Zangen, Kabeln, Bohrern, Dichtungen und Fahrradbirnchen.

Eine Stunde zuvor war Ansgar gekommen. Seine Nase war dick wie eine Cocktailtomate, und mit seinen beiden blau unterlaufenen Augen sah er aus wie ein Tintenfisch. Karl hatte ihn lachend begrüßt: »Na, du Clown!«

Ansgar hatte keine Miene verzogen und ihm näselnd erklärt, dass die Einkäufe unten im Auto wären. Karl hatte die Kids aus den Feldbetten gezerrt und zum Aufgang geschubst. Viermal hatten sie die Treppen runter- und wieder hochsteigen müssen, bis alles im Lager war. Jonas war unter dem Düngersack fast zusammengebrochen, und Karl hatte mit der flachen Hand auf ihn eingedroschen wie auf einen Esel.

Jetzt schloss er die Kabel der Lötstation an die Autobatterie unter dem Klapptisch an. Daneben standen vier Schnellkochtöpfe, ein Kanister Heizöl und zwei Fünfundzwanzig-Kilo-Säcke Ammoniumsulfat-Dünger. Natürlich waren die Töpfe nichts im Vergleich zu den riesigen Gasflaschen mit den aufwendigen Funkzündern, dachte Karl, aber man musste nehmen, was man kriegte. In der Nacht hatte er auf dem Dach zwei Esslöffel der feuchten Pikrinsäure auf ein Stück Folie verteilt, damit sie wieder auskristallisierte.

Nun schnitt er mit einem Glasschneider ein Loch in das Fahrradbirnchen, ließ ganz vorsichtig ein paar der gelben Kristalle um die Glühwendel rieseln und schloss die Öffnung sorgfältig mit Klebeband. Zufrieden betrachtete er das winzige, an den Enden mit zwei Kabeln versehene Lämpchen: Er brauchte nur Spannung darauf zu bringen, und die explodierende Pikrinsäure würde das Dünger-Heizöl-Gemisch in dem Schnellkochtopf zünden. Eine gute Bombe entschied sich am Zünder, beglückwünschte sich Karl, daran erkannte man den wahren Könner, das hatte ihm sein Lehrmeister beigebracht: Opa Werner.

»Friede deiner Asche«, murmelte Karl in Richtung der Betondecke und erinnerte sich, wie ihm sein Großvater ein zerlesenes Buch voller beschrifteter Zeichnungen und Bastelanleitungen gezeigt hatte, mit Listen am Rand wie in einem Kochbuch. Karl verstand weder die Wörter noch den Sinn des Buches, und Werner erklärte ihm feierlich, dass dies ein geheimer Leitfaden der amerikanischen Armee sei, gemacht für Spezialeinheiten und Guerillakämpfer, die sich hinter den feindlichen Linien aus einfachen Haushaltsgegenständen und handelsüblichen Chemikalien Waffen bauen sollten. Niemand dürfe das Buch sehen, hatte der Opa geraunt, nicht die Freunde, nicht die Eltern, schon gar keine Fremden. Karl schwor es ihm feierlich und schmökerte jedes Mal darin, wenn er Werner besuchte. In der Schule besorgte er sich ein Wörterbuch, um die unbekannten Begriffe nachzuschlagen, und lernte, wie man Rohre, Flaschen und Büchsen mit ein paar Substanzen aus dem Baumarkt in ein ganzes Waffenarsenal – Granaten, Bomben und Schusswaffen – verwandeln konnte. Karl war ein gelehriger Schüler, das hatte er dem Opa schon bewiesen, wenn er an langen Wintersonntagen bei ihm in der Küche saß, einen Becher Kakao und einen Teller Kekse vor sich, und zuschaute, wie der alte Mann, der eigentlich gar nicht so alt war, in einer kleinen Pfanne über einem Bunsenbrenner Stücke von Bleirohren schmolz, die sie zusammen in einer alten Bauruine gefunden hatten. Blauer Rauch strich Werner in dünnen Fäden ums Gesicht, wenn er das dickflüssige Metall in zusammengepresste Kautschukformen goss. Nach etwa einer Minute öffnete er die Formen vorsichtig und holte mit einer Zange kleine preußische Soldaten mit geschulterten Gewehren und übertrieben hohen Helmen heraus. Karls Aufgabe war es, den noch heißen Figuren die Gussgrate abzufeilen und sie später mit seinem Opa in zwei Farben zu bemalen: Die Soldaten mit den blauen Uniformen waren die Deutschen, die mit den roten die Franzosen. Karls Meisterprüfung bestand darin, den Figuren mit einem Pinsel, der kaum mehr als drei Haare hatte, winzige Pupillen in die Augen zu tupfen. Nach getaner Arbeit holte Opa eine Flasche Nusslikör und zwei Gläschen aus dem Küchenschrank und schenkte ihnen beiden ein, sich selbst mehrmals, Karl einmal. Die süße Flüssigkeit brannte beim Schlucken, aber Werner bestand darauf, dass sein Enkel das Glas in einem Zug leerte und den Rest ausleckte. Danach wurden die kleinen Armeen gegeneinander aufgestellt. Die Deutschen gewannen immer.

Sein Opa wäre stolz auf ihn, dachte Karl nun, als er den ersten Zünder vorsichtig in die kleine Ventilöffnung des Schnellkochtopfs steckte und den Deckel mit einem Klacken einrasten ließ. Vier Bomben. Am richtigen Ort, zum richtigen Zeitpunkt könnten sie einen schönen Wumms machen. Karl hatte im Netz die Lage sämtlicher Polizeiwachen im Umland studiert und eine in einem belebten Szeneviertel als Ziel ausgesucht. In der Mittagszeit, so seine Idee, würden dort jede Menge Leute mit ihren bescheuerten Kaffeebechern herumrennen oder in ihren dämlichen Streetfood-Läden sitzen. Drei Schnellkochtöpfe würden dicht an dicht im Kofferraum eines gestohlenen Autos liegen, das er so nah wie möglich an der Wache geparkt hätte. Karl malte sich aus, wie er nur fünfzig Meter entfernt stehen und bei den Bullen anrufen würde. Er würde einen Amoklauf in einer Schule in der Nähe ankündigen, kurz und klar. Keine drei Minuten später würden sie alle aus der Wache kommen wie Bienen aus einem brennenden Stock. Die Bomben im Kofferraum würden das Auto in einem Feuerball zerreißen, die Druckwelle würde die Streifenwagen wie Pappkartons durch die Luft schleudern, tonnenweise Stahl, der alles und jeden ummähte wie Grashalme. Danach ein Moment der Stille, in die ein paar Metallteile vom Himmel zu Boden regnen würden, ein Glockenspiel des Todes. Dann käme das Chaos. Niemand zwischen den schreienden und irrlichternden Menschen würde Karl beachten. Ein paar Minuten später, wenn die Rettungswagen, die Feuerwehr und die anderen Bullen mit Blaulicht eintreffen würden, käme die Vollendung. Das Fahrrad würde nur wenige Meter vor der Wache stehen, am Hinterrad eine unscheinbare Satteltasche, darin der vierte Topf. Der Zweitschlag, dachte Karl, ist die eigentliche Botschaft. Die Systemsklaven sollten wissen, dass er keine Gefangenen nahm. *Wir stehen hinter den feindlichen Linien, und wir spielen dreckig.*

Aus der Ferne rollten Donner heran und verfingen sich im Hochhausgerippe. Die Luft roch nach Regen. Karl beobachtete eine Plastiktüte, die vom Wind hochgewirbelt wurde, vor der Kante einige Pirouetten drehte und wieder verschwand. Zeit für eine Pause. Er stand auf und ging an den schlafenden Kids vorbei zum kleinen Treppenaufgang hinauf aufs Dach.

Es war, als hätte er einen Berggipfel erklommen. Alles schien wie verwandelt, ein schwarzer Wolkendeckel hatte sich über die Ebene geschoben, am Horizont hinter der Raffinerie zuckten Blitze, ihr Grollen hallte unter seinen Füßen durch das Hochhaus. Wind strich Karl ums Gesicht, als die ersten Tropfen herabklatschten und im warmen Beton versickerten. Es roch nach Elektrizität. Dann platzten die Wolken. Windböen trieben dichte Wasserschleier über das Dach, der Regen peitschte in Karls Gesicht, er zog sein Shirt über den Kopf, breitete die Arme aus und stieß einen langen Schrei aus. Die Elemente gehorchten ihm. Bald wäre seine Stunde gekommen. Er würde Geschichte schreiben. Er ganz alleine.

*

Anni rollte sich fester in ihren Schlafsack ein. Der Wind trieb Sprühregen in ihr Gesicht. Blitze zuckten durch die Etage, und durch das Donnergrollen schallte Karls Brüllen herunter. Anni stöhnte auf. Der irre Affe hatte sie schon den ganzen Morgen genervt, als er am Klapptisch an den Zündern rumgebastelt und vor sich hin gemurmelt hatte: »Fein!«, »So geht das!«, »Vorsicht, mein Junge, sehr gut!«

Wie sehr hatte Anni gehofft, dass die verfickte Pikrinsäure in Karls Händen explodieren und seine Visage zerfetzen würde. Jetzt feierte er sich auf dem Dach, während die Windböen an der Plane des Lagers zerrten und an der Kante das Wasser wie ein Vorhang herabrauschte. Die Landschaft dahinter war im dichten Regen verschwunden. Anni blickte zu Jonas, der sich auf dem

Feldbett tief in seinem Schlafsack verkrochen hatte. *Armer Teufel.* Sie erinnerte sich, wie Karl ihn getreten hatte, als sie am Morgen Ansgars Besorgungen hochschleppen mussten. Jonas hatte vor Erschöpfung fast ins Treppenhaus gekotzt. *Bald ist es vorbei!*

Anni dachte an die Nacht zurück, als sie mit Karl von der Apotheke zurückgekommen war. Jonas hatte so getan, als würde er schlafen, doch kaum war Karl mit dem Pikrinsäure-Glas auf das Dach verschwunden, hatte er ihr aufgeregt von dem Geldversteck und den fremden Besuchern erzählt. Er hatte die Kohle gefunden, ihr Ticket in die Freiheit! Sie hatte ihn abgeknutscht, und es war ihr egal, dass er sich dabei wie eine dünne Holzpuppe in ihren Armen anfühlte.

Jonas hatte schon einen Plan gehabt. In der kommenden Nacht würden sie auf der Pritsche liegen und auf Karls Schnarchen warten. Dann würden sie die heimlich gepackten Rucksäcke und ihre Schuhe nehmen und auf Socken zum Treppenaufgang schleichen. Sobald sie im Keller das Geld geholt hätten, würden sie nur noch laufen, laufen um ihr Leben. Karl würde irgendwann aufwachen und die Metallkiste aufreißen, die er neben seinem Bett unter Verschluss hielt, er würde zwei Knarren herausholen und die Hetzjagd beginnen, unermüdlich wie ein Jagdhund. Sie mussten es Richtung Fluss zur Bundesstraße schaffen und dort vielleicht einen Lkw erwischen, damit ihr Verfolger ihre Fährte verlor. Dann wären sie endlich raus, raus aus dem Wahnsinn, und Karl könnte sich seine verfickten Bomben sonst wohin stecken.

Jetzt rappelte sich Anni hoch, ging zur Kante und hielt ihre Haare in den dünnen Wasserfall. Ihre Gedanken gingen zum Wohnmobil. Es stand sicher noch unter den Bahngleisen. Sie würde den Wagen kurzschließen, mit Jonas zum nächsten Baggersee fahren und erst mal eine Runde baden. Im Rucksack lag schon ein kleines Stück Seife. Sie hatte es in Nicoles Bad mitgenommen. Es roch nach Honig und Kokos.

*

Caroline ging durch eine kleine Parkanlage zwischen mehrstöckigen Wohnblocks zum Haus ihrer Mutter. Das Gewitter, das über die Stadt hinweggefegt war, donnerte noch in der Ferne, die Bäume tropften, die verdorrte Wiese dampfte. Caroline war froh, dass sie in einer Garageneinfahrt gewartet hatte, bis der Regen vorbeigezogen war. Durchnässte Klamotten waren das Letzte, was sie jetzt brauchte, dachte sie, als sie die Klingel drückte. Sie hatte gleich eine wichtige Verabredung, vielleicht die wichtigste ihres Lebens. Sie würde zuerst das Kind bei ihrer Mutter abholen und dann mit ihm ein weiteres Mal ins Gefängnis fahren. Wie von Ira verlangt.

Die kurze Nacht hatte Caroline einen schönen Trosttraum geschenkt, so wie damals, als ihr Bruder gestorben war. Doch im Morgengrauen hatte – wie damals – die Wirklichkeit sie mit einem Faustschlag in den Magen geweckt. *Sie hat dich gefangen!*, schallte es durch ihren Kopf, noch bevor sie die Augen aufschlug. Um sich nicht übergeben zu müssen, war sie sofort unter die Dusche gesprungen und hatte, ohne zu frühstücken, den Kleinen zu ihrer Mutter gebracht. Dann war sie in die Innenstadt gefahren und hatte die Besorgungen gemacht, die ihr Ira aufgetragen hatte. Nie hatte Caroline mehr Ohnmacht empfunden, jeder Schritt des Einkaufs war von dem Gefühl völligen Ausgeliefertseins begleitet. Erst als sie zu Hause ihren Laptop aufgeklappt und das Programm heruntergeladen hatte, konnte sie wieder etwas freier atmen. Sie hatte einen Plan, um wenigstens einen winzigen Rest von Kontrolle zu behalten. Und vielleicht einen letzten Rest von Würde.

Jetzt stand sie in der Küche ihrer Mutter und wartete darauf, dass das Baby die letzten Löffel aus dem Gläschen aufaß. Es war gut, dass Pascal etwas in den Bauch bekam, dachte sie. Vielleicht würde er dieses Mal ruhiger sein, wenn sie mit ihm im Besucherraum sitzen würde und Ira …

Bei dem Gedanken wurde Caroline schwummrig. Sie ging auf den Balkon und atmete durch. Die Luft war schwüler geworden. Caroline wollte sich setzen, doch die fleckigen Polster der Gartenstühle waren durchnässt. Es waren die Stühle ihrer Kindheit, erinnerte sie sich. Zwölf Jahre war es schon her, seit ihre Mutter in die Zweizimmerwohnung im sechsten Stock gezogen war, nur wenige Wochen nachdem ihre Tochter das verstummte Einfamilienhaus verlassen hatte, um ein eigenes Leben bei der Polizei zu beginnen. Die Familie war damit endgültig auseinandergerissen. Carolines Vater blieb im Haus und zahlte seiner Frau nach ihrem Auszug zuverlässig Alimente. Wenige Monate nach der Trennung hatte er alle überrascht: Eine neue Frau zog ins Elternhaus ein, eine jüngere Kollegin aus der Spedition, in der er seit Jahrzehnten als Kaufmann arbeitete. Anfangs lästerte Carolines Mutter noch über die »kleine Freundin« ihres Ex-Mannes, doch als die beiden anderthalb Jahre später heirateten, verstummte sie. Caroline blieb der Hochzeit fern und hatte auch sonst wenig Lust, das neue Paar öfter zu sehen als zu den runden Geburtstagen. Oder war es das Haus, von dem sie sich fernhielt? Bei ihrem ersten Besuch blickte sie heimlich in das Zimmer ihres Bruders, das mit einem Fitnessgerät, Gymnastikmatten und einem Hantelset zum Sportstudio umgestaltet worden war. In ihr eigenes Zimmer wollte Caroline gar nicht mehr schauen, sie hatte ihre Vergangenheit schon selbst ausradiert. Als der Vater von der Geburt seines kleinen Enkels erfuhr, schickte er Caroline eine Grußkarte und überwies ihr zweitausend Euro. Den Namen kommentierte er nicht.

»Er hat aufgegessen!«, rief Monika jetzt durch die Balkontür, das Baby locker auf der Hüfte. Caroline kam ins Wohnzimmer und nahm ihr den Jungen ab.

Die Mutter musterte sie. »Du siehst schlecht aus. Warum gönnst du dir nicht ein paar freie Tage und fährst mal weg? Ich kann den Kleinen noch eine Weile hüten.«

»Ein andermal«, sagte Caroline und legte das Kind in den Kinderwagen.

»Es ist so schade, dass er nie seinen Vater kennenlernen wird«, seufzte Monika.

»Du meinst, es ist schade, dass *du* seinen Vater nie kennenlernst«, korrigierte Caroline.

»Vielleicht will er auch mal seinen Sohn sehen?«

»Will er nicht. Und ich werde ihn sicher nicht darum bitten.«

Caroline hatte keine Lust, schon wieder ihre Geschichte vom Kindsvater zu wiederholen, und erinnerte sie sich fast wehmütig daran, wie leicht es gewesen war, Mutter eines fremden Kindes zu werden. Nachdem Anni verschwunden war, hatte sie sich für mehrere Tage mit dem Baby in der Wohnung verschanzt. Bei jedem Geräusch aus dem Treppenhaus und jedem Klingeln der Paketboten war sie hochgeschreckt und auf Zehenspitzen zum Türspion gelaufen. Anni war nicht mehr aufgetaucht. Während Caroline Windeln wechselte, Milchfläschchen aufwärmte und das Baby in den Schlaf wiegte, zerbrach sie sich den Kopf, um einen Ausweg aus ihrem Dilemma zu finden. Sie hatte sich längst in das Kind verliebt, es brauchte sie, sie brauchte es. Aber wie, Herrgott noch mal, sollte sie der Welt erklären, dass sie plötzlich Mutter war?

Caroline hatte im Internet recherchiert, und was sie dort las, ließ sie staunen: Sie stieß auf Geschichten von Frauen, die erst im fünften Monat bemerkt hatten, dass sie ein Kind im Bauch trugen. Manche dieser »verdrängten Schwangerschaften« wurden bis kurz vor der Geburt übersehen, sogar von Ärzten. Warum sollte das bei ihr nicht genauso gewesen sein?

Caroline recherchierte und plante tagelang. Sie prüfte, welche bürokratischen Hürden sie überwinden musste, überlegte sich plausible Szenarien, blätterte im Kalender hin und her. Dabei stellte sie fest, dass sie drei Vorteile hatte: Erstens machten ihre Pfunde es deutlich plausibler, dass sie ihre Schwangerschaft übersehen hatte. Zweitens war das Baby klein und schmächtig und würde auch Wochen nach seiner Geburt noch als Neugeborenes durchgehen, und drittens war sie Polizistin – ihr größter Trumpf, denn einer Beamtin würde man eine solch ungeheuerliche Lügengeschichte nicht zutrauen.

Aber es war Eile geboten. Zehn Tage nach Annis Flucht machte Caroline die Nagelprobe und eröffnete ihrer Mutter, dass sie im fünften Monat schwanger sei. Natürlich stand die Frage nach dem Vater gleich im Raum, und Caroline testete ihre Legende.

Es war ein One-Night-Stand nach einer Partynacht, Mama. So was kommt heute vor. Nein, ich hab ihn erst an dem Abend kennengelernt. Ja, ich habe die Pille genommen, aber die hat wahrscheinlich nicht funktioniert, weil ich kurz vorher Antibiotika nehmen musste. Nein, ich will den Mann nicht noch mal treffen, er lebt mit seiner Familie in Süddeutschland und ist sicher ganz froh darüber. Nein, ich konnte es nicht früher merken, ich hatte weiter Blutungen, nicht stark, aber doch so, als hätte ich meine Periode. Mein Frauenarzt meinte, so etwas kommt auch in der Schwangerschaft vor. Und bitte, spar dir den Kommentar zu meinem Gewicht!

So weit hatte es funktioniert. Dann musste Caroline die

Kollegen informieren, wenigstens zwei Monate lang eine Schwangerschaft simulieren, das Baby in ihrer Wohnung geheim halten und sich möglichst fern von Menschen halten, die sie mit neugierigen Fragen löcherten. Die beste Lösung war, für diese Zeit Sonderurlaub zu nehmen und mit dem Kleinen in einer Ferienwohnung im Sauerland zu verschwinden, wo sie sich – so ihre offizielle Version – mit einer Freundin auf die Geburt vorbereiten wollte. Nach zehn Wochen heimlicher Zweisamkeit mit dem Baby rief sie ihre Mutter an und berichtete, dass sie völlig überraschend ihr Kind zur Welt gebracht habe, zwei Monate zu früh, aber sie seien beide wohlauf. Dann kehrte Caroline in die Stadt zurück und präsentierte stolz ihren kleinen Sohn, der die Mutter und die Kollegen erfolgreich mit seinem Lächeln blendete – niemand stellte kritische Fragen, und niemand bemerkte, dass das dünne Baby kein Neugeborenes, sondern schon fast drei Monate alt war.

Die letzte und vielleicht höchste Hürde war das Standesamt. In der Amtsstube füllte Caroline mit zitternder Hand ein Formular aus, in dem sie die Hausgeburt ohne Hebamme anzeigte. Es folgte eine freundliche Plauderei mit der jungen Beamtin, der sie erklärte, dass der Vater des Jungen eine Urlaubsbekanntschaft und ihr leider unbekannt war. Und wieder bestach ihre Autorität als Polizistin, sie bekam eine Geburtsurkunde ausgestellt und war nun offiziell Mutter eines Sohnes. Und endlich hatte das Kind einen Namen: Pascal.

Der Lügenplan war so glatt aufgegangen, dass es sich fast wie ein Rausch angefühlt hatte, erinnerte sich Caroline jetzt, als sie den Kinderwagen aus der Wohnung ihrer Mutter in den Hausflur schob. Im Aufzug griff Pascal glucksend nach seinen Füßen, als freue er sich auf den Besuch im Gefängnis.

Caroline blickte wie versteinert in den Spiegel. Sie sah eine

Polizistin, die einer Terroristin gefügig war. Eine Frau, die im Begriff war, einen Pakt mit dem Teufel einzugehen.

*

An der Pforte der Haftanstalt brach Nervosität aus. Der Justizvollzugsbeamte wechselte mit seinem Kollegen einen langen Blick und griff zum Telefon. Während er darauf wartete, dass die Direktorin antwortete, musterte er Caroline, die in ihrem Regenmantel neben dem Kinderwagen stand.

Sie hatte auf der Fahrt zur JVA Lippock angerufen und ihm erklärt, dass sie noch einmal mit dem Kind in die Vernehmung gehen wolle, sie habe das Gefühl, dass Ira sich im Beisein des Babys mehr öffnen würde. *Das Mutterding, Sie wissen schon.*

»Sie meinen, so wie ein Hund in einer Klasse mit Problemschülern?«, hatte Lippock wenig begeistert gefragt, doch sie wusste, dass er alle Hebel in Bewegung setzen würde.

Jetzt gab die Direktorin ihre Erlaubnis, und die Pförtner winkten Caroline durch. An der Sicherheitsschleuse schob sie den Kinderwagen mit Pascal zu den Beamtinnen und ging durch den Metalldetektor. Der Kleine war immer noch blendend aufgelegt und quiekte, als er nachlässig abgetastet wurde. Es war, als gehörten die Polizistin und das Baby fast schon zum Inventar.

Wenige Minuten später betrat Caroline mit dem Kinderwagen den Besuchsraum. Sie fühlte sich, als würde sie eine Bank ausrauben müssen.

»Na, wie geht es dem kleinen Pascal heute?« Ira saß schon am Tisch und lächelte. »Anni hätte ihm einen anderen Namen gegeben.«

Mit einem knappen Gruß stellte Caroline den Kinderwagen

neben sich ab, setzte sich und holte ihren Notizblock heraus. Das Theaterstück, dessen Textbuch ihr Ira beim letzten Besuch zugeflüstert hatte, konnte beginnen.

»Entschuldigen Sie, dass ich wieder mit meinem Kind komme, es kam was dazwischen.«

»Das macht doch gar nichts.«

Als Caroline bemerkte, wie Ira ihren Kopf hob und in den Kinderwagen spähte, verspürte sie den Impuls, den Kleinen aus dem Sichtfeld zu rücken. Sie schaute zum Wärter, einem älteren Mann mit Bart und Bauch, der dabei zusah, wie die letzten Regentropfen an der vergitterten Fensterscheibe hinabliefen.

»Sind Sie nass geworden?«, fragte Ira.

»Nein«, antwortete Caroline. Eigentlich war die Verabredung gewesen, irgendetwas Belangloses von sich zu geben, einfach zu plaudern, aber ihr wollte nichts einfallen.

»Ich glaube, Ihr Kind hat gerade etwas in den Mund gesteckt«, sagte Ira und nahm einen Schluck aus ihrem Wasserglas.

Caroline hatte verstanden. *Das Zeichen.* Wie gelähmt schaute sie zu Pascal, der im Kinderwagen mit seinen Zehen spielte und die Fremde neugierig beobachtete.

Der Wärter starrte gedankenverloren zum Fenster.

»Wollen Sie nicht mal nachschauen?« Iras Blick wurde drängend.

Caroline nahm das Baby hoch und spürte, wie sie zitterte. War sie völlig verrückt geworden?, dachte sie mit pochendem Herzen. Was, wenn es schiefging?

Sie blickte Ira an und sah im selben Moment, wie die ihr Glas nach vorne umkippte. Das Wasser rann über den Tisch auf Caroline zu und tropfte in ihren Schoß. Mit dem Kind im Arm sprang Caroline auf. Der Wärter schreckte hoch und kam zwei Schritte näher. »Brauchen Sie Hilfe?«

»Alles gut. Nur ein bisschen Wasser, kein Problem.« Caroline wischte mit der freien Hand über ihre nasse Hose.

»Nehmen Sie ruhig die da«, sagte der Wärter und deutete auf die Servietten neben den Gläsern auf dem Tisch.

»Danke.«

Er postierte sich wieder an der Tür.

Als Caroline sich abtrocknete, hörte sie Iras Stimme.

»Ich kann den Kleinen solange halten.«

Pascals kleine Hand krallte sich in Carolines Haare. *Lass es,* schoss es ihr durch den Kopf. *Noch kannst du zurück!*

»Keine Angst«, sagte Ira. »Ich bin auch eine Mutter. Ich beiß ihn nicht.«

Caroline blickte auf. Ira streckte lächelnd die Arme aus, ihre Augen waren ein einziger Befehl: Gib ihn mir!

Du musst es tun. Für ihn. Für dich.

Vorsichtig löste Caroline die kleine Hand aus ihren Haaren und reichte das Baby über den Tisch. Es ließ sich ohne Gegenwehr von Ira nehmen und schaute neugierig in ihre sanften Augen. Caroline wurde schwindelig. Sie wischte mechanisch mit den Servietten über ihre Hose und sah, wie Ira Pascal an die Nase stupste und er aufgluckste. Das Spiel gefiel dem Kleinen, er kannte es von seiner Mutter.

Carolines Blick klebte am Kind. Ira blies ihm in die dünnen blonden Haare, er wand sich in ihren Armen, und sie hauchte ihm einen Kuss auf die Wange.

»Ich bin so weit«, unterbrach Caroline ungeduldig das Spiel.

Iras Miene wurde ernst. Sie drückte Pascal an sich.

Caroline lief ein Schauer über den Rücken. Ein hässlicher Gedanke meldete sich: *Sie gibt ihn nicht wieder her. Sie hat mich verraten!* Ihre Muskeln spannten sich an. Sie wollte aufspringen und über den Tisch nach dem Baby greifen, doch dann sah sie, wie Iras schmale Hand vorsichtig in Pascals Windel schlüpfte, das kleine Handy mit den beiden angeklebten Wechselakkus herausfischte und in ihrem Hosenbund verschwinden ließ. Der unheimliche Pakt war endgültig geschlossen.

Caroline schossen die Bilder vom Morgen durch den Kopf, als sie zu einem halbseidenen Secondhand-Elektroladen gefahren war und das kleine Handy mit den geladenen Akkus und einer nicht registrierten Prepaid-SIM-Karte gekauft hatte. Später hatte sie es im Hausflur ihrer Mutter in die Windel des Babys gestopft. Es hatte sich schmutzig angefühlt.

»Ich nehme ihn jetzt wieder«, sagte Caroline und legte das feuchte Serviettenknäuel auf den Tisch.

Ira lächelte, wartete einen genussvollen Moment und reichte ihr dann das Kind. Caroline zog Pascal eilig an sich.

»Wirklich ein ganz braver Junge«, sagte Ira sanft. »Du bist sicher eine tolle Mutter.«

Caroline stutzte. Hatte die Schlange sie gerade geduzt? Ekel überkam sie, und bevor sie antworten konnte, beugte sich Ira über den Tisch und senkte verschwörerisch ihre Stimme: »Jetzt gehören wir zusammen, Caroline. Du und ich.«

*

Der Affe ist schlapp. Anni beobachtete, wie Karl seinen nackten Oberkörper mit einem Handtuch trocken rieb, sich auf sein Feldbett warf und den Schlafsack über den Kopf zog. Der Regen hatte aufgehört. Das Grau im Himmel war löchrig, über den Feldern hingen Nebelschwaden.

Es dauerte nicht lange, bis Karl zu schnarchen begann. Anni setzte sich zu Jonas auf die Pritsche und flüsterte: »Sollen wir?«

»Jetzt?«

Sie nickte. »Karl ist fertig, der wacht nicht so schnell auf.«

»Wir wollten doch erst, wenn es dunkel ist …«

Anni fasste seine Hand: »Jetzt oder nie. Freiheit, Alter!«

Jonas nickte bang. Auf Zehenspitzen holten die beiden ihre Rucksäcke und füllten sie mit Ersatzklamotten, Energieriegeln, Messern, Tabak und einem Feuerzeug. Immer wieder hielten sie inne und schauten zu Karl hinüber, dessen Schnarchen tief und regelmäßig durch das Stockwerk schallte. Dann drapierten sie ihre Schlafsäcke auf den Betten so, dass sie auf den ersten Blick wie schlafende Körper aussahen.

Anni flüsterte Jonas zu: »Los!«

Die beiden schulterten ihre Rucksäcke, nahmen ihre Schuhe in die Hände und wollten gerade davonschleichen, als Karl plötzlich laut röchelte. In voller Montur warfen sich die Kids auf ihre Feldbetten und verbargen sich still unter den Schlafsäcken.

Anni lugte aus ihrer Deckung heraus und sah, wie Karl sich aufrichtete, Rotz zusammenzog und ausspuckte. Dann kratzte er sich am ganzen Oberkörper, stand schlaftrunken auf und schlurfte zum Wassertank. Es fielen nur ein paar Tropfen in den Becher. Fluchend packte Karl den leeren Kanister und stapfte zum Treppenaufgang. Als er verschwunden war, sprang Anni auf und leerte hektisch ihren Rucksack.

»Wenn der zurückkommt und rumschnüffelt, sind wir dran. Wir probieren es später.«

*

Caroline saß auf dem Sofa, nervös wie vor dem Auspacken eines Weihnachtsgeschenks. Vor ihr standen eine Flasche Bier, eine

Tüte Chips und ihr Laptop. Sie nahm einen großen Schluck, dann klappte sie den Rechner auf. Auf dem Bildschirm erschien die Startseite eines Spionage-Programms, das sie am Morgen auf den Computer geladen und mit einer unsichtbaren App auf Iras Handy verbunden hatte. Mit dem Programm hatte sie die Macht, jede Aktivität auf dem Telefon nachzuverfolgen, sie konnte Gespräche mithören, Kurznachrichten mitlesen, Fotos, Videos und den Browserverlauf ausspionieren. Egal, was Ira mit dem Handy tun würde, Caroline würde sofort eine Meldung bekommen und könnte sich heimlich dazu schalten.

Wozu?, hatte sie sich in der Nacht gefragt, als ihr die Idee gekommen war, und die einzige Antwort war das Kribbeln, das sie jetzt verspürte: das fast unanständige Machtgefühl, einen anderen Menschen aus dem Verborgenen heraus kontrollieren zu können.

Caroline klickte im Menü die Standortfunktion an, und auf einer Straßenkarte erschien ein Marker genau im Westflügel der Haftanstalt.

Hab dich, dachte sie, griff in die Chipstüte und lehnte sich zurück. Sie brauchte nur noch zu warten.

Um sich die Zeit zu vertreiben, scrollte sie sich durch verschiedene Nachrichtenseiten und schaute in den polizeiinternen Lagebericht, der die Vorfälle des Tages vermeldete. Das schwere Gewitter am Morgen hatte einige Keller geflutet, es hatte drei Verkehrsunfälle ohne Verletzte und zwei Ladendiebstähle gegeben. Wie weit weg ihr Leben als einfache Polizistin doch war, dachte Caroline, als die Überwachungsapp mit einem PING eine Aktion auf dem Handy meldete. Caroline zuckte zusammen, klickte eilig ins Menü des Spionage-Programms und sah, dass Ira ein Video aufgenommen hatte, gerade einmal dreizehn Sekunden lang. *Ein Test?* Vielleicht wollte sie ein Manifest aufzeichnen, sie wäre nicht die erste Terroristin, die ihre wirre Weltsicht für die Nachwelt festhalten wollte.

Caroline klickte das Video an, und auf ihrem Bildschirm erschien groß Iras Gesicht. Sie schaute in die Kamera und lächelte. Im Hintergrund war das vergitterte Zellenfenster zu erkennen. Ihre Stimme klang weich aus dem Laptop: »Hallo, Caroline. Oder kann ich Caro sagen? Ich wollte euch beiden nur eine gute Nacht wünschen. Gib Pascal einen Kuss von mir. Schlaft schön, und vergiss nicht, wir sitzen im selben Boot.«

Gänsehaut kroch über Carolines Rücken. Sie starrte sekundenlang auf Iras eingefrorenes Gesicht, dann klappte sie den Rechner zu, leerte die Bierflasche und ging zum Fenster.

Es hatte wieder angefangen zu regnen. In den Tropfen an der Scheibe spiegelten sich die Lichter der vorbeirauschenden Autos. Carolines Blick fiel auf die Überwachungskamera am Fensterrahmen. Es schien Jahre her, seit sie zum letzten Mal die ruckeligen Aufnahmen kontrolliert hatte. Jetzt schüttelte sie ungläubig den Kopf. Wie lächerlich war ihre Angst vor Anni gewesen! Wie harmlos die Bedrohung! Nur ein verlorener Teenager! Jetzt hatte sie es mit dem Teufel persönlich zu tun.

*

An der Kante klatschten die letzten Tropfen auf den Beton. Jonas und Anni lagen auf ihren Pritschen und blickten zu den rot glimmenden Wolken hinter den Hügeln. Karls Feldbett war immer noch leer.

»Weißt du, was ich als Erstes mache, wenn wir weg sind?«, fragte Jonas leise.

»Nee.«

»Ich geh in ein Tierheim und hol 'nen Hund.«

»Echt?«

Jonas lächelte. »Bist du dabei?«

»'ne Kackmaschine?«

»Mein Vater und ich hatten auch einen, ich bin immer mit dem raus. Du musst nichts machen.«

»Ich will nicht, dass es stinkt im Wohnmobil.«

»Mein Hund hat bei mir im Bett geschlafen, der hat nicht gestunken.«

Aus der Ferne ertönte leise ein letzter Donner. Jonas schaute zum Treppenaufgang. »Wo bleibt Karl?«

»Vielleicht ist er im Keller wieder eingepennt.«

»Jetzt kapiert der endlich, wie schwer der Kanister ist«, sagte Jonas, drehte sich auf den Rücken und starrte an die fleckige Betondecke.

»Sobald Karl wieder pennt, sind wir weg«, sagte Anni. »Und dein Hund kommt mir nicht ins Bett.«

Vom Treppenaufgang hallten schlurfende Schritte zu ihnen herauf. Die Kids wechselten einen Blick, wickelten sich in ihre Schlafsäcke und stellten sich schlafend.

Jonas lauschte, wie Karl hinter ihm ins Lager stapfte und den Wasserkanister keuchend abstellte. Die Filterpumpe quietschte ein paarmal, es plätscherte, und Karl trank in lauten Schlucken, dann folgte ein Rülpsen und Stille. Jonas versuchte, seine Ohren wie ein Radar umherzuschwenken. Er hörte das Tropfen des Regenwassers, ein leises Rascheln, dann das Ratschen eines Feuerzeugs. Karl hatte sich eine Zigarette gedreht. Wieder Stille. Der Moment wollte nicht enden. Wann würde er endlich ins Bett gehen und wieder einschlafen?, fragte sich Jonas und musste dem Versuch widerstehen, sich umzudrehen und nachzuschauen. Er lauschte angestrengt. War da ein Knirschen? Leise Schritte?

Plötzlich packten zwei Hände Jonas an den Beinen und zerrten ihn mit einem gewaltigen Ruck vom Feldbett. Er schrie auf und knallte mit dem Steiß auf den Beton.

»So, mein Freund!«, brüllte Karl.

Alles ging in Sekundenschnelle. Jonas lag auf dem Rücken und sah zu, wie Karl ihn an den Fußgelenken durch die Etage schleifte, sein Gesicht war eine verzerrte Fratze, im Mundwinkel steckte eine Zigarette, Glut kullerte funkenstiebend über seine Brust. Die Adern an seinem Hals waren geschwollen.

»Lass ihn! Karl!«, schrie Anni von irgendwo.

Jonas strampelte, er konnte sich nicht aus dem Griff befreien, sein Hoodie rutschte hoch, und er spürte, wie der Beton seinen Rücken aufschürfte. Karl zog ihn Meter für Meter weiter. Plötzlich sprang ihn Anni von der Seite an, doch er rammte ihr den Ellbogen in die Rippen, und sie ging wie ein gefällter Baum zu Boden. Aus den Augenwinkeln sah Jonas plötzlich die Lichter der Raffinerie in der dämmrigen Ebene. *Die Kante!*

»Nein! Nicht! Bitte nicht!«, flehte er mit überschlagender Stimme.

Karl zog Jonas direkt an den Rand der Etage und schob ihn mit den Beinen über den Abgrund.

Ich falle! Jetzt! Jonas hörte seinen eigenen Schrei, als er kopfüber in den Abgrund sackte. Dann knallte sein Hinterkopf gegen die Fassade. Für einen Moment wurde ihm schwarz vor Augen. Fiel er noch? War er schon aufgeschlagen?, ging es ihm durch den Schädel.

»Du warst unten, gibs zu!«, brüllte Karls Stimme ins Dunkel.

Jonas öffnete langsam die Augen. Ihm wurde übel. Die Ebene stand auf dem Kopf. In seinem Hals pochte das Blut. Der aufgeschürfte Rücken brannte. Er hob das Kinn und blickte nach oben. Karl stand über ihm an der Kante, hielt ihn an den

Fußgelenken fest und schrie wie besessen: »Du warst an der Kohle! An meiner Kohle!!«

Jonas schluchzte. »Bitte! Bitte nicht loslassen!«

Er suchte mit den Armen Halt an der rauen Betonwand und sah, wie plötzlich Anni neben Karl auftauchte und versuchte, Jonas' Beine zu packen. Ihre Stimme war voller Panik: »Zieh ihn hoch, Mann! Mach schon!«

Karl beachtete sie nicht und geiferte zu Jonas hinab: »Du warst im Keller! Du wolltest mich ficken, du Missgeburt! Gibs zu!«

Jonas' Kopf schien zu zerplatzen. *Die Klappe! Du hast das Scharnier nicht geschlossen, du Idiot!* Er suchte nach einer Ausrede, mit der er Karl beruhigen konnte. Es gab keine. *Karl ist Karl,* sagte eine innere Stimme. *Und ein Verräter bleibt ein Verräter. Du bist tot.*

Auf einmal überkam Jonas eine seltsame Ruhe. Die Übelkeit verflog, der nasse Beton kühlte seinen wunden Rücken. Er ließ die Arme in die Tiefe baumeln. Unter ihm lag das nasse Land, Vögel sangen in der Dämmerung. In der duftenden Luft vor ihm, nur wenige Meter entfernt, flog ein Schwarm Tauben vorbei. Er konnte das weiche Klatschen der Flügel hören.

»Mach endlich das Maul auf!«

Brüllte Karl immer noch von oben? Jonas schaute hinauf, und er traf Annis verzweifelten Blick. Sie zerrte an Karls Armen und schrie, aber er hörte sie nicht.

Es tut mir leid, Anni, dachte Jonas traurig, schloss die Augen und stellte sich vor, wie sich gleich Karls Griff lockern und seine Freundin sich von ihm entfernen würde, wie das Hochhausgerippe in seinem Rücken einer startenden Rakete gleich abheben würde. Wie die Stockwerke an ihm vorbeifliegen würden, zehn, neun, acht, sieben, immer schneller, bis sie nur noch verwischte Striche waren. Drei, zwei, bumm. *Lass endlich los, Karl.*

Eine leise Melodie holte Jonas in die Wirklichkeit zurück. Er öffnete die Augen wieder und sah, wie Anni entschlossen in Karls Hosentasche griff. Der versuchte, sich mit Jonas' Fußgelenken in den Pranken wegzuwinden, und brüllte: »Pfoten weg!«

Anni zog das klingelnde Handy hervor und ging zwei Schritte zurück: »Zieh ihn hoch, oder ich ruf die Bullen!«, schrie sie. »Ich schwörs, du Arschloch!«

Jonas sah, wie Karl über ihm nachdachte. Die Klingelmelodie aus seinem Handy tönte verloren durch das oberste Stockwerk.

»Ich zähl bis drei!«, zischte Anni. »Eins ... zwei ...«

Karl fluchte und zog Jonas langsam nach oben. Der krallte sich an die Kante, krabbelte in die Etage und blieb keuchend liegen. Von dort konnte er sehen, wie Anni mit dem klingelnden Handy zum Lager lief, ein Messer vom Campingtisch nahm und es auf Karl richtete, der sich drohend vor ihr aufbaute.

»Gib das Handy her. Sofort!«

»Komm her!« Anni gab Jonas ein Zeichen, und er kroch auf allen vieren zu ihr. Dann warf sie Karl das Handy zu, die Klingelmelodie leierte im Flug. Karl hielt es ans Ohr und blaffte los: »Fuck, Ansgar, was ist?«

Er lauschte, und sein Gesicht verrutschte. Jonas sah, wie Karl sich fahrig mit der Hand über den Kopf fuhr und sich umschaute, als hätte er eine Geistererscheinung. Seine Stimme war unnatürlich weich, als er nur ein Wort hauchte.

»Ira ...«

*

Der Warnton des Handys hallte durch die Wohnung. Caroline rannte ins Bad und schnappte sich das Telefon vom Beistelltisch neben der Wanne, in die gerade heißes Wasser einlief. Auf dem Display meldete die Überwachungsapp eine Aktion auf Iras Telefon: Sie rief jemanden an. Seit genau acht Sekunden. Caroline drehte den Wasserhahn ab, aktivierte die Mithörfunktion und schaltete auf Lautsprecher.

Es tutete durch das letzte Tröpfeln in der Badewanne. Caroline rührte sich nicht, das Klingelzeichen schien nicht aufzuhören zu wollen. Erst nach dem dreizehnten Mal wurde abgenommen, und eine männliche Stimme schrie unter Hochspannung: »Fuck, Ansgar, was ist?«

»Ich bins«, antwortete Ira ruhig.

»Ira … Wo bist du?«

Die Männerstimme war tief, doch sie klang wie die eines kleinen Kindes. Caroline wusste schon, dass es Karl sein musste.

»Im Knast.«

»Wie …? Woher hast du meine Nummer?«

»Ansgar.«

Während Caroline zuhörte, schüttete sie ein kleines Glas mit einer Mischung aus Sahne und Olivenöl ins Wasser, um sich das mühsame Eincremen nach dem Baden zu ersparen. Als sie wenige Minuten zuvor in der Küche den Badezusatz angerührt hatte, hatte die Überwachungsapp zum ersten Mal Alarm geschlagen. Caroline hatte belauscht, wie Ira Ansgar angerufen und sich nach Karl erkundigt hatte. Der Angerufene hatte sonderbar genäselt und ihr Opitz' neue Nummer diktiert. Caroline schrieb mit, und mit jeder Ziffer, die sie hörte, wuchs ihre Kränkung darüber, wie ungerührt es Ira in Kauf nahm, von ihr abgehört zu werden. Eine unverhohlene Machtdemonstration.

Jetzt schallte Karls Stimme durch das Bad: »Wie gehts dir, was haben die Schweine mit dir gemacht?«

»Hör zu, Karl. Es ist besser, wenn nur ich rede«, sagte Ira mit leiser Stimme. »Antworte einfach nur mit Ja oder Nein.«

»Okay. Ich meine, Ja.«

»Bist du in Sicherheit?«

»Ja.«

»Bist du verletzt?«

»Nein.«

»Bist du allein?«

»Nein.«

»Wer ist bei dir?«

Keine Antwort.

»Du kannst es mir sagen, Karl.«

»Ach so, ja. Anni und Jonas.«

»Geht es ihnen gut?«

»Bestens.«

»Gut. Sehr gut. Ich rufe dich bald wieder an. Grüß die beiden und seid vorsichtig.«

»Ja, Ira.«

»Ich bin stolz auf dich, Karl.«

Er antwortete nicht, aber Caroline glaubte, ein Schniefen zu hören. Dann verließ Ira die Leitung.

In der Badewanne hatte sich die Sahne in weißen Wolken verteilt. Auf der Oberfläche schwammen winzige grüne Fettaugen. Caroline hielt ihren Fuß ins Wasser und bekam eine Gänsehaut. Es war wie immer zu heiß, trotzdem glitt sie mit zusammengebissenen Zähnen in die Wanne, bis nur noch ihre Zehenspitzen mit den dunkelrot lackierten Nägeln hinausragten.

Sie hielt noch immer das Telefon in der Hand, als würde es gleich ihre Frage beantworten: Was zum Teufel hatte Ira vor?

*

Jonas kauerte an der Zwischenwand und zitterte in Annis Armen. Das Jagdmesser umklammert, beobachtete sie Karl, der an der Kante auf und ab tigerte. Der Anruf hatte schlagartig seine Wut vertrieben. Er nahm die Kids nicht mehr wahr, starrte immer wieder aufs Handy und murmelte leise in sich hinein.

»Fuck, was ist jetzt?«, rief Anni.

Karl blieb stehen, seine Augen waren feucht. »Sie ist die schlaueste Frau der Welt! Der schlaueste Mensch!«

Er kam näher. Jonas duckte sich hinter Anni.

»Sie ist wieder da! Sie spricht mit uns! Aus dem Knast! Das ist so was von *Narcos*!«

Anni hob das Messer und zischte: »Bleib stehen!«

Karl grinste. »Hey, komm runter. Ich soll euch von ihr grüßen.«

Jonas sah, wie er ihm zuzwinkerte. »Schwein gehabt, du Furz. Ira hat dir gerade das Leben gerettet.«

Karl zog ein dickes Geldbündel aus seiner Hose und hielt es ihnen hin. »Aber die Kohle bleibt jetzt bei mir, habt ihr das verstanden?« Er ging zur Waffenkiste neben seiner Pritsche, warf das Bündel hinein und schloss sie ab. Den Schlüssel steckte er in seinen Schuh. »Und wenn einer von euch das Geld auch nur ansieht, dann schieß ich ihm ein Loch ins Gesicht.«

Karl legte sich auf sein Feldbett, verschränkte die Hände hinterm Kopf und blickte zur Decke. »Geil. So was von geil!«

Anni rappelte sich auf und reichte Jonas die Hand. Er schüttelte den Kopf.

»Steh auf«, flüsterte sie. »Er lässt dich jetzt in Ruhe.«

»Ich komm gleich.«

Jonas zog die Beine an. Seine Hose war nass.

*

Ira ging in das winzige Bad ihrer Zelle. Es war schön, Karls Stimme wiederzuhören, dachte sie. Wie gut, dass er gesund war, wie gut, dass er die Kids bei sich hatte. Sie waren jetzt gejagte Tiere in der Wildnis. Karl wusste, wie man da draußen überlebte. Bei ihm waren Anni und Jonas sicher.

Ira stieg auf die Toilette und streckte sich, um an das kleine Lüftungsgitter in der Wand zu gelangen. Mit dem Fingernagel kratzte sie Stück für Stück die Silikonfuge von dem Metallrahmen. Zum Glück war er nicht verschraubt und ließ sich von der Öffnung lösen. Der staubige Schacht dahinter war halb so groß wie ein Schuhkarton. Ira legte das Handy, die Akkus und einen Kugelschreiber hinein. *Arme Bullette.* Ihre Gedanken gingen zurück in den Besucherraum, wo sie sich am Mittag heimlich Carolines Stift geschnappt hatte, als die sich über den Tisch beugte, um ihr Kind wieder in die Arme zu schließen. Ein Taschenspielertrick. Das Dummchen war voller Panik gewesen, sie hatte den Kleinen fest an sich gepresst und sofort Reißaus genommen. Keine Mutter sollte so in Schrecken versetzt werden, nicht mal ein Bulle. Aber es musste sein.

Verrückt, dachte Ira und spülte die Silikonreste die Toilette hinunter. Irgendwie war ihr Caroline gleich ans Herz gewachsen, als sie im Krankenhaus heimlich von ihrem Block aufgeschaut hatte und rot geworden war, wenn man sie ansah. Die Polizistin war ein guter Mensch, das hatte sie sofort gespürt, nicht so abgewichst wie ihr Chef, der versucht hatte, sie mit Schweigen und Kugelschreibergetrommel weichzukochen. Seine Kollegin kam wie gerufen, sie war genau die Richtige, um möglichst viele Informationen über die Kids zu bekommen. Und dann war das Wunder geschehen, erinnerte sich Ira. In Carolines scheuen Augen hatte ein dunkles Geheimnis gelegen, etwas Verborgenes, das dazu eingeladen hatte, tiefer zu graben. *Ausgerechnet Annis*

Baby! Es war wie ein Lottogewinn, dachte Ira zufrieden. *Armes dummes Ding.*

Jetzt nahm sie eine Tube Zahnpasta vom Waschbeckenrand, stieg auf die Toilette und klemmte das Lüftungsgitter zurück vor die Öffnung. Während sie den Metallrahmen sorgfältig mit der weißen Paste wieder an der Wand verfugte, meldete sich eine innere Stimme: *Unterschätz sie nicht!*

Caroline hatte Annis Baby geklaut, überlegte Ira, sie hatte es als ihr eigenes Kind ausgegeben und alle getäuscht. Als Bulle! So dreist musste man erst mal sein!

Ira stieg von der Toilette und wusch sich die Zahnpasta von den Fingern. *Sie hat eine dunkle Seite*, dachte sie. Vielleicht mochte sie Caroline deswegen.

9

Die Stoppuhr mit den roten Digitalziffern blinkte unter der Decke: hundertvierundachtzig Stunden und zwölf Minuten. Ab wann war eine Fahndung keine Fahndung mehr?, fragte sich Caroline und ließ den Blick durch die Einsatzzentrale schweifen. Die langen Tische waren verwaist, nur ein Kollege saß an seinem Rechner und trank Kaffee. Caroline setzte sich in eine hintere Ecke, öffnete die Maske des polizeilichen Auskunftssystems und gab die beiden Handynummern ein, die Ira am Vortag gewählt hatte. Kein Treffer. Sie hatte nichts anderes erwartet, höchstwahrscheinlich benutzten Karl und der ominöse Mann namens Ansgar nicht registrierte SIM-Karten.

Ein verborgener Teil von Caroline war erleichtert: Wenn sie die Identität des Fremden hätte lüften können, wäre ihre Schuld noch weiter gewachsen. Natürlich hätte sie keine Meldung gemacht. Dafür war es längst zu spät. Sie klebte schon fest im Netz der Spinne.

»Danke für das Protokoll«, sprach sie eine Stimme von hinten an. Caroline schreckte herum und sah Aktenführer Kelber. Er hatte ein außerordentliches Talent, unbemerkt einen Raum zu betreten, vielleicht weil er so dünn war, dachte sie. »Sie müssen es aber noch von Frau Tetzel unterschreiben lassen, sonst ist es wertlos.«

Caroline stutzte irritiert. »Ich … ach so. Ja, das mach ich noch.«

Kelber gab ihr eine Mappe und verschwand. Caroline warf einen Blick hinein und stutzte. Sie hatte kein Protokoll geschrieben, dennoch war dieses Papier mit ihrem Namen unterzeichnet und berichtete auf einer knappen Seite von der gestrigen Vernehmung. Ira Tetzel hatte demnach nichts Neues erzählt, nur ein paar Worte zum Alltag der Gruppe im Forsthaus, keine Informationen zu Anschlagsplänen, Hintermännern oder Netzwerken.

Fünf Minuten später betrat Caroline die Kantine, wo sie Lippock mit einem Käsebrötchen und einer Tasse Kaffee vorfand. Er sah die Mappe in ihren Händen und das Fragezeichen in ihrem Gesicht und lächelte.

»Guten Morgen. Gestern dachte ich, wenn ich schon nicht mit Ihnen in einer Bar sitze, kann ich wenigstens schnell Ihr Protokoll schreiben.«

Caroline wollte protestieren.

»Kelber musste beruhigt werden«, kam ihr Lippock zuvor. »Ich möchte nicht, dass er sich bei der Staatsanwaltschaft beschwert. Das ist gerade kein guter Moment. Für uns beide nicht.«

Caroline nickte pflichtschuldig. »Ich weiß. Tut mir leid, dass Sie meinetwegen Stress hatten.«

»Kein Problem, es gab ja nicht viel aufzuschreiben. Aber von jetzt an machen Sie das selbst. Tetzels Unterschrift zu dem Protokoll müssen Sie nachholen, ich glaube, sie wird nichts dagegen haben.«

»Danke.«

Lippock biss in sein Brötchen und musterte Caroline. »Wie geht es Ihnen?«

»Gut … ganz gut.«

»Ich habe nichts mehr von Ihnen gehört gestern. Hat Ihr Kind die Tetzel aufgeweicht?«

»Ein bisschen. Sie hat von einem Mädchen erzählt, das in der Gruppe einen Entzug gemacht hat.«

»Wird sie vertraulicher?«

»Ja, ich denke schon.«

»Dann bringen Sie den Kleinen weiter zum Einsatz.«

»Mal schauen.«

Caroline spürte Lippocks prüfenden Blick. Warum war sie überhaupt ins Präsidium gekommen? Was hatte sie sich von ihren Nachforschungen erwartet, wenn ihr sowieso die Hände gebunden waren? Hatte der letzte Rest Polizistin in ihr heimlich auf eine Spur gehofft, die sie zu Iras Hintermännern führen würde? Oder hatte sie wie eine Serientäterin mit dem Risiko gespielt, erwischt zu werden, damit die klebrigen Fäden, in denen sie festhing, endlich reißen würden?

Lippock blickte Caroline kauend an, und sie fühlte sich ertappt. Er war ein Instinktwesen. Wie lange würde sie sich noch verstellen können?

»Das Angebot bleibt bestehen«, sagte der Kriminaldirektor und wischte sich die Mayonnaise vom Mund. »Reden Sie mit mir. Hier im Präsidium, in der Bar, wo und wann Sie wollen. Mit oder ohne Kind.«

Caroline lächelte. »Hoffentlich ohne. Mein Baby gewöhnt sich gerade an seine Oma.« Sie nahm die Mappe und verabschiedete sich. Auf dem Weg zum Ausgang überlegte sie, wie der Kriminaldirektor wohl reagieren würde, wenn ihr Spiel aufflog. Sie konnte ihn sich einfach nicht drakonisch vorstellen. Aber was hatte das schon zu bedeuten, dachte sie und verließ das Präsidium.

*

Die Sonne malte ein Gittermuster auf den Boden des Besucherraumes. Ira wirkte ausgeschlafen, ihre schlanken Hände lagen vor ihr auf dem Tisch.

»Er ist ein feiner Kerl.«

»Wer?«, fragte Caroline, nahm Platz und holte ihr Notizbuch und Kelbers Mappe aus der Tasche.

»Karl.« Iras Stimme wurde leiser. »Du hast ihn ja gestern kennengelernt. Anni ist bei ihm in guten Händen.«

Caroline legte das Protokoll auf den Tisch. Sie hatte sich vorgenommen, wenigstens so zu tun, als wäre sie noch eine Vernehmungsbeamtin, die Chefin im Ring.

Ira lächelte. »Welche Ironie des Schicksals …«

Caroline holte das Protokoll aus der Kladde und tat so, als würde sie es überfliegen.

Ira flüsterte weiter: »Ausgerechnet die Polizistin mit dem gestohlenen Kind muss helfen, dessen echte Mutter zu finden. Das ist wirklich Pech.«

Caroline verkniff sich jeden Kommentar. Sie spürte, wie das Hemd an ihrem Rücken klebte.

»Oder Glück«, sagte Ira verschwörerisch. »Du hast deine Kollegen doch sicher schon auf eine falsche Fährte gelockt, oder?«

»Könnten Sie mich bitte siezen?« Caroline schaute auf und reichte Ira das Protokoll.

»Warum so förmlich?«

»Wir sind keine Freundinnen.«

Ira lächelte. »Wenn Sie meinen.«

»Danke. Hier ist das offizielle Protokoll der letzten Vernehmung, wenn Sie das bitte unterschreiben. Es steht kaum etwas drin. Reine Formsache.«

Ira nahm den Zettel und überflog ihn. Caroline schob ihr den Stift zu und musterte sie.

»Wer ist Ansgar?«

Ira hob den Kopf und schaute sie groß an. »Na also.«

»Was?«

»Sie hören mich ab.«

»Das wussten Sie doch schon.«

»Ich war nicht ganz sicher.«

»Jetzt sind Sie es.«

»Ich könnte es Ihnen verbieten«, sagte Ira.

»Können Sie. Aber woher wollen Sie dann wissen, dass ich es nicht trotzdem tue?«, fragte Caroline.

»Tun Sie, was Sie wollen. Wenn es Ihre Neugier befriedigt, nur zu.«

»Wer ist Ansgar?«

Ira unterschrieb das Protokoll und schob es zurück zu Caroline.

»Ein Freund. Keine Vorstrafen, falls es Sie interessiert. Aber die richtige Gesinnung.«

»Gibt es noch mehr von der Sorte?«

»Einige. Mehr, als ihr denkt.«

»Zum Beispiel?«

»Von vielen kenne ich nicht den Namen. Sicher ist sicher.«

»Aber den von Henning Badtke kennen Sie. Ihr alter V-Personenführer vom Verfassungsschutz.«

Ira wendete den Blick zum Fenster und ließ eine stumme Minute verstreichen. Caroline machte sich Notizen. Ab heute würde sie vorbildliche Protokolle führen, wenigstens darin eine anständige Beamtin sein. Auch wenn sie nur berichten würde, dass Ira bislang keine Anzeichen für eine Kooperation zeigte.

»Was haben Sie mit Karl vor?«, fragte Caroline.

»Seine Stimme hören. Mit ihm sprechen.«

»Sehr viel durfte er aber nicht sagen.«

»Er ist impulsiv. Ich möchte nicht, dass er sich belastet.«

»Wissen Sie, wo er steckt?«

Ira lächelte. »Wie oft haben Sie sich das Gespräch angehört? Sie haben doch sicher schon die Hintergrundgeräusche analysiert. Verraten Sie mir, wo Sie die drei vermuten, ich bin neugierig.«

Caroline kritzelte ein paar Worte in das Notizbuch, um Zeit zu gewinnen. Sie erinnerte sich daran, wie sie in der vorigen Nacht im komplett verdunkelten Schlafzimmer gelegen und mit Kopfhörern immer wieder das Telefonat angehört hatte, besonders die letzten Sekunden. Es war ein Rauschen im Hintergrund auszumachen, wahrscheinlich stand Karl im Freien, vielleicht war es der Wind, aber in dem Rauschen konnte Caroline das hohe Singen von Lkw-Reifen auf einer fernen Autobahn erkennen. Dazwischen war kurz ein leises Schaben zu hören, ein Fuß auf körnigem Asphalt? Vielleicht hatte Anni neben Karl gestanden. Bei dem Gedanken war Caroline flau geworden. *Ein Kind auf der Flucht. Sie gehört da nicht hin!*

»Schade, dass Sie Ihre Kollegen vom LKA nicht um Hilfe bitten können«, sagte Ira. »Die hören sicher einiges raus mit ihrer Technik.«

Caroline versuchte, ruhig zu atmen. Ira war die Letzte, die ihr den Job erklären durfte.

»Was haben Sie jetzt vor?«

»Vielleicht rufe ich Karl wieder an.«

»Um ihm Anweisungen zu geben?«

»Um mit einem guten Freund zu sprechen, darf man das nicht?«

»Nicht, wenn er wegen mehrfachen Mordes gesucht wird.«

Ira lächelte. »Das Dunkle zieht mich irgendwie an, Caroline. Es ist stärker als ich.«

*

»Hey, Mongo.«

Jonas antwortete nicht.

Karl saß am Campingtisch, schüttete Granulat aus einem Düngersack in den letzten Schnellkochtopf und grinste. »Ich rede mit dir!«

Jonas hörte nicht hin.

»Soll ich zu dir kommen?«

»Lass ihn!«, rief Anni und kratzte den letzten Löffel Szegediner Gulasch aus einer Aluschale.

Jonas lag auf seiner Pritsche und starrte auf die schwarzen Flecken an der Betondecke. Er hatte in der Nacht wie ein Toter geschlafen und war genauso tot aufgewacht. Die sonnige Landschaft um das Hochhaus hatte seine Farbe verloren, die Felder waren schmutzig, der Himmel war grau, die Zukunft war schwarz. Nur Anni schien noch lebendig. Jonas erinnerte sich, wie sie vor dem Einschlafen die wunden Stellen an seinem Rücken und den Fußgelenken mit Salbe und Pflastern versorgt hatte. Als sie sich auf ihren Feldbetten mit dem Seil zusammengebunden hatten und in ihre Schlafsäcke gekrochen waren, hatte sie wieder ihre Hand zwischen seine Schulterblätter gelegt. Sie war heiß und schwer wie ein Anker.

»Da ist eine Sache, die will nicht in meinen Kopf …«, murmelte Karl aus dem Hintergrund, griff zum Metallkanister unter dem Tisch und goss Heizöl auf das Granulat im Schnellkochtopf. »Also, ihr beiden pennt zusammen, ihr haltet Händchen, ihr bindet euch das beschissene Seil um die Füße … Warum läuft da eigentlich nix?« Karl ließ den Deckel auf dem Topf einrasten und überprüfte den Zünder, dessen Kabel aus dem Ventil herausschauten. »Gibs zu, du bist schwul, 'ne kleine Schwuchtel.«

Jonas blieb regungslos liegen. Es war ihm egal, was Karl dachte. Und es war ihm egal, was er war. Er hatte aufgehört, darüber nachzudenken. Als Anni sich zwei Nächte zuvor auf den zusammengeschobenen Feldbetten fest an ihn gedrängt hatte, hatte er sich noch den Kopf zerbrochen. Sie hatte ihn angefasst, und nichts war passiert. Sie hatte seine Hand genommen und auf ihre Brust gelegt, und er hatte sich erschrocken, wie weich sie war, viel weicher, als er sich vorgestellt hatte. Er hatte die Hand zurückgezogen und die halbe Nacht wach gelegen, weil er nicht wusste, was er falsch machte, was nicht richtig mit ihm war. Er war Anni dankbar gewesen, dass sie keine Szene gemacht hatte, nicht in der Nacht und nicht am Morgen danach, und er war ihr noch dankbarer, dass sie ihn in der nächsten kühlen Nacht wieder umarmt hatte, ohne Brust. Warum sollte er sich noch Gedanken darüber machen? Jetzt galt es nur noch zu überleben.

»Wer hat dir denn am besten gefallen in der Gruppe?«, stichelte Karl weiter.

Jonas schwieg.

»Chris, stimmts? Deinem Stummelkumpel bist du immer hinterhergerannt, hab ich genau gemerkt. Beide ohne Finger, das ist besser wie 'n Ehering.« Karl nahm einen Zünder und schraubte ihn in den Deckel des nächsten Schnellkochtopfes. »Wenns nach mir gegangen wär«, rief er, »wärst du nie in der Gruppe gewesen. Wir brauchen Krieger, keine Freaks.«

»Halt endlich deine blöde Klappe, Karl!«, schnauzte Anni von der Seite.

Jonas hätte gerne wieder ihre Hand gehalten, aber heute war sie auf einem anderen Planeten. Sie hatte den ganzen Morgen an der Kante gehockt, geraucht und stumm in die dampfende Landschaft geschaut. Jonas hatte nicht die geringste Ahnung, was in ihrem Kopf vorging. Aber das musste er auch nicht, dachte er. Sie war jetzt seine große Schwester, sie wusste, wo es langging. Und vielleicht schmiedete sie schon einen neuen Fluchtplan. Er würde ihr überallhin folgen.

»Was will Ira eigentlich?«, fragte Anni in Karls Richtung.

»Wird sie schon noch sagen.«

Sie stand auf und wechselte einen kurzen Blick mit Jonas. Zwei Gefangene in Lauerstellung.

»Vielleicht macht sie den Kameraden Beine«, sagte Karl. »Dann kriegen wir anständiges Zeug. Granaten, Plastiksprengstoff. TNT. Vielleicht organisieren wir 'ne neue Gruppe.«

»Halleluja.« Anni nahm sich einen Becher Wasser.

Karl horchte auf und starrte in die Ferne. »Fresstaxi.«

Jonas folgte seinem Blick und sah, wie sich auf dem Feldweg unter der Hügelkette ein Auto näherte.

Einige Minuten später erschien Nicole mit einer Ladung Essensrationen im Lager. Sie grüßte kurz angebunden und erwiderte Karls Umarmung nicht.

»Gibts Curry?«, fragte er. »Das Gulasch geht mir langsam auf die Eier.«

Nicole schaute ihn fest an. »Es gibt, was es gibt. Und wir sind raus.«

»Hä?«

»Du hast richtig gehört, Karl. Der Anruf von Ira, das ist zu riskant. Ihr müsst ab jetzt alleine klarkommen.«

»Und Ansgar? Der Hasenfuß hat zu viel Schiss, mir das selbst zu sagen?«, schnaubte Karl.

»Ansgar war in der Klinik, seine Nase musste gerichtet werden. Er kann kaum atmen.«

Nicole wandte sich zum Gehen.

»Ich pflück ihm ein paar Blumen!«, rief Karl ihr hinterher.

Sie blieb stehen und warf ihm einen langen Blick zu. »Pass auf dich auf.« Dann ging sie.

Karl ließ fluchend seine Halswirbel knacken.

Anni wühlte durch den Berg aus Essensportionen und stieß auf eine Gipsbüste. »Nee jetzt.«

Karl nahm ihr die Skulptur aus den Händen. Sie hatte einen breiten Schnäuzer und dichte Haare.

Anni grinste schief. »Das bist nicht du, oder?«

Karl schaute dem Kopf ergriffen in die toten Augen. »Walhalla, Leute!«

Im selben Moment klingelte sein Handy.

*

Caroline schwitzte. Die Windeln liefen als Letztes über das Band der Supermarktkasse und stauten sich mit den Einkäufen in der Einpackzone. Pascal griff aus dem Kinderwagen nach der bunten Quengelware, eine Rentnerin drängelte mit ihrem Rollator von hinten, und nun meldete sich auch noch das Handy. Caroline legte das Portemonnaie zur Seite und kramte das Telefon aus der Tasche. Laut Überwachungsapp hatte Ira eine Nummer gewählt: Karl.

Der Kassierer ließ die Wechselgeldschublade aufspringen. »Sechsunddreißig vierzig.«

»Sofort. Ist dringend.« Caroline drückte auf dem Display den Button für »Mithören« und hielt sich das Handy ans Ohr. Es tutete. An ihrer linken Wade spürte sie das ungeduldige Drängeln des Rollators.

»Hallo, Karl«, erklang Iras Stimme im Handy.

»Hallo, Ira.«

»Hör zu«, sagte sie leise. »Wir machen es genauso wie letztes Mal, nur Ja oder Nein.«

»Ja, Ira. Ja.«

»Sechsunddreißig vierzig.« Der Kassierer blickte Caroline ungeduldig an.

»Habs gleich.« Sie blätterte mit der freien Hand durch die Geldscheine in ihrem Portemonnaie. Pascal hielt eine bunte Dose Kaugummis in den Händen und leckte sie lustvoll ab. Die Rentnerin brummelte etwas von hinten. Caroline legte einen Fünfzigeuroschein vor den Kassierer. »Stimmt so.«

Auf ihrem linken Ohr hörte sie Ira: »Ich möchte, dass du etwas für mich tust, Karl.«

»Ja.«

Caroline lauschte, nahm dem Baby die Kaugummidose aus den Händen, stopfte mit einer Hand die Einkäufe und ihr Portemonnaie unter den Kinderwagen und schob ihn zum Ausgang.

»Wir werden abgehört. Deshalb kann ich dir nicht offen sagen, was du tun sollst, du musst es selbst entschlüsseln«, fuhr Ira fort.

»Ja.« Karls Stimme war nur noch ein ergebenes Hauchen.

Vor dem Supermarkt setzte sich Caroline auf eine Bank, presste einen Finger auf ihr freies Ohr und lauschte ins Handy.

Der Lärm der Einkaufsstraße verstummte, die Autos rollten lautlos vorbei.

»Erinnerst du dich noch an Tyr?«

»Ja … klar.«

»Mach es wie er, am gleichen Tag.«

Stille.

»Hast du verstanden, Karl?«

»Nein.«

»Okay. Aber die Worte hast du verstanden?«

»Ja.«

»Wiederhol sie.«

Stockend wiederholte Karl: »Mach es wie Tyr. Am gleichen Tag.«

»Sehr gut. Denk nach. Du wirst es verstehen.«

»Ja.«

»Ich melde mich. Grüß Anni und Jonas.«

»Ja, Ira.«

Die Leitung erstarb. Caroline kontrollierte, ob die App das Gespräch aufgezeichnet hatte, und lehnte sich erschöpft auf der Bank zurück. Wenigstens die Technik funktionierte.

Was zum Teufel hatte Ira vor? Während Caroline grübelte, schien sich die Welt um sie herum zu verlangsamen. Die Passanten gingen in Zeitlupe an ihr vorbei. Ein Hund schnupperte am Kinderwagen, hob das Bein und wurde rechtzeitig von seinem Herrchen weggezerrt. Ein zerknitterter Pappbecher erschien vor ihrer Nase, gefolgt von dem Gesicht einer ebenso zerknitterten Bettlerin. Caroline schüttelte sich, um in die Wirklichkeit zurückzukehren, nahm eine Zweieuromünze aus ihrem Portemonnaie und warf sie in den Becher.

*

Eine dämliche Fresse hatte gereicht, dachte Anni, jetzt waren es zwei. Sie saß auf dem Feldbett und blickte zu Karls Gipsbüste, die sie aus blinden Augen vom Klapptisch aus anstarrte.

»Und? Was wollte Ira?«, rief sie und zündete sich eine dünne Zigarette an.

Karl stand an der Kante und machte Kniebeugen.

»Sie hat 'nen Plan.«

»Und welchen?«

»Weiß noch nicht. Aber es gibt einen.«

»Wer ist dieser Typ, von dem ihr gesprochen habt?«

Karl zog den rechten Ellbogen über den Kopf und dehnte seinen Trizeps. »Ein Kumpel.«

»Und was hat der gemacht, was du machen sollst?«

»Der hat viel gemacht.«

»Muss doch irgendwas geben, was Ira meint.«

Karl verpasste der Luft mehrere Fausthiebe. »Keine Ahnung.«

Anni blies einen Rauchring. »Na super.«

»Wir haben rumgehangen«, sagte Karl und tänzelte boxend durch das Lager. »Er hat bei mir um die Ecke gewohnt. In Dortmund. Wir haben ein paar Jobs zusammen gemacht. Im Getränkelager und Security auf Demos und so. Haben für Ruhe gesorgt.«

Karl boxte gegen den Wasserkanister. Anni ging zum Klapptisch und nahm die Gipsbüste in die Hände. Sie wog schwer und roch kühl. Am Hals hatte Nicole ihre Initialen in den Gips geritzt. Wie gerne, dachte Anni, würde sie das Ding über die Kante schmeißen und zuschauen, wie es in einer weißen Staubwolke zerplatzte.

»Flossen weg!« Karl riss Anni die Büste aus den Händen, setzte sich auf das Feldbett und starrte sein weißes Ebenbild an.

»Ruf den Typen doch an, vielleicht weiß er, was du machen sollst«, schlug Anni vor und blies einen Rauchring aus.

»Er ist tot.«

»Wie jetzt?«

»Die Bullen wollten ihn hopsnehmen. Er hatte ein paar Sachen im Keller, Knarren und Granaten und so. Die haben die Tür eingeschlagen, und da hat er alles hochgehen lassen, der Spast.«

Anni grinste mit der Zigarette im Mundwinkel. »Das isses! Du sollst dich auch in die Luft jagen!«

»Fick dich!«

Anni wechselte einen Blick mit Jonas, der die ganze Zeit wie aufgebahrt auf seinem Bett lag. Seine Mundwinkel zuckten in die Höhe.

Endlich, dachte sie und schnippte ihre Kippe mit einem Funkenschweif über die Kante.

*

Es war schwül geworden. Caroline schob den Kinderwagen durch das Foyer des Präsidiums, zeigte der Empfangsdame ihren Dienstausweis und hoffte, dass die dunklen Flecken unter ihren Achseln nicht allzu sichtbar waren. Ausgerechnet heute Nachmittag, wo sie ihre Mutter noch einmal brauchte, hatte die sich entschieden, in die Stadt zu fahren, um für ihre Wohnung eine komplette Baby-Grundausstattung zu kaufen. Sie werde ihr Enkelchen, so Monikas Worte, ja nun öfter bei sich zu Gast haben, da müsse sie gerüstet sein.

Caroline machte plötzlich mit einem neuen Gefühl Bekanntschaft: Sie empfand ihr Kind als Ballast, gerade sie, die die anderen alleinerziehenden Mütter mit ihren müden Augen und ihrer unterdrückten Wut immer etwas mitleidig betrachtet hatte. Jetzt hatte es sie auch erwischt.

Eine Stunde zuvor war sie vom Supermarkt nach Hause geeilt, hatte das Baby neben sich aufs Sofa gelegt und ihren Laptop aufgeklappt. Iras rätselhafte Worte hatten ihren kriminalistischen Ehrgeiz geweckt, oder war es die Dreistigkeit, mit der die Terroristin ihr Spiel durchzog? Karl hatte gewirkt, als stünde er auf dem Schlauch, vielleicht, so hatte Caroline gehofft, war sie selbst schlauer und würde vor ihm herausfinden, was Ira von ihm verlangte. Sie hatte den Browser geöffnet, dann waren ihre Finger über der Tastatur hängen geblieben. Wonach suchte sie eigentlich? Es war von einer Person namens »Tier« die Rede gewesen. War das ein Nachname? Ein Spitzname? Ira war nicht blöd, sie würde niemals einen Klarnamen über ihr Handy verraten. Von welchem Tag hatte sie gesprochen?

Caroline hatte den Rechner zugeklappt und sich ein Stangeneis aus dem Tiefkühlfach geholt. Ihre Indizien waren zu dünn. Die einzige Chance, auf diesem Pfad weiterzukommen, war das Polizeiauskunftssystem. Vielleicht, so hoffte sie, würde in den Einträgen zu Karl Opitz ein Hinweis auf den Namen auftauchen.

Kurz hatte sie überlegt, für die Recherche zu ihrer alten Wache zu fahren, doch sie verwarf den Gedanken schnell. Ihr Besuch hätte unter den Kollegen eine Lawine aus Fragen und Neugier ausgelöst, besonders mit dem Baby im Gepäck. Es gab nur eine einzige Lösung: zurück zum Präsidium.

Dort schob Caroline nun den Kinderwagen in den Aufzug und fuhr in den vierten Stock. Vor der Tür der Einsatzzentrale wischte sie sich mit Pascals Windeltuch den Schweiß vom Gesicht und atmete durch.

»Hoher Besuch!« Lippock kam von der anderen Seite des Flures und blickte neugierig in den Kinderwagen.

»Und, bekommt der Kleine noch mal einen Einsatz bei der Tetzel?«

»Nein, ich wollte einen Personennamen überprüfen.«

Caroline hatte sich in der U-Bahn eine Geschichte zurechtgelegt, plausibel und ohne übertrieben viele Details. Während Lippock Pascal mit Grimassen zum Glucksen brachte, erklärte sie ihm, Ira habe tags zuvor von Opitz berichtet, nichts Neues, aber es wäre ein sonderbarer Name gefallen, von einem Kumpel, mit dem er hin und wieder Kontakt gehabt habe: *Tier* oder so ähnlich. Vielleicht wäre Opitz bei ihm untergetaucht, und man könne im Polizeisystem nach dem Namen suchen?

Der Kriminaldirektor führte Caroline in sein Büro und überließ ihr seinen Rechner. Sie tippte den ominösen Namen in unterschiedlichen Schreibweisen in die verschiedenen Datensysteme: das landesweite VIVA, das bundesweite INPOL und SIS für den Schengenraum. Kein Treffer.

»Wir haben Opitz schon auf mögliche Kontakte in der rechten Szene überprüft«, sagte Lippock. »Er war nach seiner Haftentlassung vor zwei Jahren fast ausschließlich bei Tetzel und ihrer Gruppe.«

»Und die alten Kontakte?«

Der Kriminaldirektor holte eine Akte hervor und reichte sie Caroline.

»Soweit ich mich erinnere, ist da keiner mit diesem Namen dabei, aber schauen Sie rein. Darf ich solange?«

Lippock deutete auf den Kinderwagen. Caroline nickte, und er nahm Pascal auf den Schoß. Sie öffnete die Mappe und durchstöberte einen Stapel Fotos, einige vom Erkennungsdienst, andere, grobkörnig und teilweise verschwommen, von

Observierungen. Sie zeigten Karl in Bomberjacke, Hoodie oder Camouflage-T-Shirt auf rechtsextremistischen Veranstaltungen. Manchmal wies ihn eine Binde am Oberarm als Ordner aus.

Caroline rief sich das Telefonat ins Gedächtnis. *Erinnerst du dich an Tyr? Ja … klar.*

Karl kannte ihn gut, überlegte sie. Ein Kumpel. Ein Kollege. Ein alter Freund. Vielleicht stand er an seiner Seite, genau hier, auf einem dieser Bilder. Caroline betrachtete die anderen Gestalten auf den Fotos: ein hagerer Typ mit rasierter Glatze und preußischer Kriegsflagge in der Hand, ein anderer, genauso bullig wie Karl mit Ordnerbinde und Sonnenbrille, einer mit Seitenscheitel, halb vermummt unter Schirmmütze und Hipsterbart, ein weiterer im schwarzen Hoodie. Es waren so viele, und keiner der Namen auf den Rückseiten der Fotos gab einen Hinweis auf den ominösen »Tier«.

Carolines Augenlider wurden schwer. »Kann ich die Fotos mitnehmen? Ich könnte sie Ira zeigen. Vielleicht kommt sie ins Plaudern.«

»Machen Sie das. Aber bedenken Sie, die Tetzel ist eine gute Geschichtenerzählerin.«

Lippock hielt Pascal an den Ärmchen, wippte ihn auf den Knien und öffnete dann die Beine. Das Kind sackte in den Spalt und belohnte den Kriminaldirektor mit lustvollem Lachen.

*

Wenigstens bekommt er heute seine volle Dosis Mann, dachte Caroline. Pascal lag neben Heiner im Patientenbett, ließ sich von ihm die fleischigen Füßchen massieren und schüttelte neugierig die Box mit den bunten Pillen. Das Rasseln gefiel ihm.

Caroline schaute sich um. In den beiden anderen Betten lagen zwei alte Männer, einer schaute sich auf dem alten Röhrenfernseher unter der Decke eine Quizshow an, der andere schlief mit einem Beatmungsgerät vor dem Gesicht.

Als sie mit dem Kind, einem Strauß Blumen und zwei Tafeln Schokolade hereingekommen war, hatte Heiner gestrahlt und versucht zu überspielen, wie sehr ihm die Tage im Krankenhaus zusetzten, aber die Fremde und der Schlafentzug hatten sein unrasiertes Gesicht verräterisch grau werden lassen. Es war gerade erst fünf Uhr nachmittags, und das Abendessen, zwei Scheiben Graubrot mit einer fahlen Scheibe Käse, einer Gurke, Fleischwurst und einem Becher Joghurt, stand unangetastet auf dem Nachttisch.

Caroline folgte Heiners Blick in die Bäume vor dem Fenster. Die Ränder einiger Blätter färbten sich schon gelb. Der Vermieter wirkte unruhig, als würde die kostbare Zeit im Krankenhaus schneller verrinnen. Sein gebrochener Arm war mit einem Dutzend Schrauben zusammengeflickt und in einen Gips gesteckt worden, aus dem ein Schlauch in eine Drainage voller Wundflüssigkeit führte.

Heiner bemerkte schnell, dass auch Caroline nicht in bester Form war, und als er mit seiner schwieligen Hand nach der ihren griff, deutete sie ihm an, dass die Vernehmungen schleppend vorankamen und sie einer rätselhaften Spur nachgehe. Heiner, nach Tagen der Langeweile gierig nach Denkfutter, fragte beharrlich nach, und Caroline erzählte von einer Person namens »Tier«, die vergeblich gesucht werde. Heiner schnappte sich gleich sein Tablet.

»Ein Nazi?«, fragte er.

»Wahrscheinlich.«

»Wie wird der geschrieben?«

»Keine Ahnung. Ich habe ein paar Schreibweisen ausprobiert.«

Heiner begann, auf dem Display herumzutippen, und zeigte ihr nach einigen Versuchen einen Wikipedia-Eintrag.

»Er könnte auch ›Tyr‹ heißen. In der skandinavischen Mythologie der Gott des Sieges und Kampfes, später auch als Sohn Odins aufgeführt. Die Nazis stehen auf so was, vielleicht ist es ein Spitzname, den sich jemand zugelegt hat.«

Caroline war plötzlich hellwach. »An ein ›Y‹ hab ich nicht gedacht.«

Heiner tippte den Namen in die Suchmaschine ein und schaute mit ihr aufs Tablet. »Da haben wir's. Jede Menge Mystik und Kommerz, ganz viel am rechten Rand. Es gibt auch eine Rune mit dem Namen.«

Er klickte auf einige Seiten, die die Bedeutung des Zeichens erklärten, ihre magische Kraft beschworen oder sie für teures Geld als Amulett oder T-Shirt-Aufdruck vermarkteten. »Tyr« tauchte als Symbol rechter Kampfsportgruppen und in Songtexten von zwielichtigen Bands auf.

Caroline griff zum Handy, rief Lippock an und bat ihn, den Namen in der anderen Schreibweise noch einmal im Polizeisystem zu überprüfen. Als sie auflegte, wunderte sie sich, mit welcher Leichtigkeit sie, die Bezirksbeamtin, soeben einen Kriminaldirektor um einen Dienst gebeten hatte. War es die Vertrautheit? Oder ihr Ehrgeiz, Iras Pläne zu durchkreuzen?

Lippock erfüllte ihren Wunsch auf der Stelle und rief kurz darauf zurück – er hatte keinen Eintrag zu dem Namen gefunden.

Es war Zeit zu gehen. Caroline bedankte sich bei Heiner, ermahnte ihn zu essen und versprach, bald wiederzukommen. Er gab ihr einen Kuss auf die Stirn und kitzelte Pascal noch einmal kräftig durch.

Caroline streifte ein schwerer Gedanke: Wenn sie dieses Kind verlieren würde, wäre ihr Herz nicht das einzige, das brechen würde.

*

Zweiundzwanzig Uhr, Nachtruhe. Ohne Vorwarnung war in der Zelle das Licht ausgegangen. Jetzt drang nur noch der orange Schein der Flutlichter durch die offene Tür in das winzige Bad. Ira stand auf der Toilette, wischte mit dem Finger die Zahnpasta vom Rand des Lüftungsgitters und sammelte sie auf einem Blatt Klopapier. Sie durfte kein Gramm verschwenden, wenn sie den Blechrahmen nachher wieder ordentlich verfugen wollte. Anschließend steckte sie die Hand in den Lüftungsschacht, tastete nach links und rechts und bekam schließlich Carolines Kugelschreiber zu fassen. Im spärlichen Licht schraubte sie ihn auf, entfernte die kleine Druckfeder, die die Mine umgab, und bog das Drahtende an einer Seite auf. Sie erinnerte sich an die Nächte am Lagerfeuer, in denen Karl erzählt hatte, wie im Knast alles zu einem wertvollen Instrument werden konnte. Aus Filzstiften wurden Haschpfeifen, aus Dosenobst, Zucker und Brot wurde Alkohol gegoren, und ein paar Häftlinge hatten sich aus einem Rasierapparat, einem Feuerzeug und einem Kugelschreiber eine Tätowiermaschine gebastelt. Im Knast hatte man Zeit, berichtete Karl, Zeit für krumme Ideen.

Jetzt hielt Ira ihren Ellbogen über das Waschbecken und klopfte sich auf die Armbeuge, bis die Venen hervortraten. Es schien, als könnte sie ihr wild schlagendes Herz darin pulsieren sehen. Nach ein paar tiefen Atemzügen hielt sie das Drahtende an die Vene und stach zu. Das dünne Metall drang nur widerwillig in die Haut, es brannte höllisch, und Ira musste mit zusammengepresstem Kiefer die Spirale zwischen den Fingern drehen, damit sich die Spitze durch die Gefäßwand bohrte. Das Blut quoll hervor, tropfte durch ihre Finger ins Waschbecken und zerplatzte auf der Keramik zu dunkelroten Blüten, die langsam Richtung Abfluss zerflossen. Nun nahm Ira den leeren Schaft des Kugelschreibers, drückte ihn mit der breiten Öffnung an die Wunde und hielt die Spitze des Röhrchens in den Joghurtbecher. Sie hatte ihn nach dem Abendessen vorsichtig aus seiner Papierummantelung gelöst und die Hülle, die die Form behalten hatte, mit einer dreckigen Serviette gefüllt. Das Küchenpersonal würde nicht bemerken, dass der innere Plastikbecher fehlte.

Ganz langsam lief das rote Rinnsal in das Gefäß und füllte es Millimeter für Millimeter, Fingerbreit um Fingerbreit. Mit jeder Sekunde wurde Iras Atem ruhiger, ihr Herzschlag verlangsamte sich. Es war ein schöner Anblick, und auf eigentümliche Weise beruhigte er sie. Die Entbehrungen des Knasts waren ihr egal, dachte sie, das fade Essen, die Monotonie, die frühe Bettruhe. Sie brauchte keinen Luxus, keinen Auslauf, nicht einmal Freunde. Sie hätte in der Wüste leben können. Es war allein Bevormundung, die Ira in den Wahnsinn trieb, vor allem die der Versager in Uniform. Mit dem kleinen Stich in die Armbeuge hatte sie sich die Kontrolle zurückerobert. Ihr Körper gehörte wieder ihr. Sie konnte damit machen, was sie wollte.

Als der Becher bis zum Rand gefüllt war, zog Ira den Draht aus der Vene und band ihren Arm mit einer Socke ab. Dann rührte sie das Blut mit dem Schaft des Kugelschreibers so lange durch, bis sein klebriges Eiweiß komplett daran heftete und nicht mehr gerinnen konnte. Als sie den Becher in den Lüftungsschacht stellte und das Gitter wieder mit der Zahnpasta verfugte, spürte sie das Brennen in der Armbeuge. Sie genoss den Schmerz, er war ein Zeichen ihrer Stärke. Sollten die Wärter doch ihre Routinekontrolle machen, dachte Ira, sollten sie durch die Zelle schnüffeln, in den Schränken herumkramen, die Matratze umdrehen und ihre Klamotten durchwühlen – sie würde ihnen aus der Ecke zuschauen, die Hände vor dem Bauch gefaltet, und ihre Gedanken würden ins Bad wandern, anderthalb Meter über die Toilette zu dem verfugten Gitter. Drei Becher würden dahinterstehen. Drei Becher Blut.

*

»Verfickte Hurenscheiße!« Karl warf seinen Schlafsack beiseite, sprang von der Pritsche und tigerte auf Socken durch das dunkle Lager. »Was, verdammt? Was will sie?« Er hämmerte sich mit dem Handballen gegen die Stirn. Jonas und Anni lagen auf ihren Betten und wechselten einen müden Blick.

Sie hatten sich in der Dämmerung hingelegt und nicht in den Schlaf gefunden. Karl war zu unruhig gewesen. Er hatte sich hin und her geworfen, gestöhnt, wie ein Wahnsinniger vor sich hin gemurmelt, laut gefurzt und hysterisch gekichert. Iras Rätsel schien seinen Verstand in den Leerlauf versetzt zu haben und seine Gedanken immer unkontrollierter rotieren zu lassen, bis er keinen einzigen mehr greifen konnte.

Nun trat Karl an die Kante und starrte in die Dunkelheit. Sein Brustkorb zuckte, und Jonas fragte sich, ob er weinte. Es wäre nicht das erste Mal, dass er vor ihnen Tränen vergoss. Damals, als es Locke erwischt hatte, den Jüngsten der Gruppe, hatten alle geweint. Locke war noch ein Kind gewesen, ihr Maskottchen. Ira hatte ihnen mit roten Augen erzählt, dass die Bullen ihn abgeknallt hätten, aber in der Zeitung, die Anni und Jonas in der Bahn gefunden hatten – wie viele Tage waren seitdem vergangen? –, wurde etwas ganz anderes berichtet: Locke hatte auf Iras Befehl hin einen Behinderten erstochen und war von dessen Pfleger in Notwehr vom Balkon geworfen worden. Siebter Stock. In der Zeitung war ein Foto von dem Auto, auf dem der kleine Körper aufgeschlagen war. Das Dach war zerknüllt wie ein Kissen.

»Mann, Tyr, du blöder Wichser«, wehte Karls fiepsige Stimme aus dem Dunkel zu Jonas und Anni herüber. »Was hast du gemacht? Fuckfuckfuck!«

Die Nacht schien ihm keine Antwort zu geben, nur ein paar unsichtbare Tauben raschelten aufgeschreckt auf dem Dach. Jonas und Anni wechselten einen Blick und unterdrückten ein Grinsen. Plötzlich schallte eine leise Melodie durch die Etage. Karl rannte zurück zu seiner Pritsche, zog das Handy aus dem Schlafsack und tippte zitternd auf das Display.

»Ira?« Er ging wie ein Schlafwandler zur Kante, und einen Moment lang hoffte Jonas, dass er vor lauter Aufregung in den Abgrund stürzen würde. »Ira, ich mach das nicht, ich spreng mich nicht in die …«, platzte Karl heraus.

Jonas glaubte, das leise Schnarren von Iras Stimme zu hören. Sie schrie. Karl zuckte zusammen, senkte den Kopf und nickte.

»Ja, Ira. Tut mir leid, ich …«

Wieder ein Nicken.

»Jawohl. Nur Ja oder Nein. Ja.«

Er presste das Telefon ans Ohr und starrte mit offenem Mund in die Nacht. Nach einigen Sekunden lächelte er. »Ja, Ira. Klar.«

Wieder lauschte er angestrengt. »Adler. Tyr. Gleicher Tag.« Dann schaute er aufs Display, hielt das Handy noch einmal ans Ohr und steckte es gedankenversunken weg.

»Was ist?«, fragte Anni.

Ohne eine Antwort ging Karl an ihnen vorbei und verschwand

Richtung Treppenaufgang. Es plätscherte. Als er zurückkam, setzte er sich auf seine Pritsche und starrte in die Nacht. Er war völlig woanders.

»Los, sag schon«, drängte Anni.

Karls Blick ging ins Leere. Offensichtlich hatte Ira sein durchgedrehtes Gedankenkarussell verlangsamt. Leise murmelte er vor sich hin: »Adler … Moment … Tyr und der Adler …«

»Was für 'n Adler?«, wollte Anni wissen.

»Schnauze!«, schrie Karl und wiegte seinen Oberkörper vor und zurück wie ein eingesperrter Zirkusbär.

Plötzlich erstarrte er. Jonas konnte das Weiß seiner aufgerissenen Augen sehen.

»Das isses!« Karl sprang auf und ballte die Faust. »Das isses, verfickte Scheiße! Jawohl!« Er rannte zu Anni und umarmte sie. Sie drückte ihn von sich weg. »Ira ist so genial. Fuck, ist die genial!« Er ging im Lager auf und ab und stieß leise Jubelschreie aus.

»Kannst du vielleicht mal sagen, was los ist?«, rief Anni.

»Was haben wir heute für ein Datum?«

»Weiß ich doch nicht!«

Karl schaute auf sein Handy und stutzte. »Okay. Das ist knapp. Aber noch reichts.«

»Wofür?«

Karl setzte sich auf seine Pritsche und zog sich die Stiefel über die Füße. »Wir müssen los.«

»Jetzt?«

»Jetzt!«

»Warum?«

Ohne ihr eine Antwort zu geben, stand er auf, kramte etwas aus der großen Materialkiste und stapfte zu Jonas. Der rollte sich zusammen wie ein Gürteltier bei Gefahr. Karl setzte sich neben ihn auf die Pritsche und packte sein Fußgelenk. »Du bleibst hier.« Blitzschnell zog er Jonas' Bein lang und fesselte es mit einem Kabelbinder ans Bettgestell. »Wenn du dich damit runterschmeißen willst, hau rein. Bist eh nur Ballast. Aber du haust nicht ab!«

Dann stand er auf, boxte Anni grinsend gegen die Schulter und ging zum Treppenaufgang: »Abmarsch. Es gibt einen Plan.«

*

Sie musste vorsichtig sein, dachte Caroline und bestellte ein Wasser. Noch ein vierter Chinotto-Rum und sie würde Lippock ihr Herz ausschütten. Die beiden saßen an der Theke der Bar, vor ihnen Schüsselchen mit Erdnüssen, hinter ihnen an drei zusammengestellten Tischen eine Gruppe Twens mit süßen Cocktails in den Händen.

Zwei Stunden zuvor hatte Caroline schwitzend auf ihrer Couch gehockt und auf ihr Handy gestarrt. Keine neuen Botschaften von Ira, keine neuen Hinweise für ihr Rätsel. Dann, ohne lange nachzudenken, hatte sie zum Telefon gegriffen. Lippock war hocherfreut über einen spontanen Barbesuch, und ihre Mutter war hocherfreut, den Enkel zum ersten Mal über Nacht hüten zu dürfen. Caroline würgte Monikas neugierige Nachfragen ab und zog sich ein luftiges Sommerkleid an, das sie seit Jahren nicht mehr getragen hatte. Der Stress der letzten Tage hatte es möglich gemacht, dass es ihr wieder passte.

»Wie haben Sie das eigentlich mit der Pflanze hingekriegt?«, fragte sie jetzt Lippock. »Es scheint ihr bei Ihnen besser zu gehen als bei ihrem Gärtner.«

Der Kriminaldirektor, der auf dem Barhocker etwas kleiner

als Caroline war, lächelte. Er hatte sein Jackett abgelegt und das Hemd etwas geöffnet, ohne sich darum zu kümmern, dass ein paar winzige Locken auf der Brust zum Vorschein kamen. Es stand ihm, fand Caroline, er sah aus wie ein englischer Businessman beim Feierabenddrink im Pub.

»Ich gieße sie selten und beachte sie nicht weiter.«

»Das ist grausam.«

»Sie mag es. Und ich glaube, es gibt nicht wenige Menschen, die sich genauso eine Behandlung wünschen. Von allem weniger und einfach mal in Ruhe gelassen werden.«

Der Barkeeper stellte ein Glas Wasser vor Caroline. Sie holte mit den Fingern einen Eiswürfel heraus und zerkaute ihn.

»Sind Sie einer von denen?«

Lippock schlug die Augen nieder und dachte kurz nach. »Im Job ja.«

»Und privat?«

»Privat weiß ich es nicht mehr.«

Sie musterte ihn ernst.

Er nahm einen großen Schluck von seinem Drink und blickte auf. »Möchten Sie ein Geheimnis hören?«

Sie nickte.

»Ich mach Schluss.«

Caroline schluckte, die Eisbröckchen rutschten kalt ihre Speiseröhre hinunter.

»Schluss mit wem?«

»Mit dem Job. Ich werde nächstes Jahr meinen Dienst quittieren.«

»Warum?« Caroline spürte das Eis in ihrem Magen.

»Ich bin seit einiger Zeit nicht mehr richtig bei der Sache, und entweder ich mache meine Arbeit richtig, oder ich lasse es.«

»Sie machen alles richtig!«

Lippock lächelte. »Vielleicht. Aber der Spaß von früher ist weg. Ich fange an, mich anzustrengen. Gestern habe ich überlegt, ob ich meine Hemden überhaupt noch bügeln soll.«

»Das ist natürlich wahnsinnig wichtig.«

»Es geht ums Prinzip.« Lippock schaute zu, wie der Barkeeper eine lange Reihe Cocktails für die Twens vorbereitete. »Mein Vater hat mit neunundachtzig noch gebügelt. Viel hat er mir nicht beigebracht, aber er hat mir gezeigt, wie man würdevoll altert.«

Caroline merkte plötzlich, dass sie sich nie gefragt hatte, wie alt der Kriminaldirektor war.

»Und wovon wollen Sie dann leben?«

»Ich hab keine Kinder, und meine Ex-Frau braucht keine Alimente. Ich kann einige Jahre auf kleiner Flamme leben und schauen, was passiert.«

»Tiny House und so?«

Sein Lächeln verwandelte sich in ein Grinsen. »Wenn es nicht anders geht. Vielleicht arbeite ich wieder als Rettungssanitäter, das habe ich ein paar Jahre vor dem Polizeidienst gemacht. Oder ich werde Gärtner und baue mein eigenes Gemüse an.«

»Ich bin mir nicht sicher, ob das mit Ihrer Nicht-beachten-Methode klappen wird, aber Sie können sich gerne Tipps bei meinem Vermieter holen.«

Er hielt ihr das Glas hin, und sie stieß mit ihm an.

Plötzlich klingelte es in Carolines Handtasche: der Warnton der Überwachungsapp. Sie rutschte vom Barhocker.

»Entschuldigen Sie kurz. Das ist meine Mutter.«

Bevor Lippock reagieren konnte, eilte Caroline zur Toilette und schaute auf das Display. Ira rief Karl an. Es tutete seit sieben Sekunden. Im Damenklo schloss sich Caroline in eine der Kabinen ein und presste das Handy ans Ohr.

»Ira?«, keuchte Karls Stimme.

»Hallo, Karl.« Ira klang weich. »Geht es euch gut?«

Karl schrie los: »Ira, ich mach das nicht, ich spreng mich nicht in die …«

»Idiot! Halt die Klappe!«

»Ja, Ira. Tut mir leid, ich …«

»Still! Komm runter, verdammt noch mal!«, zischte sie. »Und antworte nur mit Ja oder Nein!«

»Jawohl. Nur Ja oder Nein. Ja.«

»Hör mir zu.«

Caroline setzte sich auf den geschlossenen Klodeckel und stellte sich Ira vor, wie sie in ihrer dunklen Zelle auf dem Bett saß, den Kopf unter der Decke, damit man sie nicht hörte. Wie sie sich zusammenriss, um nicht laut loszubrüllen, wie eine Mutter, deren Kind sich im Supermarkt auf den Boden wirft und nicht mehr aufhören will zu schreien.

»Du liegst falsch, Karl, völlig falsch«, sagte Ira leise. »Erinnerst du dich, als wir uns zum ersten Mal gesehen haben? Es war ein Feiertag. Da bist du früher immer in die Kirche, hast du mir erzählt.«

Karl schien kurz zu überlegen, dann klarte seine Stimme auf. »Ja, Ira. Sicher.«

Er schien sich gerne daran zurückzuerinnern, dachte Caroline.

»Jetzt hör mir zu. Du sollst machen, was Tyr mit dir gemacht hat. An genau dem gleichen Datum. Denk an Adler, okay? Tyr. Gleicher Tag.«

Stille. Caroline konnte Karl förmlich grübeln hören.

»Adler. Tyr. Gleicher Tag. Wiederhol es.«

»Adler. Tyr. Gleicher Tag.«

»Denk! Nach!«

Ohne ein weiteres Wort legte Ira auf. In die Nachbarkabine polterte eine Frau herein und klappte den Toilettendeckel hoch.

Caroline steckte das Handy weg und ging zurück zur Theke, den Kopf voller Fragezeichen. *Adler. Tyr. Gleicher Tag.* Was für einen Sinn ergab das?

Lippocks Glas war halb leer, er kaute Erdnüsse und schaute dem Barkeeper zu, wie der noch mehr Cocktails für die Twens mixte.

»Tut mir leid«, sagte Caroline. »Das Baby will nicht schlafen. Neue Umgebung.«

»Sie wollen doch noch nicht gehen?«

Caroline schüttelte den Kopf. »Meine Mutter kriegt das allein hin.«

Sie trank einen Schluck, und ohne dass sie es wollte, purzelte plötzlich eine Frage aus ihr heraus.

»Gibt es eigentlich einen Rechtsextremisten, der unter dem Namen Adler bekannt ist?«

Die Falte zwischen Lippocks Augen vertiefte sich. Auf einmal hasste sie sich.

»Tut mir leid …«, stotterte sie. »Ich wollte nicht über den Job sprechen. Es ist mir nur gerade wieder eingefallen. Die Tetzel hatte den Namen erwähnt.«

»Kein Problem. Genau dafür sind die Protokolle da, damit kein Detail aus der Vernehmung vergessen wird«, sagte Lippock und leerte sein Glas.

Verkackt! Caroline verfluchte sich innerlich, die Unbeschwertheit war dahin. Also konnte sie auch gleich weiterfragen.

»Ich hatte mir das notiert. Der Name ist ganz beiläufig gefallen.«

Lippock überlegte und schüttelte den Kopf. »Adler kommt mir nicht bekannt vor. Hat das wieder was mit Opitz zu tun?«

»Vielleicht. Als ich die Tetzel nach ihren Freunden gefragt habe, hat sie erwähnt, dass sich einer in die Luft gesprengt hätte.

Gabs mal einen Selbstmordattentäter in der rechten Szene?« Caroline spürte einen Kloß im Hals, es fühlte sich hässlich an, Lippock ins Gesicht zu lügen.

Er dachte nach. »Der einzige Selbstmordanschlag, von dem ich weiß, war eher zufällig. Vor ein paar Jahren hat sich ein Nazi in die Luft gesprengt, als ein SEK sein Waffenlager ausheben wollte. Zwei Kollegen haben nicht überlebt, einer ist Invalide.«

Lippock holte sein Handy heraus. »Ich schaue gleich mal nach.« Er rief die Seite des Polizeisystems auf und tippte etwas in die Suchmaske. »Ein fieser Typ. Der war überall da, wo eingeschüchtert werden sollte, wo Journalisten oder Gegendemonstranten auftauchten. Hat einige Jahre gesessen. Hier: Rolf Herthen.«

Lippock zeigte Caroline ein erkennungsdienstliches Bild. Der blasse Mann mit den gescheitelten Haaren lächelte ungerührt in die Kamera. Er hätte auch ein Grundschullehrer sein können, dachte sie.

»Er hat nicht nur geprügelt«, sagte Lippock. »Der hatte auch eine Band. ›Odins Söhne‹ oder so was.«

Caroline horchte auf. »Odins Söhne?«

»Das nordische Zeug findet man rauf und runter bei den rechten Bands. Meistens Heavy Metal, NS-Rap und Rock. Die Nazis haben kapiert, dass die mit Märschen keinen mehr hinterm Ofen hervorlocken.«

»Tyr! Das ist Odins Sohn. Wir haben ihn!«, sagte Caroline. »Die Tetzel meinte den Typ hier!«

Lippock leerte sein Glas. »Typisch.«

»Wieso?«

»Tetzel ist schlau, die will uns mit einem Toten beschäftigen. Die hat schon als V-Person nur irrelevanten Mist preisgegeben.«

In Caroline arbeitete es, sie wusste, dass die Information alles andere als irrelevant war. *Odins Söhne. Rolf Herthen.* Irgendwo da lag Iras Plan.

Caroline warf sich eine Handvoll Erdnüsse in den Mund. »Ich versuche mal, die Musik von dieser Band zu besorgen. Man weiß nie.«

»Ist wahrscheinlich indiziert. Aber wir haben ein Archiv, da könnten Sie sich das runterladen. Auf eigene Gefahr.«

Lippock steckte das Handy weg.

»Danke«, sagte Caroline aufrichtig und sah zu, wie sich ihre Hand wie von selbst auf seine legte. »Noch einen Absacker?«

Lippock musterte sie überrascht, die Stirnfalte verschwand. »Dann fahren Sie aber nicht mit dem Fahrrad nach Hause.«

»Ich nehm ein Taxi.«

»Ich hab was Besseres.«

Vier Rum später stand ein Streifenwagen vor der Tür.

10

Warum lächelt sie?, dachte Ira und spürte leise Wut in sich aufsteigen. Sie versuchte, ihren Rücken gerade zu halten und die Lider offen. Vor der Vernehmung hatte sie sich im Spiegel ihrer Zelle betrachtet. Ihre Haut hatte dünner gewirkt, der Blick blasser, nachdem sie sich den zweiten Becher Blut abgezapft hatte. Jetzt blendete sie die Sonne, die durch das vergitterte Fenster auf den Tisch des Besucherraumes schien. Caroline musterte sie schon seit einer Minute ohne ein Wort, und es fiel Ira schwer, ihren aufmüpfigen Blick zu erwidern.

Sie will mein Spiel spielen, schoss es ihr durch den Kopf. *Sie will mein Rätsel mit einem Rätsel kontern. Sie weiß etwas!*

Ira fühlte, wie ihr der Schweiß auf die Stirn trat, als sie in Gedanken noch einmal das Telefonat mit Karl durchging. Hatte sie zu viel verraten? Gab es Indizien, die die kleine Bullette entschlüsselt haben könnte? *Sie kann es nicht wissen! Sie pokert!*

»Wo ist Ihr Block?«, fragte Ira in die Stille hinein.

»Zu Hause.«

»Keine Fragen heute?«

»Nein.«

»Was wollen Sie dann?«

»Schauen, wie es Ihnen geht.«

»Gut, danke.«

»Schön.«

»Und Ihnen?«

»Kopfschmerzen. Aber es geht gut.«

Ira ließ den Blick über Caroline wandern. Die Polizistin schwitzte auch. Kein Wunder bei den Pfunden, dachte sie. Eigentlich mochte sie dicke Menschen nicht. Sie waren schwach. Bei Caroline war das anders gewesen, sie mochte sie gerade deswegen. Ein schwacher Bulle war ein guter Bulle. Aber jetzt dieser freche Blick. Er passte nicht zu ihr, dachte sie. Und roch Carolines Atem etwa nach Alkohol? Es wäre ihr zuzutrauen, dass sie trank.

Die Zeit war festgefroren. Der Wachmann an der Tür schien die ungewohnte Stille zu bemerken, Ira spürte aus den Augenwinkeln seinen neugierigen Blick. Sie nahm einen Schluck aus ihrem Wasserglas und schob die Ärmel hoch. Die Luft bestand aus Öl, der verdammte Sommer wollte einfach nicht enden.

»Haben Sie eine Spritze bekommen?«, fragte Caroline.

Ira folgte ihrem Blick und bemerkte den blauen Fleck in ihrer Armbeuge. Sie schob den Ärmel hinunter.

»Blutabnahme. Routineuntersuchung.«

Caroline nickte stumm.

»Sie hätten sich den Weg sparen können«, sagte Ira kühl.

»Wieso? Möchten Sie nicht mehr mit mir reden?«

Ira lehnte sich zurück und blickte zum Fenster. »Es fängt an, mich zu langweilen.«

Caroline musterte sie eine Weile. »Was haben Sie vor mit Opitz?«

Ira lächelte. »Nichts, was Sie wissen müssen.«

Die Polizistin nickte stumm und ließ einige Sekunden verstreichen. Dann beugte sie sich vor und flüsterte: »Wir sitzen im selben Boot. Sie und ich. Aber das wissen Sie ja.«

Iras Lächeln erstarb. »Ist das eine Drohung?«

»Das weiß ich noch nicht.«

Caroline stand auf und verließ grußlos den Besucherraum.

»Vorsicht!«, rief Ira ihr hinterher und ärgerte sich sofort über den Klang ihrer Stimme. Er war dünn.

*

Der Ofen war vorgeheizt und hatte die Küche in eine Sauna verwandelt. Caroline zog die Tiefkühlpizza aus dem Gefrierschrank und ließ sie über ihren Bauch, ihre Schultern und ihre Stirn wandern. Ihre Schläfen pochten. Am Morgen war sie mit einem riesigen Kater aufgewacht, hatte zwei Tabletten auf nüchternen Magen geschluckt und war wie ferngesteuert in die Haftanstalt gefahren. Natürlich war der Besuch völlig sinnlos, aber sie musste wenigstens weiter so tun, als wäre ihr Auftrag, etwas aus der Terroristin herauszubekommen, nicht krachend gescheitert. Trotzdem war die Begegnung mit Ira überraschend befriedigend gewesen, dachte sie jetzt, als sie die Käseflocken von der gefrorenen Pizza in den Komposteimer kratzte und sie in den Ofen schob.

Ira war ungewohnt bockig gewesen. Sie hatte angeschlagen gewirkt, und ihre Augen schienen keine Kraft mehr zu haben, sie zu durchbohren. Es hatte sich wie eine Einladung angefühlt, in die Offensive zu gehen, denn Caroline hatte aus der Nacht nicht nur Kopfschmerzen mitgebracht, sondern auch die Hoffnung, die kryptische Botschaft an Karl entschlüsseln zu können.

Tyr. Adler. Gleicher Tag. Den ersten Teil von Iras Rätsel hatte sie in der Bar gelöst und gleich am Tresen gespürt, dass das Spiel noch nicht beendet war: Ira hatte einen Plan, sie hatte etwas zu verlieren, und sie war genauso darauf angewiesen, dass ihr gemeinsames Boot nicht kenterte.

Nachdem Caroline die Pizza gegessen hatte, fuhr sie durch die glühende Stadt ins Präsidium und ließ sich im Archiv sämtliche Musikdateien, die es von Odins Söhne gab, überspielen. Mitschriften der Texte oder Verzeichnisse der Songtitel waren nicht zu finden, nur ein Eintrag, dass die Band im Jahr 2015 zum ersten Mal bei einem Rechtsrock-Festival in Brandenburg aufgetreten war und sich 2019 nach Herthens Tod aufgelöst hatte.

Mit dem Datenstick in der Tasche ging Caroline zum Ausgang. Eigentlich hätte sie noch beim Kriminaldirektor vorbeischauen und ihm der Form halber von der morgendlichen Vernehmung berichten sollen, aber der Gedanke gefiel ihr nicht: Sie hatte in der Bar geprahlt, dass sie trinkfest war, und es war ihr gelungen, möglichst gerade mit ihm zum wartenden Streifenwagen zu gehen und sich zu Hause mit einem Lächeln von ihm zu verabschieden. Sie wollte, dass er sie heute noch glänzend in Erinnerung behielt. Und sie ihn.

*

Es roch nach Schimmel. Anni wanderte durch das Erdgeschoss und leuchtete mit ihrer Taschenlampe ins Halbdunkel. Hier unten, am Fuß des Hochhauses, war es viel kühler und feuchter als in den oberen Etagen, wo der Beton in der Sonne glühte und sie den ganzen Tag auf ihren Pritschen vor sich hin vegetiert hatten. Hier unten breiteten sich schwarze Pfützen auf dem Zementboden aus, die Wände waren voller Graffiti, und überall lag Müll herum, verrottete Kartons, verschimmelte Matratzen und verbogene Campingstühle mit durchlöcherten Sitzpolstern. Anni ging tiefer in die Etage und entdeckte neben einer alten Feuerstelle leere Konservenbüchsen und Hühnerknochen, daneben haufenweise dreckige Klamotten, wahrscheinlich aus Altkleidercontainern zusammengeklaut. Sie kam sich vor wie eine Archäologin. Wer mochte hier gehaust haben? Tagelöhner aus Osteuropa? Obdachlose? Flüchtige? Anni leuchtete in die Ecken und malte sich aus, wie diese Höhle aussähe, wenn das Hochhaus fertiggestellt worden wäre. Sie stellte sich spiegelnde Böden und eine Einkaufspassage mit Supermarkt vor, dazu schallte leise Fahrstuhlmusik durch die Etage. Der Bau sollte ein Luxushochhaus werden, hatte Ansgar ihnen erzählt, als sie ihr Lager aufgeschlagen hatten. Große, helle Wohnungen und Büros mit Fußbodenheizung, eine Tiefgarage, damit die Bewohner bequem zu ihren Arbeitsplätzen in die Stadt fahren und abends zu ihren Familien auf die grüne Wiese zurückkehren konnten, wo sie dann vom Balkon aus bei einem Glas Wein den Sonnenuntergang über der Rheinebene genießen würden.

Der Lichtkegel der Taschenlampe blieb an einer mumifizierten Ratte hängen, die sich in einer der Matratzen ein Nest gebaut hatte und dort verendet war. Anni beförderte sie mit einem Tritt ins Dunkel.

»Hey!«

Sie drehte sich um.

»Mach den Kofferraum auf!«, rief Karl ihr zu. Er kam mit Jonas aus dem Treppenaufgang ins Foyer, beide hatten jeweils zwei Schnellkochtöpfe in den Händen und gingen zu dem alten Opel, der mitten im Erdgeschoss stand.

Anni erinnerte sich, wie sie in der Nacht zuvor mit Karl ein weiteres Mal über die Felder zu einem der Orte an der Hügelkette marschiert war. Sie hatte ihn gelöchert, was der Plan sei, aber er hatte nur gegrinst und blödes Zeug geblubbert: wie scheiße genial Ira doch wäre, dass es bald so weit sein würde, sehr bald, und dass sie und er den ganzen Wichsern da draußen den Stinkefinger zeigen würden.

Karl hatte sich gar nicht mehr eingekriegt. Mitten auf dem Feld hatte er mit beiden Händen Annis Gesicht genommen und ihr einen Kuss auf die Lippen gedrückt. »Und dann, meine Süße«, hatte er sie mit saurem Atem angehaucht, »dann kannst du dich mit deiner Schwuchtel verpissen.«

Sie hatte ihm ins Gesicht gespuckt.

Im Ort hatten sie die Autos am Straßenrand abgecheckt und den alten Opel entdeckt. Nachdem Karl ihn geknackt und kurzgeschlossen hatte, waren sie mit ausgeschaltetem Licht über die Feldwege zum Hochhaus gefahren und dort durch die riesigen Schaufensteröffnungen im Erdgeschoss des Betongerippes verschwunden.

Jetzt steckte Anni die Taschenlampe ein und öffnete den Kofferraum. Karl legte die vier Schnellkochtöpfe wie rohe Eier zwischen die karierte Wolldecke, die sie auf dem Rücksitz des Wagens gefunden hatten. Jonas stand mit versteinerter Miene daneben, er schien zu frösteln. Ob er sich auch fragte, was sie hier taten?, dachte Anni. Zweifelte er genauso wie sie, dass sie beide bald frei sein würden, dass Karl ihnen tatsächlich ein Bündel Geldscheine geben würde, mit dem sie zumindest ein paar Wochen überleben könnten, bis sie irgendwo eine Zuflucht gefunden hätten und endlich, endlich zur Ruhe kämen?

Anni spürte die Säure in ihrem Magen. Sie wusste, dass es sinnlos war, auf Karls Ehrlichkeit zu hoffen. Er hatte noch nie sein Wort gehalten. Noch nie.

Ihr Blick schweifte zu Jonas. Sein bleiches Gesicht war eine Maske, er hatte den ganzen Tag nicht geredet und nicht gegessen, stattdessen hatte er ausdruckslos über die flirrenden Felder zu den ausgetrockneten Hügeln mit ihren Dörfern und Kirchtürmen gestarrt.

Für ihn. Wenigstens für ihn. Anni hatte die eiskalte Gewissheit. Karl würde Jonas nicht mehr wehtun. Er würde sie beide nicht weiter verarschen. Sie würde ihn auslöschen, und wenn es das Letzte wäre, was sie auf dieser Erde tat.

Ein Klingeln hallte durch das Erdgeschoss. Karl schreckte hoch und stieß mit dem Kopf gegen den Kofferraumdeckel. Fluchend nestelte er das Handy aus seiner Tasche und warf Anni ein Grinsen zu. »Die Truppe steht bereit.«

*

Es war Abend geworden, als Caroline Pascals heiße Füßchen im Garten mit dem Schlauch abspritzte. Nach dem verkaterten Tag hatte sie beschlossen, sich nicht sofort mit den Songs von Odins Söhne zu beschäftigen, sondern endlich wieder etwas Zeit mit dem Kleinen zu verbringen. Das Baby gluckste und strampelte unter dem Wasserstrahl. Caroline kniff den Schlauch zusammen und ließ einen erfrischenden Regenschleier auf sie beide niedergehen. Pascal blinzelte und wedelte mit den Armen, als sich plötzlich die Überwachungsapp meldete. Caroline aktivierte auf ihrem Handy die Mithörfunktion, drehte den Wasserhahn zu und lauschte dem Tuten, während sie das Baby auf der Hüfte wiegte.

»Hallo, Ira!«

»Hallo, Karl. Alles gut bei euch?«

»O ja!«

Karl war wie verwandelt, stellte Caroline fest. In seiner Stimme lag der Stolz eines Schülers, der an der Tafel eine Matheaufgabe richtig gelöst hatte.

»Das freut mich«, erwiderte Ira. »Hoffentlich habt ihr es nicht so heiß. Ich krepiere in dem verdammten Knast.«

Ein zustimmendes Knurren.

»Hast du nachgedacht?«

»Jaaa.«

»Du weißt jetzt, was du machen sollst?«

»Ja, Ira. Ich weiß es!«

Caroline spürte ein Vibrieren in Karls Stimme, die Energie eines Hundes mit der Leine im Maul, aufgeregtes Schwanzwedeln, tropfende Lefzen.

»Bist du ganz sicher?«

»Ja, ja!«

Plötzlich pfiff Karl eine einfache Melodie, nur fünf kurze Töne.

»Pschsch«, ging Ira dazwischen. »Sehr gut. Genau das meine ich.«

»O ja.«

Caroline musste nicht lange nachdenken, um zu erahnen, dass die Melodie von Tyrs Band stammen könnte. Der Schlüssel musste in den Songs liegen.

»Und du weißt wirklich, welches Datum?«, fragte Ira.

»Unser Tag, ja, ja.«

»Genau. Du machst es wie Tyr. Am gleichen Datum. Um zehn Uhr, verstanden?«

»Ja. Um zehn, ja.«

»Halt dich bereit.«

»Tu ich, Ira. Ja.«

Wie viel Zeit und Geduld musste sie aufgewendet haben, überlegte Caroline, um diesen Mann zu dressieren.

»Schaffst du das? Seid ihr bereit?«, fragte Ira ernst. »Ich muss ganz sicher sein.«

»Jawohl!«

So antwortet ein Soldat, der auf den Schießbefehl wartet, dachte Caroline. Irgendetwas sagte ihr, dass das, was die beiden planten, unmittelbar bevorstand. Die Uhr tickte unüberhörbar.

»Alles wird gut. Ich bin stolz auf dich, Karl«, schmeichelte Ira.

»Ja, Ira. Danke.«

»Machts gut, ihr drei. Schlaft gut, ruht euch aus.«

»Ja. Das machen wir.«

Eine halbe Stunde später hatte Caroline Pascal ins Bett gebracht und saß mit ihrem Laptop, einem Ventilator, einer Flasche Bier und den kalten Pizzaresten auf dem Sofa. Sie setzte sich die Kopfhörer auf und suchte im Mitschnitt des Telefonates die Stelle heraus, an der Karl die kurze Melodie pfiff. Mindestens ein Dutzend Mal hörte sie sich die Tonfolge an, dann steckte sie den Stick aus dem Polizeiarchiv in den Rechner, irgendwo dort musste die gleiche Melodie zu finden sein. Sie drückte die Play-Taste und zuckte zusammen. Odins Söhne spielten Metal, vielleicht war es Speed Metal, Trash Metal oder Death Metal, für sie machte es keinen Unterschied. Der schrille Gesang unter den trommelnden Beats fühlte sich an wie ein Schlagbohrer, der direkt in ihr Gehirn drang, die Texte waren kaum verständlich. Zweiundzwanzig Lieder lagen vor ihr, vielleicht, so hoffte Caroline, musste sie nicht alle anhören, um Karls kurze Melodie zu finden.

Sie stellte die Lautstärke so niedrig wie möglich, lehnte sich im Sofa zurück und schloss die Augen. Ihr Körper war ausgelaugt von der Hitze, ihr Kopf vernebelt vom Kater. Die Brise des Ventilators auf dem Couchtisch strich angenehm über ihren Hals. Langsam verschwamm das leise Wummern in ihren Gehörgängen, und vor ihren geschlossenen Lidern stiegen Bilder auf. Caroline sah Ira mit ihren mandelförmigen Augen, auf dem Schoß hielt sie Pascal, er lachte und wippte im Takt auf ihren Knien. Dann erschien Lippock, er stand im Gewächshaus, wässerte die Blumen und lächelte sie unter einem breiten Strohhut hinweg an.

Carolines Atem ging ruhiger. Spielte die Musik noch, oder war das nur das Rauschen des abendlichen Verkehrs?, fragte sie sich und spürte, wie unter ihr schwere, weiche Wolken aufzogen. Sie brauchte sich nur hineinfallen zu lassen.

11

Lippocks Morgenritual begann um 7:00 Uhr. Weckerklingeln. Gang ins Bad. Gang zum Schrank. Die weißen und hellblauen Hemden für den Dienst hingen gebügelt im linken Teil, die Anzüge und die Jacketts, noch in den transparenten Plastikhüllen der Reinigung, im rechten. Beim Bäcker an der nächsten Straßenecke wartete man schon auf ihn, egal, ob es regnete oder die Sonne schien. Zwei Brötchen, möglichst dunkel gebacken, und ein Croissant. Das Frühstück mit Zeitung dauerte eine halbe Stunde, dazu aß Lippock erst salzig mit Tee, dann süß mit einem Espresso. Der Kriminaldirektor war kein Neurotiker, er brauchte seine Morgenroutine nicht um jeden Preis und konnte sie problemlos entbehren, wenn er zu einem Notfall gerufen wurde oder im Urlaub war. Aber sie hatte einen Grund: Lippock wollte nicht verlottern. Er wohnte immer noch in der geräumigen Dachwohnung, in der er zwölf Jahre mit seiner Frau gelebt hatte, und obwohl er jetzt allein war, ließ er keine Klamotten herumliegen, schlug jeden Morgen sein Bett auf, redete nicht mit sich selbst und deckte zu den Mahlzeiten den Tisch. Seine Frau hatte den Platz mit Blick zum Fenster gehabt, und sie hatte immer aufgeregt hinausgedeutet, wenn sie in den Zweigen der Birke ein Eichhörnchen entdeckt hatte. Nach der Trennung hatte Lippock ihren Platz frei gelassen und beim Essen weiter auf den Kühlschrank geblickt. Eine Zeit lang hatte er mit dem Gedanken gespielt, sich eine Katze anzuschaffen, doch sein Job war zu unberechenbar, die letzten Wochen hatten es bewiesen.

Nun sprudelte der Espresso in das Oberteil der Alukanne, und Lippock musste an Caroline denken. Er musste oft an sie denken. Sie erinnerte ihn daran, wie weit er sich von der Straße entfernt hatte. Viele Tausend Polizisten taten dort ihren Dienst, sie trugen keine Anzüge wie er, kaum einer wohnte allein in einer Vierzimmerwohnung in guter Lage. Sie gingen dahin, wo es hässlich war. Wo niemand hinschauen wollte. Er bewunderte Caroline dafür, dass sie sich nicht beklagte, obwohl sie Grund dazu hätte. Sie tat mehr, als sie musste, und er fragte sich oft, wie lange er ihr die Last der Vernehmung noch aufbürden sollte. Tetzel hatte Caroline nicht ohne Grund auserkoren, davon war er überzeugt, obwohl er nicht verstand, warum. War es nur ein Impuls, eine schräge Sympathie für eine kleine Polizeibeamtin? Oder hatte sie in Caroline ein leichtes Opfer gesehen? Tetzel hatte immer Hintergedanken, darauf würde Lippock wetten. Aber welche? Caroline hatte sich in den Tagen der Vernehmung verändert, sie war verschlossener geworden, etwas lastete auf ihr. Sie war ein guter Mensch, jemand wie sie sollte eigentlich nicht mit Tetzels verkommener Seele in Berührung kommen, dachte Lippock. Aber hatte er eine Wahl? Sie mussten es versuchen, auch wenn sie kaum mit neuen Erkenntnissen rechnen konnten. Hauptsache, Caroline würde keinen Schaden dabei nehmen.

Lippock schüttete zwei Löffel Zucker in den Espresso und rührte so lange darin herum, bis das Knirschen in der Tasse versiegte. Seine Gedanken kreisten weiter: Warum hatte die Tetzel Caroline mit der Info über den toten Herthen gefüttert? War es nur ein Spiel? Die Kollegin hatte den Haken geschluckt, sie wollte verstehen, sie *ermittelte.* Verschwieg sie ihm etwas? Tetzel konnte Menschen lesen, vielleicht hatte sie Caroline ausgesucht, um einen Draht in den Polizeiapparat zu bekommen.

Nein, dachte Lippock mit einem Kopfschütteln. *Caroline ist kein Opfer. Sie ist eine erwachsene Frau, die die Straße kennt, besser als viele ihrer Kollegen. Sie ist ein stilles Wasser.*

Er leerte die Tasse und leckte den letzten Kaffeetropfen vom Löffel. Wie wäre es, überlegte er, wenn Caroline hier bei ihm am Tisch sitzen würde? Sie hätte den Blick zum Fenster gerichtet.

Langsam erhob er sich, stellte die Espressotasse in die Spülmaschine und setzte sich auf den gegenüberliegenden Platz. Er konnte die Meisen sehen, die draußen hinter dem Fenster durch die Birke flatterten. Sie pickten an den Ästen und legten ihre Köpfe schief.

*

Caroline schreckte hoch. Die ersten Sonnenstrahlen waren durch das Wohnzimmerfenster gewandert und hatten ihr Gesicht abgetastet. Jetzt richtete sie sich schweißgebadet vom Sofa auf und nahm die Kopfhörer von den Ohren. Ihr Blick ging ins Leere, während die letzten verschwommenen Traumbilder der Nacht durch ihren Kopf waberten. Nach einer Weile stand sie auf, ging in die Küche und stürzte ein Glas Leitungswasser hinunter. Durch das offene Fenster kam eine warme Brise, es würde wieder ein heißer Tag werden. Caroline lauschte dem Vogelgezwitscher, als sie in ihrem Inneren eine leise Melodie wahrnahm. Karls Melodie! Sie hatte sie immer noch im Ohr, aber diesmal begleitet von marschierenden Gitarren und einer schrillen Stimme. *Der Adler!* Hatte die Stimme von einem Adler gesungen? Caroline war schlagartig wach. Sie schnappte sich einen Keks aus dem Hängeschrank, ging zum Sofa und hörte noch einmal die Songs von Odins Söhne im Schnelldurchlauf. Beim achten Song drückte Caroline die Pausentaste. Sie spulte ein paar Sekunden zurück, drehte lauter und hörte die Passage noch einmal. Karls Melodie. Die Gitarrenhymne war langsamer als die hektischen Songs zuvor. Der Sänger hatte seine Stimme dräuend gesenkt.

Mit Kraft und Mut für unser Land! Wir ziehen in den Krieg!
Lass den Adler aus dem Käfig! Sieg! Sieg! Sieg!
Ein reines Land, dein deutsches Land! Wir ziehen in den Krieg!
Lass den Adler aus dem Käfig! Sieg! Sieg! Sieg!

Caroline öffnete die Überwachungsapp auf ihrem Handy und hörte sich noch einmal Karls gepfiffene Tonfolge an. Sie war identisch, kein Zweifel.

Beflügelt stellte Caroline die Kaffeemaschine an, ging ins Bad und putzte sich die Zähne. Sie ignorierte das verquollene Gesicht mit den strubbeligen Haaren und dem Zahnpastaschaum um den Mund, das ihr aus dem Spiegel entgegenblickte, und lauschte den Worten in ihrem Kopf: *Lass den Adler aus dem Käfig …*

Caroline wechselte einen langen Blick mit ihrem Ich.

Adler … Käfig … Der Adler wird befreit …

Wollte Ira Karl sagen, dass er sie aus dem Knast befreien sollte? Gedankenversunken spülte sich Caroline den Mund aus und ging zurück in die Küche. *Mach es wie Tyr. Adler. Am gleichen Tag.* Hatte Herthen etwas Ähnliches getan, eine Befreiungsaktion, an dem Tag, an dem Ira und Karl sich kennengelernt hatten? Und wann war dieser Tag?

Caroline nahm ihr Handy und hörte sich noch einmal alle Mitschnitte von Iras Anrufen an. Beim letzten blieb sie hängen. *Machts gut, ihr drei,* hatte Ira gesagt. *Schlaft gut, ruht euch aus.*

Warum betonte sie das so?, fragte sie sich. Meinte Ira, dass die drei sich für die Aktion ausruhen sollten? Das hieße, für heute!, schoss es Caroline durch den Kopf. Ira hatte von zehn Uhr gesprochen! Sie schaute auf ihr Display, und ihr wurde heiß. Es war 8:55 Uhr. Caroline starrte aus dem Fenster in den Hof, ihr Kopf schwirrte. Sollte sie Lippock warnen? Und ihr Leben wegwerfen? Eine andere Stimme meldete sich: Was, wenn alles nur ein Hirngespinst war? Carolines Gedanken drehten sich im Kreis.

Du sitzt mit im Boot! Du bist mit verantwortlich!

Es ist nur ein Verdacht!

Was soll ich tun?

Caroline beugte sich unter den Hahn der Spüle und ließ Wasser über ihren Kopf laufen. Ein Geschirrtuch um die Haare gewickelt, ging sie ins Schlafzimmer und betrachtete Pascal, der mit ausgestreckten Armen in seinem Bettchen schlief. Ein Blick aufs Handy: 9:02 Uhr. Noch eine knappe Stunde. Sie musste einen Entschluss fassen. Sofort.

*

Lippock hatte sich Zeit gelassen, im Präsidium würde ihn niemand vermissen, und der Bürokaffee schmeckte schlechter als ein zweiter zu Hause. Jetzt fuhr er seinen Wagen aus der Garage und sann darüber nach, ob er sich als zukünftiger Frühpensionär den Luxus eines Autos mit Stellplatz noch leisten können würde.

Vielleicht würde er umsatteln. Aber er hatte schon seit zwanzig Jahren nicht mehr auf einem Fahrrad gesessen, rechnete er nach, und wieder kam ihm Caroline in den Sinn. Sie radelte bei Wind und Wetter durch die Gegend, sie würde ihn sicher beraten können. Das Handy unterbrach Lippocks Gedanken. Als er ihre Nummer auf dem Display sah, fühlte er sich ertappt.

»Guten Morgen.«

»Guten Morgen«, ertönte Carolines Stimme. Sie war außer Atem.

»Wo sind Sie?«

»Auf dem Fahrrad.«

Lippock musste lächeln. »Alles in Ordnung bei Ihnen?«

»Ja. Es tut mir leid, dass ich wieder davon anfange, aber ich habe noch Fragen zu dieser Band, Odins Söhne. Könnten Sie eventuell nachschauen, ob sich noch andere Einträge zu denen finden? Ob es irgendwelche Vorfälle gab?«

Lippock stutzte. »Klar. Kann ich machen. Haben Sie neue Informationen?«

»Nein«, hörte er Caroline atemlos sagen. »Ich dachte nur, je mehr Material ich habe, über das ich mit Tetzel reden kann …«

Der Kriminaldirektor spürte ein Zögern in ihrer Stimme, aber er war nicht in der Stimmung nachzubohren.

»Ich kümmere mich darum.«

»Danke, das ist nett. Wenn möglich bald, ich bin auf dem Weg zur Vernehmung.«

»Kein Problem, ich …«

Lippock horchte. Caroline hatte schon aufgelegt. *Stille Wasser*, dachte er und fuhr den Wagen in die nächste Parklücke.

*

Die Sonne brannte auf das Dach des alten Opels. Jonas' Arme klebten an den Plastikpolstern der Rückbank. Neben ihm saß Anni und wischte sich mit der Hand über den verschwitzten Nacken, ihre Tattoos glänzten farbiger denn je. Auf dem Fahrersitz drehte Karl die Lüftung hoch und spuckte aus dem Fenster. Sein Blick klebte unruhig auf dem Zufahrtsweg zum Knast. Jonas konnte durch den flimmernden Asphalt das stacheldrahtbewehrte Eingangsgebäude und die hohen, dreckigen Betonmauern erkennen. Jedes Fahrzeug, das in die Haftanstalt hinein- oder herauswollte, musste die kurze Straße entlangfahren. Auch *sie*. Wann würde sie kommen?, fragte sich Jonas. *Wie* würde sie kommen?

Karl hatte es ihnen nicht verraten. Den ganzen gestrigen Tag lang hatte er geheimnisvoll in sich hineingegrinst. Als es dunkel geworden war, hatte er sich aufs Dach verzogen. Anni hatte Jonas zur hinteren Kante gewinkt und ihm stumm zu verstehen gegeben, die Ohren aufzustellen. Über ihnen begann Karl zu telefonieren, gerade laut genug, dass sie seine Worte eine Etage tiefer noch verstanden.

»Pass auf, Ansgar«, hörten sie ihn sagen. »Ihr bekommt morgen einen Gast. Einen Ehrengast.«

Dann kurze Stille. Jonas stellte sich vor, wie Ansgar am anderen Ende der Leitung nervös nachfragte, wer gemeint sei.

Karl gab mit ergriffener Stimme die Antwort: »Ira. Ich hol sie morgen da raus.«

Jonas biss die Lippen zusammen, um nicht aufzustöhnen. Anni starrte ihn mit aufgerissenen Augen an. Die Luft in der Etage stand, der Beton glühte die Hitze des Tages aus, trotzdem kroch Jonas ein kalter Schauer über den Rücken. Bilder rasten durch seinen Kopf: Ira in einer Zelle, Mauern, Stacheldraht, die Schnellkochtöpfe im Auto. Wollte der Irre sie aus dem Knast bomben?

»Lass das meine Sorge sein, Ansgar!«, erscholl Karls Stimme vom Dach. »Ich bringe sie bei euch vorbei.«

Wieder Stille, dann blaffte er: »Das ist mir scheißegal, du Bettnässer! Bring die Mädels zu den Nachbarn oder sag Nicole, sie soll mit ihnen ein paar Tage wegfahren! Tu, was ich dir sage, und halt dich morgen bereit! Den ganzen Tag, verstanden?«

Es folgte eine längere Pause. Jonas stellte sich Ansgar vor, wie er auf seiner nächtlichen Terrasse stand und verzweifelt herumstotterte.

Karls Stimme wurde drohend. »Leg dich nicht mit mir an. Du machst, was ich dir sage, du mieses Stück Scheiße!«

Wieder eine längere Pause. Jonas und Anni sahen einen Zigarettenstummel, der wie eine kleine Sternschnuppe an ihnen vorbei in die Tiefe trudelte. Dann hörten sie Karl schreien: »Du bist tot, Spasti! Tot! Wenn ich Ira da rausgeholt hab, sperr ich dich in deine hübsche Scheune und brenn sie ab!«

Dann Stille. Hatte Ansgar sich tatsächlich geweigert, Karl und Ira zu helfen?, überlegte Jonas. Hatte Nicole ihren Mann aus dem Hintergrund dazu aufgefordert?

Von oben hörten sie das leise Ratschen eines Feuerzeugs, gefolgt von Karls Brüllen. »Fuck! Fuck!«

Jonas und Anni liefen zurück zu ihren Pritschen und schlüpften unter ihre Schlafsäcke. Karl kam geladen ins Lager gestapft, schnappte sich eine Mülltüte und begann, die leeren Essensbeutel und Zigarettenpackungen einzusammeln.

»Aufstehen, ihr Arschlöcher! Wir räumen auf!«

Jonas und Anni blickten auf.

»Anni, du wäschst das Geschirr ab und packst es in die Kiste! Jonas, du kippst den Scheißeeimer aus und machst ihn sauber. Mit Seife!«

»Was soll das jetzt?«, fragte Anni bockig.

»Morgen kommt Ira zu uns. Dann muss hier alles tipptopp sein!«

»Ich denk, Ira ist im Knast«, bemerkte Anni unschuldig.

»Fresse halten!«

Die Nacht war kurz gewesen, erinnerte sich Jonas jetzt und starrte aus dem Auto zum Gefängniseingang. Sie hatten sich stundenlang auf ihren Pritschen gewälzt und waren erst eingeschlafen, als schon die ersten Vögel sangen. Als die Morgensonne das Lager schon aufheizte, hatte Karl gegen ihre Feldbetten getreten und zum Abmarsch geblasen. Er hatte eine Pistole in der Hand gehalten und einen Schalldämpfer auf den Lauf geschraubt. Dabei hatte er Jonas einen unmissverständlichen Blick zugeworfen: Er würde ihn jederzeit abknallen, wenn er auch nur auf die Idee käme zu fliehen.

Nach einem kurzen Frühstück aus Zwieback und Marmelade fuhren sie mit dem Opel aus dem Erdgeschoss heraus über den Feldweg auf die Landstraße Richtung Stadt. Karl trug eine Basecap und eine Sonnenbrille, zwischen seinen Beinen lag die schussbereite Pistole. Anni und Jonas lagen quer auf der Rückbank, verborgen unter einer muffigen Wolldecke. Nach einer halben Stunde erreichten sie den Zufahrtsweg zum Knast und parkten an der Einmündung auf die Hauptstraße. Karl kurbelte das Fenster herunter und zündete sich eine Zigarette an, Anni und Jonas krochen schweißgebadet unter der Wolldecke hervor. Das Warten hatte begonnen.

»Und wie soll das laufen?«, fragte Anni jetzt.

Karl antwortete nicht.

»Gehen wir rein, oder kommt sie raus?«

»Sie kommt raus.«

»So gemütlich zu Fuß, oder was?«

»Klappe jetzt.«

Die Karosserie glühte. Jonas rieb sich die nassen Hände an der Hose ab und hielt die Nase wie ein Hund an das offene Fenster. Roch es schon nach Diesel? Wie viel Grad würden die Bomben im Kofferraum vertragen? Was zum Teufel sollte hier gleich passieren?

»Und wenn sie nicht kommt?«

Karl blickte Anni im Rückspiegel an. »Heute ist der fünfzehnte August. Weißte, was da ist?«

»Nee.«

»Maria Himmelfahrt«, kam die Antwort. »Da bin ich mit meinem Opa immer in die Kirche. Und nachher gabs ein Eis.«

»Schön«, sagte Anni teilnahmslos.

»Maria Himmelfahrt ist der Jahrestag von Ira und mir. Am fünfzehnten August vor sechs Jahren haben wir uns kennengelernt.«

Anni antwortete nicht.

Karl wischte sich einen Schweißtropfen von der Schläfe und grinste. »An dem Tag ist Maria in den Himmel gekommen, und an dem Tag kommt Ira in die Freiheit. Zehn Uhr. So ist es verabredet.«

Jonas blickte zum Armaturenbrett und las die Zeit ab: 9:49 Uhr. Im selben Moment bemerkte er aus den Augenwinkeln ein Fahrrad, das sich auf der Straße näherte. Darauf eine Frau, das Gesicht unter dem Helm rot vor Anstrengung. Sie trat kräftig in die Pedale und bog in die Zufahrt zum Knast ein. Jonas' Magen ballte sich zusammen. Er sah, wie Anni ihm von der Seite einen erschrockenen Blick zuwarf. Sie hatte die Fahrradfahrerin auch erkannt. Es war die Frau aus dem Wald.

*

Sauer auf sich selbst trat Caroline in die Pedale. Wieder hatte sie den Kriminaldirektor wie ihren Assistenten behandelt. Ihm musste doch irgendwann der Kragen platzen! *Keine Zeit*, unterbrach sie sich selbst. *Du brauchst Gewissheit!*

Die Sonne brannte auf ihren Fahrradhelm, Schweiß rann ihr in die Augen, und ihre Oberschenkel waren taub, als vor ihr endlich die futuristischen Wachtürme der Haftanstalt auftauchten. Sie glichen Raumkapseln, die abflugbereit an der Betonmauer klebten.

Eine Dreiviertelstunde lang war Caroline schon unterwegs. Mit leerem Magen hatte sie den Kleinen aus dem Bett geholt, in den Kindersitz gepackt und war zu ihrer Mutter gefahren. Monika schien sofort zu begreifen, dass ihre Tochter in Aufruhr war, und hatte sie ausnahmsweise nicht mit Fragen bombardiert. Caroline hatte ihr das Baby in die Arme gedrückt, »Ist leider dringend, ich erklärs dir später« gemurmelt und war wieder verschwunden. Um nicht die langen untätigen Sekunden im Aufzug ertragen zu müssen, war sie die Treppen hinuntergestürmt, hatte Lippock angerufen und war losgeradelt – Richtung Gefängnis.

Jetzt bog sie in die kleine Zufahrtsstraße ein und fuhr direkt auf das Eingangsgebäude zu. An der Pforte stieg sie mit zittrigen Beinen vom Rad, atmete mehrmals tief durch und wischte sich mit dem Ärmel den Schweiß vom Gesicht. Dann blickte sie auf ihr Handy. 9:51 Uhr. Lippock hatte nicht zurückgerufen, entweder er hatte nichts herausgefunden, oder es war ihm zu bunt geworden. Die Tür der Pforte schwang summend auf, und Caroline fühlte sich wie ein Gladiator beim Einzug in die Arena – in dunkler Vorahnung, dass es auch hier um Leben oder Tod gehen würde.

Im Empfangsraum war es kühl. Der Pförtner begrüßte sie und erkundigte sich freundlich nach dem Baby. Caroline ging zu den Spinden, öffnete eines der Fächer und legte ihre Wertsachen und das Handy hinein. 9:55 Uhr. Gerade als sie den Schlüssel umdrehen wollte, hörte sie ein leises Summen. Ihr Telefon. Mit zitternden Fingern öffnete sie den Spind und nahm den Anruf entgegen.

»Ich hoffe, ich habe Sie nicht vom Fahrrad geholt«, sagte Lippock am anderen Ende der Leitung.

»Nein, nein. Danke, dass Sie zurückrufen«, stieß Caroline erleichtert hervor. »Es tut mir leid, dass ich Sie eben so überfallen habe. Ich …«

»Kein Problem«, unterbrach Lippock. »Vielleicht hat es sich ja gelohnt. Ich habe noch mal alle Mitglieder von Odins Söhne überprüft.«

»Und?«, fragte Caroline atemlos.

»Es gab tatsächlich einen Zwischenfall. Bei einem Konzert der Band kam es zu einer Schlägerei nach einer Gegendemonstration. Opitz war Ordner und wurde verletzt. Ein Rettungswagen sollte ihn ins Krankenhaus transportieren, kam aber nicht weit. Er wurde von drei nicht identifizierten Personen mit einem Pkw gestoppt. Sie befreiten Opitz und brachten ihn in seine Wohnung. Dort wurde er später festgenommen.«

»Okay.« Caroline versuchte, gelassen zu klingen. »Wann war das?«

»Am fünfzehnten August. Auf den Tag genau vor sechs Jahren.«

»Der gleiche Tag …«, murmelte Caroline wie in Trance. Sie hatte das Rätsel gelöst. Ihr Blick wanderte zum Handydisplay. 9:59 Uhr. Es passierte. Jetzt.

*

Ira saß mit der winzigen Klinge in der Hand auf dem Bett und starrte auf die Wanduhr. Noch wenige Sekunden. In der Nacht hatte sie keine Sekunde geschlafen und fühlte sich jetzt wie auf Amphetamin, hundemüde und hellwach zugleich. Die Schmerzen der entzündeten Stichwunde in ihrer Armbeuge strahlten bis in die Schulter hinauf. Das Frühstück lag ihr wie ein Stein im Magen, sie hatte sich gezwungen, es hinunterzuwürgen, um keine Fragen zu provozieren. Gleich nachdem das Tablett abgeholt worden war, hatte sie das Handy und die drei Joghurtbecher voll Blut aus dem Lüftungsschacht genommen und unter das Bett gestellt. Sie war bereit, das Warten begann. Nachdem die Wanduhr 9:50 Uhr angezeigt hatte, nahm Ira die Becher und leerte sie langsam auf den Boden aus. Das zähflüssige Blut glänzte seidenmatt in der Morgensonne. *Mein Blut.* Ira musste lächeln und betrachtete einige Sekunden lang, wie sich die Lache langsam ausbreitete. Dann stellte sie die Joghurtbecher zurück in den Schacht, steckte das Handy in ihre Unterhose und verfugte das Gitter sorgfältig mit Zahnpasta. Zum Schluss holte sie den Clip von Carolines Kugelschreiber aus einer versteckten Öffnung in der Unterseite der Matratze. In den letzten Tagen hatte sie den kleinen Halter immer wieder am rauen Metall des Fenstergitters geschliffen, bis er eine messerscharfe Kante hatte. Jetzt tastete sie mit schweißnassen Fingern die Innenseite ihres Handgelenks ab und erfühlte die sanft pochende Pulsader. Zögernd setzte sie die kleine Klinge an. Sollte sie rückwärts zählen? Drei, zwei, eins – es würde bestialisch wehtun. Ihr Blick ging zum Fenster, die Sonne hatte die Zelle schon aufgeheizt. Das Blut auf dem Boden durfte nicht trocknen. *Bitte lass Karl und die Kids dort draußen warten!* Noch einmal rief sie sich das Telefonat in Erinnerung. Karl war so gut gelaunt gewesen, er musste ihre Botschaft richtig verstanden haben. *Er ist ein guter Junge!* Er würde sie gleich zu Dr. Kolbe fahren, der, ohne Fragen zu stellen, jeden zusammenflickte, der ihm genug Geld auf den Tisch legte. Wenn es schnell ginge, würde ihr Blutverlust nicht allzu groß sein, bei Weitem nicht so, wie es hier, in der Zelle, den Anschein hatte. In dem kleinen Raum sah es aus wie in einem Schlachthaus.

10:00 Uhr! Jetzt! Ira atmete tief durch, drückte die Klinge auf ihr Handgelenk und zog sie durch die Arterie. Es brannte wie Lava. Sie erschrak, als sie sah, wie das hellrote Blut in einer kleinen Fontäne aus der Wunde pulsierte und in langen, zähen Fäden in die Lache auf dem Boden floss.

Ihr wurde schwindelig. Ein Stöhnen unterdrückend, packte sie ihr Handgelenk und drückte die Wunde fest zu. Das Blut suchte sich seinen Weg zwischen ihren Fingern hindurch, ihre Hände, ihre Beine, alles war rot. *Nicht in Ohnmacht fallen! Bleib wach!*

Zitternd presste Ira ihre Hand fester auf die Wunde, dann drehte sie sich zur Tür und schrie laut um Hilfe.

*

Caroline ging durch den Gang der Haftanstalt und blickte auf die Wände. *Cremefarben.* Warum, fragte sie sich, war ihr das nicht früher aufgefallen? Die Farbe sollte wahrscheinlich beruhigen, überlegte sie, aber sie selbst war alles andere als ruhig. Die junge Wärterin ging einen Schritt voraus, ihr glänzender schwarzer Zopf hüpfte hypnotisierend hin und her. Über der vergitterten Zwischenschleuse zum Besuchertrakt hing eine große Uhr, sie sprang auf 10:04 Uhr. Keine Alarmsirenen schrillten, keine Schreie hallten durch die Gänge, keine Schüsse zeugten von einer Gefangenenbefreiung. Mit jedem Schritt und jeder Sekunde stieg Carolines Hoffnung, dass sie gleich den Besucherraum betreten würde und alles wie immer wäre. Ira würde aufrecht am kleinen

Tisch sitzen, die Hände vor sich gefaltet, ihr undurchdringliches Lächeln auf den Lippen. Vielleicht wäre sie auch wütend, weil sie schon wieder Besuch bekam – heute wäre es völlig egal.

Kurz zuvor hatte Caroline Lippock am Telefon fast noch entgegengeschrien: *Ira will fliehen! In diesen Minuten!*, aber jetzt beruhigte sie sich. Vielleicht hatte sie alles falsch interpretiert. Vielleicht hatte sie sich im Datum geirrt. Vielleicht war sie keine so gute Ermittlerin, wie sie gedacht hatte.

Ein Signalton schallte durch den Flur, und Caroline zuckte zusammen. Die Wärterin nahm ihr Funkgerät vom Gürtel und hielt es ans Ohr. Caroline konnte eine schnarrende Stimme hören. Die junge Beamtin blieb mit ernster Miene stehen. »Verstanden.«

»Was ist?«

Die Wärterin steckte das Gerät weg. »Es gibt ein Problem. Sie müssen bitte wieder zurück.«

Caroline wurde schwindelig.

»Warum, was ist passiert?«

»Ein medizinischer Notfall.«

»Mit Frau Tetzel?«

»Ja.«

Durch die aufkommende Panik spürte Caroline ein absurdes Gefühl: den Stolz, recht gehabt zu haben.

»Suizidversuch?«

Die Beamtin stutzte. »Woher wissen Sie das?«

»Ich muss zu ihr!«

»Das geht nicht. Sie wird ins Krankenhaus gebracht.«

Es passiert, schoss es Caroline durch den Kopf. Wie ferngesteuert drehte sie sich um und eilte hinter der Wärterin den Gang zurück. *Es passiert.*

*

Eine riesige Kralle schien Iras Handgelenk zu zerquetschen. Sie lag angeschnallt auf einer Bahre und schaute zu, wie die Neonlichter an der Decke vorbeizogen. Die Schritte der zwei Sanitäter hallten von den Gangwänden wider, beide waren nicht mehr jung und atmeten schwer. Einer hielt im Laufen einen Infusionsbeutel hoch, der andere kontrollierte, ob die Patientin noch bei Bewusstsein war. Ira schloss die Augen, und obwohl sie es hasste, angefasst zu werden, nahm sie in Kauf, dass der Sanitäter ihr alle paar Sekunden die Wange tätschelte und sie aufforderte, wach zu bleiben. Es sollte dramatisch aussehen, hatte sie sich vorgenommen, passend zum blutigen Schlachtfeld in der Zelle. Niemand sollte daran zweifeln, dass sie schnellstmöglich in ein Krankenhaus gebracht werden musste.

Die Sanitäter schoben die Bahre durch mehrere Schleusen aus dem Zellentrakt hinaus in den Innenhof. Die Sonne war gleißend. Ira ließ die Augenlider flackern, und wieder gab ihr der Sanitäter sanfte Ohrfeigen. Um sie herum hallten Rufe. Die Bahre holperte über den Asphalt und blieb dann abrupt stehen. Aus den Augenwinkeln nahm Ira das Leuchten von roter Signalfarbe wahr. Der Rettungswagen.

»Schön wach bleiben, gleich gehts los«, hörte sie den Sanitäter zu ihr sagen. »Halten Sie durch.«

Sie musste sich zwingen, nicht zu lächeln. Alles lief nach Plan.

*

Der Zopf pendelte schneller als zuvor. Die junge Justizvollzugsbeamtin marschierte so entschlossen vorneweg, dass Caroline Mühe hatte, mit ihr Schritt zu halten. Nachdem sie etliche Schleusen durchquert hatten und in den Innenhof kamen, hielt sie den Atem an: Neben dem geschlossenen Tor stand ein Rettungswagen. Seine Türen waren weit geöffnet, zwei Sanitäter schoben gerade eine Bahre ins Heck. Ohne das Fahrzeug weiter zu beachten, strebte die Wärterin zum Eingangsgebäude mit der Pforte. Sie bemerkte nicht, dass ihre Begleiterin zur Seite abdrehte. Die Morgensonne blendete Caroline, aber sie konnte Ira auf der Bahre erkennen. Sie war blass, ihre Augen waren geschlossen, einer der Sanitäter redete auf sie ein.

»Hallo! Kommen Sie bitte zu mir!«, rief plötzlich die junge Justizvollzugsbeamtin über den Hof.

Caroline ignorierte sie, holte ihren Polizeiausweis aus der Tasche und hielt ihn ins Heck des Rettungswagens, wo einer der Sanitäter, ein Mann um die fünfzig mit grauem Bart und dicker Brille, Ira mit langen Kabeln an mehrere Kontrollgeräte anschloss.

»Wird die Patientin begleitet?«

»Ist auf dem Weg.«

Caroline drehte sich um und sah einen Wärter, der schwerfällig über den Hof auf sie zueilte. Sie kannte ihn aus dem Besuchsraum.

»Ich fahre mit«, rief sie ihm zu. Im selben Moment kam die junge Beamtin herbeigelaufen.

»Sie müssen den Innenhof verlassen! Unverzüglich!«

Caroline ließ sich nicht beirren. »Rufen Sie sofort Kriminaldirektor Lippock an«, verlangte sie mit fester Stimme. »Ich bin die Kontaktperson von Ira Tetzel, ich begleite sie!«

Verunsichert wechselte die Beamtin einen Blick mit dem anderen Wärter. Auch er zögerte. Der zweite Sanitäter, bartlos und mit Glatze, stieg in die Fahrerkabine. »Abfahrt!«

Caroline stieg, ohne eine Antwort abzuwarten, durch die Seitentür in den Rettungswagen. »Ich begleite Frau Tetzel!«

Der bärtige Sanitäter deutete auf einen Sitz. »Hier hinsetzen. Und anschnallen.« Der Wärter kletterte hinterher und setzte sich neben sie.

Auf der Bahre wendete Ira den Kopf und musterte Caroline still. Die erwiderte den Blick. »Hallo.«

»Was machst du hier?«, hauchte Ira.

Caroline musste lächeln. Sie wusste selbst nicht, was sie wollte. War sie völlig verrückt geworden? *Nein*, dachte sie trotzig und spürte, wie das Gefühl, das seit Tagen in ihrer Brust geschlummert hatte, sich nun wie ein kaltes Feuer darin ausbreitete: Sie hatte es satt! Satt zuzuschauen. Satt, Komplizin zu sein. Satt, im Netz zu kleben. Sie wollte keine Beute mehr sein. Sie wollte die Spinne reiten.

*

Anni sah von der Rückbank aus, wie Karl die Ärmel seines durchgeschwitzten Sweaters höher schob und sich an dem schorfigen Ohrstummel kratzte. Die Haut in seinem Nacken war schweißnass, einzelne Stellen waren feuerrot entzündet, aber es schien ihm nichts auszumachen. Wie in Trance starrte er auf die Zufahrtsstraße zum Knast, seine Finger trommelten auf das Lenkrad. Sie hatten gesehen, wie der Rettungswagen mit Blaulicht in den Knast gefahren war, aber was machten die dadrin jetzt so lange?, fragte er sich.

Anni zog an einer Zigarette und blies den Rauch ins Auto. »Dann könnt ihr ja gleich euren Jahrestag feiern«, sagte sie spöttisch. »Wie habt ihr euch eigentlich kennengelernt?«

Ohne den Blick von der Straße zu wenden, murmelte Karl: »Ich war Ordner bei ’nem Konzert in Nicoles Dorf. Eigentlich ’ne ruhige Nummer – Freibier, grillen Musik, mit Kameraden feiern. Dann kamen die Zecken mit ihrer Drecksmusik. Drei Lkws, riesige Lautsprecher, wie bei der Love-Parade.« Er lachte auf. »Die dachten, die können uns in die Suppe scheißen. Aber nicht mit uns. Wir sind rauf auf die Lastwagen und haben die geklatscht.« Karl legte seinen Kopf in den Nacken und deutete auf eine tiefe Kerbe in seinem Schädel. »Siehst du das? Hat mir einer von hinten verpasst, Vierkantholz oder so was. Ich falle um und wache erst wieder auf, als ich im Krankenwagen liege. Alles voll Blut, ein Tropf baumelt über mir, und ich denke, mein Kopf platzt. Plötzlich bremst der Wagen, der Sani neben mir knallt gegen die Wand. Die Tür geht auf, und Tyr und zwei Kameraden klettern mit Sturmhauben rein, holen mich raus, und wir hauen ab.« Karls Stimme wurde weich. »Und dann liege ich hinten im Auto auf dem Schoß von Ira. Sie mit schwarzen Klamotten, rotem Lippenstift und ’nem kurzen Pony. Hammer.«

Er drehte sich um und warf Anni und Jonas einen langen Blick zu. »So hab ich sie kennengelernt.«

»Megaromantisch«, sagte sie leidenschaftslos und blies ihren Rauch nach vorne. Karl starrte wieder zum Gefängnis.

»Als ich immer noch wie ein Schwein geblutet hab, haben die anderen mich in meine Wohnung gebracht und sind abgehauen. Ira ist bei mir geblieben. Nur sie«, erzählte er weiter. »Dann kamen die Bullen, und sie ist durchs Fenster in den Hof und weg. Ich bin eingefahren. Zwei Jahre lang. Ira war jede Woche einmal bei mir im Knast. Bis zum Ende.«

Die Kids auf der Rückbank wechselten einen Blick.

»Und jetzt bleibt ihr zusammen, bis dass der Tod euch scheidet«, sagte Anni. »Hast du einen Plan, wie das hier weitergeht?«

Karl griff ins Handschuhfach, holte eine Pistole mit Schalldämpfer heraus und reichte sie nach hinten. »Jetzt machen wir kurzen Prozess.«

Zögernd nahm sie die Waffe und legte sie in ihren Schoß.

Karl blickte zur Zufahrtsstraße und stand plötzlich unter Strom. Von Weitem ertönte ein Martinshorn.

»Sie kommt!«

Vor dem Eingangsgebäude flackerte Blaulicht auf. Karl beugte sich unter das Lenkrad, schloss die Zündkabel kurz und ließ den Motor aufheulen. Anni sah, wie der Rettungswagen mit hohem Tempo auf sie zukam, über die Gleise fuhr und auf die Straße Richtung Innenstadt einbog.

»Sicher, dass sie dadrin ist?«, fragte Anni.

»Festhalten!« Karl parkte mit quietschenden Reifen aus und jagte dem Rettungswagen hinterher.

Anni warf die Zigarette aus dem Fenster, dann griff sie nach der Pistole. »Und das hier?«

»Für den Fall, dass uns jemand in die Quere kommt.«

»Wer denn?«

»Jeder.«

Anni umschloss den Griff der Waffe. Es lief genau, wie sie gehofft hatte.

*

»Du Idiotin«, flüsterte Ira durch das Jaulen der Sirene.

Caroline antwortete nicht. Der bärtige Sanitäter kontrollierte den Tropf, der über der Patientin baumelte. Auf ihrem Zeigefinger steckte eine Klemme, die zu einem Gerät am Kopfende der Bahre führte.

»Ihre Werte sind gar nicht schlecht dafür, dass Sie so viel Blut verloren haben. Das wird!«, erklärte der Sanitäter und drückte Iras Arm. Der Justizvollzugsbeamte, der angeschnallt neben Caroline saß, starrte auf seine Füße.

Ira gab Caroline ein Zeichen, sich zu ihr zu beugen, und flüsterte ihr zu: »Du hast hier nichts verloren. Du dummes Ding.«

»Du hast es selbst gesagt«, antwortete Caroline leise. »Wir sitzen in einem Boot.«

Ira lächelte. »Ich brauche dich nicht mehr, ich komme jetzt alleine klar.«

Caroline beugte sich tiefer hinunter. »Glaubst du wirklich, dass Karl dich hier heil rauskriegt? So wie ihr ihn vor sechs Jahren rausgeholt habt?«

Iras Lächeln erstarb. »Schau an, die kleine Bullette …«, sagte sie, und es klang gekränkt.

Der Sanitäter berührte sie sanft am Arm. »Besser nicht reden, wir sind bald im Krankenhaus.«

Caroline schaute sich um. Das Seitenfenster und die Rückfenster waren mit halb transparenter Folie beklebt. Durch eine kleine Luke konnte sie in den Fahrerraum sehen. Der zweite Sanitäter steuerte den Rettungswagen durch ein Wohngebiet, die Straße war einspurig, an den Rändern standen dicht geparkte Autos. Sie kamen Caroline vor wie ein rettender Schutzwall, sollte es tatsächlich zu einem Angriff kommen.

*

Jonas klammerte sich an die Rückenlehne des Fahrersitzes. Es war zu spät, um aus dem Wagen zu springen, begriff er schlagartig, er war unentrinnbar in einem Wirbelsturm gefangen, mit vier Bomben im Gepäck. Karl hatte sich dicht an den Rettungswagen gehängt, seine groben Hände schienen das Lenkrad zu zerquetschen, sein Blick zuckte in kurzen Abständen zum Rückspiegel. Niemand folgte ihnen. Immer wieder scherte er nach links aus, um zu sehen, ob sich eine Gelegenheit zum Überholen bot. Auf der engen Einbahnstraße war nicht daran zu denken.

Anni hielt sich am Türgriff fest. »Was soll das werden, Karl? Wir sind mitten in der Stadt!«

»Schnauze!« Die Knöchel seiner Hände waren weiß.

Jonas wechselte einen kurzen Blick mit Anni, er konnte die Panik in ihren Augen sehen. Sie rasten an einem Discounter vorbei, auf dem Parkplatz standen Kunden mit ihren Einkaufswagen und schauten ihnen nach.

Karl klebte an der Stoßstange des Rettungswagens, dann scherte er wieder nach links aus.

»Na endlich, verdammte Scheiße!«, brüllte er plötzlich.

Jonas krallte sich in die Lehne des Fahrersitzes und schaute nach vorne. Für einen Augenblick konnte er erkennen, dass hundert Meter vor ihnen die Bebauung endete und die Straße durch einen Park führte.

»Jetzt hab ich dich, Wichser!«, schrie Karl.

Dann gab er Gas.

*

»Nicht einschlafen!«

Caroline sah, wie der Sanitäter an Iras Arm rüttelte.

»Wie weit ist es noch?«, wisperte sie.

»Fünf Minuten. Keine Sorge, wir schaffen das. Aber bitte lassen Sie die Augen auf.«

Ira starrte an die Decke. Caroline fragte sich, was in ihrem

Kopf vor sich ging. Hatte sie noch Hoffnung? Sie hatte sich in Lebensgefahr gebracht, alles auf eine Karte gesetzt. In ein paar Minuten waren sie am Krankenhaus. Sollte die Befreiung dort stattfinden?

Plötzlich hörte Caroline einen aufheulenden Motor. Sie drehte sich zur Luke in der Rückwand der Fahrerkabine und konnte durch die Windschutzscheibe einen Park erkennen. Die Straße verbreiterte sich dort, an den Seiten standen keine parkenden Wagen mehr. Im selben Moment jagte ein blaues Auto seitlich an ihnen vorbei und scherte knapp vor ihnen ein. Die Bremslichter leuchteten auf. Caroline hielt sich reflexartig mit den Händen an einem Griff fest. Durch die Luke sah sie, wie der Sanitäter das Lenkrad herumriss. Reifen quietschten, und eine gewaltige Kraft rauschte von hinten durch den Wagen. Carolines Kopf wurde zur Seite gerissen, Kabel peitschten ihr in den Nacken, Taschen schossen durch die Kabine. Der graubärtige Sanitäter klatschte wie eine leblose Gliederpuppe gegen die Wand des Fahrerhauses, seine Brille flog aus dem Gesicht. Der Oberkörper des Wärters kippte seitlich vom Stuhl.

Dann folgte ein Moment der Stille. Caroline blickte durch die Luke nach vorne zur Straße. In ihren Ohren wummerte das Blut, alles schien unwirklich wie im Traum. Das blaue Auto stand schräg vor dem Rettungswagen. Die Fahrertür flog auf, und ein Mann mit Basecap sprang heraus. Caroline hielt den Atem an. *Opitz!* In der Hand hielt er eine Pistole mit Schalldämpfer. Er hob sie hoch und zielte. Der Sanitäter ging hinter dem Lenkrad in Deckung. Dann ein Blitz. Die Windschutzscheibe verwandelte sich schlagartig in eine undurchsichtige Eisscholle und zerfiel in Millionen Stücke. Caroline sah, wie sich Karl aus dem Blickfeld bewegte, während sich die Beifahrertür des Opels öffnete. Eine junge Frau stieg aus. Carolines Augen weiteten sich. *Anni!* Auch sie hatte eine Pistole mit einem Schalldämpfer in der Hand. Sie blickte sich um, ihre Augen waren starr, als wäre sie in Hypnose.

Ein Stöhnen lenkte Caroline ab, neben ihr richtete sich der Sanitäter auf, er blutete aus der Nase. Seine Hände tasteten in seinem Gesicht nach der Brille. Der Wachmann hing bewusstlos in seinem Stuhl. Caroline öffnete ihren Gurt und drehte sich zu Ira. Sie lag festgeschnallt auf der Bahre, der Tropf war aus ihrem Arm gerissen, der Verband an ihrem Handgelenk rot durchtränkt, Blut tropfte auf den Boden. Ira warf Caroline einen langen Blick zu. Sie schien zu lächeln und flüsterte: »Er ist ein guter Junge.«

Im selben Moment öffnete sich die Hecktür. Karl schaute herein, hob die Waffe und schoss. Plastikfetzen spritzten aus der Lehne eines der Sitze. Erschrocken warf sich der Sanitäter zu Boden. Nun fiel Karls Blick auf Caroline. Aus kaum einem Meter Entfernung richtete er die Pistole auf sie.

Die Zeit dehnte sich, Caroline schien, als würde sie alles auf einmal sehen: Karl trug einen viel zu dicken Sweater, er war nass geschwitzt. Am Hals war seine Haut fleckig, sie schien verbrannt. Auf seine Basecap war ein Wappen mit einem Geißbock eingestickt. Seine braunen Augen fixierten sie ausdruckslos. *Er hat schöne Wimpern*, dachte Caroline und wunderte sich, dass sie gar keine Angst hatte. Die Waffe schaute sie von seinem ausgestreckten Arm aus an, sie konnte in das Mündungsloch sehen. Gleich würde dort mit einem grellen Blitz und einer blauen Schmauchwolke eine Kugel herausschießen und sie eine hunderttausendstel Sekunde später in den Kopf treffen.

Vorbei.

Caroline schloss die Augen. Sie dachte an gar nichts mehr, nicht an das Baby, nicht an ihre Mutter, nicht an ihren Bruder, an Heiner oder an Lippock. Sie spürte nur noch den rasenden Schlag ihres Herzens im Brustkorb.

»Nein!«

War das Iras Stimme? Caroline öffnete die Lider und sah Karl, der irritiert zur Bahre blickte. Ira hatte die Hand gehoben.

»Lass sie. Schnall mich ab.«

Wie betäubt sah Caroline zu, wie Karl die Waffe in den Hosenbund steckte, in den Wagen sprang und die Gurte an der Bahre öffnete. Auf dem Boden keuchte der Sanitäter in Todesangst.

»Scheiße! Was is'n hier los?«, fluchte Karl plötzlich erschrocken und starrte auf seine Hand. Sie glänzte nassrot. Von der Bahre tropfte Blut in dünnen Fäden herab.

Als wäre sie eine Feder, hob Karl Ira in die Arme und trug sie aus dem Rettungswagen. In der Tür schaute sie über seine Schulter, und für einen eingefrorenen Moment blieben ihre Augen an Carolines hängen. Was lag in diesem Blick? Triumph? Häme? Wehmut? Sie konnte ihn nicht deuten.

Ira verschwand, und Caroline drehte sich zur Luke der Fahrerkabine. Sie sah, wie der glatzköpfige Sanitäter aus dem Wagen sprang und in den Park rannte. Anni stand wie angewurzelt neben dem blauen Opel, die Pistole in der Rechten. Im Heck des Autos erkannte Caroline ein bleiches Gesicht. *Jonas!* Im selben Moment stieg er aus und machte Platz für Karl, der mit Ira im Arm zum Wagen kam und sie behutsam auf die Rückbank hievte. Blutverschmiert kam Opitz wieder heraus, öffnete den Kofferraum und kramte etwas hervor. Caroline stutzte. Waren das Schnellkochtöpfe? Karl hielt vier davon in seinen Armen und kam zum Rettungswagen. Vor der Kühlerhaube ging er in die Hocke und verschwand kurz aus Carolines Blickfeld. Wenige Sekunden später lief er ohne die Töpfe zum Opel zurück. Wozu hatte er sie unter den Wagen gestellt?, fragte sich Caroline und beobachtete durch die Luke, wie Opitz plötzlich verharrte. Ihr stockte der Atem. Anni stand immer noch neben dem Opel, doch jetzt hielt sie die Pistole auf Karl gerichtet.

*

»Karl!« Annis Stimme war tonlos. Der Lauf ihrer Pistole zitterte, als stünde er unter Strom. Sie zielte auf seine Brust. Er stand nur ein paar Schritte von ihr entfernt und glotzte sie an.

Knall ihn ab!, forderte eine kalte Stimme in ihr. *Zwei Schüsse, und der Bastard ist endlich erledigt. Aus der Welt. Aus deinem Leben.*

»Hey, was soll das?« Karls Hand wanderte langsam zum Hosenbund, aus der der Schaft seiner Waffe ragte.

»Flossen hoch!«, schrie Anni. Die Pistole zischte kurz, der Rückstoß rammte in ihr Handgelenk, und neben Karl spritzte eine kleine Staubwolke vom Asphalt auf. Er riss seine blutroten Hände in die Höhe.

»Anni, fuck! Mach keinen Scheiß. Steig ein!«

»Leck mich!«

»Bist du völlig irre? Rein da!«

»Hol Ira da raus.«

»Was?«

»Hol sie raus!«

Karls Gesicht verzerrte sich zu einem Grinsen. Anni kannte es, es war voller Verachtung. »Du willst mit deiner kleinen Schwuchtel abhauen, du dämliche Kuh? Du kannst doch nicht mal Auto fahren!«

»Ich zähle bis drei.«

»Ich geh hier nicht ohne Ira weg«, sagte Karl ruhig. »Wir hauen jetzt ab, und zwar alle, klar?«

»Eins …!«

Anni sah, wie Karl die Hände sinken ließ.

»Keine Bewegung, Arschloch!«

Karl wischte sich unbeeindruckt mit der Rechten die Nase ab und hinterließ auf seiner Oberlippe einen halben Schnurrbart aus Blut. »Ich kenn dich, Anni. Das machst du nicht. Du bist mein Mädchen. Du gehörst zu Ira und mir.«

Die Pistole in Annis Hand wurde schwer, sie sah, wie Karl sein Handy aus der Hosentasche zog. *Die Bomben*, dachte sie. Karl brauchte nur eine Taste zu drücken, und einen Meter hinter ihr würden die Schnellkochtöpfe explodieren. Die Fetzen ihres Körpers würden wie Lametta in den Bäumen hängen.

»Mach doch, Karl«, sagte sie leise. »Dich erwischt es genauso.«

Das Grinsen in seinem Gesicht wirkte gefroren, sein Daumen bewegte sich kaum merklich, Millimeter für Millimeter.

»Anni, das hatten wir doch schon. Du hast ohne mich keine Chance. Du brauchst mich.«

Fick dich, Karl!

Der Schuss fauchte scharf. Karl schrie auf, taumelte nach hinten und landete rücklings auf dem Asphalt. Sein Handy schlitterte über die Straße. Beißender Mündungsrauch stieg Anni in die Nase. Sie sah, wie Karl sich stöhnend aufrichtete und sie fassungslos anstarrte.

»Anni …«

Der Lauf ihrer Pistole hörte auf zu zittern. Sie fragte sich, wo ihre Gefühle geblieben waren. Flehte Karl sie gerade an? Bettelte er um Gnade?

Ich habe meine Mutter getötet. Ich habe mein eigenes Baby getötet! Und jetzt bist du dran!

Anni stieß einen Schrei aus und drückte ab. Wieder und wieder. Karl wurde erneut zu Boden geschleudert. Er wand sich stöhnend und versuchte, sich auf alle viere hochzurappeln. Der letzte Schuss traf ihn im Rücken. Er sackte in sich zusammen und blieb mit dem Gesicht auf dem Asphalt liegen.

Anni beachtete ihn nicht weiter, ging wie ein Roboter zum Wagen und riss die hintere Tür auf. Die Rückbank, die Türgriffe, die Lehnen der Vordersitze, der Wagen – alles war eine blutige Höhle. Ira lag auf dem Rücken und blickte sie mit einem matten Lächeln an. »Anni, mein Schatz«, flüsterte sie. »Was ist passiert?«

»Karl ist tot«, sagte sie tonlos.

Iras Gesicht versteinerte, sie hob den Arm.

»Anni, warte, hör mir zu«, flüsterte sie. »Wir müssen hier weg. Ich brauche einen Arzt.«

Anni hörte Iras Worte nicht. Sie zielte mit der Pistole auf das leichenblasse Gesicht, dessen Augen ihren Zauber verloren hatten. Sie sollten ein für alle Mal erlöschen.

»Anni!« Die Stimme kam aus einer anderen Welt. Sie drehte sich um und brauchte einen Moment, um die Gestalt hinter ihr zu erkennen. *Caroline?* Die Polizistin stand neben dem Rettungswagen und blickte sie an wie einen Geist. Sie hatte die Haare kürzer und trug immer noch die bunten weiten Blusen, die so gar nicht zu einer Bullette passten.

»Tu es nicht. Bitte«, hörte Anni sie sagen.

Ihr Kopf war plötzlich leer, als wäre eine Sicherung durchgebrannt. Die Pistole in ihrer Hand wog Tonnen. Ihr wurde übel.

Dann hörte sie Jonas' Stimme: »Lass uns gehen.«

Er griff sanft nach ihrer Hand, die Berührung durchzuckte sie wie ein Stromstoß.

Anni schaute sich um, als wäre sie gerade aus einem Traum erwacht. Auf der Straße lag Karls massiger Körper. Das Signalrot des Rettungswagens stach in ihren Augen. Dahinter kam ein bärtiger Sanitäter hervor. Er trug einen Mann in Wärteruniform auf den Schultern und wankte mit ihm davon.

»Bitte«, hörte Anni Jonas sagen. Seine Augen wirkten riesig in dem dünnen, bleichen Gesicht. »Wir müssen weg!« Er zog sie an ihrer Hand, immer dringlicher, bis sie mit ihm loslief, vorbei an Caroline, die ihr einen Blick nachwarf, als wolle sie etwas rufen, aber keine Worte zu finden schien.

Sie rannten in den Park hinein. Er war hübsch und sauber. Das vertrocknete Gras knirschte unter ihren Füßen. Anni hielt Jonas' Hand fest umschlossen, und er drückte ihre, als wollte er sie nie mehr loslassen. Sie lebten! Endlich wieder.

*

Caroline überkam eine tiefe Traurigkeit, als sie Anni und Jonas wie zwei Kinder Hand in Hand durch den Park davonrennen sah. Was hatten sie auf ihrer Flucht erleben müssen? Was lag vor ihnen? Sie schaute ihnen nach, bis sie zwischen den Bäumen verschwunden waren, dann ging sie zum Opel. Es konnten nur ein paar Minuten vergangen sein, seit der Wagen vor ihnen gebremst hatte, dachte sie. Noch war kein anderes Auto die kleine Straße entlanggekommen, keine Menschenseele verlor sich im Park. Es schien sogar für die Hunde zu heiß zu sein.

Caroline öffnete die hintere Tür und stöhnte auf. Noch nie hatte sie so viel Blut gesehen. Iras Kleidung war rot durchtränkt, ihre müden Augen blickten sie aus einem kadaverweißen Gesicht an. Wie konnte diese Frau überhaupt noch leben?, fragte sich Caroline erschrocken, eilte ums Auto und stieg von der anderen Seite auf die Rückbank. Behutsam nahm sie Iras Kopf auf den Schoß und presste ihre Hand auf die Wunde. Blut quoll zwischen ihren Fingern hervor.

»Bleib wach!«, sagte Caroline leise. In der Ferne hörte sie Martinshörner. »Durchhalten, in ein paar Minuten bist du im Krankenhaus.«

Ira hob das Kinn und flüsterte ihr kaum hörbar zu: »Anni ist ein gutes Mädchen.«

»Pschsch, nicht reden.«

»Sie hätte es beenden sollen.«

Caroline schüttelte den Kopf und strich Ira über die Stirn.

Die Sirenen näherten sich. Iras Atem ging flach, ihre Augen fielen zu.

»Nicht!« Caroline drückte noch fester auf das Handgelenk und spürte plötzlich einen Gegenstand in Iras Hose. Sie griff in den Bund, ertastete das Handy und steckte es ein. Ira rührte sich nicht. Caroline strich ihr die verklebten Haare aus dem Gesicht. Durch die Windschutzscheibe sah sie das Flackern von Blaulichtern, die sich aus der Ferne näherten.

»Bitte. Bleib wach.«

»Caroline …«, flüsterte Ira plötzlich. Sie öffnete die Augen einen Spaltbreit und lächelte mit trockenen Lippen.

»Nicht sprechen.«

»Schade, dass du ein Bulle bist«, hauchte Ira, dann flatterten ihre Lider, und ihr Kopf sank schwer in Carolines Schoß.

Im selben Moment zuckte ein Blitz durch den Wagen, und ein gewaltiger Donnerschlag traf den Opel. Die Heckscheibe explodierte, der Park drehte sich, Caroline schleuderte gegen die Lehne des Beifahrersitzes, wurde schwerelos, prallte gegen die Decke und wurde schließlich auf die Rückbank zurückgeworfen. Dann Stille. Gefolgt von einem schrillen Pfeifen. Carolines Mund schien voller Rost, jeder Atemzug stach in ihre Lunge, etwas Warmes lief über ihre Wange. Unter ihr im Fußraum lag, übersät von glänzenden Glassplittern, Iras verdrehter Körper, ihre toten Augen starrten durch Caroline hindurch. Sie wollte sich aufrichten, doch ein rasender Schmerz fuhr durch ihren Arm, und sie schrie erschrocken auf: Ihr Unterarm hatte einen Knick, als hätte sie einen zweiten Ellbogen. Aus den Augenwinkeln spähte sie durch die zerborstene Heckscheibe und sah schwarze Rauchwolken, die aus einem Flammenmeer quollen, darin lag der umgekippte Rettungswagen wie ein gerissenes Tier mit offenem Bauch.

Caroline stieß mit beiden Beinen die Tür auf und krabbelte nach draußen, den gebrochenen Arm an den Körper gepresst. Aus den Bäumen regneten brennende Äste und Blätter herab. Hundert Meter entfernt sah sie drei Streifenwagen mit zuckenden Blaulichtern auf der Straße stehen. Davor verharrten Beamte mit Pistolen in den Händen, noch unschlüssig, was gerade passiert war. Caroline schaute sich um und stutzte. *Wo ist Karl?*

*

Es war das Schönste, was er je gesehen hatte. Im Moment, als es den Rettungswagen in der Feuerwolke zerriss, hatte sich die Druckwelle wie eine unsichtbare Walze durch den Park gefressen und die Bäume kräftig durchgeschüttelt. Jetzt rieselten überall Blätter wie grüne Schneeflocken zu Boden. Aus dem brennenden Wrack stieg eine pulsierende Rauchsäule empor, etwas abseits davon stand der völlig zerbeulte Opel. Er war wie ein Spielzeugauto durch die Luft geflogen, hatte eine Pirouette gedreht und war wieder auf den Rädern gelandet.

Ira …

Karls Blick verschwamm. Er stand hinter einem Lieferwagen am Rand des Parks, in der Hand noch das Handy, mit dem er die Zünder der Bomben ausgelöst hatte. *Das Blut … so viel Blut*, dachte er und schluckte den Stein in seiner Kehle herunter. Es war zu spät gewesen. Ira war schon halb tot im Wagen gewesen, sie hätte nicht gewollt, dass die Bullen sie wiederbeleben und sie dann für immer in den Knast stecken. *Lieber krepieren als ergeben*, das hatte sie immer gesagt.

Aus dem Hintergrund hörte er aufgeregte Rufe. Karl sah durch seine tränenverhangenen Augen, wie Menschen aus den umliegenden Häusern kamen und entsetzt in den Park blickten. Keiner nahm von ihm Notiz. *Zeit zu verschwinden,* dachte er und marschierte los. Bei jedem Schritt und jedem Atemzug spürte er ein tiefes Stechen in der Brust. Er hob das zerlöcherte Sweatshirt, steckte die Hand unter die schusssichere Weste des Polizisten aus dem Wald und befühlte seine Rippen. Sie schienen nicht gebrochen, dachte er grimmig, die kleine Bitch hatte es ernst gemeint. Gut, dass er für alle Fälle vorgesorgt hatte. Als er neben dem Opel zur Besinnung gekommen war, konnte er gerade noch sehen, wie Anni und die Schwuchtel wegliefen. Wie gerne wäre er hinterhergerannt und hätte den beiden ein paar Kugeln in den Rücken gejagt. Aber es war zu spät gewesen, er hatte seine eigene Haut retten und die Bullen mit der Explosion ablenken müssen. Das Chaos würde sie noch eine Weile beschäftigen. Bis sie anfangen würden, nach ihm zu suchen, wäre er schon lange abgetaucht.

Karl bog in eine kleine Seitenstraße ab. Er wischte sich den Schweiß aus dem Gesicht und betrachtete seine blutverschmierten Hände. Wieder rollte ein großer Stein in seine Kehle, seine Augen verschwammen, und er blieb hinter einem Altglascontainer stehen.

Ira.

Sie war so leicht gewesen in seinen Armen. Karl leckte

schniefend über seine roten Finger und schloss die Augen. Er würde sie noch lange bei sich haben. Sie würde in ihm weiterleben.

Ich schwöre!

Karl atmete mehrere Male tief durch und hob langsam das Kinn. Sein rechtes Ohr begann zu horchen. In der Ferne leierten Sirenen, Rufe schallten aus dem Park herüber, ein Motor heulte auf, dann rauschte eine Pumpe, die Feuerwehr löschte den Brand. Karl drehte sich und lauschte weiter. In einem nahen Baum zwitscherte ein Vogel. Ein Rasenmäher brummte monoton. Kinder schrien, als jagten sie einem Ball nach. Immer tiefer sog Karl die Luft ein und versuchte, nicht auf die Stiche zu achten, die seinen Oberkörper dabei durchbohrten. Es roch nach staubigem Asphalt und trockenen Hecken. In seiner Nase verfingen sich ein paar Moleküle Petroleum. Irgendwo wurde ein Grill angezündet, der Duft von frisch gewässertem Gras webte sich in die unsichtbaren Schleier. War da der herbe Geruch von Bier?

Plötzlich durchströmte eine warme Erinnerung Karls Brust. Er spürte seinen Großvater, den sanften Druck der schwieligen Hände auf seinem Kopf, er sah die gelben Raucherfinger mit den langen Nägeln, die im Wald Blätter und Halme zerrieben. Noch ein vorsichtiger Atemzug. Salbei. Pfefferminze. Dazwischen Äpfel, faul wie Fallobst. So rochen Schrebergärten. Dort gab es immer kleine Hütten, in denen man sich verstecken und den Einbruch der Nacht abwarten konnte. Dort gab es Essen, vielleicht eine Flasche Schnaps.

Karl öffnete die Augen und ging los, er brauchte nur seiner Nase zu folgen.

*

Du bist Zeugin. Du wirst Antworten geben müssen. Der Gedanke flog wie ein Gespenst an Caroline vorbei, doch er berührte sie kaum. Sie fühlte sich vollkommen abgelöst von der Welt, der kleine Behandlungsraum erschien ihr wie eine Theaterbühne, auf der sie sich selbst betrachtete, ohne Schmerz, ohne Angst, ohne Teilhabe. Man hatte sie nach der Einlieferung ins Krankenhaus von oben bis unten durchleuchtet, ihren linken Arm gerichtet und provisorisch eingegipst, man hatte ihren Hals mit einer weichen Orthese fixiert und die Platzwunden an der Stirn geklammert. Iras Handy lag zusammen mit ihren eigenen Wertsachen in einem Patientensafe, niemand hatte Fragen gestellt.

Jetzt beobachtete sie in seligem Gleichmut, wie eine Ärztin den medizinischen Bericht in die Tastatur eines Rechners tippte. Die junge Frau wirkte müde und hatte beiläufig fallen lassen, dass sie seit vierundzwanzig Stunden Dienst hatte, wenigstens, so hatte sie gesagt, habe sie noch einen spektakulären Fall am Schichtende.

Vom Flur drangen leise Stimmen herein. Personal huschte in weißen Kitteln an der halb offenen Schiebetür vorbei, manche schoben Krankenbetten oder Rollstühle.

Caroline schloss die Augen, das Neonlicht blendete sie. Sie würde noch einige Tage im Krankenhaus verbringen müssen, hatte die junge Ärztin erklärt und ihr anschließend mitgeteilt, dass ihre Mutter informiert und schon mit dem Kind unterwegs sei. Caroline konnte es kaum erwarten, das Baby zu sehen, und seltsamerweise wurde ihre Freude kaum durch die Aussicht getrübt, dass Monika dabei sein würde. Sie würde ihre Mutter in nächster Zeit brauchen, das wusste sie.

»Caroline!«

Sie öffnete die Augen. Lippock stand in der Tür und blickte voller Sorge herein. Sie lächelte. Hatten sie sich beim letzten

Besuch in der Bar geduzt? Es schien Jahre her. Seine Locken standen an der Schläfe schräg ab, er hatte wahrscheinlich wieder ein Nickerchen gemacht und war, aufgescheucht durch die Nachrichten von der Explosion im Park, direkt in den Wagen gesprungen. Fast hätte sie sich bei ihm für die Unannehmlichkeiten entschuldigt.

»Wie geht es Ihnen?«

»Gut, danke.«

»Warten Sie ab, bis das Schmerzmittel nachlässt«, sagte die Ärztin und warf dem Kriminaldirektor einen strengen Blick zu. »Sie braucht Ruhe.«

»Fünf Minuten?«

Die junge Frau nickte und verließ den Raum.

Lippock zog einen niedrigen Rollhocker heran und setzte sich neben Carolines Liege. Er musste zu ihr aufschauen und wirkte plötzlich wie ein Schuljunge im Anzug, stellte Caroline amüsiert fest.

»Was ist passiert?«

Da ist sie schon, die Frage. Caroline ließ sich Zeit. Sie hatte sich im Rettungswagen zum Krankenhaus einige Antworten zurechtgelegt, rechtzeitig bevor ihr Gehirn von Medikamenten in gefährlichen Gleichmut versetzt worden war.

»Ich weiß nicht, ob ich alles zusammenkriege. Es war so viel.«

Lippock nickte. »Sie stehen sicher noch unter Schock. Aber Ihr Anruf heute Morgen wegen Odins Söhne. Was hatten Sie damit im Sinn?«

Sie wendete den Blick ab und murmelte: »Es war nur so ein Gefühl. Nichts Klares. Ich wollte mehr Futter für die Vernehmung haben.«

Lippocks Blick musterte sie ernst. »Sie hatten einen guten Riecher. Die gleiche Aktion wie damals bei dem Konzert, das muss genau geplant gewesen sein. Schon sonderbar, dass Tetzel Ihnen Hinweise dazu gegeben hatte.«

Caroline zögerte eine Sekunde. Sie war davon ausgegangen, dass sie von irgendwelchen diensthabenden Beamten zu den Vorfällen befragt würde, warum also ausgerechnet Lippock, den sie nun belügen musste?

»Vielleicht wollte sie mit mir spielen«, sagte sie. »Wir hatten ein komisches Verhältnis.«

»Es tut mir leid, dass ich Sie da reingelassen habe.«

Caroline schüttelte den Kopf, und ihr wurde kurz schwindelig.

»Die Beamten in der JVA haben gesagt, Sie hätten darauf bestanden, im RTW mitzufahren«, sagte Lippock weiter.

»Es sah aus, als wollte die Tetzel sich umbringen«, antwortete Caroline, ohne ihn anzuschauen. »Ich dachte, ich bleibe bei ihr, falls sie sich was von der Seele reden will.«

»Verstehe. Hat sie was gesagt?«

»Nein.« Vor Carolines innerem Auge trieben Bilder vorbei. Iras Blick über Opitz' Schulter, noch voller Zuversicht, dass ihr Plan aufgehen würde, die Wucht der Explosion und der groteske Tanz, den ihre beiden Körper im herumwirbelnden Auto vollführt hatten, und schließlich Iras aschfahles Gesicht mit dem glitzernden Totenschmuck aus Glassplittern. Caroline sah auf ihre Hände. Unter ihren Fingernägeln klebte immer noch das dunkle Blut der Terroristin. Im gleichen Moment schoss ihr ein hässlicher Gedanke durch den Kopf: *Die Reserve-Akkus!* Sie starrte auf die leere Wand und versuchte nachzudenken. Ira war es offensichtlich gelungen, sie zusammen mit dem Handy tagelang in der Zelle zu verstecken, vielleicht lagen sie dort noch gut verborgen. Und falls die Akkus doch irgendwann einmal auftauchen würden, überlegte Caroline weiter, könnte wohl kaum jemand nachweisen, wie sie den Weg in die Zelle gefunden hatten. Im Knast war vieles möglich.

»Sie hatten unglaubliches Glück, dass Sie das überlebt haben«, sagte der Kriminaldirektor und blickte sie lange an. Sie nickte stumm und versuchte, sich vorzustellen, was er sah: eine Frau mit Gipsarm, Halskrause, einem zugeschwollenen Auge und Pflastern an der Stirn.

»Ich bin sehr froh darum«, sagte Lippock leise und drückte ihren Arm. Caroline lächelte.

»Eine Minute.« Die Ärztin steckte ihren Kopf durch die Tür und verschwand gleich wieder.

»Soll ich jemanden verständigen?«, fragte der Kriminaldirektor. »Wo ist Ihr Kind?«

»Bei meiner Mutter. Sie ist auf dem Weg hierher.«

»Verstehe«, sagte Lippock und stand auf. »Jetzt schlafen Sie erst mal. Ich komme morgen früh wieder. Mit anständigem Kaffee und Croissants, okay?«

Caroline lächelte, und ihr Lächeln verschwand nicht, bis er gegangen und der Geruch seines altmodischen Rasierwassers im Raum verflogen war.

12

Sieben Tage später klingelte Carolines Handy. Die Sonne schien in die Küche. Auf dem Tisch stand eine Schüssel mit Salat und Tomaten aus dem Garten, daneben wippte Pascal ungestüm in seiner Babyschale. Caroline und Heiner hatten sich angewöhnt, gemeinsam zu kochen und sich mit ihren eingegipsten Armen gegenseitig durch den Alltag zu helfen. Ansonsten war Monika für mehrere Stunden am Tag zur Stelle, um sich um den Kleinen und unerledigte Hausarbeiten zu kümmern.

Jetzt schaute Caroline auf ihr Display. Ein anonymer Anruf.

»Hallo?«

Stille.

Sie spürte plötzlich ihren Herzschlag und war instinktiv versucht aufzulegen, aber irgendetwas hielt sie davon ab.

»Hallo? Wer ist da?«

Heiner schaute sie fragend an.

»Hallo«, erklang eine junge Stimme zögernd. Caroline zuckte zusammen. *Jonas!* Die Erinnerung an sein schmales Gesicht im Wald kam wie ein fernes Echo zurück, wie aus einem anderen Leben.

Caroline entschuldigte sich bei Heiner und verließ die Küche. Im Hausflur flüsterte sie ins Telefon: »Jonas? Wo bist du?«

»Kann ich nicht sagen.«

»Ist Anni bei dir? Wie geht es euch?«

»Wir …« Seine Stimme stockte. »Wir sind am Arsch.«

»Wo seid ihr?«

Caroline ging mit dem Handy am Ohr die Treppe hinauf in ihr Wohnzimmer. Pascals Spielzeug lag verstreut auf dem Boden, auf dem Tisch war die Wickelmatte ausgerollt, daneben standen ein halbes Paket Windeln und Feuchttücher. Gedankenverloren griff Caroline nach einem Beißring und knetete darauf herum, während sie ins Handy lauschte.

»Wir sind noch in der Stadt«, klang Jonas' Stimme aus dem Telefon.

Caroline schloss die Augen.

Dachtest du, du kommst davon?

Nein, sie war nicht überrascht, antwortete sie sich selbst. Die Angst war in den letzten Tagen stetig gewachsen. Nach der Operation im Krankenhaus hatte sie zwei Tage lang fast ununterbrochen geschlafen, traumlos, als wären Körper und Seele vorübergehend in Urlaub gewesen. Nur schemenhaft hatte sie die Besuche von ihrer Mutter, Heiner und Lippock wahrgenommen, sogar Pascal war nicht zu ihr durchgedrungen, als er an seinem Schnuller nuckelnd auf ihrem Bauch gelegen hatte.

Zu Hause kam Caroline bald wieder auf die Beine, doch in ihrem Inneren breitete sich Unruhe aus, sie fand keinen Schlaf, war unkonzentriert und gereizt. Anfangs dachte sie, es wären die Medikamente oder ein posttraumatisches Belastungssyndrom. Erst als sie sich dabei erwischte, dass sie die Überwachungskamera an ihrem Fenster wieder einschaltete und auf dem Laptop die Bilder der Straße kontrollierte, war ihr klar, woher die Unruhe kam.

Jetzt, im Chaos ihres Wohnzimmers, lauschte Caroline mit angehaltenem Atem ins Telefon und blickte auf den Beißring, den sie fest mit ihrer Faust umschloss.

Es ist Zeit. Kein Zurück.

»Hör zu …«, flüsterte sie ins Handy, und ihr wurde schwindelig. Es war schrecklich und berauschend zugleich.

*

Kurz nach Mitternacht schlich Caroline die Treppe hinunter in den Hausflur. Eine Stunde lang hatte sie die Bilder der Überwachungskamera auf ihrem Rechner verfolgt, bis sie endlich die beiden Gestalten hatte kommen sehen. Wie verabredet hatten sie, ohne zu klingeln, vor dem Haus gewartet.

Jetzt stand Caroline vor der geschlossenen Tür und zögerte. Heiner lag schon lange im Bett, sein Schnarchen drang in den Flur. Sie hatte ihm nichts von dem Besuch gesagt, es war alles zu viel, zu kompliziert. Er war so diskret gewesen, nicht nachzuhaken, warum sie nach dem Anruf nichts mehr hatte essen wollen und mit Pascal in ihrer Wohnung verschwunden war.

Mit zitternder Hand öffnete Caroline die Haustür. Anni und Jonas sahen mitleiderregend aus, ihre Gesichter waren ausgezehrt, ihre Klamotten verdreckt. Sie stanken fürchterlich.

»Zieht euch die Schuhe aus, wir müssen leise sein«, flüsterte Caroline und versuchte ein Lächeln. Die Kids folgten ihr stumm. Oben in der halbdunklen Küche standen schon geschmierte Brote, Obst und Säfte bereit. Jonas und Anni griffen zu und stopften sich im Stehen die Münder voll.

»Lasst euch Zeit«, sagte Caroline leise und deutete zur Badezimmertür. »Da könnt ihr duschen, Klamotten und Handtücher sind im Regal. Ihr dürft euch auch setzen.«

Sie nahm Platz. Die Kids taten es ihr nach und aßen still weiter. Minuten verstrichen. Anni vermied jeden Augenkontakt, Jonas hob ab und zu den Kopf und warf Caroline scheue Blicke zu. Sie erwiderte sie mit einem Lächeln und war froh, dass die Kids nicht ihre bebenden Knie unter dem Küchentisch sehen konnten.

Schließlich verschwanden sie im Bad. Caroline blieb wie eingefroren sitzen und wartete. Etwas in ihr wollte die Zeit anhalten, dafür sorgen, dass die Badezimmertür für immer geschlossen blieb, doch das Ticken der Heizschaltuhr sagte ihr, dass der Moment unaufhaltsam näher rückte. Als die beiden mit nassen Haaren und in viel zu weiten Jogginganzügen aus dem Bad kamen, stand Caroline wie ferngesteuert auf und ging zur Schlafzimmertür.

»Kommt mit.«

Die Kids folgten ihr in den dunklen Raum. Caroline beugte sich über das kleine Bettchen und hob Pascal heraus. Das Baby war im Tiefschlaf, sein kleiner Körper schmiegte sich an ihren, sein warmer Geruch umgab sie wie eine vertraute Wolke. Caroline biss sich auf die Lippe, drehte sich zu Anni und reichte ihr das schlafende Kind.

*

Was soll die Scheiße? Was soll ich mit ihrem Blag? Anni starrte Caroline verkniffen an. In ihr stieg Wut hoch. Wollte die Bullette ihr zeigen, dass sie jetzt selbst ein Baby gemacht hatte? Sollte sie es in die Arme nehmen und der stolzen Mutter sagen, wie süß es war? Am liebsten hätte sie das Kind genommen und auf den Boden geschmissen.

In ihrer Wut meldete sich plötzlich Annis vollgestopfter Magen, und sie glaubte einen Moment lang, sich übergeben zu müssen. Wie viele Tage hatten sie nichts gegessen, nicht geschlafen?, fragte sie sich und spürte, wie sich bleischwere Erschöpfung in ihr breitmachte. Es schien Wochen her, dass sie und Jonas sich vom Park bis zum Wohnmobil hinter dem Bahnhof durchgeschlagen und dort festgestellt hatten, dass der Wagen weder betankt war noch eine Batterie unter der Motorhaube hatte. Ihr Traumschloss war in Sekunden zu einem Haufen Schutt zerfallen. In der Stadt waren überall Cops, erinnerte sich Anni, das ganze verfickte Land machte Jagd auf sie, und es war völlig unmöglich, in eine Bahn zu steigen oder zu trampen. Sie waren gefangen. Im Schutz der Nacht waren sie aus dem Camper geschlichen und hatten in den dunklen Straßen aus Mülleimern und Biotonnen gammeliges Essen gekramt, immer in Angst, entdeckt zu werden. Im Tank des Wohnmobils war noch ein bisschen abgestandenes Wasser, es würde für ein paar Tage reichen. Aber wozu? Das Auto war ihr Kerker. In der zweiten Nacht hatten sie ihre Gesichter und das von Karl auf den Titelseiten der Zeitungen gesehen. Anni hatte schreiend gegen den Verkaufskasten getreten, und Jonas musste ihr die Hand vor den Mund pressen. *Karl!* Die Drecksau hatte die schusssichere Weste getragen, sie hatte die ganze Zeit in der Waffenkiste gelegen. Seit sie wusste, dass er am Leben war, hatte Anni kein Auge mehr zugetan und die ganze Zeit gebetet, dass die Bullen ihn finden und abknallen würden, mitten in die Fresse. Nach vier Tagen hatte Jonas ihr die Telefonnummer auf seinem Oberarm gezeigt und sie bearbeitet: »Sie ist kein richtiger Bulle. Sie will uns helfen!«

Anni hatte auf ihn eingeprügelt und mit Spucke die Nummer von seinem Arm gewischt. Als zwei Tage später das Wasser im Tank aufgebraucht war und sie schon die Pistole in der Hand hatte, um sich eine Kugel in den Kopf zu schießen, hatte sich Jonas neben sie gesetzt und ihr gesagt, dass er die Bullette angerufen hatte. Er konnte die Nummer auswendig.

»Dein Sohn«, hörte Anni Caroline sagen, die immer noch vor ihr stand und ihr das schlafende Kind entgegenstreckte. Anni starrte es an wie eine Erscheinung. Ihr Kind war ein dünnes Bündel gewesen, ein kränklicher Wurm. Das hier war ein rundes Baby mit speckigen Ärmchen und Beinchen. Wollte Caroline sie verarschen?

»Nimm ihn.«

Unsicher nahm Anni den Kleinen und drückte ihn vorsichtig an die Brust. Er war weich und warm.

Carolines Hände blieben noch einen Moment am Kind, als wollte sie den Kontakt nicht abreißen lassen. »Ich hab ihn Pascal genannt«, flüsterte sie mit erstickter Stimme.

»Pascal …«, murmelte Anni und spürte plötzlich, wie die Wärme des Babys in sie strömte. Ihr ganzer Körper begann zu beben, irgendetwas wollte aus der Tiefe hoch, sie wollte es aufhalten, runterschlucken, aber dann wurde sie von einem Schluchzen geschüttelt. Sie schaute zu Caroline, die ihre Lippen zusammenpresste, tausend Fragen rasten durch ihren Kopf, und während sie schluchzte, floss die ganze Anspannung der letzten Tage, der letzten Jahre, ihres ganzen Lebens in Strömen aus ihr heraus und tropfte in das flaumige Haar ihres Kindes.

*

Jonas wurde schwindelig. Hatte die Bullette eben Anni ihr Kind geschenkt? Er setzte sich auf die Bettkante und versuchte herauszufinden, was gerade zwischen den beiden Frauen geschah, die heulend voreinander standen, das Baby zwischen sich, und ihn völlig vergessen hatten. Plötzlich kam ihm ein Gedanke. War Anni etwa die Mutter? Völliger Wahnsinn. Wenn ja, warum war ihr Kind dann bei der Bullette gewesen? Und was sollte jetzt damit passieren? Sie waren auf der Flucht, ein Baby konnten sie da nicht gebrauchen.

Im selben Moment sah Caroline ihn und Anni an, der Blick tränenverhangen, aber entschlossen. »Es ist vorbei. Ihr müsst euch stellen.«

Jonas zuckte zusammen. *Eine Falle,* war sein erster Gedanke, und auch Anni schien ähnlich zu denken. Sie wich einen Schritt zurück, presste das Kind an sich und warf ihm einen alarmierten Blick zu.

»Ihr müsst nicht in den Knast, das verspreche ich euch«, fügte Caroline eilig und mit erhobenen Händen hinzu. »Es gibt andere Lösungen, offene Einrichtungen. Ich kenne mich aus, ihr bekommt eine echte Chance.«

Anni tauschte einen stummen Blick mit Jonas. Sie hatte Pascal immer noch an sich gedrückt.

»Und das Baby?«, fragte Jonas.

Caroline blickte Anni fest an: »Wenn du dich stellst, kannst du es behalten. Niemand will einer Mutter das Kind wegnehmen. Und ich bin auch noch da, wenn du willst.«

Jonas sah, wie Caroline ihre Hand ausstreckte und Anni vorsichtig über die Haare strich.

»Ihr habt keine Chance da draußen. Bleibt hier.«

Sie deutete auf das Doppelbett, auf dem Jonas saß. Die frisch bezogene Decke war aufgeschlagen, zwei Kissen lagen bereit.

»Schlaft euch erst mal aus. Ich rufe die Kollegen erst morgen an. Es wird keinen Großeinsatz geben, und niemand wird euch wehtun, das verspreche ich. Ihr werdet ein neues Leben beginnen, ein besseres.«

Die Worte waren wie eine warme Wolldecke. Jonas spürte, wie sein Körper schwer wurde. Was sollten sie tun? Gleich wieder auf die Straße gehen und sich in irgendeinem stinkenden Loch verkriechen? Lieber würde er sich erschießen.

Jonas sah, wie Caroline Anni an den Schultern fasste und ihr über das schlafende Baby hinweg in die Augen schaute. »Du bist seine Mutter. Du darfst nicht mehr abhauen. Du musst auf ihn aufpassen.«

Anni starrte durch ihre tränenverklebten Wimpern auf den Boden, plötzlich selbst wieder ein Kind, unsicher und stumm. Die Sekunden verstrichen.

»Ich bleibe«, sagte Jonas plötzlich, ließ sich rückwärts auf die Matratze fallen und rollte sich in die Decke ein. Es roch nach frischer Wäsche, das Bettzeug war weich und umschloss ihn wie eine Wolke.

*

Das Wohnzimmer lag im Halbdunkel, die Fenster waren weit geöffnet, und aus dem Garten wehte der Geruch nach feuchter Erde herein. Anni sah, wie Caroline zwei Flaschen Bier aus dem Kühlschrank holte und sie zu dem Sofa brachte, auf dem sie mit dem schlafenden Kind saß. Die Minuten verstrichen. Die beiden Frauen tranken still und betrachteten das Baby zwischen ihnen. Anni hatte fast den Eindruck, sie wäre wieder in Carolines alter Wohnung, wo sie mit ihrem Baby für ein paar Tage ein

Zuhause gefunden hatte. Wo für ein paar Tage die Zeit stehen geblieben war.

Aber nichts war mehr wie damals, und Anni zog die Stirn in Falten. Sie hatte Fragen, viele Fragen. Als sie im Schlafzimmer ihr Baby in den Armen gehalten hatte, war sie mit ihm verschmolzen, es gab kein Vorher und kein Nachher, nur diesen unendlichen Moment. Sie hatte Caroline wie durch Watte reden hören und erfahren, was wirklich in der schrecklichen Nacht passiert war. Wieder war eine Welle der Erleichterung über sie hinweggeschwappt, sie war keine Kindsmörderin! Caroline erzählte weiter, und ihre Stimme klang dünn wie die eines Mädchens, das man beim Klauen erwischt hatte. Und traf das nicht auch zu?

Ja, Caroline war eine Diebin, dachte Anni jetzt, während sie mit dem Fingernagel das Etikett ihrer Bierflasche abkratzte und die Bezirkspolizistin mit funkelnden Augen musterte.

»Warum hast du mir nicht Bescheid gesagt?«

»Wie hätte ich das tun sollen?«, kam zögernd die Antwort. »Du warst weg, abgetaucht.«

Anni schnaubte. »Komm schon. Du bist Bulle, ihr findet doch jeden.«

Caroline nahm einen Schluck Bier, festgenagelt vom Blick ihres Gegenübers. »Vielleicht. Aber du warst nicht mehr du selbst. Ich hatte Angst, dass du wieder …«

»Ich hab das in den Griff gekriegt!«, unterbrach Anni mit gepresster Stimme. »Ich bin clean!«

Das Baby schmatzte im Schlaf.

Caroline biss sich auf die Unterlippe, dann murmelte sie: »Ich dachte, du wolltest ihn sowieso nicht.«

Anni knetete ihre tätowierten Hände und zischte: »Das wolltest *du* so! Mit meinem Kind wär ich gar nicht erst in die ganze Scheiße mit der Gruppe reingerutscht.« Sie sah, wie Caroline die

Augen schloss. Tränen quollen unter den Lidern hervor. Anni zog sich das Sweatshirt über den Kopf und warf es in den Raum, dann streckte sie den Zeigefinger aus, als wollte sie Caroline damit aufspießen. »Du wolltest ihn für dich haben.«

Ein Lastwagen donnerte auf der Straße vorbei und durchbrach die eisige Stille im Zimmer. Durch das offene Fenster wehte eine Brise herein, und Caroline schlang fröstelnd den freien Arm um sich.

»Ja«, sagte sie plötzlich und blickte Anni mit müden Augen an. »Ich dachte, ich könnte seine Mutter sein. Ich *war* seine Mutter. Ich wollte ihn retten und hab ihm alles gegeben. Dafür habe ich einen anderen Menschen aus mir gemacht. Ich habe gegen Gesetze verstoßen. Ich habe meine Kollegen getäuscht und jeden einzelnen Menschen, der mir nahestand. Ich habe sogar einer Terroristin geholfen, aus dem Knast auszubrechen, und damit ihren Tod verschuldet. Nur für dieses Kind.« Sie schüttelte den Kopf, ihre Stimme brach. »Ich wollte die perfekte Bullen-Mama sein. Stattdessen bin ich zum verlogensten Bullen des ganzen Landes verkommen.« Sie wischte sich die Tränen vom Kinn und flüsterte. »Es tut mir leid.«

Anni nahm Pascals kleine Füße in die Hand und blickte nachdenklich auf die winzigen Zehen. Die Sekunden verstrichen. Dann schaute sie auf. »Und jetzt? Was sagst du den Leuten, warum dein Kind weg ist?«

Caroline nahm eine Rassel vom Sofa und betrachtete sie einen Moment lang wie ein Artefakt aus einer längst vergangenen Zeit. »Ich werde allen die Wahrheit sagen.«

»Musst du in den Knast?«

Carolines Blick blieb irgendwo in der Ferne haften. »Keine Ahnung.«

Die dünnen Vorhänge bauschten sich vor dem Fenster, die

Worte hingen lange im Raum. Dann legte Caroline die Rassel beiseite, klopfte sich auf die Oberschenkel und stand auf. »Lass uns schlafen.«

*

Die kühle Nacht hatte sich wie ein Versprechen angefühlt, vielleicht würde der Sommer die Stadt bald aus seinen glühenden Klauen entlassen. Als die ersten Sonnenstrahlen durch die beschlagenen Scheiben ins Gewächshaus fielen, war Caroline in den Hof gekommen, hatte sich mit einer Fleecedecke um die Schultern auf die alte Holzbank gesetzt und zum Handy gegriffen. Lippock war schon wach gewesen. Er hatte keine Fragen gestellt und ganz unaufgeregt angekündigt, dass er kommen würde.

Jetzt lauschte Caroline dem vielstimmigen Atmen und Schnarchen, das aus den offenen Schlafzimmerfenstern in den Garten drang. Sie fühlte sich, als würde sie auf einem Bahnsteig sitzen, ohne zu wissen, wohin die Reise gehen würde. Sie würde in den nächsten Zug einsteigen müssen, das wusste sie, egal, wohin er fahren würde.

Das Klingeln ihres Handys ließ sie aufschrecken. Sie ging wie verabredet ins Haus und öffnete die Tür. Der Kriminaldirektor deutete ein Lächeln an.

»Schlafen die beiden noch?«

»Ja. Soll ich sie wecken?«

Er hielt eine Brötchentüte hoch. »Erst mal einen Kaffee.«

Kurz darauf saßen sie bei Croissants und Marmelade in der Küche und nippten an ihren Tassen.

»Was für ein Glück, dass Sie den Jugendlichen damals am Bahnhof Ihre Nummer gegeben haben«, sagte Lippock. »Sie waren wahrscheinlich die einzige Person, der sie noch vertrauen konnten.«

Caroline schwieg.

»Hatten sie Waffen bei sich?«

»Annis Pistole liegt abgeschlossen im Schreibtisch.«

Der Kriminaldirektor nickte. »Wissen die beiden was von Opitz?«

Caroline schüttelte den Kopf. Die gespenstischen Szenen aus dem Park erschienen vor ihrem inneren Auge: Karl, der sie mit vorgehaltener Waffe fixierte. Sein verstörter Blick, als er Ira in ihrem Blut sah. Und Anni, die wie eine seelenlose Maschine auf ihn schoss. Caroline hatte niemandem von der rätselhaft folgenlosen Hinrichtung erzählt, und niemand sollte je davon erfahren, schwor sie sich ein weiteres Mal.

Der Kriminaldirektor blickte sie still kauend an, nichts Bohrendes war in seinem Blick, die Locken waren alle an ihrem Platz. Caroline rang sich ein Lächeln ab und legte das Croissant zurück auf den Teller. In ihrem Magen war plötzlich kein Platz mehr. Es war, als hörte sie einen Pfiff. Der Zug war in den Bahnhof gerollt und stand mit offenen Türen vor ihr, nun musste sie einsteigen und in ihr neues, ungewisses Leben fahren.

»Ich muss Ihnen ein Geständnis machen«, begann sie mit kratzender Stimme.

Lippock legte den Kopf schief und wischte sich die Krümel vom Mund.

»Pascal …«, hörte sie sich zögernd sagen. »Er ist nicht mein Kind …«

»Ach nein?«, brummte Lippock, nahm einen Schluck Kaffee und blickte Caroline ruhig über den Tassenrand an.

»Anni ist seine Mutter«, sagte sie leise und wartete einen bangen Moment lang.

»Okay«, kam die Antwort. Der Klang seiner Stimme war weder entsetzt noch empört, es folgten keine Fragen oder Vorwürfe.

Carolines Muskeln entspannten sich plötzlich, und sie überlegte, ob es je einen Menschen gegeben hatte, der ihr mehr vertraute als Lippock. Ihre Geheimnistuerei am Westwall, ihre eigenmächtigen Ermittlungen, ihr obskurer Anruf am Tag von Iras Befreiung – er hätte sie schon längst festnageln können. Aber er ließ sie in Ruhe, und das – da war sie sich zunehmend sicherer –, obwohl er vielleicht viel mehr ahnte, als er zeigte.

Eine Weile saßen sie da und tranken schweigend ihren Kaffee.

Dann begann Caroline, stockend zu erzählen: »Nachdem Anni das Baby zur Welt gebracht hatte, nahm ich sie bei mir auf. Ohne Meldung. Nach ein paar Tagen lief sie weg, und das Kind blieb bei mir, ich … ich habe es einfach …«

Caroline blieb hängen. Sie hatte sich keine Worte zurechtgelegt. Wie sollte sie den hässlichen Teil der Geschichte verkaufen, in dem sie als eigensüchtige Frau dastehen würde, als eine Polizistin, die eine junge, hilflose Mutter um ihr Baby betrogen und auf kriminelle Weise alles getan hatte, um sie sich vom Leib zu halten? Es war der Teil, der sie für Jahre hinter Gitter bringen könnte.

»Ich glaube«, sagte sie tonlos, »so etwas nennt man Kindesentziehung.«

Caroline wagte nicht aufzuschauen, nicht zu atmen. Sie hörte, wie Lippock aus seiner Kaffeetasse trank.

»Ich hab ihr mein Baby gegeben«, erklang plötzlich eine Stimme von hinten.

Caroline schreckte herum. Anni kam mit verwuschelten Haaren in die Küche und nahm sich ein Croissant. »Damit sie sich drum kümmert«, sagte sie und tauchte das Gebäck in das

Marmeladenglas. »War einfach besser für das Baby, eine schöne, warme Wohnung und genug zu essen.«

Caroline schaute perplex zu, wie der Kriminaldirektor Anni die Hand reichte. »Guten Morgen. Lippock mein Name. Ich bin ein Kollege von Frau Hajuk.«

»Hi.« Anni wischte sich die Hand an der Jogginghose ab, nahm die von Lippock und warf Caroline einen langen Blick zu. »Hat sie gut gemacht, die Bullen-Mama. Pascal ist richtig dick geworden.«

Lippock lächelte. »Ja, das hat sie.«

»Sie muss doch nicht in den Knast, oder?«, fragte Anni mit vollem Mund.

Der Kriminaldirektor musterte Caroline, die mit hochrotem Kopf dasaß und kein Wort herausbrachte. Sie durchsuchte seine Augen, aber fand immer noch keinen Vorwurf und keine Enttäuschung darin.

»Es könnte sein, dass Sie vom Polizeidienst suspendiert werden«, sagte Lippock ernst. »Es wird wahrscheinlich eine Menge Gerede geben. Vielleicht sogar Hass. Aber wenn ich mich richtig erinnere, gibt es bei Kindesentziehung ohne Anzeige keine Verfolgung und ohne Verfolgung keine Strafe.«

»Super«, sagte Anni, nahm einen Schluck aus Carolines Tasse und spazierte aus der Küche.

Im Raum herrschte Stille. Lippock schenkte sich Kaffee nach und warf Caroline ein Lächeln zu. Sie erwiderte es und holte tief Luft. Ihr Blick wanderte in den Garten, wo die Tautropfen an den Scheiben des Gewächshauses hinabliefen. *Zu Hause*, dachte Caroline, *endlich zu Hause.* Die Uniform würde keinen Platz mehr darin haben. Vielleicht würde ihre Mutter sie mit Vorwürfen überhäufen. Monika war in den letzten Tagen in ihrer Rolle als

Mutter und Großmutter über sich hinausgewachsen. Und sie hatte kaum Fragen gestellt. Vielleicht ahnte sie längst, dass ihr Enkelkind von einer Fremden stammte. Und vielleicht würde sie ihre Tochter auf dem Weg in ein neues Leben unterstützen.

Wohin der Zug sie letztlich bringen würde, stand in den Sternen, sagte sich Caroline ruhig, sie fuhr ohne Fahrplan. Sie schaute zu, wie Lippock mit dem angeleckten Zeigefinger die Blätterteigkrümel von seinem Teller aufstippte, und war bereit, alles bedingungslos anzunehmen. Nur eine einzige Hoffnung wollte sie nicht aufgeben: Vielleicht würde irgendwann Anni mit Pascal zu Besuch kommen, um gemeinsam mit ihr und Heiner im Garten zu sitzen. Und vielleicht würde dann Lippock an der Tür klingeln, mit einer Tüte Croissants in der Hand.

Danke

Mein großer Dank geht an die vielen Menschen, die mir mit fachlichem Rat, Kritik, Ermutigung und viel Geduld geholfen haben: Kriminaldirektor Jochen Smoydzin erklärte mir die Abläufe bei Fahndungen. André Bartmeier gab Rat zu juristischen Fragen. Kriminalhauptkommissar Bernhard Kleinalstede klärte mich über den Umgang mit jugendlichen Intensivtätern auf. Clemens Stapper beantwortete mir unermüdlich Fragen zum Polizeialltag. Marie Bornheim von der Organisation TrauBe beschrieb mir, wie Jugendliche trauern. Sandra Schäfer beriet mich zum Thema Geburten. Streetworker Colin Ende von der Diakonie Michaelshoven und Bernd Mombauer von der Überlebensstation Gulliver berichteten über das Leben Obdachloser.

Cinzia, Karin, Katrin, Micky, Stefan, Tamara und Verena haben die Geschichte vorab gelesen und mir den Mut gegeben, das Buch am Ende loszulassen.

Vielen Dank auch denjenigen, die den „Pakt" überhaupt erst möglich gemacht haben: Felix Rudloff und Caterina Schäfer von der Agentur Copywrite, das Team vom Penguin-Verlag, vorneweg Duygu Maus, sowie meine Redakteurin Kristina Lake-Zapp, deren Engagement und klarer Blick mir wieder eine große Stütze waren.

Wer fehlt? Sabrina. Grazie per tutto!